MICHELLE
RAVEN

R.I.O.S.

Brisante Wahrheit

ROMANCE EDITION

R.I.O.S: Brisante Wahrheit

Michelle Raven

8712 Niklasdorf, Austria

1. Auflage
Covergestaltung: © Sturmmöwen
Titelabbildungen: © AndreyKr (Depositphotos)
© KDdesignphoto (shutterstock)

Lektorat: Stephanie Bösel
Korrektorat: Romance Edition

Printed in Germany

ISBN-Taschenbuch: 978-3-903278-17-2
ISBN-EPUB: 978-3-903278-18-9

www.romance-edition.com

GLOSSAR

FBI	Federal Bureau of Investigation
NGA	National Geospatial-Intelligence Agency
RIOS	Rescue, Investigations, Operations, Security-Sicherheitsfirma, die Rettungsmissionen durchführt, nach Vermissten sucht, in Verbrechensfällen ermittelt, Personen und Unternehmen schützt.
SEAL	SEa, Air, Land, Spezialeinheit der US Navy
TURT/LE	Terrorism Undercover Reconaissance Team / Ladies Elite
DARKNET	versteckter Teil des Internets, bei dem der Datenverkehr verschlüsselt ist und deshalb mehr Anonymität als das öffentliche Internet bietet.

PROLOG

Aaron legte eine Scheibe Schinken auf das Sandwichbrötchen und klappte die zweite Hälfte darauf. Sein Magen knurrte, nachdem er den ganzen Tag so in einen Fall vertieft gewesen war, dass er das Mittagessen versäumt hatte. Das war ihm früher während seiner Zeit beim FBI häufiger passiert, aber seit er sich mit seiner eigenen Detektei selbständig gemacht hatte, war sein Leben deutlich angenehmer geworden. Zugegeben, manchmal fehlten ihm die großen Fälle, in denen er wirklich etwas bewirken konnte. Als Detektiv befasste er sich meist mit den privaten Angelegenheiten seiner Klienten, nur selten war etwas richtig Spannendes dabei. Aber es brachte ihm genug Geld ein und er konnte sich aussuchen, welche Fälle er bearbeiten wollte. Das war es, was letztlich zu seinem Ausscheiden aus dem FBI-Dienst geführt hatte.

Aaron ignorierte den kleinen Stich des Bedauerns, wie so oft zuvor. Er konnte wirklich nicht klagen. Keine Magengeschwüre, keine Alpträume, keine übel zugerichteten Leichen. Er war nicht empfindlich, aber auf Dauer hatten ihm die Opfer doch zugesetzt. Und die Tatsache, dass sie nicht jeden Täter erwischt hatten. Außerdem hatte er keine Lust mehr gehabt, unsinnigen Befehlen zu folgen. Die Frustration darüber war irgendwann so groß geworden, dass Aaron beschlossen hatte, Schluss zu machen. Es war ein schwerer Schritt gewesen, aber er konnte ehrlich sagen, dass er ihn nicht bedauerte.

Amüsiert schnaubte er. Anscheinend handelte es sich heute um einen dieser Tage, an denen nur noch ein kühles Bier half. Aber kein Problem, sein Kühlschrank war gut bestückt. Aaron öffnete die Tür und nahm eine Flasche heraus. Es war ein ungewöhnlich warmer Herbsttag gewesen, deshalb blieb Aaron einen Moment in der offenen Tür stehen und genoss die Kühle der Luft. Das kam davon, wenn man stundenlang in der prallen Sonne hinter einer Mülltonne ausharrte und jemanden beobachtete. Mit dem Arm wischte er sich den Schweiß von der Stirn, während er einen großen Schluck trank. Genießerisch seufzte er. Ja, das war ...

Der Stoß in seinem Rücken kam völlig unerwartet. Aaron schaffte es nicht, sich abzustützen und krachte mit dem Kopf in den Kühlschrank. Schmerz zuckte durch sein Gesicht, die Flasche fiel aus seinen Fingern, als er versuchte, sich aufzurichten. Mit einem Klirren zerbarst sie auf dem Boden. Schaum und Glassplitter spritzten gegen seine nackten Füße. Verdammt! Mühsam kämpfte er sich in eine senkrechte Position und drehte sich um. Ein fremder Mann stand in seiner Küche. Barfuß und unbewaffnet fühlte sich Aaron seltsam unsicher, doch er bemühte sich, das zu verstecken.

»Wer zum Teufel sind Sie und was wollen Sie in meinem Haus?«

Der bärtige Mann grinste. »Ganz sicher kein Bier, die Marke mag ich nicht.«

Vorsichtig trat Aaron um die Scherben herum und schloss die Kühlschranktür. »Verschwinden Sie sofort aus meinem Haus, sonst rufe ich die Polizei.«

Langsam schüttelte der Eindringling den Kopf. »Das denke ich nicht. Wir haben eine Verabredung.«

»Wohl kaum, ich kenne Sie nicht mal.« Aaron bewegte seine Hand zur Hosentasche, wo sein Handy steckte.

»Das würde ich nicht machen.« Völlig ruhig zog der Mann eine Pistole heraus und richtete sie auf Aarons Brustkorb.

Shit! Wann hatte er angefangen, sich zu Hause so sicher zu fühlen, dass er keine Waffe griffbereit hatte? Das war eindeutig ein Fehler. Aber woher hätte er wissen sollen, dass nach all der Zeit noch jemand kommen würde? Außer es hatte nichts mit damals zu tun und dieses Arschloch hatte ein ganz anderes Anliegen.

Unauffällig zog Aaron seine Hand zurück. »Was wollen Sie?«

»Ich? Gar nichts. Aber es gibt jemanden, der etwas von dir will.«

»Dann soll er mich anrufen oder einen Termin ausmachen.«

Diesmal lachte der Mann, doch seine hellen Augen blieben

durchdringend. »Sehr witzig. Aber nicht nötig, er ist schon hier.«

Aaron sah sich um. »Wo?«

»Er wartet im Wohnzimmer, er hat es gern bequem.« Abschätzend glitt sein Blick durch die Küche. »Was man von diesem Loch nicht sagen kann.«

Mit Mühe sprang Aaron nicht auf diese Provokation an. Er musste alle Sinne beisammen halten, wenn er hier rauskommen wollte. Zwar wirkte der Typ recht harmlos – von der Waffe abgesehen –, doch es war klar, dass er es ernst meinte. Aaron würde es nicht riskieren, erschossen zu werden, wenn er es verhindern konnte. Ein Ortswechsel konnte ihm einen Vorteil verschaffen, den er in der Küche nicht hatte. Sollte es ihm gelingen, den Mann zu überwältigen, oder ihm zu entkommen und eine seiner Pistolen zu holen, könnte er die Situation umdrehen. Inzwischen war er durchaus neugierig, wer diese Typen waren und was sie von ihm wollten. Aber zuerst zählte es, die Oberhand zu gewinnen.

Der Einbrecher wedelte mit der Pistole in Richtung der Tür. »Los jetzt, wir haben nicht den ganzen Tag Zeit.«

Aaron ballte die Hände an seinen Seiten zu Fäusten, als er auf den Flur trat und zum Wohnzimmer ging. Dabei kam er an der Garderobe vorbei, die sich hinter einer Lamellentür verbarg. Dort befand sich sein Safe, in dem eine geladene Pistole lag. Er musste nur ... Bevor er den Gedanken zu Ende brachte, handelte er schon. Blitzschnell griff er nach dem Knauf und riss die Tür auf. Sie schlug dem Mann hinter ihm voll ins Gesicht. Mit einem unterdrückten Aufschrei taumelte dieser nach hinten. Aaron stürzte zum Safe und gab den Code ein. Seine Finger zitterten, als er die stählerne Tür aufzog und nach der Pistole tastete. Er hatte nur wenige Sekunden, bis ...

Etwas krachte in seinen Rücken und er stieß heftig mit dem Kopf gegen den Safe. Benommen sackte er zusammen. Eine Stimme in seinem Innern schrie, dass er aufstehen und kämpfen musste, doch sein Körper gehorchte ihm nicht. Der Mann beugte sich über ihn und zog ihn unsanft aus der kleinen Garderobe heraus. Dabei war es ihm scheinbar egal, dass Aarons Kopf sehr unsanft mit dem Türrahmen kollidierte. Vielleicht war es auch Absicht, weil er ihn angegriffen hatte. Immerhin hatte der Kerl ihn noch nicht erschossen und Aaron hoffte auf eine weitere Gelegenheit zu fliehen. Oder dass der ganze Spuk einfach ein Ende fand, indem der Verbrecher verschwand. Ja, sehr unwahrscheinlich, schließlich hatte er dessen Gesicht gesehen und konnte ihn später identifizieren. Aarons Magen zog sich zusammen, als ihm klar wurde, was das bedeutete.

Furcht rieselte durch seinen Körper. Das konnte nicht das Ende sein, er hatte noch so viel vor. Mühsam riss er sich zusammen. Nein, egal was passierte, er würde es diesem Arschloch so schwer wie möglich machen. Schmerzerfüllt zuckte er zusammen, als der Typ ihn brutal hochzog und in festem Griff ins Wohnzimmer schob. Aaron stolperte hinein, bevor er sich an einem Sessel fing und wieder aufrichtete. Sein Kopf schmerzte höllisch, seine Sicht war etwas verschwommen. Trotzdem konnte er ohne Probleme den zweiten Mann erkennen, der es sich auf seinem Sofa bequem gemacht hatte.

»Was hat das so lange gedauert?« Die Stimme klang ruhig und kultiviert, was die Situation noch surrealer machte.

Aaron war von seiner Zeit beim FBI einiges gewöhnt. Es war erschreckend, wer alles zum Verbrecher wurde – und vor allem, wer damit durchkam. Dieser Typ wirkte wie jemand, der ein bürgerliches Scheinleben führte und heimlich seine Finger in üblen Dingen hatte, von seinem feinen Anzug bis hin zu den manikürten Fingernägeln und der Designerbrille. Es wäre Aaron ein echtes Vergnügen, ihn auffliegen zu lassen.

Der andere Mann stieß ihn in den Sessel und presste die Pistole gegen seine Schläfe. Aarons Sehprobleme wurden schlimmer. Heftig blinzelte er.

»Ex-FBI dachte, er könnte mir entkommen. Aber da hat er sich geirrt.« Wut schwang deutlich in seinen Worten mit.

Das gab Aaron eine gewisse Befriedigung, auch wenn die ihn nicht weiterbringen würde. »Sie haben in meinem Haus nichts zu suchen. Verschwinden Sie jetzt, sonst rufe ich die Polizei.«

Der Anzugträger begann zu lächeln. »Ein sehr verlockendes Angebot – aber nein. Wir haben hier noch etwas zu erledigen, Aaron Murphy.«

Aaron schluckte schwer, offenbar kannten diese Typen ihn und waren nicht etwa versehentlich in sein Haus eingestiegen. Das hatte er allerdings auch nicht angenommen. »Wie Sie sicher schon gemerkt haben, besitze ich keine großen Wertgegenstände.«

»Ja, es ist tragisch, dass die Staatsbediensteten so schlecht verdienen. Ein Skandal. Das ist wiederum praktisch für Leute wie mich. Man findet immer jemanden, der für etwas finanzielle Unterstützung bereit ist, bestimmte Dinge für mich zu tun. Oder mich für meine Leistungen zu bezahlen.«

»Wie zum Beispiel?« Natürlich konnte sich Aaron vorstellen, was korrupte Polizisten oder Agenten taten, aber es konnte nicht schaden, den Typen reden zu lassen, bis er sich ein wenig erholt hatte. Noch immer sah er alles verschwommen, Feuchtigkeit lief über sein Gesicht, vermutlich Blut.

»Das tut nichts zur Sache. Reden wir lieber darüber, warum ich hier bin.« Der Anzugträger richtete sich gerader auf und beugte sich vor. »Vielleicht wissen Sie das aber auch schon?« Scharf beobachtete er Aaron durch seine Brille.

»Ich habe keine Ahnung. Vielleicht finden Sie es lustig, in fremde Häuser einzusteigen und die Bewohner zu belästigen?«

Jeglicher Humor schwand aus dem Gesicht des Mannes. »Ob Sie es glauben oder nicht, ich habe tatsächlich Besseres zu tun. Aber manchmal muss man die Sache selbst in die Hand nehmen, wenn es nicht anders geht.«

»Und ich weiß immer noch nicht, warum Sie hier sind.«

»Wirklich nicht? Sagt Ihnen der Name Emily etwas?«

Oh, Shit! Aaron bemühte sich um einen nichtssagenden Gesichtsausdruck. »Ein recht häufiger Frauenname. Was ist damit?« Verdammt, wenn die Typen wegen dieser Sache hier waren, sah es ziemlich finster für ihn aus.

»Glauben Sie tatsächlich, es hilft Ihnen, wenn Sie sich dumm stellen? Wir wissen beide, worum es geht und weshalb ich alles tun werde, um sie zu finden. Ich weiß aus sicherer Quelle, dass Sie ihren Aufenthaltsort kennen. Und Sie werden ihn mir sagen.«

»Ich habe keine Ahnung, wovon Sie reden. Ich habe letztes Jahr mal eine Emily gedatet, aber ich denke nicht, dass sie von Interesse ist.«

Der Mann nickte knapp und sein Kumpan packte Aaron ohne Vorwarnung am Kragen. Er wurde nach hinten an das Polster gepresst und seine Luftzufuhr unterbrochen. Verzweifelt griff er nach seinem Halsausschnitt, um den Druck von seiner Kehle zu nehmen. Das gelang ihm nur bedingt und er begann zu husten.

»Versuchen wir es noch mal. Ich weiß, dass Sie mit dem Fall damals betraut waren und alles getan haben, um Emily Gray aus der Schusslinie zu bringen. Sie haben dafür sogar Ihre Karriere beim FBI geopfert. Deshalb ist es keine Frage, dass Sie der Mensch sind, der genau weiß, wo sich Emily heute befindet.«

Damit hatte er tatsächlich recht, aber das würde er sicher nicht sagen. Aaron setzte sein Pokerface auf, was nicht so einfach war, während er fast erwürgt wurde. »Ich ... h...habe keine Ahnung, wo ... Ms. Gray heute ist.«

»Sehen Sie, und das glaube ich Ihnen nicht. Jemand hat Emily geholfen, zu verschwinden. Allein hätte sie das nie hinbekommen. Nicht mit dem gesamten FBI auf ihren Fersen. Ich habe die ganze Zeit darauf gewartet, dass sie gefunden und zurückgebracht wird, aber das ist nie passiert. Wäre das der Fall gewesen, hätte einer meiner Kontakte mir Bescheid gesagt. Doch es war überraschend still um die kleine Emily. Ich bezweifle, dass sie die Fähigkeiten hat, spurlos zu verschwinden und über Jahre nicht aufzutauchen.«

Der Druck auf seinen Hals hatte etwas nachgelassen und Aaron atmete gierig ein. »Offensichtlich war es so. Allerdings kann ich nicht sagen, ob das FBI sie mittlerweile gefunden hat, denn ich arbeite nicht mehr für die Firma.« Seine Stimme klang rau.

»Wie gesagt, wenn es so wäre, wüsste ich es. Die Frage ist,

wie weit wollen Sie dieses Spiel treiben? Wir wissen beide, dass Sie ihren Aufenthaltsort kennen. Sie können es sich leicht machen oder schwer. Mir ist egal, wofür Sie sich entscheiden. Oder nein, mir wäre es lieber, wenn wir uns nicht stundenlang hier aufhalten müssten. Ich habe heute noch andere Termine.«

Dieser arrogante Arsch! Am liebsten würde Aaron schon aus Prinzip sagen, dass er darauf lange warten konnte, aber das würde vermutlich bedeuten, dass es für ihn sehr schmerzhaft werden würde. Jetzt wünschte er, er hätte die Einladung seiner letzten Klientin angenommen, die Nacht bei ihr zu verbringen. Dann wäre er nicht hier und hätte einen bedeutend besseren Abend erlebt. Doch jetzt konnte er es nicht mehr ändern und er war ziemlich sicher, dass er damit das Problem nur aufgeschoben hätte.

»Wer sind Sie überhaupt? Warum interessiert es Sie, wo Ms. Gray ist?«

»Sagen wir einfach, ich habe ein Interesse daran, ihr klarzumachen, was mit jemandem passiert, der in anderer Leute Geschäften herumschnüffelt und sie durchkreuzt. Und ich bin nur einer von vielen, die gern ein Stück von ihr hätten.«

Das wusste Aaron nur zu gut. Genau deshalb hatte er dafür gesorgt, dass Emily von der Bildfläche verschwand. Er hatte fast befürchtet, dass sie sich irgendwann verraten würde, doch anscheinend hatte sie all seine Anweisungen befolgt und war wirklich komplett untergetaucht, ohne eine Spur zu hinterlassen. Das freute ihn immens. Nur hin und wieder bekam er von ihr verschlüsselte Nachrichten, dass es ihr gut ging und sie in Sicherheit war. Die letzte war bereits einige Monate her. Er konnte nur hoffen, dass sie sich weiterhin gut schützte und kein Risiko einging.

»Dann würde ich vorschlagen, dass Sie jemand anderen belästigen, der Ihnen in dieser Sache behilflich sein kann. Ich bin das sicher nicht.«

Der Brillenträger stand auf und trat vor ihn. Eine Weile sah er ihn nur an, dann lächelte er und beugte sich vor. »Wissen Sie, ich habe Fotos von Ihnen und Emily Gray gesehen, auf denen

Sie verdammt vertraut wirken. Wollen Sie mir wirklich erzählen, dass Sie sie in größter Not im Stich gelassen haben? Sie wären ja ein totaler Arsch, wenn es so wäre. Und was ich bisher über Sie gehört habe, sind Sie das nicht. Also haben Sie ihr geholfen und wissen, wo sie ist. Oder zumindest, wo wir mit der Suche anfangen können.«

Dummerweise schätzte der offensichtliche Anführer das völlig korrekt ein. Er hatte nicht mit ansehen können, in welcher Gefahr Emily schwebte, auch wenn es eigentlich sein Job gewesen wäre, sie für weitere Befragungen des FBI zur Verfügung zu halten. Aber das war ihm nicht möglich gewesen. Hätten seine Kollegen ihm nachweisen können, dass er es gewesen war, der ihr geholfen hatte, wäre er verknackt worden. Es war nicht leicht gewesen, sämtliche Spuren zu verwischen, aber es war ihnen gelungen. Tatsächlich hatte er gedacht, dass sie jetzt in Sicherheit wären, nachdem jahrelang nichts passiert war, doch er hätte mit dem langen Atem dieser Leute rechnen müssen. Sie hatten genug Geld, um ihre Rache kalt zu servieren.

»Auch wenn ich mich wiederhole: Ich kann Ihnen nicht helfen.«

Der Mann stieß einen Seufzer aus. »Ich habe es auf die freundliche Tour versucht, aber da Sie offenbar nicht bereit sind, mir zu helfen, kommt jetzt die andere Variante. Ich hatte gehofft, darauf verzichten zu können.« Er gab seinem Kumpan ein Zeichen.

Der packte Aaron wieder fester und riss seinen Kopf nach hinten, sodass er in dessen grinsendes Gesicht blicken musste. »Darauf habe ich mich schon den ganzen Tag gefreut. Ich bin sicher, ich schaffe es, dir die Überheblichkeit rauszuprügeln.«

Aaron sah ihn nur schweigend an. Egal was er sagte oder tat, es würde sowieso nichts ändern. Obwohl ...

Er ließ seine Faust hochschnellen und schlug mit aller Kraft in die grinsende Visage. Befriedigt hörte er das Knirschen von Knochen, beinahe sofort schoss Blut aus der Nase. Leider kippte der Verbrecher nicht um, sondern presste lediglich seinen Arm über die Wunde. Sein Griff wurde noch fester.

»Ich werde dich ...«

Der Anzugträger mischte sich ein. »Ich brauche ihn lebend. Fessel ihn und dann sorg dafür, dass er redet.«

Rachedurst stand in den Augen des Handlangers. »Keine Angst, bisher hat jeder geredet. Es ist nur eine Frage der Technik.«

Eiskalt rieselte es durch Aarons Adern. Zu sterben war eine Sache, aber vorher noch gefoltert zu werden, eine ganz andere. Es war klar, dass sie ihn nie gehen lassen würden, selbst wenn er sagte, was er wusste. Dann würde er nur eher sterben. Was auch eine Erleichterung sein konnte, aber er würde Emily trotzdem nicht verraten. Sie hatte es verdient, ein unbehelligtes Leben zu führen. Er wünschte nur, er könnte ihr die Last nehmen, sich immer verstecken zu müssen. Zu dumm, dass er hier keine Kameras hatte, die diese Verbrecher aufnahmen und als Beweismittel genutzt werden konnten.

»Ich hoffe, Ihnen ist bewusst, dass ich hier Kameras habe, die alles, was Sie tun und sagen, aufzeichnen und gleichzeitig auch an einen Freund senden, der jetzt gerade damit zur Polizei geht.«

Für einen Moment wirkte der Anführer verunsichert, dann schüttelte er den Kopf. »Das halte ich für ausgeschlossen. Wir haben natürlich vorher nach irgendwelchen Aufnahmegeräten gesucht.«

Mist, seine Finte war aufgeflogen. Trotzdem versuchte er, sie aufrechtzuhalten. »Sind Sie sicher? Noch können Sie gehen, es ist niemandem etwas geschehen.«

»Nicht, bevor ich meine Antworten habe.« Er nickte dem Handlanger zu.

Da er nicht sterben wollte, bäumte sich Aarons Kampfeswille noch einmal auf. Es war die letzte Gelegenheit, wenn er erst mal gefesselt war, würde er nichts mehr ausrichten können. Ohne weitere Überlegung sprang Aaron auf und brachte damit seinen Gegner aus dem Gleichgewicht. Das nutzte Aaron sofort aus und warf sich auf ihn. Verzweifelt kämpfte er um sein Leben. Seine Verletzung war ein Handicap, immer wieder verschwamm seine Sicht, der Schwindel verstärkte sich. Dazu kam, dass der Mann deutlich kräftiger gebaut und Aaron zugegebenermaßen nicht mehr so in Form war wie noch zu seiner Zeit beim FBI. Trotzdem gab er alles. Die Furcht verlieh ihm Kräfte, die er sonst nicht hatte.

Für einen Moment dachte er, dass er tatsächlich gewinnen konnte. Sein Gegner lag unter ihm am Boden und Aaron presste seinen Arm gegen dessen Kehle. Das Gesicht lief rot an, der Atem klang röchelnd. Nur noch ein wenig länger ... Heißer Schmerz zuckte durch seinen Kopf, als ein harter Schlag darauf landete. Wie ein gefällter Baum stürzte er seitwärts, seine Sicht trübte sich. Es wurde immer dunkler und schließlich hörte er nur noch das laute Hämmern seines Herzens. Das war es also. Bedauern regte sich in ihm, während er das Bewusstsein verlor.

Langsam tauchte Aaron aus der Dunkelheit auf. Sein Kopf schmerzte höllisch, genauso wie der Rest seines Körpers. Er versuchte, sich zu bewegen, doch es funktionierte nicht. Vorsichtig öffnete er seine Augen einen Spaltbreit und unterdrückte ein Stöhnen, als die Helligkeit wie eine Lanze in seinen Schädel fuhr. Durch die Augenschlitze konnte er unscharf seine Arme sehen. Irgendwelche Bänder gingen um seine Handgelenke und um die hölzernen Armlehnen seines Sessels. Die Erinnerung kehrte mit Macht zurück. Der Schock lief durch seinen Körper und löste weitere Schmerzen aus. Unauffällig versuchte er erneut, irgendetwas zu bewegen, doch es war offenbar alles fest verschnürt. Mehr als seine Finger konnte er nicht rühren.

Unendlich langsam hob er den Kopf. Ihm gegenüber saß der Anzugträger und lächelte ihn an.

»Ah, da sind Sie ja wieder. Ich dachte schon, ich hätte zu fest zugeschlagen.«

»Warum ...« Aaron räusperte sich, um die Heiserkeit loszuwerden. »... haben Sie es dann getan?«

»Ich konnte ja schlecht zulassen, dass Sie ihn töten. Wer hätte dann dafür gesorgt, dass Sie reden?«

Aaron schnaubte verächtlich. »Nicht bereit, sich selbst die Hände dreckig zu machen, was?«

»Ich vermeide es, wenn möglich. Aber glauben Sie nicht, dass ich nicht dazu fähig bin, wenn ich es für sinnvoll halte.« Er richtete sich auf. »Und jetzt Schluss mit dem Gelaber. Wenn Sie mir sagen, was ich wissen will, wird es für Sie bedeutend angenehmer.«

Aaron spannte die Muskeln an. »Was war das noch gleich?« Nur mit Mühe schaffte er es, seine Angst nicht durchklingen zu lassen.

Die Augen seines Gegners verengten sich, dann nickte er. Sofort bohrte sich etwas in seine Schulter und löste einen rasenden Schmerz aus. Aaron versuchte, dem Druck zu entkommen, doch es war aussichtslos. Er konnte sich nicht bewegen.

»Noch einmal: Sagen Sie mir, wo Emily Gray ist, und Sie müssen nicht mehr leiden.«

Mit Mühe brachte Aaron seine Zähne auseinander. »Fahrt ... zur Hölle.«

Der Anzugträger stieß einen Seufzer aus und schüttelte bedauernd den Kopf. »Sie haben es so gewollt.« Er gab seinem Kumpan ein Zeichen.

Die Schmerzen intensivierten sich, bis Aaron fürchtete, das Bewusstsein zu verlieren. Doch das tat er nicht, egal wie sehr er auch gequält wurde, er blieb bei Verstand. Jedes Mal, wenn er dachte, er hätte es hinter sich, legte sein Folterer nur eine kurze Pause ein, um dann mit einer anderen Körperstelle, einem anderen Instrument weiterzumachen. Ständig wieder stellte der Mann die gleiche Frage: Wo war Emily Gray? Immer wenn Aaron nahe davor war, die Information preiszugeben, nur um sein Leiden abzukürzen, sah er ihr Gesicht vor seinen Augen und er wusste, dass er sie um jeden Preis schützen musste.

Es dauerte lange, bis sie mit ihm fertig waren. Nur noch halb bei Bewusstsein spürte er Erleichterung, endlich erlöst zu werden, als das Messer in sein Herz drang. Aaron schloss die Augen. *Pass auf dich auf, Emily.*

1. KAPITEL

Wie immer kontrollierte Emily zuerst auf den zahlreichen Monitoren in ihrem abgeriegelten, fensterlosen Arbeitsbereich, ob ihr jemand draußen auflauerte, bevor sie die Tür öffnete und in ihr Wohnzimmer trat. Sie ließ die Tür leise hinter sich ins Schloss fallen und wartete, bis sie das Summen des Verschließmechanismus hörte, bevor sie weiterging. Natürlich grenzte ihre Vorsicht ans Paranoide, aber sie hatte gelernt, dass sie nur so überleben konnte. Wie immer begannen bei der Erinnerung ihre Narben zu jucken. Einmal hätten sie sie fast erwischt und es war nur der Hilfe eines FBI-Agenten zu verdanken, dass sie noch lebte. Sie wusste, dass Aaron viel dafür aufgegeben hatte, ihr die Flucht zu ermöglichen, und sie hoffte, dass sie ihm irgendwann etwas dafür zurückgeben konnte.

Kopfschüttelnd ging sie durch das Wohnzimmer, das wie immer mehr als aufgeräumt war. Es wirkte zwar gemütlich, aber man merkte, wie selten sie sich dort aufhielt, weil sie die meiste Zeit vor den Computern verbrachte. Oder vielmehr würde es jemand merken, wenn sie jemals Besuch bekäme. Was sie nicht tat. Im Grunde waren bisher nur zwei Leute hier gewesen, und das auch nur wegen einer Notsituation und weil sie ihnen vertraute. Ein Lächeln glitt über ihr Gesicht. Sie mochte I-Mac wirklich, der Computer-Experte und Ex-SEAL war genau auf ihrer Wellenlänge. Mit ihm konnte sie stundenlang fachsimpeln, ohne dass er sie seltsam ansah. Seine Lebensgefährtin – jetzige Frau – Nurja gefiel Emily auch, weil sie I-Mac eindeutig sehr glücklich machte.

So sehr sie sich für die beiden freute, hatte es ihr auch noch deutlicher gemacht, wie einsam sie eigentlich war. Zwar hatte sie einige Kontakte, besonders zum RIOS-Team, für das sie häufig arbeitete, aber die liefen alle nur über Telefon oder Internet. Persönlich hatte sie keinen von ihnen getroffen und das würde auch so bleiben. Früher hätte sie nie gedacht, dass sie sich tatsächlich einmal nach menschlicher Gesellschaft sehnen könnte. Stattdessen hatte sie immer geglaubt, dass es ihr ohne am besten ging. Und das war damals auch so gewesen. Schon mit vierzehn hatte sie die meiste Zeit vor einem Monitor verbracht und sich selbst das Wissen angeeignet, wie man geschützte Informationen erhielt. Natürlich war das nicht legal gewesen – und war es immer noch nicht. Aber sie war immer davon ausgegangen, dass ihr nichts passieren würde, weil sie schließlich niemandem damit schadete.

Emily schnaubte. Ja, das hatte wunderbar geklappt. Deshalb saß sie jetzt auch seit Jahren in Washington, DC und hatte alles in Philadelphia hinter sich zurücklassen müssen. Nicht, dass das so viel gewesen wäre, aber es war alles, was sie bis dahin gekannt hatte. Glücklicherweise hatte I-Mac – eigentlich John MacPhearson – sie an die Sicherheitsfirma RIOS empfohlen, Rescue, Investigations, Operations, Security, und sie hatte begonnen, wieder an das Gute in den Menschen zu glauben. Emily verzog den Mund. Das klang furchtbar pathetisch.

Und sie hatte jetzt genug Zeit geschunden, um noch nicht rausgehen zu müssen. Mit den Jahren war ihre Angst vor einer Entdeckung nicht geringer geworden, im Gegenteil, sie schien immer größer zu werden.

Dementsprechend hielt sie sich so wenig wie möglich draußen auf. *Draußen* draußen, um genau zu sein. Emily nahm ihren Rucksack, in dem sich eine Notfallausrüstung für den Fall befand, dass sie nicht nach Hause zurückkehren konnte, den Helm, und ging den großzügigen Flur entlang zur Haustür. Diese war mit den neuesten Sicherheitssystemen ausgestattet und fast nicht zu knacken. Es müsste schon jemand mit einem Panzer kommen und sie niederwalzen, was eher unwahrscheinlich schien. Schnell gab sie den zwölfstelligen Code ein, löste die Riegel und öffnete die Tür. Emily trat hinaus und schloss sie hinter sich. Über ihr Handy schaltete sie die Alarmanlage an.

Kein Lufthauch wehte ihr entgegen, kein Blätterrascheln, kein Summen von Insekten oder Zwitschern von Vögeln. Aber das war auch kein Wunder, schließlich lag ihr Garten in den Wänden einer ehemaligen Fertigungsanlage. Vermutlich hatte Aaron nicht geahnt, wie wörtlich sie seine Anweisung, sich zu verstecken, genommen hatte. Vielleicht war es ein wenig exzessiv ausgefallen, aber so hatte sie ihre Umgebung immer unter Kontrolle. Dank der eingebauten Scheinwerfer und der Bewässerungsanlage wuchsen die Bäume, Büsche und Blumen hervorragend und boten ihr ein wenig Grün inmitten der sonst trostlosen Halle. Noch schöner wäre ein freier Himmel darüber, aber das konnte sie nicht riskieren.

Emily ließ ihre Finger über die Blätter eines Busches gleiten und erfreute sich am leisen Rascheln und dem Gefühl von etwas Lebendigem an ihren Fingerspitzen. Ja, sie musste eindeutig öfter raus, bevor sie vergaß, wie es war, sich unter anderen Lebewesen aufzuhalten. Wenn sie nur die Arbeit im Netz nicht so faszinierend fände. Sie konnte sich völlig darin verlieren und tauchte erst Stunden – in seltenen Fällen auch mal einen ganzen Tag – später wieder auf. In der Zeit wurde alles andere absolut unwichtig, sie dachte nicht mal daran, etwas zu essen. Emily blickte an sich hinunter und verzog den Mund. Was man deutlich sehen konnte, sie war eindeutig zu dünn geworden, was sie mit ihrer weiten Kleidung zu kaschieren versuchte.

Mit einem tiefen Seufzer ließ sie die Oase ihres Gartens hinter sich und bewegte sich auf die Tür der Fertigungshalle zu. Emily hatte die alten Einbauten extra stehen gelassen, damit jemand, der durch die Fenster blickte, nichts Verdächtiges bemerkte. Zur Vorsicht hatte sie die Scheiben von innen mit Spiegelfolie beklebt. Aber sie war nicht sicher gewesen, wie lange diese halten würde oder ob nicht einige Fenster kaputtgingen, deshalb die doppelte Absicherung. Lieber wachsam, als wegen eines dummen Fehlers entdeckt zu werden, das war ihr Motto. Und bisher hatte es gut funktioniert. Vielleicht wurde sie inzwischen auch gar nicht mehr gesucht. Emily lachte humorlos. Ja, nicht sehr wahrscheinlich.

Wie immer drohte die Last ihrer eigenen Dummheit sie zu erdrücken. Das alles wäre nicht passiert, wenn sie nicht so verdammt überzeugt von ihren Fähigkeiten gewesen wäre. Sie hatte geglaubt, es könnte sie nie jemand entdecken, da sie ihre

Spuren im Netz zu gut versteckt hätte. Das war ein Irrtum gewesen. Seitdem war sie noch aufmerksamer geworden und auch besser, doch das hieß nicht, dass sie nicht doch jemand durch irgendeinen Zufall finden könnte. Diese Angst schwebte immer über ihr und sie würde vermutlich nie vollständig verschwinden. Natürlich hätte sie versuchen können, einen anderen Job zu finden, aber sie hatte es nicht über sich gebracht, das Einzige in ihrem Leben aufzugeben, das ihr einen Halt gab. Ganz davon abgesehen, dass es das Einzige war, was sie wirklich gut konnte.

Emily warf einen Blick auf den Monitor an der Wand und öffnete die Tür, als sie sah, dass sich niemand in der Nähe befand. Vorsichtig sah sie sich um, schlüpfte durch den Spalt und zog die Tür hinter sich zu. Mit einem deutlichen Klicken rastete der Schließmechanismus ein. Es war ziemlich kompliziert gewesen, die Tür weiterhin alt und schäbig wirken zu lassen, gleichzeitig aber neueste Sicherheitstechnik darin unterzubringen. Doch es war ihr gelungen. Zumindest wurde so verhindert, dass irgendwelche Jugendlichen oder Herumtreiber durch Zufall ihr Haus entdeckten. Es musste schon jemand erhebliche kriminelle Energie aufbringen, um hier einzudringen.

Beruhigt, dass sie alles getan hatte, was möglich war, eilte Emily in die Nebenstraße, in der sie ihr Mofa abgestellt hatte. Es stand dort bereits seit Jahren, für den Fall, dass sie schnell flüchten musste. Regelmäßig kontrollierte sie es, sorgte dafür, dass es vollgetankt und fahrbereit war. Und manchmal machte sie damit eine Spritztour, um zu testen, ob es noch fuhr. Heute war so ein Tag, denn sie wollte in die Stadt zum Postshop, um ihre gesammelte Post der letzten Wochen abzuholen. Sie versuchte, so selten wie möglich dort aufzutauchen, aber trotzdem nicht zu riskieren, dass ihr etwas Wichtiges entging. Deshalb hatte sie auch einen Shop ausgesucht, der nicht in der Nähe ihres Hauses lag.

Nach einer kurzen Überprüfung setzte sie den Helm auf und schwang sich auf die Maschine. Mit einem befriedigenden Röhren erwachte der Motor zum Leben und das Mofa rollte langsam vorwärts. Emily sah sich um und bog auf die Straße ab. Hier in dem abgelegenen ehemaligen Industriegebiet war kaum Verkehr, nur selten verirrte sich jemand an diesen Ort. Dementsprechend schnell kam sie vorwärts und wechselte schon kurz darauf auf eine Straße, die sie in die Stadt führen würde. Sie war nicht sonderlich schnell unterwegs, aber es gab ihr ein gewisses Gefühl von Freiheit, vor allem, weil der Helm ihr Gesicht verdeckte und sie damit noch schwerer zu erkennen war.

Emily fuhr durch die schachbrettmusterartig angelegten Straßen der Hauptstadt und hielt schließlich vor dem Postshop. Mit einem dicken Schloss sicherte sie das Mofa. Widerwillig setzte sie den Helm ab und strich mit den Fingern durch ihre zerwühlten kurzen Haare. Vielleicht hätte sie sich vorher einmal kämmen sollen, aber so etwas vergaß sie grundsätzlich. Am liebsten hätte sie den Helm aufbehalten, aber sie wollte keinen Alarm auslösen, weil die Angestellten einen Überfall vermuteten. Ein dezentes Klingeln ertönte, als Emily die Tür öffnete und in den Laden trat. Sie wandte sich direkt in Richtung der Postfächer, die in einem angeschlossenen Raum untergebracht waren. Sie hatte sich ein größeres angemietet, weil sie sich auch hin und wieder Computerteile schicken ließ, die in ein normales nicht gepasst hätten.

Ihr Fach war relativ weit vorn, damit sie keine Zeit verlor und immer ein Fluchtweg in der Nähe war. Schnell öffnete sie ihr Fach und zog das Päckchen heraus, das obenauf lag. Nach einem Blick auf den Absender stopfte sie es in ihren Rucksack. Es lagen noch zwei Briefe darin, einer vom Finanzamt, der andere von einem ihr unbekannten Absender. Auch diese steckte sie in ihren Rucksack und schloss das Fach. Noch einmal sah sie sich um, dann machte sie ein weiteres Postfach auf. Dieses war unter einem Decknamen eingerichtet und diente dazu, ihr Honorar von RIOS zu empfangen.

Red – Nathan Redfield, der Eigentümer von RIOS – hatte einen weiteren Schlüssel und legte das Honorar in bar hinein. Wenn er es seltsam fand, einen seiner Mitarbeiter auf diese

Weise zu bezahlen, hatte er noch nichts dazu gesagt. Emily war froh, dass es so möglich war, denn das verminderte die Möglichkeit, bei der Einlösung eines Schecks entdeckt zu werden. Red achtete auch darauf, keine allzu großen Scheine zu verwenden, sondern stets eine gute Mischung. Sie hatte keine Ahnung, ob er vermutete, dass sie einen Grund hatte, sich zu verstecken, oder ob er sie einfach nur für seltsam hielt. Aber das würde sie ihn ganz sicher nicht fragen.

Emily steckte das Geld in die Innentasche ihrer Jacke, dort hielt sie es für sicherer. Schnell schloss sie das Postfach und zog den Reißverschluss des Rucksacks hoch. Nachdem sie sich versichert hatte, dass beide Fächer korrekt verschlossen waren und sich der Schlüsselbund wieder sicher an ihrer Hose befand, setzte sie den Rucksack auf und verließ den Postshop. Draußen stülpte sie sofort den Helm auf ihren Kopf und sah sich vorsichtig um. Niemand schien sie zu beachten, aber darauf verließ sie sich nicht. Sie löste das Schloss vom Mofa und stieg auf.

Nachdem zwei Fußgänger an ihr vorbeigegangen waren, nutzte sie die Lücke im Verkehr und lenkte das Mofa auf die Straße. Wie üblich fuhr sie nur zwei Straßen weiter, dann in eine Nebenstraße, um erneut abzubiegen und in die andere Richtung wegzufahren. Am geschäftigen Dupont Circle setzte sie sich auf eine Parkbank und holte die Briefe aus dem Rucksack. Der Weg nach Hause war ihr zu lang, sie musste jetzt wissen, was darin stand. Zuerst öffnete sie den vom Finanzamt und verzog den Mund, als sie sah, dass es erneut eine Nachfrage zu ihrer Steuererklärung gab. Wie so häufig, egal wie sehr sie sich bemühte, alles korrekt anzugeben.

Der zweite Brief war geheimnisvoller. Als Absender wurde ein Notar in Alabama genannt. Sie glaubte nicht, dass sie jemals mit jemandem aus dem Bundesstaat in Kontakt gestanden hatte. Ungeduldig riss sie ihn auf und runzelte die Stirn als ein zweiter Brief herausfiel. Auch dieser war in einem Umschlag und es stand nur ihr Name darauf. Nachdem sie auch diesen geöffnet hatte, konnte sie endlich einen Zettel herausziehen. Ihr Herz machte einen Hüpfer, als sie Aarons vertraute Schrift erkannte. Dann stieg Unruhe in ihr auf. So sehr sie auch von ihm hören wollte, hätte sie nicht gedacht, dass er sie jemals auf diese Weise kontaktieren würde. Es war einfach zu gefährlich. Rasch begann sie zu lesen.

Emily,

ich wünschte, ich könnte dir melden, dass keine Gefahr mehr für dich besteht, aber leider hat sich an der Situation bisher noch nichts geändert. Der Grund, warum du diesen Brief erhältst, ist, dass ich tot bin. Ich weiß, ich sollte dir das schonender beibringen, aber du kennst mich, ich sage es, wie es ist. Ich habe den Notar angewiesen, dir diesen Brief zu schicken, wenn ich sterben sollte – und nicht gerade an Altersschwäche. Offenbar war ich also nicht vorsichtig genug.

Es tut mir leid, dass ich dir nicht mehr helfen kann, ich wollte dich nicht hängenlassen. Ich hoffe, dass du in Sicherheit bist und trotzdem ein gutes Leben führen kannst.

Dein Aaron

Tränenblind sah Emily auf. *Oh Gott, Aaron!* Sie konnte nicht glauben, dass er nicht mehr da sein sollte. Er war der letzte Fixpunkt zu ihrem früheren Leben gewesen. Der einzige Mensch, der wusste, wer sie wirklich war, und auf den sie sich verlassen konnte. Er war nicht alt gewesen, sie konnte sich nicht vorstellen, dass er eines natürlichen Todes gestorben war, und seine Worte im Brief bestätigten dies. Sie musste dringend nach Hause und herausfinden, woran er gestorben war. Hoffentlich war es einfach nur ein Unfall gewesen ...

Mit zitternden Fingern wischte Emily ihre Tränen vom Papier und steckte den Brief zurück in den Umschlag, bevor sie ihn ebenfalls in die Jackentasche schob. Wenn sie zu Hause war, konnte sie in Ruhe um Aaron trauern, in der Öffentlichkeit wäre es zu gefährlich. Rasch sah sie auf, konnte aber niemanden entdecken, der sie beobachtete. Sie nahm die Brille ab und rieb mit dem Ärmel über ihre Augen. Während sie zurück zu ihrem

Mofa ging, versuchte sie zu verstehen, dass Aaron nicht mehr da war. Sie konnte es sich immer noch nicht vorstellen, nie mehr in seine warmen braunen Augen blicken zu können, nicht mehr seine leicht raue Stimme zu hören. Auch wenn es schon ein paar Jahre her war, erinnerte sie sich gut daran. Und das würde es jetzt bleiben: eine Erinnerung. So wie der Rest ihres früheren Lebens.

Emily straffte ihre Schultern. Es brachte Aaron nichts mehr, wenn sie der Vergangenheit hinterhertrauerte. Er würde ihr sagen, dass sie nach vorn schauen und das Beste aus ihrem Leben machen sollte. Und genau das würde sie tun. Aber zuerst würde sie herausfinden, was überhaupt geschehen war. Erst wenn sie selbst schwarz auf weiß irgendwo gesehen hatte, dass er gestorben war, würde sie es wirklich glauben. Vielleicht war es nur ein mieser Scherz. Einen Moment lang kam Hoffnung in ihr auf, aber sie verflog sofort wieder. Aaron würde mit so etwas nie scherzen und es war eindeutig seine Handschrift.

Nein, so sehr sie auch wünschte, es wäre anders, ihr Freund war tot. Die Trauer drohte ihr die Luft abzuschnüren. Beinahe blind stolperte sie zu ihrem Mofa, das sie am Straßenrand geparkt hatte. Jetzt wünschte sie sich, sie hätte ein Auto, etwas, wo sie die Tür schließen könnte und von der Welt abgeschnitten wäre. Wer wusste, wie lange Aaron schon tot war, sie hatte das Postfach seit Wochen nicht geleert. Vielleicht war er schon längst beerdigt und sie hatte es verpasst. Allerdings hätte sie sowieso nicht hinfahren können, weil bestimmt jemand dort nach ihr Ausschau hielt. Es hatte damals Wellen geschlagen, dass sie verschwunden war und der zuständige FBI-Agent kurz darauf gekündigt hatte. Ihren Gegnern war das sicher nicht entgangen.

Emily setzte den Helm auf und stieg auf das Mofa. Es dauerte einige Zeit, bis sie sich in den Verkehr einfädeln konnte. Langsam lenkte sie durch den großen Kreisel und ordnete sich auf der rechten Seite ein, um die nächste Ausfahrt zu nehmen. Es machte sie nervös, so zwischen den Autos eingekeilt zu sein, aber es war im Stadtverkehr nicht zu ändern. Ihr Blinker piepste rhythmisch, es klang fast wie ein Echo ihres Herzschlags. Sie wartete, bis die Fußgänger vor ihr über die Straße gegangen waren, bevor sie abbog. Vorsichtig beschleunigte sie und fuhr dann die Straße entlang. Dabei blieb sie rechts, damit die schnelleren Autos sie überholen konnten.

Jemand hupte dicht neben ihr und Emily zuckte zusammen. Im Ernst, warum setzte sie sich diesem Stress aus? Sie hätte in ihrem Haus bleiben sollen. Da war es ruhig und kühl und niemand versuchte, sie zu überfahren. Aber sie brauchte nur wenige hundert Meter aushalten, dann konnte sie in eine ruhigere Straße einbiegen. Emily drehte den Motor auf, soweit sie konnte, trotzdem kam es ihr viel zu langsam vor. Der Luftzug der Autos drohte, sie immer wieder an den hohen Bordstein zu drücken, doch sie konnte gerade noch gegenlenken. Diese Idioten! Was dachten die, wohin sie verschwinden konnte?

Kurz vor ihrer Abzweigung hörte sie einen Motor aufheulen, im Spiegel sah sie einen großen Wagen auf sich zuschießen. Furcht schoss durch ihren Körper. Panisch sah sie sich um, aber sie konnte nirgendwohin ausweichen. Der Bordstein war zu hoch, als dass sie ihn hätte hinauffahren können. Auf der anderen Seite fuhren die Autos zu schnell und vor allem zu dicht hintereinander. Es gab keine Lücke für sie. Wenn der SUV sie rammte, würde sie schwer verletzt werden oder sogar sterben. Selbst wenn er nur das Mofa touchierte, würde es vermutlich umfallen und sie unter die anderen Autos geraten.

Sie hatte keine Wahl. Kurz bevor die Stoßstange des Geländewagens ihr Hinterrad berührte, warf sich Emily zur Seite. Hart kam sie auf dem Gehweg auf, Schmerz schoss durch ihre Seite. Der Schwung ließ sie weiterrollen, bis ein Laternenpfahl ihre Bewegung abrupt stoppte. Dank des Helms hatte ihr Kopf nichts abbekommen, aber der Rest ihres Körpers fühlte sich an, als wäre er in eine Mangel geraten. Dumpf hörte sie quietschende Bremsen, Schreie von Passanten, wildes Hupen. Am lautesten aber klangen ihr Herzschlag und ihr keuchender Atem.

2. KAPITEL

Ihr Visier war beschlagen, als sie die Augen endlich wieder öffnete. Sie hatte nicht bemerkt, dass sie sie geschlossen hatte.

»Hallo? Können Sie mich hören? Geht es Ihnen gut?« Eine Männerstimme drang durch den konstanten Lärm an ihr Ohr. »Miss?« Jemand berührte ihre Schulter.

Emily schrie auf und versuchte, der Berührung zu entkommen. Furcht pulsierte durch ihren Körper.

»Nicht, bleiben Sie still liegen. Wir wissen nicht, welche Verletzungen Sie haben.« Diesmal war es eine Frauenstimme. Jemand kniete sich neben sie, sodass Emily sie sehen konnte. Es war eine mittelalte Frau in weißer Kleidung. »Ich bin Krankenschwester. Keine Angst, ich kümmere mich um Sie, bis ein Krankenwagen da ist.«

Erneut versuchte Emily, sich aufzurichten. Es gelang ihr nur sehr eingeschränkt. »Mir ... g...geht es ... g...gut.« Ihre klappernden Zähne sprachen dagegen, aber davon ließ sie sich nicht abhalten. Wenn sie in ein Krankenhaus kam, könnte genau das dazu führen, dass sie gefunden wurde.

»Das glaube ich nicht. Sie sind mit voller Wucht auf den Boden geprallt und haben dann noch den Pfahl mitgenommen. Wenn Sie unverletzt sind, wäre das ein Wunder.«

Emily schnitt eine Grimasse. »Prellungen habe ich ganz sicher. Aber ich glaube, sonst ist mir nichts passiert.«

»Vermutlich haben Sie einen Schock und merken die Verletzungen noch gar nicht.«

Sie spürte auf jeden Fall genug. Wenn es noch schlimmer wurde, wusste sie nicht, wie sie es aushalten sollte. Schmerzen waren für sie nichts Neues, aber es war lange her, seit sie sich zuletzt so schlecht gefühlt hatte. Noch einmal versuchte sie, sich aufzusetzen.

Die Krankenschwester runzelte die Stirn. »Sie sollten sich wirklich nicht bewegen. Wenn Sie eine Rückenverletzung haben ...«

»Ich kann noch alles spüren, das denke ich nicht.«

»Trotzdem wäre es besser, wenn Sie sich untersuchen lassen.«

Rein logisch betrachtet hatte sie damit absolut recht, aber Emily würde es nur im Notfall wagen, ein Krankenhaus aufzusuchen. Und so weit war sie noch nicht. Wenn es ihr später noch schlechter ging, konnte sie es sich immer noch überlegen. Oder sich zumindest von einem Hausarzt behandeln lassen.

»Das mache ich später. Ich möchte jetzt erst mal von hier weg, falls noch ein Idiot auf die Idee kommt, er müsste mich umfahren.«

Verständnisvoll nickte die Frau. »Das kann ich gut verstehen. Ich fürchte nur, Ihr Mofa wird heute nirgends mehr hinfahren.«

Vorsichtig drehte Emily den Kopf zur Fahrbahn hin und stöhnte innerlich, als sie das zerbeulte Mofa am Rand der Straße liegen sah. Es war nicht so, dass sie sich kein neues leisten könnte, nur würde das wieder die Gefahr beinhalten, entdeckt zu werden. Und vor allem hatte sie Besseres zu tun, als sich darum zu kümmern. Vielleicht konnte sie einen von Reds Männern bitten, ihr eines zu besorgen. Die hatten doch sicher Kontakte zu irgendwelchen Hinterhofwerkstätten. Etwas beruhigt rappelte sich Emily langsam auf und setzte sich auf den Rand eines steinernen Blumenkübels. Ihre Handflächen waren aufgeschabt, aber wenigstens bluteten sie nicht stärker. Ihre Beine waren durch die Jeans geschützt gewesen, doch sie war sicher, dass sich darunter auch diverse Abschürfungen und Prellungen befanden.

Noch immer stand die Krankenschwester mit besorgter Miene neben ihr und schien zu befürchten, dass sie jeden Moment umkippen würde. Sie fühlte sich tatsächlich nicht ganz sicher auf den Beinen, aber sie würde alles tun, um nicht in ein Krankenhaus eingeliefert zu werden. In diesem Fall hieß das, die Zähne zusammenzubeißen und sich ein Taxi zu besorgen, sobald sie sich ein wenig gesammelt hatte. Ihr Mofa würde sie erst einmal hier lassen müssen. Auch etwas, das ihr gar nicht gefiel, schließlich könnten ihre Fingerabdrücke darauf sein. Zwar bemühte sie sich immer, das so weit wie möglich zu vermeiden, doch nachdem Jahre vergangen waren, ohne dass etwas passiert war, konnten sich Unachtsamkeiten eingeschlichen haben.

Ihr Ellenbogen schmerzte, als sie ihre Jacke öffnete und in der Innentasche nach ihrem Handy tastete. Behutsam zog sie es heraus und betrachtete es sorgenvoll. Wenn es durch den Sturz beschädigt worden war ... Erleichtert atmete sie auf, als der Bildschirm aufleuchtete. Glück gehabt. Ersatz wäre deutlich schwerer zu beschaffen gewesen als ein normales Mofa. Denn auch wenn es dem Gerät von außen nicht anzusehen war, war es deutlich mehr als ein einfaches Telefon. Mit neutraler Stimme bestellte sie sich ein Taxi an den Ort des Unfalls. Ihr Gesprächspartner würde dank der eingebauten Stimmveränderung denken, dass ein Mann ihn angerufen hatte.

Als sie den Anruf beendet hatte, wandte sie sich wieder an die Krankenschwester neben ihr. »Vielen Dank, dass Sie mir geholfen haben.«

Diese sah sie mit großen Augen an. »Sie wollen wirklich wegfahren? Jemand hat Sie fast umgefahren! Sie müssen Anzeige erstatten, vielleicht hat sich ja einer der anderen Leute hier das Kennzeichen gemerkt oder kann eine Beschreibung des Wagens abgeben. So ein Mistkerl sollte nicht frei herumlaufen dürfen!«

»Da gebe ich Ihnen völlig recht. Aber ich habe den Wagen nicht richtig gesehen, ich könnte ihn gar nicht beschreiben. Ich wäre also wenig hilfreich.«

»Aber ...«

Das Geräusch einer Sirene erklang und Emily sah sich verzweifelt um, als ein Streifenwagen auf der Straße direkt neben ihrem Mofa hielt. Verdammt, wenn sie jetzt aufsprang und floh, würde sie sich nur noch verdächtiger machen. Mal davon abgesehen, dass sie sich nicht schnell genug bewegen konnte. Sie war gezwungen, auszuharren und darauf zu warten, dass der Polizist ausstieg und nach einem Blick zu dem zerstörten Mofa auf sie zukam. Ein Stück vor ihr blieb er stehen und blickte auf sie hinunter.

»Sind Sie in der Lage, eine Aussage zu machen, Miss?«

Emily musste den Kopf in den Nacken legen, um den Polizisten durch das Visier ihres Helms hindurch ansehen zu können. »Ja, ich denke schon.«

»Gut. Können Sie mir sagen, was passiert ist?«

Emily schilderte kurz den Vorfall und schloss mit den Worten: »Ich kann Ihnen leider nichts über den Wagen oder den Fahrer sagen, dafür ging alles zu schnell.«

»Es war ein großer Dodge, dunkelgrün.« Der Ruf kam aus der Menge heraus.

Der Polizist drehte sich zu den Leuten um, die sich auf dem Bürgersteig versammelt hatten, um das Drama live zu beobachten. Genau das, was sie nicht haben wollte: ein aufmerksames Publikum.

»Hat jemand noch nähere Angaben zum Wagen? Kennzeichen? Besondere Merkmale?«

Murmeln erfolgte, aber niemand meldete sich mehr.

Mit stoischer Miene notierte der Polizist etwas auf einem Block, den er anschließend wieder in seine Hemdtasche steckte. »Soll ich einen Krankenwagen für Sie rufen?« Sein Blick lag auf ihren aufgeschürften Händen.

»Nein, danke. Ich möchte einfach nur nach Hause.«

»Das geht leider noch nicht, erst nehme ich Sie mit zum Police Department, damit Sie eine offizielle Aussage machen.«

Emily schnitt eine Grimasse, die glücklicherweise durch den Helm verdeckt war. »Muss das sein? Ich habe doch schon alles gesagt, was ich weiß.«

»Ja, es muss sein. Außer Sie müssen ins Krankenhaus, in dem Fall würde die Befragung hinterher stattfinden.«

Es war die Wahl zwischen Pest und Cholera. »Geht diese Aussage denn schnell?«

»Wir nehmen den Vorfall zu den Akten. Das dauert etwa zwanzig Minuten.«

Emily wusste, dass sie es nicht abwenden konnte. »In Ordnung. Was passiert mit meinem Mofa?«

»Das wird von einem Abschleppdienst zur Aufbewahrungsstelle gebracht. Dort können Sie es nach der Untersuchung abholen.«

»Und wenn es nicht mehr fahrtauglich ist?«

Der Polizist warf noch einen Blick darauf. »Wir können es auch an einen Schrottplatz abgeben, wenn wir es untersucht haben, falls Sie das wünschen. Das können wir aber auch gleich im Büro besprechen.«

»Okay.« Hauptsache, sie brachte die Sache so schnell wie möglich hinter sich. Aaron hatte ihr stets eingeschärft, nicht aufzufallen. Trauer durchflutete sie unvermittelt, als sie sich wieder daran erinnerte, dass ihr Freund tot war. Konnte dieser Tag wirklich noch schlimmer werden? Es war kaum vorstellbar.

Mühsam kam Emily auf die Beine, gestützt von der Krankenschwester, die immer noch an ihrer Seite war. Emily bemühte sich um ein Lächeln. »Vielen Dank für Ihre Hilfe.«

»Sehr gern. Und wenn Sie irgendwelche Verletzungen bemerken, die über ein paar blaue Flecken hinausgehen, wenden Sie sich bitte an einen Arzt oder fahren gleich ins Krankenhaus. Solche Unfälle können manchmal Spätfolgen haben, die jetzt noch nicht absehbar sind.«

»Das werde ich, danke noch mal.«

Da der Streifenpolizist ungeduldig auf sie wartete, drückte sie der Frau nur noch einmal die Hand und ging langsam zum Bordstein. Der Blick auf ihr Mofa machte ihr noch einmal bewusst, dass es auch ganz anders hätte ausgehen können. Es hätte nicht viel gefehlt und sie wäre hier gestorben. Ein Schauder lief über ihren Rücken. Erst Aaron und jetzt sie. Nein, das musste ein Zufall sein. Es war nicht möglich, dass jemand sie gefunden hatte, so vorsichtig, wie sie andauernd gewesen war.

Trotzdem sah sie sich noch einmal um, bevor sie sich auf den Beifahrersitz des Polizeiwagens setzte. Netterweise musste sie nicht hinten einsteigen, was ihr erlaubte, ihre Beine auszustrecken.

Der Polizist startete den Motor und blickte zu ihr hinüber. »Anschnallen, bitte.«

Emily folgte schweigend seiner Bitte, doch er fuhr noch nicht los. Schließlich hielt sie es nicht mehr aus. »Was? Ich bin jetzt angeschnallt.«

»Wollen Sie nicht irgendwann den Helm absetzen?«

Nicht unbedingt, aber das konnte sie kaum sagen, ohne sich noch verdächtiger zu machen. Deshalb löste sie widerwillig den Riemen und zog den Helm von ihrem Kopf. Schmerz schoss durch ihre Arme und auch ihren Kopf. Offenbar hatte sie ein Geräusch von sich gegeben, denn die Miene des Polizisten wurde weicher.

»Geht es?«

Emily räusperte sich und rückte ihre Brille zurecht. »Ja.« Mit den Fingern versuchte sie, ihre Frisur ein wenig zu ordnen, aber sie wusste, dass es hoffnungslos sein würde, nachdem sie den Helm aufgehabt hatte.

Offenbar war der Polizist damit zufrieden, denn er nickte nur und fuhr dann los. Glücklicherweise ohne Sirene, sie glaubte nicht, dass sie den Lärm ertragen hätte. Ihr Kopf dröhnte schon genug. Während der Fahrt schwieg sie, je weniger sie sagte, desto unauffälliger würde sie hoffentlich bleiben. Allein die Vorstellung, dass jemand auf die Idee kommen könnte, sie hätte etwas zu verbergen, versetzte sie in Angst. Wäre sie heute doch bloß zu Hause geblieben, dann wäre das alles nicht passiert! Allerdings wüsste sie in dem Fall nicht, dass Aaron tot war. Noch immer konnte sie sich nicht vorstellen, wie er gestorben war. Hätte er eine schwere Krankheit gehabt, hätte er sie hoffentlich vorher vorgewarnt.

Als ihr bewusst wurde, wie egoistisch das klang, fühlte sie sich noch schlechter. Auch wenn sie in den letzten Jahren nicht mit ihm gesprochen hatte, vermisste sie Aaron unbeschreiblich. Die zwei Wochen, in denen er für ihren Schutz – oder vielmehr ihre Überwachung – gesorgt hatte, waren unglaublich intensiv gewesen. Nichts Romantisches war zwischen ihnen passiert, dennoch hatte sie sich ihm näher gefühlt als allen anderen Menschen. Anscheinend war ihm das ebenso gegangen, sonst hätte er nicht extra einen Brief für sie bei seinem Notar hinterlegt. Sie musste dringend nach Hause und mehr über die Umstände seines Todes herausfinden! Stattdessen war sie jedoch auf dem Weg mitten durch die Stadt zum Police Department. Genau das, was sie auf keinen Fall wollte.

Schließlich kamen sie an und Emily wartete, bis der Polizist um den Wagen herumgekommen war, um ihr die Tür zu öffnen. Er hielt ihr eine Hand hin, und sie nahm sie dankbar an. Die wenigen Minuten der Ruhe hatten dazu geführt, dass ihr gesamter Körper steif geworden war. Wenn sie zu Hause ankam, musste sie sich gleich in die Wanne legen und versuchen, mit heißem Wasser den Auswirkungen der Prellungen entgegenzuwirken. Langsam kletterte sie aus dem tief liegenden Wagen und versuchte, eine schmerzerfüllte Grimasse zu unterdrücken. Solange der Polizist dachte, dass sie nicht allzu schwer verletzt war, würde die Sache hoffentlich schnell vonstattengehen.

In gemäßigtem Tempo betraten sie das alte Gebäude und Emily sah sich unbehaglich um. Natürlich war es keine kleine Polizeistation, sondern die größte in DC. Der Streifenpolizist hielt ihr die Tür auf und Emily trat zögernd hindurch. Im Innern war es so geschäftig wie in einem Bienenschwarm, überall liefen Leute herum, andere saßen auf unbequem wirkenden Bänken entlang der Wände.

»Ich übergebe Sie hier an einen Kollegen, der Ihre Aussage aufnehmen wird.«

Erschrocken sah Emily zu ihm auf. »Oh, ich dachte, Sie machen das.«

»Das geht leider nicht, ich muss wieder raus. Aber keine Angst, mein Kollege wird sich gut um Sie kümmern. Oder ziehen Sie eine Kollegin vor?«

Tatsächlich hatte sie nie besonders gut mit Frauen umgehen können. Sie hatte nie verstanden, warum sie so handelten, wie sie es taten. Andersherum war es genauso gewesen. »Das ist mir gleich.«

»Gut.« Er führte sie durch eine hölzerne Schwingtür, die den öffentlichen vom internen Bereich trennte, und brachte sie in einen Raum, in dessen Mitte ein Tisch mit Stühlen stand und der sonst völlig leer war.

Wunderbar, genau die Art von Raum, in denen sie sich besonders wohl fühlte. Es gab noch nicht mal ein Fenster! Nervös sah sie sich um.

»Setzen Sie sich schon mal, ich hole einen Kollegen.« Offenbar sah er ihr die Unruhe an. »Es wird nicht lange dauern«, versuchte er, sie zu beschwichtigen. »Ich weiß, es ist nicht gerade der tollste Raum, aber wenigstens haben Sie etwas Ruhe in diesem Affenstall.«

Emily rang sich ein Lächeln ab. »Ein echtes Argument. Danke fürs Herbringen.«

»Gern. Ich hoffe, dieser Mistkerl wird gefunden.« Damit verschwand er im Gewühl und ließ sie in dem Raum zurück.

Unruhig blickte sie von einer Wand zur anderen, doch es gab nichts, das ihre Aufmerksamkeit fesseln konnte. Sie wünschte, sie hätte ihren Laptop dabei, dann könnte sie wenigstens etwas arbeiten. Sowie sie eine Tastatur unter ihren Fingern spürte, war sie in ihrem Element. Doch hier war sie völlig hilflos. Je länger sie wartete, desto mehr steigerte sich ihre Panik.

***

Tom ging den Gang entlang und nickte hin und wieder, wenn er einen Kollegen traf, den er kannte. Normalerweise hielt er sich hier unten nur selten auf, sein Büro war in der Abteilung für Identitätsdiebstahl im zweiten Stock. Doch heute hatte er einer Befragung eines Verdächtigen beigewohnt und war jetzt auf dem Rückweg zum Fahrstuhl. Durch Zufall blickte er in eines der Vernehmungszimmer, dessen Tür offen stand, und blieb stehen. Eine junge Frau saß an dem Tisch und wirkte, als würde sie jeden Moment flüchten. Warum war die Tür offen und niemand bei ihr? Normalerweise sollte sich im internen Bereich kein Besucher oder Verdächtiger allein aufhalten. Erst recht nicht in einem solchen Zustand.

Ihre Jacke hatte einen Riss, die Hose war verschmutzt. Ein Rucksack lehnte am Tischbein, der auch schon bessere Tage gesehen hatte. Obenauf lag ein Motorradhelm, der ebenfalls zerschrammt war und den eine Beule zierte. Ihre kurzen, dunklen Locken standen in alle Richtungen ab. Auch die Hände, die sie ineinander verschlungen hatte, waren zerkratzt. Er zog seine Augenbrauen zusammen. Offenbar war sie in einen Unfall oder ähnliches verwickelt gewesen, ein Grund mehr, sie nicht aus den Augen zu lassen.

Anscheinend spürte sie seinen Blick, denn sie wandte sich langsam in seine Richtung. Als sie ihn sah, weiteten sich ihre Augen hinter der viel zu großen Brille. Ihr Mund öffnete sich, aber es kam kein Ton heraus. Abrupt drehte sie sich weg und starrte an die Wand. Sie hielt ihre Hände so fest, dass sich ihre Finger weiß färbten.

Rasch ging Tom weiter und sprach den ersten Polizisten an, der ihm entgegenkam. »Hanson, weißt du etwas über die Frau in Raum 3? Sie sitzt dort völlig allein und wirkt nicht so, als sollte sie das.«

»Hi, Carter. Mofa-Unfall mit Fahrerflucht. Ich nehme ihre Aussage auf.«

»Shit. Warum ist sie nicht im Krankenhaus?«

»Sie hat sich wohl geweigert. Eigentlich wollte sie nach Hause fahren, aber Willis hat sie hierhergebracht.«

Zusammen mit ihrem beinahe panischen Blick weckte das Toms Neugier. Er hatte gute Instinkte und jetzt sagten sie ihm, dass hier etwas nicht stimmte. Ja, die Frau sah eindeutig aus, als hätte sie einen Unfall gehabt, aber das erklärte nicht, warum sie nicht ins Krankenhaus wollte oder dort saß und wirkte, als wollte sie am liebsten flüchten. »Wie ist ihr Name?«

»Lisa Moore. Mehr weiß ich noch nicht.«

»Was dagegen, wenn ich von draußen zugucke?«

Sein Kollege sah ihn seltsam an, zuckte dann aber mit den Schultern. »Ich weiß zwar nicht warum, aber wenn es dir Spaß macht, nur zu.«

»Danke. Tu mir einen Gefallen und frag sie nach ihrer Sozialversicherungsnummer.«

»Das ist nicht üblich, wenn sie das Opfer ist, Carter.«

»Weiß ich. Es würde mich aber trotzdem interessieren.«

Kopfschüttelnd ging Hanson weiter. »Wenn es sein muss.

Aber ich sage es noch mal, sie ist keine Verdächtige, sondern das Opfer. Irgendein Idiot hat sie von ihrem Mofa geholt und sie könnte jetzt tot sein.«

»Ich werde diskret sein.« Zumindest solange er nichts herausfand, das sein Eingreifen erforderte.

Hanson rollte mit den Augen. »Ja, den Spruch kenne ich.«

Tom wartete, bis sein Kollege die Tür des Vernehmungsraums geschlossen hatte, dann betrat er leise das Nebenzimmer. Dort gab es Monitore, auf denen man das Gespräch beobachten und belauschen konnte, außerdem einen PC. Tom ließ ihn hochfahren und loggte sich mit seiner ID ein. Die vertraute Maske erschien und er wählte den Menüpunkt Identitätsüberprüfung. Er konnte selbst nicht sagen, warum er so davon überzeugt war, dass etwas nicht stimmte. Diese Lisa Moore konnte genauso gut eine ganz normale junge Frau sein, die sich noch nie in ihrem Leben etwas zuschulden kommen lassen hatte. Nur, dass sie sich nicht wie eine benahm.

Hanson setzte sich ihr gegenüber und begann das Gespräch damit, dass er sich vorstellte. »Wir sind hier, damit ich Ihre Aussage zu dem Unfall aufnehmen kann. Mein Kollege hat mir schon ein bisschen was erzählt, aber warum schildern Sie nicht noch mal genau, was passiert ist. Bevor wir das tun, brauche ich noch Ihre Personalien. Ihr Name ist Lisa Moore?«

Wenn er sie nicht so genau beobachtet hätte, wäre Tom ihr Zusammenzucken wahrscheinlich entgangen, und auch das leichte Zögern, bevor sie die Frage bejahte. Inzwischen leuchtete Toms Shitometer in allen Farben.

»Wie lautet Ihre Sozialversicherungsnummer?«

Die Frau blickte ihn misstrauisch an. »Wofür brauchen Sie denn die?«

»Reine Routine. Ich muss ein Formular ausfüllen, in dem der Punkt abgefragt wird.«

Hanson war ein routinierter Lügner, das musste er sich merken.

Noch immer zögerte Lisa Moore, was Toms Argwohn weiter verstärkte. Schließlich bückte sie sich zu ihrem Rucksack und zog ihr Portemonnaie heraus. »Ich kann mir die Nummer nie merken.« Während sie sie ablas, tippte Tom die Ziffern in sein Programm ein.

Angespannt beugte er sich vor, als er einen Treffer erhielt. Lisa Moore, geboren in Virginia, wohnhaft zur Zeit in einem der Randbezirke von Washington, DC. Ein Foto war hinterlegt, das eindeutig die Frau vor ihm zeigte – mit längeren Haaren und ohne Brille. Allerdings konnte er sich beim besten Willen nicht vorstellen, dass Lisa Moore schon über dreißig sein sollte, also nur zwei Jahre jünger als er. Gut, manche sahen jünger aus, als sie waren, aber hier machte es ihn nur noch misstrauischer. In den Jahren in der Abteilung für Identitätsdiebstahl hatte er gelernt, auf die Ungereimtheiten zu schauen und obwohl auf den ersten Blick alles normal wirkte, sagte ihm sein Gefühl etwas anderes.

Deshalb begann er, tiefer zu graben, nach Polizeiberichten über Lisa Moore, nach Artikeln im Internet, während er gleichzeitig mit einem Ohr der Befragung lauschte. Er fand nichts und das machte ihn noch hellhöriger. Heutzutage hinterließ so gut wie jeder junge Mensch eine Spur im Internet. In den Sozialen Medien, in der Schule, im Job, durch Hobbys. Rein gar nichts zu finden, war eigentlich nicht möglich. Wenn er raten sollte, würde er darauf tippen, dass irgendjemand die Datenbanken der Social Security Administration manipuliert hatte, denn die Identität war eindeutig echt. Allerdings konnte er zum jetzigen Zeitpunkt nichts beweisen.

Und das löste sämtliche Alarmglocken bei ihm aus. Warum sollte das bei einer so harmlos wirkenden Frau gemacht worden sein? Bei einer Aktion vom Zeugenschutz würde eine ganz neue Identität erstellt werden, keine reale umgewandelt. Auf jeden Fall lohnte es sich, noch weiter nachzuforschen und herauszufinden, wer diese Frau dort wirklich war. Zwar hatte sie seines Wissens nach keine weitere Straftat begangen, doch war die Annahme einer falschen Identität an sich schon strafbar.

Vermutlich hätte er die Sache lieber auf sich beruhen lassen sollen, er hatte genug andere Fälle auf seinem Schreibtisch und diese Frau sah grundsätzlich eher harmlos aus. Aber er hatte gelernt, immer wachsam zu sein und es nicht zu ignorieren, wenn er auf solch eine Spur stieß. Verdammt, warum hatte er überhaupt in den Raum geblickt? Er säße schon längst wieder in seinem Büro und könnte das Sandwich essen, das im Kühlschrank auf ihn wartete. Außerdem hatte er eigentlich früher Feierabend machen wollen, doch das konnte er jetzt vergessen.

Tom blickte auf das Monitorbild und zoomte das Gesicht der falschen Lisa Moore größer. Das Licht spiegelte sich in ihren Brillengläsern, hinter denen ihre blauen Augen viel zu groß für ihr Gesicht wirkten. Sie schauten beinahe ein wenig ängstlich, und Tom spürte einen Hauch von Mitleid. Rasch unterdrückte er ihn. Es war ein Verbrechen, eine Identität zu stehlen und diese Frau hatte es trotzdem getan. Aus welchen Gründen war für ihn unerheblich.

3. KAPITEL

Es waren sicher nur wenige Minuten, aber Emily kam die Befragung endlos vor. Zwar war Officer Hanson durchaus freundlich, aber sie glaubte, ein gewisses Misstrauen zu spüren. Wahrscheinlich bildete sie sich das nur ein. Dass sie die Sozialversicherungsnummer hatte nennen müssen, trug noch zu ihrer Unruhe bei. War das wirklich nötig, wenn jemand einen Unfall hatte? Oder hatten sie einen Verdacht und überprüften sie nun? Unruhig bewegte sie sich, hielt aber sofort wieder still, als sie sah, dass Hanson sie prüfend beobachtete. Nein, sie hatten keine Veranlassung, ihre Identität zu überprüfen, das war nur ihr schlechtes Gewissen.

»Ich denke, ich habe alle Informationen, die ich benötige. Wenn wir etwas herausfinden, melde ich mich bei Ihnen.« Er tippte mit dem Stift auf die Telefonnummer, die er sich notiert hatte.

»Dann kann ich jetzt gehen?«

Wieder sah er sie intensiv an. »Ja, natürlich. Sie sollten wirklich zu einem Arzt gehen, Miss Moore.«

Emily bemühte sich um ein Lächeln. »Das werde ich, wenn es nötig ist.« Langsam erhob sie sich und unterdrückte ein Stöhnen, als sich in ihrem gesamten Körper die Schmerzen verdreifachten. Sie griff sich ihren Rucksack und den Helm und ging steif die paar Schritte bis zur Tür. Gott, was gäbe sie für ein heißes Wannenbad! Aber zuerst würde sie nach Hause kommen müssen, was ohne Mofa verdammt lästig war. Sie konnte sich schlecht von einem Taxi genau bis vor die Tür ihrer Behausung fahren lassen, das würde nur Fragen aufrufen. Und sie wollte nicht, dass irgendjemand wusste, wo genau sie lebte.

Gerade als sie bei der Tür ankam, verstellte ihr ein hochgewachsener Mann den Weg. Erschrocken blickte sie nach oben und erstarrte. Sie hatte sich vorhin also nicht geirrt, als sie glaubte, Tom Carter im Gang gesehen zu haben. Es war ihr bewusst, dass er hier als Detective arbeitete, aber trotzdem fragte sie sich, was er genau jetzt hier tat. Ging an diesem Tag alles schief? Wenn sie einen Menschen im Moment nicht sehen wollte, dann war es Tom. Es half auch nicht, dass er nicht wusste, wer sie war. Allein die Tatsache, in welcher Abteilung er arbeitete, steigerte ihre Nervosität ungemein. Sie wusste genau, wie sorgfältig er war und wie ungern er einige der etwas ... weniger legalen Methoden von RIOS sah. Eigentlich half er nur immer noch, weil er mit Red befreundet war und er einsah, dass manchmal Leben auf dem Spiel standen und sie nicht warten konnten, bis sich die Behörden gerührt hatten.

Wenn sie manchmal miteinander telefonierten, hörte sich seine Stimme genauso an, wie er sie gerade anblickte: abschätzig. Er konnte nicht verstehen, dass nicht alles schwarz und weiß war, sondern das Leben aus lauter Grautönen bestand. Ja, sie brach das Gesetz, aber sie tat es für einen guten Zweck. Und sie weigerte sich, sich deshalb schlecht zu fühlen. Allerdings bedeutete das auch, dass Tom und sie niemals die besten Freunde werden würden. Mal davon abgesehen, dass er sie überhaupt nicht kannte und auch nie erfahren würde, wer sie wirklich war.

Emily wollte an ihm vorbeigehen, doch er trat ihr wieder in den Weg. »Ich möchte noch mit Ihnen sprechen, Miss Moore. Bitte setzen sie sich wieder.«

»Aber Officer Hanson sagte ...«

»Seine Befragung mag zu Ende sein, meine fängt erst an. Setzen Sie sich.«

Es war keine Bitte. Emily hasste diesen Tonfall und auch das Gefühl, in der Falle zu sitzen. Sie schob ihr Kinn vor. »Falls Sie es nicht mitbekommen haben: Ich bin hier das Opfer. Ich bin angefahren worden und verletzt. Ich wüsste nicht, was es über meine Aussage hinaus noch zu bereden gäbe.«

Kein Funke Sympathie war in seinen grünen Augen zu erkennen. »Doch, das habe ich mitbekommen. Wenn Sie jetzt kooperieren, wird es nicht lange dauern.«

Was blieb ihr anderes übrig, als zum Tisch zurückzukehren? Tom schloss die Tür hinter sich und setzte sich ihr gegenüber, während sich Hanson an die Wand lehnte. Wenigstens war er mit im Raum, das gab ihr ein klein wenig mehr Sicherheit. Vermutlich wusste er selbst nicht, was Tom von ihr wollte, wenn sie sein Stirnrunzeln richtig deutete.

Vorsichtig stellte sie ihren Rucksack neben sich und legte den Helm darauf ab. Schweigend blickte sie Tom an. Es war seltsam, ihm jetzt so nah zu sein, dass sie die wenigen grauen Fäden in seinen kurzen dunklen Haaren sehen konnte. Oder wie groß und kraftvoll er wirkte.

Tom beugte sich vor. »Ihr Name ist Lisa Moore?«

»Ja, wie ich eben schon lang und breit beantwortet habe.«

Seine Augen verengten sich. »Ja, das habe ich gehört. Nur gibt es da ein Problem.«

Ihr Atem stockte. »Welches?«

»Die Tatsache, dass Sie sonst nirgends zu existieren scheinen.«

Furcht schoss durch ihren Körper. Wie war Tom so schnell auf ihre Spur gekommen? Soweit sie wusste, hatte sie dafür gesorgt, dass ihre Tarnidentität keine Fragen aufwarf. Wenn Tom das innerhalb von Minuten durchschaute, wie lange würden dann die Kerle brauchen, die hinter ihr her waren? Sie musste hier weg ...

»Miss Moore? Oder wie sollte ich Sie nennen?«

Emily befeuchtete ihre trockenen Lippen. »Ich habe keine Ahnung, wovon Sie reden. Ich bin Lisa Moore und ich sitze hier vor Ihnen, wie Sie sehen können. Da muss ein Fehler vorliegen.«

»Das glaube ich kaum. Abgesehen von ihrer Sozialversicherungsnummer scheinen Sie nicht zu existieren. Keine Spur im Internet, kein Busabo, gar nichts.«

Emily bemühte sich um einen möglichst unschuldigen Geschichtsausdruck. »Sie müssen sich irren. Davon aber mal abgesehen, wurde ich angefahren. *Ich* bin das Opfer. Warum stehe ich plötzlich unter Verdacht?«

»Weil ich Ihre Sozialversicherungsnummer überprüft habe.«

»Und warum haben Sie das gemacht? Darf man das einfach

so bei unbescholtenen Bürgern, ohne einen Anlass? Jemand hat mich umgefahren und deshalb werde ich von der Polizei verfolgt? Ist das hier ein Polizeistaat?«

»Womit sie nicht ganz unrecht hat, Tom. Sie können jetzt gehen, Ma'am. Wir melden uns bei Ihnen, wenn wir noch Fragen haben.«

»Ich denke nicht ...« Tom brach ab und presste die Lippen zusammen. »Also gut, gehen Sie.«

Das ließ Emily sich nicht zweimal sagen. Während sie Tom einen bösen Blick zuwarf, lächelte sie Officer Hanson dankbar an. Ihre Hand zitterte, als sie die Tür öffnete und in den Gang trat. Leise schloss sie sie wieder hinter sich, in der Hoffnung, dass Tom ihr nicht folgen würde. Warum hatte er es auf sie abgesehen? Es stand ihr doch nicht auf die Stirn tätowiert, dass sie eine falsche Identität hatte. Oder doch? Vielleicht sah man ihr an, dass sie ein anderes Leben führte. Aber daran konnte sie nichts mehr ändern. Fakt war, dass sie weg musste. Nicht nur aus dem Police Department, sondern auch aus der Stadt. Sie musste sich eine andere Identität suchen und woanders noch einmal anfangen.

Ihre Brust presste sich zusammen. Sie mochte es hier, die Stadt war groß genug, um sich zu verbergen, aber nicht so ein Moloch wie Chicago oder New York. Außerdem gefiel ihr die Nähe zu RIOS, selbst wenn sie niemals dort ins Hauptquartier marschieren würde. Aber sie hatte wenigstens das Gefühl, dabei zu sein, selbst wenn es nur virtuell war. Das konnte sie auch noch sein, wenn sie woanders hinzog, aber es würde sie viel Zeit, Geld und Energie kosten, alles neu aufzubauen. Ihr Haus war jetzt perfekt auf ihre Bedürfnisse zugeschnitten. Wer wusste schon, ob sie jemals wieder so etwas finden würde, einen Ort, an dem sie sich sicher fühlte.

Zuerst musste sie nach Hause und herausfinden, was mit Aaron passiert war. Vermutlich würde Tom etwas Besseres zu tun haben, als hinter ihr herzuschnüffeln und herauszufinden, dass sie nicht dort lebte, wo Lisa Moore gemeldet war. Eine weitere Vorsichtsmaßnahme, die eigentlich nicht nötig sein sollte. Trotzdem war sie jetzt froh darüber. Was sollte Tom schon machen, wenn er sie nicht antraf? Da sie noch keines Verbrechens beschuldigt wurde, musste er die Angelegenheit ruhen lassen. So wie sie Tom allerdings kannte, würde ihm das nicht gefallen. Er hasste es, wenn ein Fall nicht abgeschlossen wurde. Hoffentlich sah er ein, dass sie keiner seiner Fälle war, und gab Ruhe.

Emily trat ins Freie und blinzelte gegen die Sonne an. Kurzentschlossen machte sie sich auf den Weg zur nächsten Bushaltestelle. Aus dem Rucksack zog sie ihre Sonnenbrille heraus, um ihre empfindlichen Augen zu schützen. Am liebsten hätte sie auch den Helm wieder aufgesetzt, aber das würde zu merkwürdig aussehen und sie würde damit im Bus mehr auffallen als ohne.

Glücklicherweise war die nächste Haltestelle nicht weit entfernt. Sie würde einige Male umsteigen und schließlich die letzten Kilometer zu Fuß gehen müssen. Normalerweise kein Problem, aber gerade heute fühlte sie sich überhaupt nicht danach. Einerseits wegen Aaron, vor allem aber, weil ihre Blessuren bei jedem Schritt schmerzten. Emily sah sich um. Vielleicht wäre ein Taxi doch die bessere Option, doch dann sah sie den Bus heranfahren und beschleunigte ihre Schritte, um ihn noch zu erwischen. In einem humpelnden Laufschritt erreichte sie gerade rechtzeitig die Haltestelle und ließ sich kurz darauf atemlos auf einen Sitz fallen.

Ihr gesamter Körper schmerzte und sie fragte sich, ob sie nicht doch zu einem Arzt hätte gehen sollen. Andererseits, was waren ein paar Schmerzen, wenn sie dadurch entdeckt wurde? Dann würde sie noch viel Schlimmeres erleiden müssen. Nein, sie würde ihre Verletzungen selbst behandeln, ein paar Schmerztabletten nehmen und darauf hoffen, dass alles von allein heilen würde. Alles andere war zu riskant. Mit einem Ruck fuhr der Bus an und Emily sah sich im Fahrzeug um. Es war nicht allzu voll und niemand schien sich für sie zu interessieren. Etwas beruhigt holte sie ihr Handy heraus und begann zu recherchieren.

Es war nicht viel über Aaron zu finden. Jedenfalls nichts über die genaueren Umstände seines Todes. Emily entdeckte nur eine Todesanzeige, die von seiner Sekretärin geschaltet worden war. Vielleicht wusste Katherine Genaueres, aber Emily konnte sie nicht kontaktieren, denn wenn jemand auf ihrer Spur war, würde Katherine als Vertraute von Aaron bestimmt unter Beobachtung stehen. Nein, Emily musste an den Polizeibericht kommen, in dem würde sie alle nötigen Informationen finden. Das war im Grunde nicht weiter schwer, aber es würde hart sein, mehr über Aarons Tod zu erfahren.

Ihr Blick verschwamm, als sie die Todesanzeige las.

Aaron Murphy
18. Juli 1965 – 25. Mai 2019

Viel zu früh von uns gegangen. Du wirst vermisst.

Katherine

Mühsam drängte Emily die Tränen zurück. Wahre Worte, auch wenn sie selbst sie nie aussprechen durfte. Selbst wenn sie ihn nie wiedergesehen hätte, war sie doch davon ausgegangen, dass er noch lange da sein würde. Der Gedanke hatte etwas Tröstliches gehabt. Jetzt jedoch war da einfach nur eine Lücke, die nicht gefüllt werden konnte. Der Kummer ließ sie ihre Schmerzen fast vergessen. Erst als sie aufstehen wollte, um bei der nächsten Haltestelle auszusteigen, erinnerte sie sich wieder daran. Emily zuckte zusammen und presste die Hand auf ihre Seite. Verdammt, das tat weh!

Mühsam stemmte sie sich hoch und ging wie eine alte Frau die wenigen Schritte bis zur Tür. Einige Mitfahrer sahen sie bereits seltsam an, deshalb bemühte sich Emily um einen neutralen Gesichtsausdruck. Bloß nicht auffallen, das war die Devise. Es war nicht leicht, aber sie schaffte es, ohne weiteres Aufsehen auszusteigen. An der Haltestelle setzte sie sich auf eine Bank und wartete auf den Anschlussbus, der sie näher an ihr

Ziel bringen würde. Inzwischen hatte sich die Sonne hinter den Wolken verzogen und sie setzte wieder die normale Brille auf.

Emily fühlte sich unwohl, obwohl sie niemanden sehen konnte, hatte sie das Gefühl, beobachtet zu werden. Aber das war Unsinn, ganz sicher war niemand dem Bus gefolgt und lauerte ihr hier nun auf. Was hätte das auch für einen Sinn? Niemand wusste, wer sie wirklich war, mit Aaron war der letzte Mensch gestorben, der ihr früheres Leben mit Lisa Moore hätte verbinden können. Doch jegliches noch so logische Argumentieren brachte nichts, sie konnte das beunruhigende Gefühl nicht abschütteln.

Schließlich hielt sie es nicht mehr aus und stand auf. Mit einiger Mühe setzte sie den Rucksack wieder auf und schob ihren Arm durch die Öffnung vom Helm. Es nervte sie, damit herumlaufen zu müssen, aber sie wollte ihn nicht zurücklassen, aus Angst, ihre DNA könnte daran entdeckt werden. Zwar wusste sie nicht, ob diejenigen, die hinter ihr her waren, Zugriff auf solche Informationen hatten, aber sie wollte kein Risiko eingehen. Auch wenn sie alles in den Datenbanken gefälscht hatte, war es immerhin möglich, dass diese Kerle sich eigene Proben besorgt hatten. Sie hatte so eilig verschwinden müssen, dass sie nicht all ihre Sachen hatte mitnehmen oder entsorgen können. Wenn diese Leute schlau waren – und das waren sie zweifellos –, dann hatten sie sich sofort eine Probe besorgt, bevor das FBI alles an sich genommen hatte.

Aaron hatte damals versucht, an ihre Sachen zu kommen, das FBI hatte diese aber weggeschlossen. Was davor eventuell entwendet worden war, hatte er nicht nachprüfen können. Es hätte ihn sowieso niemand in die Nähe von Beweisen gelassen, denn es war herausgekommen, dass er sich mit ihr angefreundet hatte, und der Verdacht lag nahe, dass er ihr bei der Flucht geholfen hatte. Was nicht ganz verkehrt war. Er hatte aktiv nichts getan, sie aber mit seinen umfassenden Kenntnissen dabei unterstützt, so spurlos wie möglich zu verschwinden. Und er war wirklich gründlich gewesen, sodass das FBI sie nie gefunden hatte. Zumindest bis jetzt.

Sollte sie sich vielleicht einfach stellen? Nein, das ging nicht, denn dann würden ihre Feinde sofort davon erfahren, und ihr war völlig bewusst, dass das FBI sie nicht vor ihnen schützen konnte. Dazu reichte deren Macht zu weit, wie sie schon einmal hatte erleben müssen. Damals war sie gerade so mit dem Leben davongekommen, diesmal würde ihr das vermutlich nicht gelingen, schon gar nicht ohne Aarons Hilfe. Noch einmal sah Emily sich um, bemerkte aber nichts Verdächtiges. Trotzdem wollte sie kein Risiko eingehen und entschied sich dafür, zu Fuß weiterzugehen. Wenn sie Glück hatte, konnte sie in ein Geschäft schlüpfen und durch einen hinteren Ausgang entkommen.

Vor einiger Zeit schon hatte sie sich einige Fluchtrouten rausgesucht, um im Falle einer Entdeckung vorbereitet zu sein. Jetzt zahlte sich das aus. Sie wusste, welche Läden in der Nähe der Bushaltestelle einen hinteren Ausgang hatten und wo sie sich am besten verbergen konnte. Nach so vielen Jahren hatte sie nur nicht erwartet, noch darauf zurückgreifen zu müssen. Vielleicht war es auch nur ihre Einbildung und auf ihren Schock über Aarons Tod zurückzuführen. Aber sie war lieber zu vorsichtig, als erneut in eine Situation zu geraten, in der sie nicht die Kontrolle hatte.

Nach einem letzten vorsichtigen Rundumblick tauchte sie in ein Antiquariat ein, dessen Räume mit deckenhohen Bücherregalen ausgestattet waren. Im Gang standen auch noch zahlreiche Tische und weitere Regale, sodass nur ein schmaler Pfad hindurchführte. Es war niemand zu sehen, deshalb ging Emily hinter den Standregalen in Richtung des hinteren Ausgangs. Dieser war nicht öffentlich zugänglich, aber sie würde hoffentlich einen Weg finden, hinauszukommen. Unwillkürlich hielt sie den Atem an, während sie an den Büchern entlangschlich.

»Kann ich Ihnen helfen, Miss?«

Ertappt blieb Emily stehen und sah sich suchend um. Schließlich entdeckte sie durch einen Spalt eine ebenso vollbeladene Verkaufstheke, die sie nicht als solche wahrgenommen hatte. Dahinter stand ein älterer Mann, der sie über eine Lesebrille hinweg musterte. Verdammt, sie hatte gehofft, ungesehen entkommen zu können. Je mehr Zeugen es für ihre Flucht gab, desto gefährlicher wurde es für sie.

Emily bemühte sich um ein Lächeln und trat um die Regale herum auf den Tresen zu. »Entschuldigen Sie, ich hatte Sie gar nicht gesehen.«

»Das passiert mir öfter.« Seine Stimme klang ein wenig heiser, so als hätten die vielen Bücher der Luft die Feuchtigkeit entzogen. »Was suchen Sie denn? Es kommt nicht jeder mit meiner Ordnung hier zurecht.«

»Ehrlich gesagt brauche ich nur einen Hinterausgang. Ich habe einen Mann abgewiesen und er lässt einfach kein Nein gelten. Jetzt hat er mich hierher verfolgt und wartet draußen, dass ich wieder rauskomme. Wäre es möglich, dass Sie mich hinten rauslassen?«

Der Antiquar runzelte die Stirn. »Sind Sie sicher, dass wir nicht lieber die Polizei rufen sollten? Man hört heute so viele schlimme Dinge über solche Typen.«

Bloß nicht! Emily versuchte, sich ihre Panik nicht anmerken zu lassen. »Nein, ich denke, das wird nicht nötig sein. Wenn ich nicht mehr auftauche, wird er ganz schnell aufgeben und mich in Ruhe lassen. Er ist einfach nur etwas übereifrig und nicht bösartig.«

»Wenn Sie sicher sind ...«

»Ja, das bin ich.« Abwartend sah sie ihn an. Wenn er ihr nicht half, würde sie es in einem der anderen Läden versuchen müssen.

»Gut, dann helfe ich Ihnen gern. Aber achten Sie bitte auf sich, Miss. Die Zeiten werden immer gefährlicher.«

»Das werde ich, danke.« Sie bemühte sich um ein weiteres Lächeln. »Und beim nächsten Mal werde ich mich hier umsehen und ein schönes Buch kaufen.«

»Davon habe ich sehr viele. Ich bin sicher, wir finden das Richtige für Sie.«

»Ich freue mich darauf.« Und das würde sie wirklich, wenn sie ein normales Leben führen würde, in dem ein Besuch im

Antiquariat nicht zu gefährlich wäre. Es war sicherer, alles online zu bestellen, als mit anderen Menschen persönlich in Kontakt zu treten. Es war eine Sache, freiwillig zurückgezogen zu leben, weil einen etwas anderes mehr interessierte, aber etwas ganz anderes, so leben zu *müssen*.

Der Antiquar nickte ihr zu und führte sie in den hinteren Bereich des Ladens. Die Hintertür war abgeschlossen, sie wäre sowieso nicht allein dort hinausgekommen. Er drehte den Schlüssel herum und zog die Tür auf. Nachdem er sich zu allen Seiten umgesehen hatte, gab er den Weg frei.

»Die Luft ist rein. Passen Sie gut auf sich auf, Miss.«

Dankbar lächelte Emily ihn an. »Das werde ich. Vielen Dank.«

Nachdem sie sicher war, dass ihr tatsächlich niemand auflauerte, trat Emily aus dem Gebäude in die schmale Gasse. Sie führte zur Straße zurück, ging aber auch in die andere Richtung weiter. Diese schlug Emily ein, nachdem die Tür hinter ihr zufiel und sie hörte, wie der Schlüssel herumgedreht wurde. Sie hatte Glück gehabt, dass der Inhaber ihr geglaubt und keine weiteren Fragen gestellt hatte. Im Lügen war sie noch nie sonderlich gut gewesen – und doch bestand ihr gesamtes Leben nur aus Lügen. Wenn sie ehrlich war, fiel es ihr mit jedem Tag schwerer, so zu existieren. Aber sie würde es weiterhin tun, denn nur das garantierte ihr Überleben.

So schnell es ihr geschundener Körper zuließ, eilte sie die Gasse entlang, weg von der Straße. In der Gasse war es dunkler, zudem hatte sich die Sonne hinter eine Wand aus stahlgrauen Wolken verzogen. Vermutlich würde sie gleich ziemlich nass werden. Aber das war ihr egal, solange sie nur ungesehen nach Hause kam. Vielleicht würde ihr das bei schlechtem Wetter sogar besser gelingen. Als hätte sie jemand gehört, traf in diesem Moment ein fetter Tropfen ihre Nasenspitze. Emily blickte zum Himmel und fragte sich, was sie getan hatte, um einen solchen Tag zu verdienen. Sofort meldete sich ihr schlechtes Gewissen. Was jammerte sie hier herum, während Aaron tot war? Er hätte sicher gern noch ein wenig Regen erlebt.

Der Kummer schnürte ihr die Kehle zu und sie blinzelte gegen die Tränen an. Mühsam riss sie sich zusammen. Aaron würde nicht wollen, dass sie um ihn trauerte. Seine Einstellung zum Tod war immer recht pragmatisch gewesen und er hatte ihr mehr als einmal gesagt, dass es nicht so tragisch wäre, weil er niemanden zurückließ. Darin irrte er sich allerdings, denn er ließ sie zurück und sie war ziemlich sicher, dass es auch noch andere gab, die seinen Tod bedauerten.

Inzwischen regnete es heftiger und Emily stellte sich unter den Überhang einer Feuerleiter, um den Rucksack absetzen und nach ihrem Schirm wühlen zu können. Gerade als ihre Fingerspitzen ihn ertastet hatten, erklang ein metallisches Geräusch über ihr. Verwirrt sah sie auf, erschrocken taumelte sie zurück, als sie die Feuerleiter von oben auf sich zuschießen sah. Ihr Mund öffnete sich zu einem Schrei, doch es kam kein Ton heraus. Panik schoss durch ihren Körper und ihre Bewegungen schienen wie in Zeitlupe. Gleich ...

4. KAPITEL

Mit einem Fluch stürzte Tom vorwärts und riss Lisa aus der Gefahrenzone der fallenden Leiter. Dabei verlor er das Gleichgewicht und ging mit ihr zu Boden. Zur Vorsicht rollte er sich mit ihr herum, bis sie nicht mehr getroffen werden konnten. Mit einem lauten Scheppern schlug die Leiter auf den Asphalt und verfehlte sie nur um Haaresbreite. Automatisch duckte sich Tom tiefer über Lisa und schützte sie mit seinem Körper. Nachdem der Lärm verklungen war, hob er den Kopf Es war nichts Verdächtiges zu sehen, deshalb wandte er sich wieder Lisa zu. Ihre Brille war verrutscht, ihre Augen waren geschlossen.

Unerklärlicherweise zog sich bei diesem Anblick sein Herz zusammen. Dabei war er ihr nur gefolgt, um herauszufinden, was für ein Geheimnis sie verbarg. Tom stählte sich gegen das Mitgefühl und räusperte sich. »Sind Sie okay?«

Die Augenlider flatterten und hoben sich langsam. »Tom?«

Sie seinen Namen mit rauer Stimme sagen zu hören, fuhr unerwartet in einen Teil seiner Anatomie, über den er im Moment nicht nachdenken wollte. »Ja.« Vorsichtig löste er sich von ihr und hockte sich neben sie. »Können Sie sich bewegen?«

»Was ist ... passiert?« Noch immer wirkte ihr Blick wie benebelt.

Hoffentlich hatte sie sich keine Verletzung zugezogen. War ihr Kopf auf den Boden geschlagen? Er konnte sich nicht daran erinnern. »Sie wären beinahe von der Leiter erwischt worden.«

Ein großer Regentropfen landete genau auf ihrer Stirn und schien ihre Sinne ein wenig zu beleben. Sie blinzelte ein paar Mal, dann schärfte sich ihr Blick. Gleichzeitig verschloss sich ihre Miene und zu seiner Verwunderung ärgerte ihn das.

»Ich erinnere mich.« Unbehaglich blickte sie sich um. »Ich muss jetzt gehen.«

Fassungslos sah er sie an. »Das ist alles? Sie werden beinahe getötet und können nur daran denken, dort hinzukommen, wo auch immer Sie hinwollten?«

Lisa hob eine Schulter und zuckte beinahe unmerklich zusammen. »Ja. Was sollte ich sonst tun? Ich hatte das Pech, genau dort zu stehen, wo sich eine Leiter gelöst hat.« Sie wirkte selbst nicht überzeugt von ihren Worten.

»Einfach so? Nachdem Sie vorhin schon fast überfahren worden wären? Sie haben wirklich keinen besonders guten Tag.«

Wütend blitzte sie ihn an, die Wirkung wurde durch die schiefe Brille aber zunichtegemacht. »Danke, dass Sie mich daran erinnern! Was machen Sie hier überhaupt?« Der Ärger wich Misstrauen und wurde von Furcht ersetzt.

Mist, erwischt. Tom hielt ihr eine Hand hin. »Wollen Sie versuchen aufzustehen?«

Skeptisch blickte sie zu ihm hinauf, ließ sich dann aber zögernd von ihm aufhelfen. Er konnte ihr den Schmerz ansehen, doch sie gab keinen Laut von sich. Das gefiel ihm auf eine sonderbare Weise, selbst wenn er sie eigentlich eines Verbrechens überführen wollte. Tom zwang sich, wie ein Ermittler zu denken und jegliche Sympathien, die er vielleicht hegen mochte, beiseitezuschieben. Als Lisa neben ihm stand, fiel ihm zum ersten Mal auf, wie klein sie war. Ihre Kleidung war so geschnitten, dass er ihre Figur absolut nicht einschätzen konnte, aber er tippte auf an den richtigen Stellen gerundet. Genervt schüttelte er den Kopf. Was war nur mit ihm los? Sonst hatte er doch kein Problem, Arbeit und Gefühle auseinanderzuhalten.

»Soll ich einen Krankenwagen rufen?«

»Nein, es geht schon.« Inzwischen hatte der Schmerz Spuren in ihrem Gesicht hinterlassen. »Denken Sie nicht, dass ich es nicht gemerkt habe, dass Sie meiner Frage ausgewichen sind. Also, warum sind Sie hier? Und sagen Sie nicht, dass es Zufall ist, das würde ich Ihnen sowieso nicht glauben.«

Da er tatsächlich keine gute Ausrede parat hatte, entschied sich Tom für die Wahrheit. »Ich wollte sehen, wo Sie hingehen.«

Ihre Augenbrauen schoben sich zusammen. »Warum? Ihr Kollege hat gesagt, ich könne gehen. Stehe ich unter Überwachung?«

»Offiziell nein. Ich war neugierig, wo Sie leben.«

»Und nur aus Neugier sind Sie dem Bus gefolgt? Das ist ziemlich viel Aufwand.« Nervös blickte sich Lisa um. »Warum interessiert es Sie, wo ich hingehe?«

»Nun, ich arbeite in der Abteilung für Identitätsdiebstahl. Sie scheinen im Netz nicht zu existieren und die Adresse, die Sie angegeben haben, gibt es auch nicht. Reicht das fürs Erste?«

Jede Kampfeslust schien Lisa zu verlassen, sie wirkte einfach nur noch müde, zerschlagen und nervös. Tom kämpfte darum, sein Mitleid zu unterdrücken.

»Was haben Sie jetzt vor?« Sie klang verzagt.

»Das weiß ich ehrlich gesagt noch nicht. Vielleicht sollten wir Sie erst mal ins Trockene bringen, bevor Sie sich auch noch erkälten.«

Lisa sah an sich hinunter, als würde sie erst jetzt merken, dass sie inzwischen beide vom Regen völlig durchweicht waren. »Zurück zum Polizeirevier?«

Tom dachte einen Moment lang nach und schüttelte dann den Kopf. »Nein, das bringt uns nicht weiter. Ich kann Sie nach Hause bringen.«

Beinahe etwas wie Panik leuchtete in Lisas Augen auf. »Nein! Ich meine ...« Hart ließ sie die Luft entweichen. »Ich komme schon zurecht. Danke für das Angebot.«

»Eigentlich war das kein Angebot, Ms. Moore. Ich brauche immer noch Ihre richtige Adresse.«

Lisa biss auf ihre Lippe. »Können Sie das nicht einfach vergessen? Ich würde nie jemandem schaden.«

»Das glaube ich sogar, aber trotzdem ist es eine Straftat, eine fremde Identität anzunehmen.« Obwohl er sich einige Gründe dafür vorstellen konnte. Und so nervös, wie sich Lisa immer wieder umschaute, schien sie zu befürchten, verfolgt zu werden. »Sind Sie im Zeugenschutzprogramm?«

Lisa schien noch blasser zu werden und schüttelte den Kopf. »Nein.«

Da ihm der Regen inzwischen in kalten Bächen den Rücken

hinunterlief, beschloss Tom, die Befragung später fortzusetzen. Lisa zitterte, ihre Lippen färbten sich langsam bläulich. Sie musste dringend aus dem Regen und den nassen Klamotten raus. »Gehen wir.«

Mit hängendem Kopf humpelte Lisa neben ihm her aus der Gasse hinaus. Offenbar hatte sie akzeptiert, dass sie ihn nicht so schnell loswerden würde. Er konnte nicht sagen, warum es ihm so wichtig war, herauszufinden, wer sie wirklich war und warum sie sich eine falsche Identität zugelegt hatte. Normalerweise arbeitete er mehr im Hintergrund oder handelte erst, wenn er sämtliche Informationen und Beweise zusammengetragen hatte. Doch bei Lisa hatte er auf den ersten Blick gesehen, dass irgendetwas nicht stimmte. Jeder normale Mensch wäre nach einem solchen Unfall ins Krankenhaus gefahren oder hätte sich zumindest von einem Arzt behandeln lassen. Lisa hatte jedoch nur nach Hause fahren wollen, als wäre nichts gewesen. Das allein war schon verdächtig, aber es hätte noch mit dem Schock erklärt werden können. Die falsche Identität und Adresse waren aber Dinge, die jede Alarmglocke bei ihm schrillen ließen. Wäre Lisa nicht angefahren und von einem Streifenpolizisten eingesammelt worden, wäre sie weiterhin unter dem Radar geblieben. »Wo wohnen Sie nun?«

»In Bloomingdale.«

Er konnte keinen Grund erkennen, warum sie nicht schon früher ihre richtige Anschrift genannt hatte. Es war ein relativ ruhiges Viertel nördlich der Union Station. »Und warum haben Sie die Adresse nicht gleich angegeben?«

Lisa hob das Kinn. »Ich dachte nicht, dass das wichtig wäre. Ich habe nur eine Aussage gemacht und nichts Verbotenes getan.«

»Eine falsche Adresse bei der Polizei anzugeben, ist schon strafbar.«

Genervt sah sie ihn an. »Es war ein Fehler, okay? Ich wollte einfach nur meine Ruhe haben.«

Warum nahm er ihr das nicht ab? Aber das war jetzt unerheblich. Er war nass, ihm war kalt und er wollte nur noch irgendwo ins Trockene kommen. Deshalb führte er sie zu seinem Wagen und hielt ihr die Beifahrertür auf.

»Ich mache den ganzen Sitz nass.«

»Das macht nichts, das kann er ab.«

Zögernd stieg sie ein und Tom schloss vorsichtig die Tür hinter ihr. Während er um den Wagen herumging, erwartete er fast, dass sie hinaussprang und flüchtete, aber offenbar hatte sie sich in ihr Schicksal ergeben. Zitternd saß sie auf dem Beifahrersitz und versuchte, so wenig Platz einzunehmen wie möglich. Tom griff nach hinten und zog die Decke vom Rücksitz.

»Hier, wickeln Sie sich darin ein, dann wird Ihnen wärmer.«

Es war eigentlich nicht kalt, aber er merkte selbst, wie kühl es sich auf der Haut anfühlte, wenn man so durchnässt war. Deshalb drehte er die Temperatur der Heizung höher, bevor er losfuhr. Es dauerte nicht lange, bis er die North Capitol Street erreichte, die nach Bloomingdale führte. »Wohin genau?«

»Bryant Street 54.«

Tom fuhr weiter nach Norden und bog nach links ab. Dabei behielt er die Hausnummern im Auge. Vor einem schmalen, blauen Reihenhaus fuhr er an den Straßenrand und schaltete den Motor aus. »Hier ist es?«

Lisa nickte stumm.

Noch immer konnte er sich nicht erklären, warum sie gelogen hatte. Das Haus wirkte ordentlich, genau wie die ganze Straße. Bäume umrahmten den Eingang, einige Pflanzen wuchsen im Vorgarten. Hier wohnten Mittelklassefamilien, keine Verbrecher, die sich verstecken wollten. Sowie sie standen, öffnete Lisa die Tür und stieg aus. Tom folgte ihr rasch und ging hinter ihr her zum Haus. Wahrscheinlich wegen des Regens war kein Nachbar zu sehen. Einladende Lichter schimmerten hinter den Fenstern. Sie traten auf die von schmalen Säulen gestützte Veranda und blieben vor der braunen Holztür mit Glaseinsätzen stehen. Seltsamerweise hatte er das Gefühl, dass dieses Haus nicht zu Lisa passte. Es wirkte zu ... offen, normal. Beinahe hätte er bei ihr eher einen Bunker erwartet. Tom schnaubte, als er den absurden Gedanken beiseiteschob.

Lisa blickte ihn fragend an. »Was ist?«

»Nichts, ich hatte nur Wasser in der Nase.« Er beobachtete, wie sie in den Tiefen ihres Rucksacks wühlte, und wollte schon eine Bemerkung über Frauen und ihre Taschen machen, als sie endlich einen Schlüsselbund zu Tage förderte.

Nach einem schnellen Seitenblick schloss sie die Tür auf und schob sie nach innen. Ein seltsamer Geruch lag in der Luft, so als wäre schon länger nicht mehr gelüftet worden. Lisa schaltete das Licht an und steckte den Schlüssel zurück in den Rucksack. Das war ungewöhnlich. Normalerweise legte man ihn irgendwo hin, wenn man nach Hause kam. Noch im Flur blieb sie stehen und drehte sich zu Tom um.

»Jetzt haben Sie gesehen, wo ich wohne. War das alles?« Ihre Augen wirkten beschwörend hinter den großen Gläsern.

Eigentlich sollte er jetzt wirklich gehen, aber etwas hielt ihn hier. Lisa Moore war ihm ein Rätsel und er hasste es, Fragen unbeantwortet zu lassen. »Nein, ich denke, wir sollten uns unterhalten.«

Beinahe etwas wie Panik flammte in ihren Augen auf, doch sie nickte nur. »Kommen Sie mit.«

Sie führte ihn ins Wohnzimmer, das von den Möbeln her gemütlich wirkte. Doch irgendetwas störte ihn daran. Es dauerte einen Moment, bis er dahinterkam: Es gab rein gar nichts Persönliches. Keine Fotos oder andere Bilder an den Wänden oder auf der Anrichte. Nichts, das einfach nur herumlag. Es war alles an seinem Platz. Es wirkte beinahe septisch rein. Unbewohnt. Und genauso wirkte Lisa auch: als würde sie sich nicht wohl fühlen, als wäre sie genauso fremd wie er. Was ihn zu der Frage führte, ob es wirklich ihr Haus war. Aber sie würde wohl kaum in ein fremdes einsteigen, schon gar nicht mit einem Schlüssel und am helllichten Tag.

»Haben Sie vielleicht ein Handtuch, mit dem ich mich abtrocknen kann? Ich möchte Ihre Möbel nicht nass machen.«

Lisa wirkte, als würde sie ihn am liebsten eigenhändig hinausbugsieren, doch schließlich nickte sie nur kurz und verließ den Raum. Ihren Rucksack trug sie dabei immer bei sich. Für

Tom nur ein weiteres Indiz, dass etwas nicht stimmte. Sie würde doch wohl nicht aus einem Fenster flüchten, oder? Zur Sicherheit trat er auf den Flur und sah sie gerade noch in einen anderen Raum treten. Da dieser nach innen lag und damit kein Fenster hatte, kehrte er beruhigt ins Wohnzimmer zurück. Am liebsten hätte er einen der Schränke geöffnet, um zu sehen, was darin war, doch er hielt sich gerade noch zurück. Es gab Grenzen, die er nicht überschritt, auch wenn er noch so sicher war, dass etwas nicht stimmte.

Lisa kam mit zwei großen Handtüchern zurück, eines davon reichte sie Tom.

»Danke.« Er rieb es über sein Gesicht und rubbelte seine Haare trocken. Als er sah, dass Lisa nur dastand und ihn mit großen Augen anblickte, hielt er inne. »Sie tropfen.«

Sie blinzelte und wandte sich schnell ab. Aber nicht, bevor er die Röte sah, die in ihre Wangen gestiegen war. Verwirrt starrte er ihren Rücken an. Bisher hatte er nicht das Gefühl gehabt, dass sie ihn sonderlich mochte. Kein Wunder, wenn sie versuchte, etwas zu verstecken und er alles darauf anlegte, es aufzudecken. Tom bemühte sich darum, seine Kleidung ein wenig zu trocknen, bevor er das Handtuch zurück ins Bad brachte. Das gab ihm Gelegenheit, auch diesen Raum in Augenschein zu nehmen. Wie bereits im Wohnzimmer war zwar alles vorhanden, was man brauchte, aber es wirkte nicht benutzt. Die Tube Zahnpasta war brandneu und auch die Zahnbürste schien unbenutzt. Eine völlig haarfreie Bürste lag auf der Ablage unter dem Spiegel. Das ging weit über Ordentlichkeit hinaus.

Lisa trat hinter ihm in das kleine Bad und hängte ihr Handtuch ebenfalls auf. Dann nahm sie die Bürste und begann, ihre zerzausten Haare zu kämmen. Ihre Grimasse zeugte davon, welche Schmerzen ihr das bereitete, vermutlich von den Prellungen verursacht, die sie sich zugezogen hatte. Es lag Tom auf der Zunge, ihr anzubieten, sie zu kämmen, doch er konnte sich gerade noch beherrschen. So gern er ihr auch helfen wollte, es war nicht ratsam, einer Verdächtigen so nahe zu kommen.

Ihr Blick traf seinen im Spiegel. »Hatte ich mich dafür

bedankt, dass Sie mich eben gerettet haben? Ich glaube nicht, dass ich schnell genug weggekommen wäre.« Ein Schauder lief sichtbar durch ihren Körper.

»Keine Ursache. Was haben Sie da eigentlich unter der Feuerleiter gemacht?«

»Ich habe versucht, meinen Schirm herauszuholen und dabei nicht allzu nass zu werden.«

Toms Augenbrauen schossen in die Höhe. »Sie hatten einen Schirm?« Bedeutsam ließ er seinen Blick an ihrer nassen Kleidung hinuntergleiten. »Warum haben Sie ihn dann nicht benutzt?«

Die Röte in ihren Wangen vertiefte sich. »Nachdem ich fast gestorben wäre, habe ich ehrlich gesagt nicht mehr daran gedacht.«

Vermutlich auch, weil sie genug damit zu tun hatte, ihn irgendwie wieder loszuwerden. »Das kann ich verstehen. Ich bin froh, dass Ihnen nichts weiter passiert ist.«

»Ich auch. Wären Sie nicht dagewesen ...« Erneut zitterte sie.

Tom konnte nicht anders, er legte seine Hand beruhigend auf ihre Schulter. »Es ist ja noch mal gut gegangen. Nächstes Mal stellen Sie sich am besten nicht mehr unter etwas, von dem Sie nicht wissen, ob es stabil ist.« Obwohl er immer noch nicht verstand, wie das passieren konnte. Feuerleitern wurden ständig wieder geprüft, es dürfte sich keine lösen. Und dass das geschah, während jemand darunter stand – wie hoch war die Wahrscheinlichkeit? Auf jeden Fall würde er das überprüfen, wenn er hier fertig war.

Schließlich hielt Tom es nicht mehr aus und legte seine Hand auf ihre, mit der sie weiterhin versuchte, die wirren Strähnen zu ordnen. »Lassen Sie das, sonst haben Sie gleich keine Haare mehr.«

»Aber ich sehe aus wie ein Wischmopp, so kann ich nicht herumlaufen.«

Tom betrachtete ihre zerzausten Haare, die in alle Richtungen abstanden. »Also zuerst einmal sieht das nicht aus wie ein Wischmopp und außerdem sind Sie ja hier zu Hause und es sieht niemand.«

»Außer Ihnen.«

Tom nickte. »Außer mir. Aber ich bin nicht wegen Ihrer Haare hier.«

Lisa verzog das Gesicht. »Nein, nur um mich einer Straftat zu überführen.«

5. KAPITEL

Innerlich zuckte Emily zusammen. Verdammt, warum hatte sie ihn daran erinnert? Für einen Moment schien Tom etwas zugänglicher gewesen zu sein und sie als Menschen zu sehen. Anstatt das auszunutzen und ihn auf ihre Seite zu ziehen oder zumindest abzulenken, war sie so blöd, ihn darauf hinzuweisen, dass sie eine Verbrecherin war. Kein Wunder, dass sie sich am liebsten mit Computern umgab, sie war offensichtlich nicht für menschliche Gesellschaft geschaffen. Wie erwartet wurde sein Blick sofort wieder schärfer, seine Hand zog er zurück. Es war erstaunlich, dass er sie überhaupt berührt hatte.

Tom betrachtete sie eingehend. »Ich bin hier, weil ich mich frage, warum jemand wie Sie überhaupt in so eine Lage gekommen ist.«

»Jemand wie ich?« Emily verschränkte die Arme über ihrer Brust, damit er ihr Zittern nicht bemerkte. Inzwischen war ihr so kalt, dass sie die Zähne zusammenbeißen musste, damit sie nicht klapperten.

»Ich kann mich täuschen, aber Sie wirken auf mich nicht wie jemand, der so etwas macht, um einer Strafe zu entgehen. Verstecken Sie sich vor irgendwem?«

Jetzt konnte sie das Zittern nicht mehr zurückhalten. Ihr gesamter Körper schien zu vibrieren.

Tom stieß einen leisen Fluch aus. »Sie frieren. Ziehen Sie sich erst um, dann können wir weitersprechen.«

Emily zögerte. Zwar hatte sie vor einiger Zeit Kleidung in den Schrank gehängt, aber sie war seit einer Ewigkeit nicht gewaschen und würde dementsprechend nicht sonderlich gut riechen. Aber es war auch keine Option, in ihren nassen Klamotten rumzustehen. Eine Erkältung oder gar Lungenentzündung konnte sie sich nicht auch noch leisten. Allerdings würde es Tom Gelegenheit geben, in ihrem Haus herumzuschnüffeln, während sie im Schlafzimmer war.

»Dürfen Sie das Haus ohne Durchsuchungsbefehl durchsuchen?«

»Nein. Und alles, was ich dabei finden würde, wäre nicht vor Gericht verwendbar. Keine Angst, ich werde mich einfach nur in einen Sessel setzen und warten, bis Sie wieder da sind.« Er wirkte etwas verärgert, dass sie ihm so etwas unterstellte. Aber sie kannte Tom und wusste, dass er manchmal doch nicht nach den Regeln spielte, wenn er es für wichtig hielt.

»In Ordnung. Nehmen Sie sich ruhig noch ein Handtuch mit und legen Sie es auf das Polster.«

»Wird gemacht.«

Scharf sah sie ihn an. Er hörte sich genauso an, wie wenn er sich über einen der anderen lustig machte. »Gut.« Sie griff nach ihrem Rucksack und verließ das Bad.

So schnell es ihre Verletzungen erlaubten, ging sie den langen Flur entlang. Sie war fast bei der Treppe angelangt, als Toms Stimme hinter ihr erklang.

»Wollen Sie wirklich den Rucksack mitschleppen?«

Stocksteif blieb sie stehen, Verzweiflung kam in ihr auf. So locker wie irgend möglich sah sie ihn über ihre Schulter an. »Ja, ich habe darin meine Tabletten.«

Tom wirkte nicht überzeugt, nickte aber schließlich.

Emily eilte die Treppe hinauf und ignorierte den Schmerz, der durch ihren Körper schoss. Auf keinen Fall wollte sie Tom länger als irgend nötig in ihrem Haus haben – erst recht nicht unbeaufsichtigt. Er hatte sie gerettet, ja, aber trotzdem traute sie ihm nicht, wenn es darum ging, ihre Identität geheim zu halten. Er war Polizist durch und durch, wenn er wüsste, wer sie war, würde er sich gezwungen sehen, das zu melden. Oder er würde recherchieren und damit ihren Aufenthaltsort verraten. Nein, es war besser, ihn so schnell wie möglich loszuwerden. Nur befürchtete sie, dass er nicht gehen würde, wenn sie ihm keine befriedigenden Antworten gab. Und die hatte sie nicht.

Rasch betrat sie das Schlafzimmer und sah sich um. Sie war lange nicht hier gewesen. Im Grunde hatte sie die Räume nur ausgestattet und dann nie wieder betreten. Es erinnerte sie zu sehr daran, wie sehr sie sich früher gewünscht hatte, irgendwann einmal in einem solchen Haus zu leben – wie ein ganz normaler Mensch. In Philadelphia hatte sie in einem Apartment gewohnt und darauf gespart, sich irgendwann ein Haus leisten zu können. In einer Gegend, in der sie in Ruhe leben konnte. Jetzt hatte Emily so etwas, aber es war nur zur Show, eine Attrappe für genau so einen Fall wie diesen: dass jemand sehen wollte, wo sie lebte, den sie nicht abwimmeln konnte. Sie hatte gehofft, dass es nie dazu kommen würde und sie irgendwann tatsächlich hier leben könnte. Jetzt musste sie diesen Wunsch begraben und das Haus so schnell wie möglich abstoßen.

Ein Bedauern breitete sich in ihr aus, das größer war, als dieses unbekannte Haus verdiente. Warum hatte sie auch gerade Tom über den Weg laufen müssen? Hätte nur Hanson mit ihr gesprochen, wäre sie inzwischen wieder in ihrem richtigen Zuhause und nichts von alldem wäre passiert. Das Gefühl, verfolgt zu werden, kam ihr wieder in den Sinn. Vermutlich war es Tom gewesen, den sie gespürt hatte. Hätte sie das vorher gewusst, wäre sie nicht in die Gasse gegangen und hätte nicht von ihm gerettet werden müssen. Ärger auf ihn kam in ihr auf. Warum kümmerte er sich auch um Dinge, die ihn nichts angingen?

Emily ging zum Schrank und öffnete ihn. Darin stapelten sich T-Shirts, Pullover und Hosen, die sie nie getragen hatte. Immerhin hatte sie alle Preisschilder entfernt und alles gewaschen, damit es nicht unbenutzt aussah. Glücklicherweise hatte sie in den letzten Jahren ihr Gewicht gehalten, sodass ihr alles passte. Gut, ein wenig weit waren einige Sachen jetzt, aber das war umso besser um ihre wahre Figur zu kaschieren. Emily schlüpfte in trockene Unterwäsche, eine Jeans und ein schlichtes T-Shirt und zog noch ein Sweatshirt darüber, weil ihr kalt war. Ihre nasse Kleidung steckte sie in eine Tüte und stopfte sie dann in den Rucksack.

Ein Blick in den Spiegel zeigte ihr, dass sie immer noch aussah wie eine Mischung aus Wischmopp und Sumpfmonster. Es war ungerecht, dass Tom genauso nass geworden war, er aber beinahe aussah, als wäre der Look beabsichtigt, während sie damit kleine Kinder erschrecken könnte. Deshalb nahm sie ihre

Bürste aus dem Rucksack und versuchte noch einmal, ihre Haare zu bändigen. Schließlich gelang es ihr halbwegs. Mehr konnte sie nicht tun und sie wollte Tom keinesfalls länger allein lassen.

Bevor sie zu ihm zurückging, brauchte sie aber einen Moment, um sich zu sammeln. Langsam trat sie zum Fenster und blickte auf die Straße. Der Regen hatte inzwischen nachgelassen und war nur noch ein leichtes Tröpfeln. Ein Auto fuhr vorbei und hielt vor dem Nebenhaus. Emily wünschte sich, es wäre ihres und sie würde von der Arbeit nach Hause kommen. Die Haustür ging auf und zwei Kinder rannten hinaus, um ihre Mutter zu begrüßen. Es schmerzte manchmal, solche Szenen zu beobachten und zu wissen, dass ihr Leben völlig anders war. Nicht, dass sie ihre Arbeit nicht wahnsinnig spannend fand, aber sie füllte ihr Leben nicht komplett aus.

Ein Mann trat dazu und umarmte die Frau. Ein zärtlicher Kuss folgte. Gemeinsam gingen sie ins Haus und schlossen die Tür hinter sich. Schnell wandte sich Emily ab und versuchte, den neidischen Stich zu ignorieren. Ihr Blick fiel auf einen anderen Wagen, der in einiger Entfernung zum Haus auf der anderen Straßenseite stand. Es handelte sich um einen dunkelgrünen Geländewagen, ein Frontscheinwerfer war zerstört, die Motorhaube zierte eine Beule. Sie konnte es nicht genau sehen, aber es schien, als säße jemand auf dem Fahrersitz. Eiskalt rieselte es ihr über den Rücken. Es war nicht möglich, dass derjenige, der sie beinahe umgefahren hätte, hier vor ihrem Haus stand, oder? Doch es schien fast so. Genau konnte sie sich nicht erinnern, wie das Auto ausgesehen hatte, aber es entsprach genau der Beschreibung, die die Augenzeugen gegeben hatten.

Konnte es sein, dass sie doch nicht Toms Anwesenheit gefühlt hatte, sondern die von jemand anderem? Und wenn es so war, konnte es dann Zufall sein, dass die Feuerleiter sich genau in dem Moment gelöst hatte, als sie darunter stand? Viel wahrscheinlicher schien, dass jemand sie töten wollte. Doch wie hatten sie Emily überhaupt gefunden? Nach all der Zeit war es kaum möglich, dass sie plötzlich eine Eingebung gehabt hatten, wo sie sich versteckt hielt. *Aaron.* Ihre Hand presste sich auf den Mund, Tränen schossen in ihre Augen. Oh Gott, nein! Er durfte nicht ihretwegen gestorben sein. Es wäre nicht fair. Aber was war in ihrem Leben schon fair?

Sie musste von hier weg, sofort. Und zwar ohne Tom, denn keinesfalls wollte sie ihn auch noch in Gefahr bringen. Es reichte, dass er mit ihr gesehen worden war. Hoffentlich schützte ihn sein Status als Detective. Sie musste ihn unbedingt warnen, wenn sie in Sicherheit war. Mit Hilfe von RIOS würde er eine mögliche Bedrohung sicher beseitigen können.

Emily trat vom Fenster zurück und nahm sich ihren Rucksack. Leise schlich sie aus dem Zimmer und betrat ein anderes, das zur Rückseite des Hauses lag. Glücklicherweise hatte sie für einen solchen Fall vorgesorgt. Lautlos öffnete sie das Fenster und zog die Strickleiter aus der Truhe, die darunter stand. Ihre Hände zitterten, als sie die Schlaufe über den Haken hängte, der an der Hauswand angebracht war.

Anschließend kletterte sie auf die Fensterbank und testete die erste Sprosse mit dem Fuß. Sie hasste sportliche Betätigung, vor allem, wenn sie nicht wusste, ob sie ihr Entkommen sichern würde. Wenn das Seil nachgab, der Haken durchgerostet war oder aus der Wand brach ... Sie hatte jedoch keine Wahl. Entweder das oder ihr Verfolger würde erneut einen Versuch unternehmen, sie zu töten. Diesmal würde er vermutlich erfolgreich sein. Selbst Aaron war gestorben ... Nein, sie wusste nicht, ob sein Tod überhaupt mit dem hier zu tun hatte. Selbst wenn es ihr im Moment logisch erschien. Erwischte dieser Typ sie nicht, würde Tom beharrlich weiter ermitteln, so lange, bis er ihre Verfolger wirklich auf ihre Spur brachte. Sie kannten ihn jetzt und würden sich an ihn dranhängen, bis er sie zu ihr führte. Das konnte sie nicht zulassen.

Emily holte noch einmal tief Atem, dann begann sie, die Hängeleiter hinunterzusteigen. Glücklicherweise wurde sie durch die Wand ein wenig stabilisiert, trotzdem wackelte sie heftig hin und her, als sich Emily schnell auf ihr nach unten bewegte. Erschrocken hielt sie inne, als sie sich fragte, ob das Geräusch im Innern des Hauses zu hören war. Wenn Tom sie jetzt entdeckte ... Schließlich stand sie wieder auf festem Boden und atmete auf. Sie schlich hinter die Büsche, die den Rand des Grundstücks vor dem hohen Lattenzaun der Nachbarn markierten, und lief geduckt dahinter entlang auf das Ende des Grundstücks und die schmale Anwohnerstraße zu.

Sie quetschte sich am Carport vorbei, huschte um die Ecke und war dann endlich vom Haus aus nicht mehr sichtbar. Schwer atmend lehnte sie sich gegen einen Zaun und strich sich die wirren Haare aus dem Gesicht. Der Regen hatte inzwischen ganz aufgehört und so konnte sie trocken die Anwohnerstraße entlanggehen – in die entgegengesetzte Richtung von dem Mann im Geländewagen. Vielleicht hatte sie sich auch alles nur eingebildet und es ging überhaupt keine Gefahr von ihm aus, aber so war es sicherer. Wenn sie erst wieder in ihrem gesicherten Haus war, konnte sie darüber nachdenken, wie sie weiter vorgehen sollte.

***

Als Lisa auch nach zehn Minuten noch nicht zurückgekehrt war, begann Tom, unruhig zu werden. War sie doch schwerer verletzt, als es den Anschein gemacht hatte? Lag sie vielleicht hilflos irgendwo, während er Däumchen drehte? Schnell erhob er sich und schnitt eine Grimasse, als seine feuchte Kleidung unangenehm an seiner Haut rieb. Er musste dringend aus den Sachen raus, bevor er einer Qualle zu ähneln begann. Vielleicht wäre es besser, Lisa noch einmal ins Polizeirevier zu bestellen und dort mit ihr zu sprechen. Es war sonst nicht seine Art, Verdächtigen zu folgen, er wusste nicht, warum er es bei ihr getan hatte.

Alle zwei Stufen auf einmal nehmend lief er die Treppe ins Obergeschoss hinauf und klopfte an die erste geschlossene Tür. Es gab keine Reaktion, deshalb öffnete er sie vorsichtig und blickte in den Raum. Es war ein Schlafzimmer, erneut sah alles völlig steril aus. Es stand nicht mal ein Bild oder irgendetwas Persönliches auf den Nachttischen. Nur die Decke auf dem Bett war etwas zerknüllt, als hätte gerade jemand darauf gesessen. Tom fuhr mit der Hand darüber – sie war feucht. Also war Lisa dort gewesen. Nur wo war sie jetzt? Sein Gefühl sagte ihm, dass er sich beeilen musste, deshalb verließ er den Raum und ging zum nächsten. Dahinter war ein Badezimmer, das ebenfalls menschenleer war.

Auch beim letzten Zimmer war die Tür geschlossen und Tom klopfte an, bevor er sie öffnete. Lisa war auch hier nicht, das Fenster stand weit offen. Verdammt! Tom lief zum Fenster und beugte sich hinaus. Lisa war nirgends zu sehen. Dafür hing seitlich neben dem Fenster eine Strickleiter, die bis zum Boden führte. Diese Frau war offenkundig verrückt. Sie hätte sich den Hals beim Abstieg brechen können! Anscheinend war das aber nicht passiert und sie war stattdessen verschwunden. Sie hatte einen Vorsprung von mindestens fünf Minuten, wenn nicht noch mehr, er würde sie nie erwischen. Auf sich selbst wütend, zog er die Strickleiter herein und warf sie auf den Boden. Dann schloss er das Fenster und verriegelte es.

Auf keinen Fall sollte jemand anders versuchen, so ins Haus einzudringen, obwohl es Lisa recht geschehen würde, wenn jemand sie ausraubte. Wobei er nicht glaubte, dass große Wertgegenstände zu finden wären. Vermutlich nur der Fernseher, der auch nicht das neueste Modell war. Tom kehrte ins Erdgeschoss zurück und blickte sich noch einmal um, bevor er zur Tür ging und das Haus verließ. In Ermangelung eines Schlüssels zog er sie nur hinter sich zu. Kopfschüttelnd ging er zu seinem Wagen und setzte sich auf den Fahrersitz. Das brachte ihm wieder seine nasse Kleidung unangenehm ins Gedächtnis.

Mit der flachen Hand hieb er auf das Lenkrad, ließ den Motor an und fuhr auf die Straße. Verdammt noch mal, er hatte sich schon lange nicht mehr so verarschen lassen! Erst recht nicht von einer Frau, die ihm nicht mal bis zur Schulter reichte. Aber vielleicht lag es gerade daran – Lisa wirkte so unschuldig, dass er sie unterschätzt hatte. Das würde ihm nicht noch einmal passieren, soviel war sicher. Die Frage war nur, ob er sie wiederfinden würde. Ganz offensichtlich wollte sie ja nicht gefunden werden. Eine seltsame Enttäuschung ergriff von ihm Besitz.

***

Als Emily eine halbe Stunde später endlich die Tür ihres Bungalows im Fabrikgebäude hinter sich zuzog und die Alarmanlage wieder scharf stellte, atmete sie erleichtert durch. Die ganze Zeit hatte sie befürchtet, dass Tom wieder hinter ihr auftauchen würde – oder noch schlimmer, der Verfolger im Geländewagen. Aber wie es aussah, war es ihr gelungen, beide abzuhängen. Als Erstes ging sie ins Badezimmer. Sie brauchte dringend ein heißes Bad, um sich wieder halbwegs menschlich zu fühlen. Mit etwas Glück konnte sie so auch die Schmerzen von ihren Prellungen reduzieren. Zur Sicherheit nahm sie aber noch ein paar Schmerztabletten und spülte sie mit Wasser hinunter.

Ein Blick in den Spiegel zeigte ihr, dass sie wenn möglich fertiger aussah als vorhin. Ihre Haare hingen wieder wirr um ihr Gesicht, dunkle Schatten lagen unter ihren Augen. Noch schlimmer aber war ihr Körper, überall hatte sie großflächige Hämatome, vor allem ihre rechte Seite, mit der sie vom Mofa auf den Bürgersteig gestürzt war, schillerte grün und blau. Ihr Ellenbogen sah auch so aus, als hätte er etwas abbekommen. Da es aber viel furchtbarer hätte kommen können, musste sie vermutlich dankbar sein, dass es nur ein paar Prellungen waren. Mit einem Knochenbruch hätte sie auf jeden Fall ins Krankenhaus gemusst. So konnte sie sich selbst verarzten.

Mit einem lauten Stöhnen ließ sie sich in das warme Wasser sinken und spürte, wie die Schmerzen nach einiger Zeit etwas nachließen, als sich ihre Muskeln entspannten. Das würde nicht anhalten, das war ihr bewusst, aber sie war schon dankbar für eine kurzzeitige Erleichterung. Doch lange hielt sie es nicht in der Badewanne aus, sie musste unbedingt erfahren, was mit Aaron passiert war, vorher konnte sie keine Ruhe finden. Mühsam stemmte sie sich hoch und stieg aus der Wanne. Sofort verstärkten sich die Schmerzen wieder, doch darauf konnte sie keine Rücksicht nehmen. Rasch wickelte sie sich in ein dickes Handtuch, spürte aber trotzdem die Kälte bereits wieder in sich hochsteigen. Das schrie förmlich nach einer heißen Schokolade.

Emily zog sich ihre Wohlfühlsachen über, die glücklicherweise so bequem waren, dass sie auf den Verletzungen nicht drückten. In der Küche machte sie sich schnell eine heiße Schokolade in der Mikrowelle und tauchte noch einige kleine Marshmallows hinein. Wenn es einen Tag gab, an dem sie das brauchte, dann war es heute. Mit dem Becher in der Hand ging sie in ihr Büro. Sofort fühlte sie sich etwas besser, als sie in ihre vertraute Umgebung kam. Vermutlich würden andere schreiend hinauslaufen, doch sie mochte den fensterlosen Raum, der eher wie eine Schaltzentrale als ein Büro wirkte. Überall waren Computer und Monitore aufgebaut und diverse andere Geräte standen auf den langen Arbeitsplatten.

Nachdem sie den Becher abgestellt hatte, ließ sie sich vorsichtig auf ihren Schreibtischstuhl sinken. Der war normalerweise äußerst bequem, schließlich wusste sie, wie es sich anfühlte, wenn man den ganzen Tag beinahe bewegungslos darauf saß, doch heute reichte selbst er nicht aus und Emily holte sich noch ein Kissen aus dem Wohnzimmer. Bevor sie mit der Recherche anfing, kontrollierte sie sämtliche Außenkameras und Sensoren, die ihr zeigen würden, wenn jemand versucht hätte, einzudringen. Erst als sie sich überzeugt hatte, dass alles in Ordnung war, wandte sie sich der Tastatur zu und begann mit ihrer Magie. Innerhalb kürzester Zeit hatte sie sich in die Datenbank des Philadelphia Police Departments gehackt und wunderte sich einmal mehr über die laxen Sicherheitsstandards der Behörden. Das PPD war da beileibe keine Ausnahme.

Nach kurzer Suche fand sie den Bericht über Aaron. Die Umstände mussten zumindest fragwürdig sein, weil eine Autopsie angeordnet worden war. Emily holte noch einmal so tief Luft, wie ihre geprellten Rippen das erlaubten, dann öffnete sie das Dokument und begann zu lesen. Bereits im zweiten Satz stand das, was sie befürchtet hatte: Aaron war ermordet worden. Und das nicht bei einem Schusswechsel, sondern langsam und grausam. Offenbar war er über längere Zeit in seinem Haus gefoltert worden, bevor ihm ein Messer ins Herz gestoßen worden war. Seine Putzfrau hatte ihn morgens gefunden, als sie ihrer Arbeit nachgehen wollte. Sie musste total schockiert gewesen sein, als sie ihren Arbeitgeber an einen Stuhl gefesselt tot vorgefunden hatte.

Oh, Aaron. Tränen liefen über Emilys Wangen, während sie weiterlas. Wenn er gefoltert worden war – und das war offensichtlich –, dann war er sicher auch befragt worden. Soweit sie wusste, hatte Aaron keine großen Fälle mehr angenommen, seit er sich selbständig gemacht hatte. Es konnte also eigentlich nur etwas aus seiner FBI-Vergangenheit sein, das ihn in diese Situation gebracht hatte. Und Emily befürchtete fast, dass es ihre Schuld sein könnte. Hätte sie in ihrem jugendlichen Leichtsinn nicht geglaubt, dass es eine gute Idee wäre, in ein Wespennest zu fassen, wäre er jetzt vielleicht noch am Leben. Warum hatte sie gedacht, es wäre ihre Aufgabe, im digitalen Dreck anderer Leute zu wühlen, nur weil sie die Fähigkeiten dazu hatte?

Die Frage war, was sie jetzt machen sollte. Sie glaubte nicht, dass Aaron sie unter normalen Umständen verraten würde, doch sie könnte es verstehen, wenn er es tat, um zu versuchen, sein Leben zu retten. Vermutlich hatte er gewusst, dass es nichts bringen würde, aber wenn die Schmerzen zu stark wurden ... Emily wünschte, sie könnte alles rückgängig machen. Auf keinen Fall hätte sie Aaron da mit hineinziehen dürfen. Wenn er ihr nicht geholfen hätte, wäre er jetzt noch beim FBI und vor allem vermutlich noch am Leben. Aber es brachte nichts, darüber nachzugrübeln, sie konnte nichts von alldem ändern. Die Frage war, was sie jetzt tun konnte. Es könnte sein, dass ihr Wohnort kompromittiert war, vielleicht waren das heute sogar schon die ersten Versuche gewesen, sie aus dem Weg zu räumen. Ein Zittern lief durch ihren Körper.

Noch einmal blickte sie auf die Überwachungsmonitore, doch es war weiter alles ruhig. Mit etwas Glück kannten sie ihren Unterschlupf noch nicht und sie wäre noch etwas länger in Sicherheit. Dann konnte sie ihr weiteres Vorgehen in Ruhe planen und musste nicht überstürzt aufbrechen und damit riskieren, entdeckt zu werden. Es brauchte etwas Zeit, eine neue Identität anzulegen und sich eine neue Unterkunft zu suchen. Vor allem Letzteres würde ziemlich schwierig werden.

Emily strich über Aarons Passfoto, das in der Ecke des Berichts zu sehen war. »Es tut mir so leid, Aaron. Ich wünschte, ich hätte dir noch sagen können, wie viel mir deine Freundschaft bedeutet hat. Ich hoffe, du bist jetzt an einem besseren Ort.« Das Klicken ihrer Maus hatte etwas Endgültiges, als sie den Bericht schloss. Als wäre die letzte Verbindung zu ihrem früheren Leben nun gekappt.

6. KAPITEL

Tom war immer noch stinksauer, als er wieder in seinem Büro ankam und die Tür fester als nötig hinter sich schloss. Er hatte nicht damit gerechnet, dass Lisa so eine Nummer abziehen würde. Auf jeden Fall würde er erst einmal alles zusammentragen, was er über sie und das Haus finden konnte. Gehörte es ihr überhaupt? Da sie einen Schlüssel gehabt hatte, vermutete er es, aber wer wusste schon, womit sie ihn noch alles belogen hatte. Genervt verdrehte Tom die Augen. Es wurde Zeit, dass er aufhörte zu grübeln und stattdessen handelte.

Lisa war überhaupt nicht sein Typ, daran konnte es also auch nicht liegen. Es war, als wenn irgendetwas an ihr ihn in die falsche Richtung trieb. Und doch, als sie beinahe durch die Leiter verletzt worden war und unter ihm gelegen hatte, hatte er etwas ganz anderes gefühlt. Es hatte etwas in ihren Augen gelegen, so als würde sie ihn kennen. Tom stockte in der Bewegung, als ihm etwas bewusst wurde. Sie hatte ihn bei seinem Namen genannt. Und zwar nicht Detective Carter, so wie er sich vorgestellt hatte, sondern Tom. Er konnte sich nicht mehr erinnern, ob Hanson ihn vielleicht beim Vornamen genannt hatte, aber selbst wenn, war es doch seltsam, dass eine wildfremde Frau ihn so vertraulich ansprach. Wenn er nicht völlig falschlag, hatte sie das auch nicht absichtlich gemacht, es war ihr nur herausgerutscht.

Woher könnte sie ihn kennen? Er hatte absolut keine Ahnung. Wenn er ihr jemals vorgestellt worden wäre, könnte er sich sicher daran erinnern. Kopfschüttelnd setzte er sich auf seinen Schreibtischstuhl und sprang gleich darauf auf. Verdammt, er hatte vergessen, dass er immer noch das nasse Zeug trug. Glücklicherweise hatte er im Büro immer Ersatzkleidung liegen. Schnell wechselte er die Klamotten und setzte sich hin. Genussvoll stöhnte er auf, als ihm endlich wärmer wurde. Aber es geschah ihm recht, er hätte Lisa ja nicht folgen müssen.

Er schaltete seinen Computer an und begann zu recherchieren. Doch so sehr er sich auch bemühte, er kam bei Lisa nicht weiter. Es gab im Internet keinerlei Einträge über eine Lisa Moore, die zu der Frau gehörten, die er getroffen hatte. Sie schien wirklich ein Geist zu sein, jemand, der im Internet nicht existierte. Sie hatte weder eine Facebookseite noch einen Instagram- oder Twitteraccount. Keine Schule oder Universität erwähnte sie, es gab keine Fotos, die ihr ähnelten. Das war in der heutigen Zeit absolut ungewöhnlich. Nach seiner Einschätzung war Lisa etwa 26, maximal 30. Mit den zerzausten Haaren und der großen Brille wirkte sie deutlich jünger, aber sie sprach nicht wie eine frische Schulabgängerin oder eine Studentin.

Es ging ihm auf, dass sie überhaupt nichts gesagt hatte, was er irgendwie verwenden konnte, um sie zu finden. Verdammt, sie war richtig gut, und er war auf sie hereingefallen wie ein Anfänger. Da er bei den Recherchen zu ihr nicht weiterkam, versuchte er es mit dem Haus. Vielleicht konnte er einen Kaufvertrag finden und damit an weitere Informationen gelangen. Mit neuem Elan machte er sich an die Arbeit und wurde schließlich fündig. Das Haus wurde vor drei Jahren von einer Firma namens Cloudfire Enterprises gekauft. Das schrie dermaßen nach einer Scheinfirma, dass sich Tom kaum die Mühe machte, danach zu recherchieren.

Zu seiner Überraschung war es tatsächlich ein eingetragenes Unternehmen, das Computerdienstleistungen anbot. Es gab sogar eine Homepage mit Referenzen zufriedener Kunden. Natürlich konnte das alles gefälscht sein, er kannte sich damit zu wenig aus. Aber er konnte es an die Abteilung für Wirtschaftskriminalität weiterleiten, damit die sich mit der Sache befasste. Es könnte natürlich sein, dass Lisa nur Mieterin war und alles seine Richtigkeit hatte. Dafür würde er die Firma kontaktieren müssen, doch dafür war es heute zu spät. Stattdessen suchte er noch einmal nach der Straße.

Gleich als Erstes erschien ein Treffer, der ihn erstarren ließ. Die Schlagzeile: *Großer Brand in der Bryant Street* mit dem Datum von heute stach in sein Auge. Das musste ganz aktuell sein, als er dort gewesen war, hatte noch nichts gebrannt. Rasch las er den Artikel und wurde immer unruhiger. Schließlich klickte er auf das Video. Feuerwehrleute bekämpften einen massiven Brand, der sich über mehrere Häuser ausgebreitet hatte. Im Zentrum befand sich ein ehemals blaues, jetzt mit schwarzem Ruß überzogenes Haus. Doch Tom erkannte es anhand der Bäume, die vorn an der Grundstücksgrenze standen. Es war Lisas Haus. Sein Herz begann zu rasen, als er sich fragte, ob sie vielleicht wieder zurückgekehrt war, nachdem er gegangen war, und nun in den Flammen umkam.

Abrupt stand Tom auf und starrte einen Moment lang weiter auf den Monitor, bevor er sich seine Schlüssel griff und losrannte. Ihm war bewusst, dass er nichts ausrichten konnte, aber er musste einfach dort sein und sich vergewissern, dass Lisa nicht verbrannte. Plötzlich durchzuckte der Gedanke seinen Kopf, dass sie das Feuer vielleicht selbst gelegt hatte, um ihre Spuren zu verwischen, doch Tom schüttelte ihn sofort ab. Egal was er von ihr halten mochte, er konnte sich nicht vorstellen, dass sie wissentlich ihre Nachbarn in Gefahr bringen würde. Und es musste jedem bewusst sein, was passieren würde, wenn in einem der dicht an dicht aus Holz gebauten Häuser ein Feuer ausbrach.

Alle zwei Stufen auf einmal nehmend rannte Tom die Treppen hinab und stürzte aus der hinteren Tür auf den Parkplatz. Innerhalb von Sekunden stand er neben seinem Wagen und schwang sich hinein. Er schnitt eine Grimasse, als sein Po sofort feucht wurde, nachdem er vorher mit nasser Kleidung daringesessen hatte. Aber das war jetzt unerheblich. Alles in ihm drängte ihn danach, nach Bloomingdale zu fahren und sich zu vergewissern, dass es Lisa gut ging. Jeglicher logische Gedanke, dass sie mit größter Wahrscheinlichkeit nicht mehr dort war, verschwand unter dem Druck seiner Befürchtungen. Mit quietschenden Reifen fuhr er los und zwang sich dann, in einem schnellen, aber sicheren Tempo zum Unglücksort zu fahren. Immer wieder überholten ihn die kreischenden Sirenen von Feuerwehr- und Polizeifahrzeugen, je näher er an den Ort des Geschehens kam, desto mehr waren es. Schließlich kam er an und parkte am Anfang der Straße, weil alles andere bereits zugeparkt war. Nicht nur Anwohner, Polizisten, Feuerwehrleute und die Presse waren anwesend, sondern auch jede Menge Gaffer, die immer wieder versuchten, näher heranzukommen. Die Polizisten hatten ihre Mühe, die großflächigen Absperrungen zu bewachen. Tom zückte seinen Ausweis und kam so näher heran. Der Rauch brannte in seinen Augen und schmerzte in seiner Lunge, trotzdem strebte er weiter vorwärts.

»Sir, Sie dürfen nicht näher dran. Seien Sie vernünftig und kehren zurück.« Die Stimme erklang hinter ihm.

Tom drehte sich um und erkannte einen der Streifenpolizisten. Er holte seinen Ausweis heraus und zeigte ihn vor.

»Oh, Entschuldigung, Detective. Trotzdem ist es sicherer, wenn Sie wieder zurückgehen, bis der Brand gelöscht wurde. Das kann noch einige Zeit dauern.«

Ja, so sah es auch aus. Aber Tom dachte nicht daran, zu gehen. »Können Sie mir sagen, in welchem Haus das Feuer ausgebrochen ist?«

»Laut der Aussagen der Nachbarn war es das blaue Haus in der Mitte. Von dort aus hat es sich rasend schnell in beide Richtungen ausgebreitet.«

Damit erfüllten sich Toms schlimmste Befürchtungen. »War jemand darin?«

»Das können wir noch nicht sagen, es ist noch zu gefährlich, die Häuser zu betreten. Die Feuerwehr sagt, da können sie wegen der Einsturzgefahr vermutlich in einigen Stunden, wenn nicht sogar erst morgen hinein.«

So lange warten, bis er sicher sein konnte, dass Lisa nicht in diesem Inferno umgekommen war. Es würde schwer sein, das auszuhalten, aber er wusste, dass die Feuerwehrleute ihr Bestes gaben. Es brachte nichts, sie zu nerven oder in eine gefährliche Situation zu treiben. Wenn Lisa darin gewesen war, war sie jetzt sowieso schon tot. Sein Herz zog sich zusammen. Auch wenn sie ein Verbrechen begangen hatte, wollte er nicht, dass sie tot war. Er konnte sie sich nur lebendig vorstellen. Mit blitzenden Augen hinter riesigen Brillengläsern und einem überraschend weichen Mund. *Bitte, Lisa, sei nicht da drin!*

Mitten in der Nacht kehrte Tom nach Hause zurück. Er hatte so lange vor den brennenden Häusern ausgeharrt, bis ihn seine Kollegen mit dem Versprechen weggeschickt hatten, ihn sofort zu informieren, sowie die Feuerwehr in der Lage war, das Haus zu betreten. Noch war auch nicht sicher, ob ein Kurzschluss oder Brandstiftung Ursache der Katastrophe war, das würden die Brandermittler sicher schnell herausfinden. Auf jeden Fall gab es keinen Zweifel daran, dass das Feuer genau in Lisas Haus ausgebrochen war. Das war für ihn zu viel Zufall für einen Tag. Erst wurde sie von einem Auto angefahren, dann fiel ihr fast eine Leiter auf den Kopf und nur kurze Zeit später brannte das Haus, in dem sie sich gerade aufgehalten hatte. Nein, das waren mindestens zwei Zufälle zu viel. Irgendjemand wollte Lisa offensichtlich tot sehen. Und vielleicht hatte er das auch schon erreicht. Der Gedanke daran presste auf seine Brust.

Tief in Gedanken versunken schloss er seine Wohnungstür auf und schaltete das Licht an. Es war seltsam, in seine vertrauten Räume zu blicken und sich vorzustellen, dass heute viele Familien ihr Zuhause verloren hatten. Sein Blick fiel auf die Fotos seiner Familie, die auf einer Kommode im Flur standen. Die Vorstellung, wie leicht es sie hätten sein können, die vor den brennenden Häusern standen. Stattdessen waren es andere gewesen, mit schreckensbleichen Gesichtern und weit aufgerissenen Augen, in denen die Tränen standen. Eltern hielten ihre Kinder fest, die zurückwollten, um ihr Spielzeug oder ihre Haustiere zu retten. Über allem lag ein unheilvolles Knistern, Prasseln und Knacken, nur unterbrochen von berstendem Krachen und dem Klirren von Fensterscheiben, wenn sie unter der Hitze zerbarsten. Der Rauch war durch die Straße gezogen und hatte alle zum Husten gebracht. Netterweise hatte einer der Sanitäter ihm eine Maske gegeben, die den Rauch wenigstens ein wenig herausfilterte, trotzdem fühlte sich seine Kehle an, als hätte er stundenlang geschrien.

Sein Kopf schmerzte genauso wie seine Lunge. Ein Blick in den Spiegel zeigte ihm, dass er aussah wie der Überlebende eines Vulkanausbruchs. So stellte er sie sich jedenfalls vor. Dort, wo nicht die Maske gesessen hatte, war sein Gesicht von Ruß geschwärzt, um seine Augen herum hatten sich helle Linien durch seine Fältchen gebildet. Selbst sein Hals war dunkler als sonst. Vor allem stank alles an ihm nach Rauch, seine Kleidung genauso wie Haare und Haut. Er brauchte dringend eine Dusche, vorher musste er aber etwas trinken, sein Mund war wie ausgedörrt. Bereits auf dem Flur schlüpfte er aus der Jacke und hängte sie auf einen Bügel. Danach zog er das T-Shirt über den Kopf und warf es auf den Boden vor dem Bad. Er würde morgen alles in die Waschmaschine schmeißen, heute Nacht wollte er einfach nur noch ins Bett.

Tom öffnete seine Jeans und stieg hinaus. Die Socken zog er von den Füßen und ging barfuß und nur in seiner engen Boxershorts in den Wohnbereich mit offener Küche. Sein Weg führte ihn direkt zum Kühlschrank, aus dem er sich eine Flasche Bier nahm. Es war ihm egal, wie spät es inzwischen war, er brauchte jetzt etwas, das seine Kehle reinigte und den Rauchgeschmack aus seinem Mund vertrieb. Er schloss die Kühlschranktür und drehte sich um, während er einen tiefen Schluck aus der Flasche nahm.

»Oh Gott, wie siehst du denn aus?«

Erschreckt fuhr Tom herum, die Bierflasche glitt aus seinen Fingern und zerschellte am Boden. Er verschluckte sich und begann zu husten. Mit tränenden Augen sah er sich in dem schwach beleuchteten Raum um und entdeckte schließlich ganz in der Ecke der Couch eine Gestalt. Vorsichtig machte er einen weiten Bogen um die Scherben und ging auf die Person zu. Von der Stimme her musste es eine Frau sein, aber das erklärte nicht, wie sie in seine Wohnung kam. Er hatte zwar keine Alarmanlage, aber gute Schlösser, die nicht so leicht zu knacken waren. Er schob seine Augenbrauen zusammen, als er darüber nachdachte, ob die Tür richtig abgeschlossen gewesen war, als er eintraf. Er konnte sich nicht erinnern.

Das war jetzt auch unerheblich, der Schaden war angerichtet. Unerwartet flammte das Licht auf und Tom blinzelte in die plötzliche Helligkeit. Verdammt, selbst seine Augen schmerzten wegen des Rauchs.

»Machen Sie das Licht wieder aus.«

»Warum? Ich habe durchaus schon einen Mann in Unterwäsche gesehen.«

Tom trat dicht heran und schaltete die Stehlampe selbst aus. Erleichtert atmete er auf, als der Schmerz nachließ. »Also, wer sind Sie und was zum Teufel machen Sie in meiner Wohnung?«

»Ich bin's, Lisa.«

Durch seine zusammengekniffenen Augen sah er sie an und schließlich erkannte er sie. Kein Wunder, dass ihm die Stimme bekannt vorgekommen war. Es dauerte einen Moment, bis die Erkenntnis durchdrang, dass es ihr gut ging und sie nicht in dem brennenden Haus gestorben war. Riesige Erleichterung durchflutete ihn und er ließ sich neben ihr auf das Sofa fallen. Er legte den Nacken auf die Rückenlehne und starrte an die Decke. Ein Schauder lief durch seinen Körper. Lisa war gesund und munter, die Feuerwehr würde morgen nicht ihre verkohlte Leiche aus dem Gebäude tragen. Er stieß einen tiefen Seufzer aus.

»Ähm, was wird das?«

Tom drehte den Kopf zu ihr. Ihr Blick war gleichzeitig verwirrt und wachsam. »Wissen Sie gar nicht, was passiert ist?«

Ihr Gesicht spannte sich an. »Meinen Sie die Mordversuche an mir? Dann ja.« Ihr Blick glitt an ihm hinunter. »Das erklärt aber nicht, warum Sie so aussehen.« Besorgnis lag in ihrer Miene. »Geht es Ihnen gut?«

Tom würde lachen, wenn er nicht so kaputt wäre. »Mir? Ja. Den anderen Leuten weniger, die alle ihr Zuhause verloren haben. Sie waren nicht zufällig wieder bei Ihrem Haus in Bloomingdale, oder?«

»Nein. Warum?«

Wortlos griff Tom nach der Fernbedienung und schaltete den Fernseher an. Er wechselte den Kanal, bis er einen fand, der über das Feuer berichtete. Dabei beobachtete er Lisas Reaktion. Ihre Augen weiteten sich und sie presste die Hand vor den

Mund. Ein rauer Laut entfuhr ihr. Nein, sie hatte ganz offensichtlich nichts davon gewusst. Trotzdem war es auffällig, dass das Haus gerade heute brannte, nachdem Lisa dort gewesen war. Er wartete einige Minuten, bis Lisa den Fernseher ausgeschaltet hatte. Tränen standen in ihren Augen, ihre Haut war bleich.

»Ich wollte nie, dass jemandem etwas passiert.« Eine Träne lief über ihre Wange. »Ist irgendwer verletzt?«

»Das ist noch nicht klar. Wenn das Feuer komplett gelöscht ist, werden alle Häuser durchsucht.«

»Oh Gott.« Lisa schlug die Hände vors Gesicht. »Wie kann jemand so etwas tun?«

»Das ist eine gute Frage.«

Lisa hob den Kopf und sah ihn an. »Waren Sie noch da, als es anfing?«

»Nein, ich bin gleich nach Ihnen gegangen und habe überprüft, ob die Feuerleiter manipuliert wurde. Das Ergebnis war eindeutig: Jemand wollte, dass Sie dort schwer verletzt werden, oder sogar sterben. Ich bin wieder zum Haus gefahren, als ich erfahren habe, dass es dort brennt.«

»Warum?«

Ihre Frage ärgerte ihn. »Vielleicht weil ich befürchtet habe, dass Sie zurückgekehrt und noch dort drin sind?«

»Oh.« Leichte Röte stieg in ihre Wangen. »Danke.«

»Bitte.« Tom stützte die Ellenbogen auf seine Beine. »Warum sind Sie einfach abgehauen?«

»Ich dachte, das wäre offensichtlich. Ich wollte nicht mit Ihnen reden.«

Ja, das war ziemlich offensichtlich gewesen. Tom war nicht in der Stimmung, lange drum herumzureden. »Und doch sind Sie jetzt hier.«

Unruhig rutschte Lisa herum, es sah aus, als könnte sie jeden Moment flüchten. Sie biss auf ihre Lippe, bevor sie langsam nickte. »Ja. Ich denke, es ist klar, dass jemand mich umbringen will. Wenn Sie allein aus dem Haus gegangen sind, dachte der Brandstifter vermutlich, dass ich noch darin war.«

»Ja, das kann gut sein. Die Frage ist aber, warum will Sie überhaupt jemand umbringen? Hängt es mit Ihrer wahren Identität zusammen?« Als sie nicht antwortete, ließ er seinen Ärger durchschimmern. »Verdammt noch mal, haben Sie immer noch nicht kapiert, dass Sie heute hätten sterben können? Was sollte so wichtig sein, dass Sie trotzdem noch schweigen?«

Trauer stand in Lisas Augen. »Der Letzte, der davon wusste und mir geholfen hat, ist tot.«

Tom schnitt eine Grimasse. Das war ein verdammt starkes Argument. Aber es half nichts, er musste trotzdem wissen, worum es überhaupt ging. Solange Lisa ihm nicht die Wahrheit über ihre Identität sagte, konnte er nichts für sie tun. »Wie ist er gestorben?« Okay, die Frage war unsensibel, aber er musste die Antwort erfahren.

»Er wurde über Stunden gefoltert, bevor er erstochen wurde.« Tom konnte deutlich die Schuld in ihrer Stimme hören.

»Shit. Hier in der Stadt?«

»Nein.«

Wieder hielt sie die nötigen Informationen zurück. Müde rieb er über sein Gesicht. »Haben Sie einen Platz, wo Sie übernachten können?«

Verwirrt sah sie ihn an. »Ja, aber ich weiß nicht, ob er noch sicher ist. Wenn mein Freund ihnen etwas gesagt hat ...«

»Dann bleiben Sie hier. Das Sofa steht Ihnen zur Verfügung. Ich muss ins Bett.« Er blickte auf seine rußgesprenkelte Hand. »Nach einer Dusche.«

»Danke.«

Tom nickte ihr zu und erhob sich. »Kein Problem.« Erschöpft ging er durch das Zimmer. »Wenn Sie Hunger oder Durst haben, es ist noch was im Kühlschrank, bedienen Sie sich.«

»Tom.« Langsam drehte er sich zu ihr um, als sie ihn ansprach. »Warum tun Sie das? Warum sind Sie so nett zu mir?«

»Sagen wir einfach, ich habe einen schwachen Moment und bin zu müde, um mich dagegen zu wehren.«

»Mein Glück.«

»Ja. Und Lisa? Ich erwarte, dass Sie morgen früh noch hier sind, sonst werde ich richtig sauer.«

Schwach lächelte sie ihn an. »Ich verspreche es.«

Scharf sah er sie an, dann nickte er erneut. »Gut. Bis morgen dann.«

Er konnte ihren Blick in seinem Rücken spüren, als er das Wohnzimmer verließ. Seltsamerweise erinnerte ihn das daran, dass er weiterhin halbnackt war. Er musste wirklich müde sein.

7. KAPITEL

Emily sah Tom hinterher, bis er auf dem Flur verschwand. Es war ein Risiko gewesen, in seine Wohnung einzudringen, er hätte sie auch verhaften können. Aber sie hatte keinen anderen Ausweg gesehen, allein würde sie ihr Problem nicht lösen können. Sie hatte keine Freunde, zu denen sie hätte flüchten können, und sie wollte auch niemanden in Gefahr bringen. Blieb noch die Möglichkeit, RIOS um Hilfe zu bitten, und das würde sie tun, wenn es gar nicht anders ging. Noch hoffte sie darauf, dass Tom sie schützen würde, bis sie sich überlegt hatte, wo sie jetzt hingehen konnte. Das war viel verlangt, und die Wahrscheinlichkeit war groß, dass er sie abwies.

Tom ... Sie hatte natürlich geahnt, wie er unter seiner Kleidung aussehen würde, doch ihn so unverhofft beinahe nackt zu sehen, hatte sie aus dem Konzept gebracht. Emily verdrehte die Augen, als sie sich daran erinnerte, was sie gesagt hatte. Als er hereingekommen war, hatte sie sein Körper so gefangen genommen, dass sie einige Zeit gebraucht hatte, um überhaupt Worte hinauszubringen. Eigentlich hatte sie ihr Entsetzen über seinen Zustand ausdrücken wollen, aber es konnte gut sein, dass es ganz anders angekommen war. Hoffentlich war Tom zu müde gewesen, um ihren Lapsus zu bemerken.

Apropos müde, es war mitten in der Nacht und der Tag war extrem zermürbend und anstrengend gewesen. Eigentlich müsste sie schon im Sitzen einschlafen, aber die Gedanken kreisten immer weiter durch ihren Kopf und ließen sie nicht zur Ruhe kommen. Wenn sie wenigstens wüsste, wer genau hinter ihr her war, doch das hatte sie nie erfahren. Im Darknet waren alle unter falschen Namen unterwegs gewesen und sie hatte keine Gelegenheit gehabt, ihre Spur zu verfolgen. Sie wusste nur, dass ihre Gegner sehr einflussreich waren und auch nicht davor zurückschreckten, Menschen zu töten, die nur am Rande mit der Sache zu tun hatten. Oder deren Tod in Kauf zu nehmen, wie bei ihren Nachbarn, die nun wirklich überhaupt nichts dafür konnten. Trotzdem mussten sie leiden und das machte

Emily extrem wütend. Sie war nicht mehr bereit, zurückzuweichen und diesen Verbrechern das Feld zu überlassen. Irgendwie musste es ihr gelingen, sie ein für alle Mal zu stoppen. Und dafür musste sie überleben.

Nicht, dass sie nicht auch sonst gern weiterleben würde, aber es war wichtiger, dass die Bedrohung aus der Welt geschafft wurde. Vielleicht hätte sie in Philadelphia bleiben und kämpfen sollen, aber schon damals war versucht worden, sie umzubringen und sie hatte erkannt, dass sie nicht lange genug leben würde, um eine Aussage zu machen. Es hätte weiter ermittelt werden müssen, aber das FBI war mehr als zögerlich gewesen. Offenbar wollte niemand gegen diese Typen vorgehen, weil befürchtet wurde, dass sie sowieso nicht überführt werden konnten. Oder sie sich wieder freikaufen würden. Die Wahrscheinlichkeit war durchaus gegeben, aber es deshalb gar nicht erst zu versuchen, konnte Emily nicht nachvollziehen.

Nachdem ihr Schutz immer lascher geworden war und sie infolgedessen beinahe getötet worden wäre, hatte sie entschieden, dass sie verschwinden musste. Glücklicherweise war Aaron der gleichen Meinung gewesen und hatte ihr geholfen. Und jetzt hatte er das wahrscheinlich mit seinem Leben bezahlt.

Emily stand rasch auf und ging zum Fenster. Ein Blick nach unten zeigte ihr, dass immer noch alles ruhig war. Doch das konnte sich sehr schnell ändern. Es war nicht fair von ihr, Tom in die Sache hineinzuziehen. Gut, genau genommen hatte er sich selbst hineingedrängt, aber er hatte nicht wissen können, in welchem Wespennest er stocherte, als er ihre Identität überprüfte.

Die Frage war, ob sie noch leben würde, wenn er ihr nicht gefolgt wäre. Vermutlich nicht, der oder die Verfolger hätten sicher eine andere Möglichkeit gefunden, sie zu töten. Oder sie hätte sie direkt zu ihrem Versteck geführt. Zwar war es relativ sicher, aber gegen rohe Gewalt konnten auch die besten Sicherheitsmaßnahmen nichts ausrichten. Ihr Haus diente vorwiegend als Versteck, wenn jemand wirklich hineinwollte, würde er das auch schaffen. Und schließlich konnte sie schlecht die Polizei rufen, wenn sie nicht gefunden werden wollte. Allerdings war ihr das noch lieber, als umgebracht zu werden.

Emily wandte sich vom Fenster ab und ging unruhig durch den Raum. Hungrig war sie nicht, aber einen Schluck Wasser konnte sie gebrauchen. Langsam bewegte sie sich auf den Kühlschrank zu, als plötzlich ein scharfer Schmerz durch ihren Fuß drang. Ein leiser Schrei entfuhr ihr und sie hüpfte auf dem anderen Bein zurück. Sie schaffte es bis zu einem der zwei Küchenstühle, die um einen kleinen runden Tisch standen, und ließ sich darauf sinken. Ihre Prellungen protestierten dagegen, aber sie schaffte es, das Bein zu heben und sich die Sohle ihres Fußes anzusehen. Blut quoll aus einer länglichen Wunde und tropfte auf den Holzboden. In der relativen Dunkelheit konnte sie es nicht richtig sehen, glaubte aber, dass etwas in der Wunde steckte.

Ein Blick zum Kühlschrank bestätigte ihre Vermutung: Es war eine Glasscherbe von Toms Bierflasche gewesen. Sie hatte völlig vergessen, dass sie noch dort lag. Und Tom offenbar auch. Nachdem sie sich ihm aufgedrängt hatte, wollte sie ihn nicht noch stören, aber noch weniger wollte sie das Blut durch seine ganze Wohnung tragen auf der Suche nach Verbandszeug. Zwar hatte sie so etwas auch in ihrem Rucksack, aber sie musste die Wunde sowieso auswaschen und versuchen, die Glasscherbe zu entfernen, damit sich nichts entzündete. Wenn sie bald laufen musste, wollte sie nicht durch eine solche Verletzung behindert sein.

»Tom?« Sie hielt ihre Stimme halblaut, weil sie nicht wollte, dass seine Nachbarn mitbekamen, dass sie hier war.

Es dauerte einen Moment, dann tauchte er im Türrahmen auf und knipste das Licht an. Emily blinzelte. Noch immer trug er nicht mehr als eine Boxershorts, dafür war er jetzt aber sauber, seine Haare nass. Seine Augen glitten durch den Raum, bis er sie an dem Tisch sitzen sah. »Ja?«

»Ich habe mich verletzt. Könnten Sie mir bitte ein Papiertuch oder etwas in der Art geben, damit ich nicht Ihren Boden verschmutze?«

Tom bewegte sich so schnell, dass sie erschrocken zurückwich. Dicht neben ihr beugte er sich über ihren Fuß und betrachtete die Wunde. Ihr Blick landete auf seiner Brust, in deren Behaarung Wassertropfen hingen. Rasch wandte sie die Augen ab, damit er nicht dachte, dass sie ihn anstarrte. Obwohl sie das zumindest kurzzeitig von dem Schmerz in ihrem Fuß ablenkte.

Abrupt richtete er sich auf und starrte zum Kühlschrank. »Shit, tut mir leid, ich hatte die Flasche völlig vergessen. Tut es sehr weh?«

»Im Vergleich zu meinen anderen Verletzungen heute mittelmäßig, würde ich sagen.«

Das schien ihn nicht sonderlich zu beruhigen. Tiefe Furchen hatten sich in seine Stirn gegraben. »Wir müssen ins Bad, da habe ich das Verbandszeug und Desinfektionslösung.«

Bevor sie darauf reagieren konnte, hatte Tom sie bereits hochgehoben und richtete sich mit ihr in seinen Armen auf. Emily starrte sie ihn an, für den Moment sprachlos. Sie hielt sich steif, obwohl sie sich am liebsten an ihn geschmiegt hätte. Es war so lange her, dass sie von jemandem berührt worden war, dass jemand sie gehalten, geschweige denn getragen hatte. Seine Wärme sickerte in ihren Körper und sie hatte Mühe, ihren genießerischen Seufzer zurückzuhalten. Er steckte in ihrer Kehle und sie erstickte fast daran.

»Entspannen Sie sich, ich lasse Sie bestimmt nicht fallen.«

Emily räusperte sich. »Das hatte ich auch nicht angenommen. Es ist nur so ungewohnt für mich.«

Tom blickte auf sie herunter. »Sie wurden nie getragen?«

»Höchstens auf einer Trage, nie persönlich.«

Seine Augenbrauen schoben sich zusammen. »Warum auf einer Trage?«

»Lange Geschichte. Ich fürchte, ich tropfe den Boden voll.«

Mit dem Ellenbogen schob Tom eine Tür auf, dahinter kam ein voll ausgestattetes Badezimmer zum Vorschein. »Das ist mir völlig egal. Achtung, ich setze Sie jetzt ab.«

Behutsam ließ er sie auf den Rand der Badewanne hinunter,

sodass sie nach innen saß. Ihr rechtes Bein hielt er fest, damit sie den Fuß nicht aufsetzte. »Können Sie ihn selbst hochhalten? Dann hole ich jetzt das Verbandszeug.«

»Natürlich.« Vorsichtig setzte Emily den Hacken auf den Wannenboden und hielt den Rest in der Luft.

Während Tom in einem Schrank hantierte, starrte Emily auf das Blut, das auf das weiße Porzellan tropfte und langsam in Richtung Abfluss mäanderte. Übelkeit stieg in ihr auf, als sie der Anblick an Aaron erinnerte. Sie konnte sich gar nicht vorstellen, was er Furchtbares durchgemacht haben musste. Vermutlich war ihm der Tod wie eine Erlösung vorgekommen. Aber sie kannte ihn gut genug, um zu wissen, dass er sicher bis zum Ende gekämpft hatte, um doch noch irgendwie zu entkommen. Hatte er seinen Folterern etwas über sie erzählt? Freiwillig sicher nicht, aber wenn sie ihm wehgetan hatten ... Auf jeden Fall musste sie davon ausgehen, dass ihr Aufenthaltsort kompromittiert und sie nirgends mehr sicher war. Das hatte sich heute schon erwiesen.

In der Nähe ihres Hauses im Industriegebiet hatte sie niemanden gesehen, aber das musste nichts bedeuten. So gut sie die Informationen auch vergraben hatte, irgendwann würde jemand auf ihre Spur kommen. Doch es hatte ihr Angst gemacht, den Wagen vor ihrem Tarnhaus zu sehen. Deshalb brauchte sie Toms Hilfe, ganz allein würde sie es diesmal nicht schaffen, weil die Verbrecher offenbar schon auf ihrer Spur waren und sie ihr Versteck möglicherweise schon beobachteten. Tatsache war: Sie musste aus der Stadt verschwinden und irgendwo noch mal ganz von vorn anfangen, wo niemand sie kannte. Es war ein Fehler gewesen, dass sie den Kontakt zu Aaron gehalten hatte, den würde sie nicht noch einmal begehen. Zu ihrem Schutz, aber auch zum Schutz derjenigen, die ihr halfen. Sie würde es nicht ertragen, wenn noch jemandem etwas geschah.

»Woran denken Sie?«

Emily zuckte zusammen, als Toms Stimme plötzlich hinter ihr erklang. Beinahe rutschte sie vom Wannenrand, konnte sich aber gerade noch festhalten.

Tom legte eine Hand an ihren Rücken und stützte sie. »Alles klar? Keine Angst, ich tue Ihnen nichts.«

Tief atmete Emily durch. »Das hatte ich auch nicht angenommen.«

»Warum sind Sie dann so schreckhaft?«

»Wären Sie das nicht, nach allem, was heute – oder gestern – passiert ist? Und ich bin es einfach nicht gewöhnt, dass mir ein anderer Mensch so nahe ist.«

»Warum nicht?« Tom schüttelte den Kopf. »Vergessen Sie's, das geht mich nichts an. Ist wohl eine Berufskrankheit, immer Fragen zu stellen.«

Sie hätte ihm sowieso nicht geantwortet, aber es war gut, dass er es selbst einsah.

Tom setzte sich dicht neben sie und hob ihr Bein auf seinen Schoß. Sanft berührte er ihren Knöchel und betrachtete die Unterseite ihres Fußes. »Da sind ein paar Glassplitter, die muss ich entfernen.«

Emily schnitt eine Grimasse, schwieg aber. Es ärgerte sie, dass sie so dumm gewesen war, durch das Glas zu laufen, obwohl sie doch genau mitbekommen hatte, dass die Flasche hinuntergefallen war. Offenbar hatte der Tag sie so angestrengt, dass sie nicht mehr klar denken konnte. Und das war wirklich gefährlich, denn wer wusste, welche Fehler sie noch beging? Genau deshalb war es sicherer, wenn sie allein war. Dann konnte sie ihre Maske fallen lassen und ganz sie selbst sein, ohne Angst haben zu müssen, sich zu verraten. Es war eine dumme Idee gewesen, zu Tom zu gehen, nur weil sie das Bedürfnis verspürt hatte, sich bei jemandem anzulehnen und nicht alles allein durchziehen zu müssen. Was erwartete sie, dass er einer für ihn Fremden half, die er noch dazu für eine Verbrecherin hielt? Dass er ihr das Gefühl von Sicherheit zurückgab, dass sie seit Jahren nicht mehr gehabt hatte?

Ganz sicher würde er das nicht tun. Stattdessen würde er sie vermutlich verhaften, wenn er erfuhr, wer sie wirklich war. Oder zumindest dem FBI in Philadelphia Bescheid geben, wo sie war. Sobald Tom mit der Verarztung fertig war, musste sie dringend hier weg. Wenn sie sich in irgendeinem Motel unter falschem Namen einmietete, sollte sie hoffentlich für ein paar Tage in Sicherheit sein. Ohne Hilfe würde ihr Umzug diesmal deutlich schwieriger werden, aber sie würde es schaffen. Irgendwie.

Sie zuckte zusammen, als Tom mit einer Pinzette ein Glasstück aus ihrem Fußballen zog.

»Tut mir leid, vorsichtiger geht es nicht.«

»Das weiß ich, kein Problem.«

Tom beugte sich wieder über ihren Fuß und betrachtete ihn ausgiebig, bevor er die Pinzette erneut ansetzte. Diesmal war sie vorgewarnt und konnte ihr Zucken gerade noch verhindern.

»Ich sollte Sie ins Krankenhaus bringen, damit Sie dort richtig behandelt werden können. Wenn irgendwelche Splitter zurückbleiben oder sich die Wunde entzündet, wäre das fatal.«

Sofort versteifte sich Emily. »Das wird nicht nötig sein. Ein Verband reicht.«

Eine Falte bildete sich zwischen Toms Augenbrauen. »Das entscheide ich, wenn ich sehe, wie schwer der Fuß verletzt ist.«

Emily wollte protestieren, wusste aber, dass sich Tom nie davon abbringen lassen würde. Das erinnerte sie an ihre Zusammenarbeit bei RIOS. Der Gedanke, all das zu verlieren, schmerzte fast mehr als die Verletzung.

***

Lisa blieb seltsam still, während er ihre Verletzung versorgte. Jede andere Frau, die er kannte, hätte die ganze Zeit gejammert und gestöhnt, während er die Wunde versorgte, doch Lisa saß nur da. An der Art, wie ihre Finger sich weiß färbten, mit denen sie sich am Wannenrand festhielt, konnte er erkennen, dass sie Schmerzen hatte. Auch in ihren Augen glaubte er, Schmerz zu erkennen, doch sie presste nur die Lippen zusammen und schwieg. Das machte ihn seltsamerweise traurig, weil es für ihn noch deutlicher machte, wie einsam Lisa sein musste.

Er fragte sich immer noch, warum sie gerade zu ihm gekommen war. Sie musste doch wissen, dass er weiter daran arbeiten würde, ihre Identität herauszufinden und sie wenn nötig zu verhaften. Offenbar war sie tatsächlich überzeugt, dass er das geringere Übel war, wenn es um ihre Sicherheit ging. Womit sie vermutlich recht hatte, wie der Brand in ihrem Haus bewies. Aber davon hatte sie nichts gewusst, als sie zu ihm gekommen war. Was hatte sie also so erschreckt, dass sie bei ihm Hilfe suchte, obwohl sie ein paar Stunden vorher noch vor ihm geflohen war?

Es fiel Tom schwer, ihr diese Frage nicht zu stellen. Aber er konnte erkennen, dass sie völlig erschöpft war, und er selbst war auch mehr als müde. Das war etwas, das eindeutig bis morgen warten musste. Nachdem er noch einmal ihre Fußsohle gründlich nach Glassplittern abgesucht hatte, drehte er den Wasserhahn auf und spülte vorsichtig den Fuß mit lauwarmen Wasser ab. Lisa atmete zischend ein und versuchte, ihr Bein zurückzuziehen, doch das ließ er nicht zu. Die Wunden mussten gründlich gesäubert werden, auf keinen Fall wollte er riskieren, dass sie eine Entzündung bekam. »Tut mir leid, es muss sein. Ich bin gleich fertig.«

»Machen Sie alles, was nötig ist.« Lisas Stimme klang gepresst.

Umsichtig hob er ihren Fuß wieder auf sein Bein und drehte das Wasser ab. Anschließend nahm er das Desinfektionsmittel aus dem Verbandskasten und öffnete die Flasche. »Das kann jetzt etwas brennen.«

Lisas Körper versteifte sich, aber sie ließ ihren Fuß, wo er war. Als er das Desinfektionsmittel langsam über die Wunden laufen ließ, zuckte sie zusammen, sagte aber nichts. Als er halbwegs sicher war, dass sämtliche Keime abgetötet waren, legte er Kompressen über die Verletzungen und umwickelte Lisas Fuß fest mit einer Mullbinde. Hoffentlich konnte er die Blutung so stoppen. Dafür durfte Lisa sich aber in nächster Zeit möglichst nicht bewegen und musste den Fuß hochlegen.

»So, fertig. Können Sie den Fuß kurz oben halten?« Als Lisa

nickte, stand er rasch auf und hob sie wieder auf seine Arme.

»Ich kann selbst ...«

»Nein, ich trage Sie, wo auch immer Sie hinwollen. Wenn Sie jetzt mit dem Fuß auftreten, war alles umsonst. Vor allem ist es überhaupt nicht nötig. Es macht mir nichts aus, Sie zu tragen.« Genau genommen wog sie kaum mehr als der große Hund, den er mal gehabt hatte. Das sagte er aber lieber nicht laut.

»Okay, danke.«

Schnell trug Tom Lisa zurück ins Wohnzimmer und setzte sie auf dem Sessel ab. »Warten Sie hier, ich hole Ihnen noch ein paar Dinge.«

Eigentlich hätte er das vorhin schon tun müssen, aber er war so müde gewesen, dass er überhaupt nicht auf die Idee gekommen war. Deshalb suchte er jetzt das Ersatzbettzeug zusammen, das er verwendete, wenn seine Schwester zu Besuch kam, und trug es zum Sofa.

Lisa setzte sich auf. »Ich kann ...«

Tom ließ das Bettzeug fallen und sah sie streng an. »Sie bleiben da schön sitzen, ich mache das.«

Das entlockte ihr ein leichtes Lächeln. »Okay.« Sie murmelte etwas, das verdächtig nach *Tyrann* klang.

Mit hochgezogenen Brauen sah er sie an. »Im Ernst? Ich fahre hier gerade mein bestes Benehmen auf. Sie sollten das zu würdigen wissen.«

»Ich weiß.« Sowie die Worte heraus waren, presste Lisa die Lippen zusammen, als wollte sie sie zurücknehmen.

Seine Neugier gewann Oberhand und er ließ seine Hände mit dem Bettlaken sinken. »Kennen wir uns? Sie haben mich jetzt schon ein paar Mal Tom genannt. Woher kennen Sie meinen Vornamen?«

Lisa war blasser geworden. »Ihr Kollege hatte ihn erwähnt?«

Es klang mehr wie eine Frage als eine Aussage. Hin und wieder rutschte ihr auch ein *du* heraus. Er blieb dabei, es kam ihm vor, als wüsste sie deutlich mehr über ihn, als er ahnte. Und das gefiel ihm nicht sonderlich, vor allem, weil er sie nicht zuordnen konnte. Ganz sicher hatte er sie vorher noch nie gesehen, sie wäre ihm im Gedächtnis geblieben.

»Wenn Ihnen das nicht recht ist, werde ich versuchen, daran zu denken, Sie immer nur mit Detective Carter anzusprechen.«

»Das ist nicht nötig. Nennen Sie mich ruhig Tom.« Das war ihm sogar lieber, wenn er nicht dienstlich unterwegs war.

»Danke. Ich bin ... Lisa.« Vor ihrem Namen machte sie eine fast unmerkliche Pause.

»Meinen Sie nicht, es wäre an der Zeit, mir zu sagen, wer Sie wirklich sind und wer hinter Ihnen her ist? Sie sind ja sicher nicht zu mir gekommen, weil Sie mich so sympathisch finden.«

»Und wenn doch?«

»Dann würde ich an Ihrem Urteilsvermögen zweifeln.«

Zu seiner Überraschung begann Lisa zu lachen.

Seine Mundwinkel zuckten. »Was ist daran so lustig?«

»Ich mag es, wenn sich jemand nicht so bierernst nimmt.« Ihr Lächeln schwand. »Aber Sie haben recht: Mein Hauptgrund, zu Ihnen zu kommen, war, dass ich Hilfe brauche, und nicht wusste, an wen ich mich sonst wenden sollte.«

»Na immerhin kam ich noch vor dem Hausmeister dran.«

Verwirrt sah sie ihn an. »Welcher Hausmeister?«

Tom winkte ab. »Unwichtig, nur ein Scherz. Okay. Sie dachten also, dass ich Ihnen helfen kann. Aber irgendwie weiß ich immer noch nicht, wobei eigentlich.«

Lisa biss auf ihre Lippe. »Ich muss von hier verschwinden. So schnell wie möglich und ohne dass es jemand mitbekommt oder mir folgen kann.«

Sprachlos starrte er sie an. »Sie wollen verschwinden und kommen ausgerechnet zu mir? Sie haben schon verstanden, dass mir Ihr falscher Name äußerst suspekt ist und ich versuche, Ihre wahre Identität herauszufinden, oder?«

»Ich gebe zu, das klingt paradox, aber Sie sind der Einzige, dem ich vertraue.«

Es wurde immer merkwürdiger. »Und genau das verstehe ich nicht. Wir kennen uns nicht und ich ermittle gegen Sie. Warum sollten Sie gerade mir vertrauen? Das ergibt überhaupt keinen Sinn.«

»Sie haben mir das Leben gerettet. Und Sie haben ganz offensichtlich bei meinem brennenden Haus ausgeharrt, weil Sie dachten, ich könnte darin sein.« Es sah aus, als wollte sie noch mehr sagen, aber sie schloss den Mund und sah ihn mit ihren großen Augen durch die Brille an.

Tom schüttelte den Kopf. »Ich werde aus Ihnen nicht schlau, aber ich bin zu müde, um jetzt noch darüber nachzugrübeln. Wir reden morgen darüber und ich erwarte, dass Sie mir die Wahrheit sagen, okay? Erst dann entscheide ich, ob ich Ihnen helfen kann oder will.«

Lisa nickte ihm zu.

Immer noch nicht von der Weisheit der ganzen Aktion überzeugt, zog Tom das Schlafsofa aus und spannte das Bettlaken darüber. Nachdem er Kissen und Bettdecke angeordnet hatte, hob er Lisa wieder hoch und setzte sie vorsichtig auf dem Sofa ab. Er beobachtete, wie sie unter die Decke schlüpfte, und richtete sich auf. »Brauchen Sie noch etwas?«

»Ein Glas Wasser wäre nett.«

Tom drehte sich um und ging in Richtung Kühlschrank.

»Vorsicht, die Scherben!«

Mit einer Grimasse wandte er sich um. »Ich weiß. Ich werde sie gleich entfernen, damit so etwas nicht noch mal passiert.«

»Ich hätte ja auch daran denken können. Außerdem war es meine Schuld, weil ich Sie erschreckt habe.«

Das stimmte allerdings. Er musste verdammt müde gewesen sein, nicht zu bemerken, dass sich jemand in seiner Wohnung befand. »Machen Sie es sich am besten nicht zur Gewohnheit.«

»Ich wollte nicht vor der Tür warten, damit mich niemand sieht. Es tut mir leid, dass ich in Ihre Privatsphäre eingedrungen bin. Ich verspreche aber, dass ich nicht rumgeschnüffelt habe.«

»Es gibt hier auch nicht viel Interessantes zu finden.« Trotzdem gefiel es ihm nicht, wenn jemand ohne Einladung in seinen privaten Bereich eindrang. Er hatte zwar viele Freunde und genoss es, in Gesellschaft zu sein, aber er brauchte doch seinen Rückzugsraum, in dem er auch mal allein sein konnte. Seltsamerweise war er aber nicht so wütend auf Lisa, wie er es eigentlich sein müsste. Eher ... erleichtert, dass er jetzt wusste, wo sie sich aufhielt und sie vor allem nicht in ihrem Haus gestorben war.

»Trotzdem, ich ...«

Erschöpft rieb Tom über sein Gesicht. »Es ist in Ordnung, vergessen Sie's.«

»Danke.«

Tom machte einen großen Bogen um die Scherben und das Bier, das überall hin gespritzt war, und nahm eine Flasche Wasser aus dem Kühlschrank. Er goss ein Glas ein und brachte es Lisa. Sie hatte ihre Brille abgesetzt und sah ihn direkt an. Ihre Augen wirkten so noch größer als durch die Gläser. Ungewollt breitete sich etwas wie Sympathie in ihm aus. »Hier ist das Wasser. Ich stelle es auf den Tisch.«

»Danke.«

Bevor er irgendetwas Dummes machte, kehrte Tom rasch zu der Sauerei zurück und begann damit, sie zu beseitigen.

8. KAPITEL

Emily wünschte, sie hätte die Brille noch nicht abgesetzt, dann hätte sie zusehen können, wie Tom nur mit seiner Boxershorts bekleidet die Scherben und das Bier vom Boden beseitigte. Vermutlich war auch noch ein wenig Blut von ihr dabei. Nach ihrem etwas holperigen Start hatte sich Tom wirklich gut um sie gekümmert. War er zu jedem so nett, den er verdächtigte, Identitätsdiebstahl zu betreiben? Das konnte sie sich nicht vorstellen. Aber daran würde sie ihn sicher nicht erinnern, dankbar über den Waffenstillstand, der momentan herrschte. Sie war mehr als müde, gleichzeitig aber irgendwie aufgedreht. Dazu kamen die Schmerzen, die sich jetzt erst richtig bemerkbar machten, und Angst und Trauer um Aaron.

Jedes Mal, wenn sie an Aaron dachte, presste sich ihre Brust zusammen. Sie wünschte, er wäre noch am Leben und sie könnte mit ihm darüber reden, was sie tun sollte. Sofort meldete sich das schlechte Gewissen, weil sie so egoistisch war. Wenn sie geahnt hätte, was passieren würde, hätte sie ihn nie in die Sache hineingezogen und dann wäre er heute noch am Leben. Aber es brachte nichts, es sich zu wünschen, die Zeit ließ sich nicht zurückdrehen. Für keinen von ihnen. Sie war jung und naiv gewesen, aber das war keine Entschuldigung. Sie hatte genau gewusst, was sie tat und welche Konsequenzen es haben konnte.

Hätte es nur für sie welche gehabt, könnte sie damit leben. Aber sie hätte schon damals Aaron daran hindern sollen, dass er seine Karriere für sie aufgab. Vielleicht sollte sie sich einfach stellen, damit nicht noch jemand den Preis für ihre Dummheit zahlen musste. Natürlich wollte sie nicht sterben, aber sie konnte auch nicht damit leben, einen Freund das Leben gekostet zu haben. In dem Polizeibericht stand es nirgends, doch ihr war klar, dass Aaron nur ihretwegen gefoltert und getötet worden war. Zwar könnte es auch mit einem anderen Fall in Zusammenhang stehen, aber es erschien ihr unwahrscheinlich, dass nach seinem Tod jemand unabhängig davon zur gleichen Zeit ihren Aufenthaltsort gefunden hatte.

Emily blinzelte gegen ihre Tränen an und tastete nach ihrer Brille. Sie brauchte dringend eine Ablenkung und Tom dabei zuzusehen, wie er halbnackt herumlief, könnte ihr helfen. Sein Körper war schlank, besaß aber deutlich definierte Muskeln, die bewiesen, dass er sich fit hielt. Dunkle Haare bedeckten genau im richtigen Maß seine Brust, eine schmale Linie lief über seinen Bauch und verschwand im Bund seiner Boxershorts. Als sie merkte, wo ihr Blick verharrte, riss sie ihn schnell zur Seite. Auf keinen Fall wollte sie, dass Tom ihre Faszination bemerkte. Wenn sie ehrlich war, hatte seine Stimme schon immer diese Wirkung auf sie gehabt. Tief und ein wenig rau war ihr jedes Mal ein wohliger Schauer über den Rücken gelaufen, wenn sie ihn am Telefon oder über Funk gehört hatte.

Allerdings hatte ihr das, was er zu sagen hatte, selten gefallen. Immer wieder hatte er darauf hingewiesen, dass das, was sie für RIOS tat, in den meisten Fällen illegal war. Und er als Detective daran keinen Anteil haben wollte und durfte. Letztlich hatte er sich aber immer dafür entschieden, seinen Freunden zu helfen. Auch zu seiner Familie schien er ein inniges Verhältnis zu haben, wenn sie die Bildergalerie auf dem Flur richtig deutete. Das war die Eigenschaft, die sie am meisten an ihm bewunderte: dass er bereit war, seinen Job oder auch sein Leben für andere zu riskieren. Vor einigen Monaten war er beinahe gemeinsam mit Sierra, Reds Lebensgefährtin, und Joe Spade gestorben, als Reds Haus, das Hauptquartier von RIOS, angezündet worden war. Etliche mit Pistolen und Gewehren bewaffnete Männer hatten verhindert, dass sie aus dem Haus fliehen konnten.

Emily hatte wirklich befürchtet, dass sie gestorben waren, und um sie getrauert. Glücklicherweise hatten sie sich durch einen unterirdischen Gang retten können und es war nur das Haus mitsamt seiner Einrichtung, den Computern und Unterlagen zerstört worden. Für Red war es ein herber Verlust, er hatte das Haus von seiner Tante geerbt. Aber am Ende hatte ihn das nur noch mehr motiviert, RIOS zu einem Erfolg zu machen und weiter gegen Verbrecher vorzugehen. Wäre Sierra allerdings gestorben, war Emily ziemlich sicher, dass Red aufgegeben hätte. Auch wenn sie es immer nur am Rande mitbekam und die beiden noch nie zusammen erlebt hatte – jedenfalls nicht offiziell –, konnte sie doch die Tiefe ihrer Gefühle füreinander spüren.

So schön Emily das für sie fand, machte es ihr wieder deutlich, dass sie selbst niemanden hatte. Und sich das auch nicht ändern würde. Sollte sie jemanden kennenlernen, mit dem sie gern zusammen wäre, könnte sie das nicht riskieren. Es wäre zu gefährlich für ihren Partner, aber auch für sie. Und sie müsste ihr ganzes Leben lang eine Lüge leben. Dafür war sie nicht geschaffen. Nein, es war sicherer, sich von allen Versuchungen fernzuhalten. Dazu gehörten auch Tom Carter und sein knackiger Körper. Gerade als sie die Brille wieder abnehmen wollte, drehte er sich zu ihr um. Er zuckte zusammen, als er sah, dass sie den Blick auf ihn gerichtet hatte.

»Ich dachte, Sie schlafen schon. War ich zu laut?«

»Nein, natürlich nicht. Ich musste nur an so viel denken und konnte deshalb nicht schlafen.«

Tom warf den Lappen ins Waschbecken, wischte die Hände an einem Handtuch ab, und kam zu ihr herüber. Aus der Nähe konnte sie jedes einzelne Härchen auf seiner Brust sehen, einige Sommersprossen zogen sich über seine Schultern. Seine Muskeln bewegten sich verführerisch unter der glatten Haut, als er sich neben ihr auf den Sessel setzte.

Merkte er eigentlich nicht, was er ihr damit antat, wenn er ihr so nah war? Vermutlich nicht, weil er in ihr sicher nur eine nervige Verdächtige sah, die zu klein war und zu nerdig aussah. Auf Brillen standen die wenigsten Männer, ein Grund, warum sie zu einem extra großen Modell gegriffen hatte. So war sie beinahe unsichtbar. Es reichte ihr, zu wissen, dass sie intelligent war und besser mit Computern umgehen konnte als die meisten anderen Menschen, doch hin und wieder – so wie jetzt – wünschte sie sich, dass ein Mann sie verlangend ansah. Doch das taten sie nie. Schon gar nicht, wenn sie einen verdammt schlechten Tag hinter sich hatte und vermutlich wie ein Wrack aussah.

Aber das war gut, richtig? Tom sollte sich nicht für sie interessieren, das wäre viel zu gefährlich. Sie konnte sich immer noch nicht erklären, warum er sie überhaupt bemerkt hatte, als sie in dem Verhörraum gesessen hatte. Wäre er einfach weitergegangen, wäre all das nicht passiert. Allerdings ließen sich ihre Verfolger offenbar nicht mal durch die Nähe anderer Menschen davon abhalten, sie ermorden zu wollen. Bei ihrem Haus im Industriegebiet hätten sie freie Bahn gehabt, weil sich dorthin selten jemand nach Feierabend verirrte.

»Lisa?«

Verwirrt sah sie Tom an. »Ja?«

»Ich habe gefragt, ob Sie mit mir darüber reden möchten. Nicht als Polizist, sondern als Freund.«

Stumm schüttelte Emily den Kopf und versuchte, die Tränen zurückzuhalten. Verdammt, sie war doch sonst nicht so eine Heulsuse! Es musste daran liegen, dass Tom so nett zu ihr war.

Tom beugte sich vor und stützte die Ellenbogen auf seine Oberschenkel. »Ich verstehe, dass Sie misstrauisch sind, nach dem Start, den wir hatten, aber ich möchte Ihnen wirklich helfen.«

»Ich hatte doch erzählt, was passiert, wenn man mit mir befreundet ist. Ich möchte nicht für noch einen Tod verantwortlich sein.«

»Das war ganz sicher nicht Ihre Schuld.«

»Doch, ich habe ihn in die Sache hineingezogen. Ich brauchte Hilfe und er hat dafür seinen Job riskiert. Danach hat er ihn ganz aufgegeben. Das möchten Sie doch sicher nicht.«

Irritiert sah Tom sie an. »Ich hatte auch nicht vor, etwas zu machen, das mich den Job kosten könnte. Ich würde nie etwas Illegales tun.«

Emily musste lächeln. »Ganz sicher?« Sie konnte sich an einige Male erinnern, in denen er weit über die Grenzen gegangen war.

Toms Augenbrauen schoben sich zusammen. »Wer sind Sie?«

Es lag ihr auf der Zunge, ihm die Wahrheit zu sagen, doch

erneut scheute sie davor zurück. Wenn sie es erst einmal gesagt hatte, konnte sie es nie wieder zurücknehmen. Es würde alles ändern. Und sie war nicht sicher, ob sie dafür bereit war. Wenn ihre Freunde bei RIOS erfuhren, wer sie wirklich war, würden sie vermutlich versuchen, sie zu schützen. Nein, ganz bestimmt sogar. Wenn einer von ihnen in Schwierigkeiten geriet, waren die anderen zur Stelle. Zum Teil kam das sicher durch Reds Vergangenheit als SEAL, bei denen das Team immer an oberster Stelle kam. Aber es könnte genauso gut dazu führen, dass sie in Zukunft nicht mehr mit ihr zusammenarbeiten wollten. Red konnte es sich nicht leisten, eine Flüchtige zu beschäftigen, wenn das herauskam, könnte er seinen Laden wahrscheinlich dichtmachen.

Das konnte und wollte sie ihm nicht antun. Er hatte hart dafür gearbeitet, dass RIOS zu einem Erfolg wurde. Es gab große Pläne, er hatte sogar angefangen zu expandieren. Die Sicherheitsfirma lebte von ihrem guten Ruf, würde der befleckt werden, könnte ihn das viel Geld oder sogar die Existenz kosten. Zwar beschäftigte er mit Max auch einen ehemaligen Sträfling, aber gegen den lag kein Haftbefehl vor. Momentan sollte sie vielleicht sagen, sie war nicht ganz sicher, ob er nicht irgendwann rückfällig werden würde. Er war auf jeden Fall sehr talentiert, wenn es darum ging, unbemerkt irgendwo einzudringen. Vermutlich würde sie sich mit ihm viel besser verstehen als mit Tom, doch seltsamerweise hatte sie bei ihm nie ähnliche Gefühle verspürt wie bei dem Detective. Aber das war typisch für sie, es war nie etwas einfach.

»Lisa?« Tom klang leicht genervt, so als hätte er schon mehrfach versucht, ihre Aufmerksamkeit zu erregen.

»Tut mir leid.«

»Verdammt, das ist schlimmer, als Zähne zu ziehen! Wie soll ich Ihnen helfen, wenn Sie mir nicht sagen, worum es überhaupt geht?«

»Ich weiß, dass es schwer ist, aber es ist besser so. Ich brauche nur jemanden, der mir hilft unterzutauchen. Dann können Sie vergessen, dass Sie mich je getroffen haben.«

»Wie soll das gehen? Ich kann jemanden nicht laufen lassen, der seine Identität getauscht hat.«

»Können Sie es nicht einfach vergessen, wenn ich hoch und heilig verspreche, dass ich keine finsteren Absichten hege, sondern nur versuche, weiterzuleben?«

»Das kann ich nur dann tun, wenn ich die richtige Identität kenne und weiß, dass es sich wirklich so verhält.«

Emily verdrehte die Augen. »Gott, muss das immer so verdammt anstrengend sein?«

»Wieso immer? Mein Cop-Instinkt sagt mir, dass hier etwas absolut faul ist. Es wäre besser, wenn Sie es mir gleich sagen würden, bevor ich es selbst herausfinde.«

Mühsam setzte sie sich auf. »Ich denke, ich sollte besser gehen.«

»Nein.« Tom blies hart den Atem aus und fuhr in einem sanfteren Ton fort. »Bleiben Sie. Dort draußen ist es zu gefährlich und ich möchte nicht, dass Ihnen etwas geschieht. Alles andere klären wir morgen.«

»Ich weiß nicht ...«

Tom legte seine Hand auf ihre Schulter und drückte sie sanft zurück. »Bitte. Wir sind beide müde.«

Ihre Schmerzen gaben schließlich den Ausschlag. Und Toms Berührung. Es fühlte sich gut an, seine Hand auf ihrer Schulter zu spüren, die Sicherheit, die seine Stärke verhieß. Am liebsten hätte sie sich an ihn geschmiegt, doch sie hielt still und hoffte, dass er sie noch ein wenig länger berührte. Ihr war wirklich nicht zu helfen. Sie sank tiefer in das Kissen und versuchte, sich zu entspannen. Das war gar nicht so einfach, wenn ihr ganzer Körper schmerzte. Nur die Stelle, wo Toms Hand lag, erwärmte sich langsam und tat nicht mehr weh. Am liebsten hätte sie ihn gebeten, sie überall zu berühren, doch das würde dann wohl etwas zu weit gehen. Sie konnte sich vorstellen, was er dazu sagen würde. Trotzdem musste sie sich auf die Lippe beißen, um sich daran zu hindern, ihn genau darum zu bitten.

»Haben Sie noch Schmerzen?« Seine Hand bewegte sich leicht.

Reflexartig legte Emily ihre Finger auf seine, um sie dort zu halten. Alles in ihr erstarrte, während sie auf eine Reaktion von ihm wartete. Für ihn war sie eine völlig Fremde, sie könnte verstehen, wenn er sich von ihr löste und so schnell wie möglich verschwand. Tom saß völlig still da, so als wüsste er nicht, was er tun sollte. Schweren Herzens zog Emily ihre Hand zurück, um ihn nicht zu etwas zu zwingen. Es dauerte einige Sekunden, dann verstärkte sich Toms Druck wieder. Erleichtert sah sie zu ihm auf. Sein intensiver Blick lag auf ihr, es wirkte fast, als versuchte er, in ihren Kopf zu sehen, um aus ihr schlau zu werden.

»Lisa?«

»Hm?«

»Hast du noch Schmerzen?«

Ach stimmt, sie hatte ihm nicht geantwortet. »Ich merke es jedenfalls noch, wo ich auf den Boden geprallt bin.«

»Soll ich Schmerztabletten holen?«

»Ich habe schon ein paar genommen. Aber danke.« *Bitte bleib, ich brauche nur deine magische Hand.*

Offenbar konnte Tom ihre Gedanken lesen, denn er legte seine andere Hand auf ihren Oberarm. »So besser?«

Mühsam hielt sie ihre Tränen zurück. »Ja, danke. Entschuldige, normalerweise bin ich stärker.«

»Nach so einem Tag wäre wohl jeder fertig. Das ist ganz normal.« Seine tiefe Stimme klang beinahe hypnotisierend.

Ihre Augen schlossen sich wie von selbst und sie atmete so tief aus, wie ihre geprellten Rippen es zuließen. Sie hatte sich immer gefragt, wie es sich anfühlte, wenn man jemanden hatte, der sich um einen kümmerte. Den es interessierte, wie es einem ging. Nach einer einsamen Kindheit im Heim war es ihr nie gelungen, zu anderen Menschen Kontakt aufzubauen. Meist hatte sie sich von allem ferngehalten, das mit Gefühlen und Nähe zu tun hatte. Jetzt erkannte sie, was sie verpasst hatte. Sie hätte nur nie erwartet, dass es gerade Tom wäre, der ihr das zeigte, aber er machte das richtig gut. Fast könnte sie glauben, dass ihm wirklich etwas an ihr lag.

Seine Hand verschwand und Emily seufzte enttäuscht. Ihre Augen flogen auf, als sie spürte, wie er ihr die Brille abnahm. Toms Gesicht war dicht über ihrem.

»Schließ die Augen, ruh dich aus.«

Wie von selbst senkten sich ihre Lider. Es schien, als hätte Tom eine seltsame Kontrolle über sie. Seine Fingerspitzen strichen sanft über ihre Schläfen und Wangenknochen. Gott, das fühlte sich so gut an! Wie auch immer er das anstellte, Tom schaffte es tatsächlich, dass sich ihr Körper entspannte. Die Finger glitten weiter über ihren Hals, kneteten leicht die Muskelstränge und strichen über ihre Schlüsselbeine bis hin zu den Schultern. Wärme breitete sich in ihr aus. Es fühlte sich so herrlich an. Beinahe wünschte sie, sie hätte nichts an, damit sie seine Berührung direkt auf ihrer Haut fühlen könnte. Doch sie wusste auch, dass sie das vermutlich überfordern würde. Schon jetzt schaffte sie es kaum, die Erregung zurückzudrängen und die Berührung einfach nur so zu genießen, wie sie gemeint war: als freundliche Geste.

Langsam glitten seine Hände über ihre Arme bis zu den Fingerspitzen und ebenso gleichmäßig nach oben. Emily begann zu zittern. Ein leichtes Vibrieren nur, aber Tom schien es trotzdem zu spüren. Sein Griff wurde fester. Dann verschwanden seine magischen Hände. Unwillkürlich gab Emily einen protestierenden Laut von sich.

Tom erhob sich und sie dachte schon, dass er gehen würde, doch stattdessen setzte er sich neben sie auf das Sofa. Sie konnte seine Wärme durch die Decke spüren, wo sich seine Hüfte gegen ihre Taille presste.

»Was brauchst du?«

Emily versuchte, die Worte zurückzuhalten, doch sie schaffte es nicht. »Jemanden, der mich hält. Der mir sagt, dass alles wieder gut wird.« Als Tom schwieg, ruderte sie sofort zurück. »Vergiss es, ich weiß, dass wir uns eigentlich gar nicht kennen und ...« Sie brach ab, als Tom sie vorsichtig hochzog und seine Arme um sie schloss.

Ihre Wange landete an seiner nackten Brust und nach kurzem

Zögern schmiegte sie sich dagegen. Ihre Arme schlang sie um seine Taille und schloss die Augen. Tief atmete sie seinen Geruch nach Mann und Duschgel ein und lauschte seinem beruhigenden Herzschlag. Sie wusste, dass sie ihn nicht so ausnutzen sollte, aber sie brachte es nicht über sich, ihn loszulassen. Tom war erwachsen, er würde sich melden, wenn ihm etwas nicht behagte.

Langsam floss die Anspannung aus ihrem Körper und sie lehnte sich schwerer gegen Tom. Seine Wärme ging auf sie über und ließ Kummer und Sorgen für einen kurzen Augenblick ins Vergessen geraten. Beruhigend rieben seine Hände über ihren Rücken und Emily wünschte, der Moment könnte ewig anhalten. Bei jedem Atemzug rieben seine Brusthaare über ihre Wange. Der Drang, ihren Kopf ein wenig zu drehen und die warme Haut zu küssen, wurde beinahe übermächtig. Glücklicherweise hatte sie sich so weit unter Kontrolle, diese Fantasie nicht Wirklichkeit werden zu lassen. Das würde eindeutig zu weit gehen. Tom war so nett, sie zu trösten und ihr einen sicheren Hafen zu gewähren, mehr konnte sie nicht von ihm verlangen. Schon gar nicht, wenn er dachte, er hätte sie erst heute kennengelernt. Ganz davon abgesehen, dass sie ziemlich sicher war, dass er einen ganz anderen Typ Frau bevorzugte.

Der Gedanke zerstörte ihre entspannte Stimmung. Mit einem stummen Seufzer löste sie sich aus Toms Umarmung. Sofort ließ er seine Hände sinken.

Verlegene Hitze stieg in ihre Wangen, während sie zögernd zu ihm aufsah. »Danke. Tut mir leid, ich hätte nicht ...«

Er legte einen Finger über ihre Lippen und brachte sie damit zum Schweigen. »Gerne. Und jetzt sollten wir etwas schlafen. Alles Weitere klären wir dann morgen.«

Wie brachte er es fertig, ihre Nerven mit dieser kleinen Geste wieder zum Flattern zu bringen und sie gleichzeitig zu beruhigen? »Danke noch mal. Schlaf gut.«

Tom erhob sich und lächelte sie an. »Du auch.«

Er drehte sich um und ging zur Tür, während Emily ihm mit offenem Mund hinterherstarrte. Tom fast nackt war gefährlich.

Wenn er dann aber auch noch lächelte, war er tödlich. Zum Glück tat ihr alles weh, sonst wäre sie wahrscheinlich aufgesprungen, ihm hinterhergelaufen und hätte ihn angefleht, sie auf der Stelle zu nehmen. Verdammt! Emily schloss ihre Augen, doch an Schlaf war nicht mehr zu denken.

9. KAPITEL

Völlig gerädert wachte Emily am nächsten Morgen auf. Einen Moment lang lag sie still da und fragte sich, wo sie sich befand. Es dauerte eine ganze Weile, bis sie sich daran erinnerte, was am Tag davor passiert war. Aaron, der Angriff, ihr Haus. Tom. Oh Gott, was hatte sie sich dabei gedacht, in seine Wohnung einzubrechen und ihn dann auch noch so nah an sich heranzulassen? Sie konnte froh sein, dass er sie nicht gleich verhaftet hatte! Zusätzlich hatte sie ihn dazu gezwungen, sie zu verarzten und sie sogar zu umarmen. Offenbar war irgendetwas in ihrem Kopf nicht richtig. Sie sollte ganz schnell von hier verschwinden.

Rasch setzte sie sich auf und sank mit einem gedämpften Stöhnen zurück. Mist, sie hatte ihre Prellungen vergessen. Ihr Körper schien steif zu sein und schmerzte an Stellen, die sie nicht für möglich gehalten hätte. Deutlich langsamer schwang sie ihre Beine vom Sofa und richtete sich vorsichtig auf. Diesmal waren die Schmerzen erträglicher, wenn auch nur marginal. Sie trug immer noch ihre Kleidung, minus einen Socken. Als sie sich daran erinnerte, dass sie kaum auftreten konnte, machte sich Resignation in ihr breit. Wie sollte sie so abhauen?

Emily presste die Lippen zusammen. Es musste einfach gehen, auf keinen Fall konnte sie länger hierbleiben. Wenn sie sich das vorher überlegt hätte, müsste sie jetzt nicht so überstürzt flüchten. Schon häufiger hatte sie das Problem gehabt, im normalen Leben nicht immer alles so zu überdenken, wie es nötig gewesen wäre. Bei ihrem Job hatte sie damit deutlich weniger Probleme. Abgesehen von dem einen Mal, das sie dann auch teuer bezahlt hatte. Genauso wie Aaron und jetzt auch die Besitzer der anderen Häuser in Bloomingdale. Wie sollte sie das jemals wiedergutmachen? Nein, das war gar nicht möglich. Sie konnte weder Aaron ins Leben zurückbringen, noch den Leuten ihre Häuser und Erinnerungen zurückgeben, die dort verbrannt waren.

Deshalb sollte sie jetzt gehen, bevor sie Tom auch noch in

die Sache mit hineinzog. Er hatte ihr eine Nacht gegeben, in der sie wenigstens nicht mit einem Ohr darauf hatte lauschen müssen, ob jemand versuchte, zu ihr vorzudringen. Und er hatte ihr ein wenig menschliche Nähe gegeben, auf die sie lange verzichtet hatte. Dafür war sie ihm dankbar. Doch jetzt musste sie versuchen, ihr Leben selbst in den Griff zu kriegen. Sollte sie nach Philadelphia zurückkehren und sich dem FBI stellen? Oder würde das nur dazu führen, dass sie umso schneller getötet wurde? Hätte sie das FBI damals schützen können, wäre sie gar nicht erst geflohen. Doch es war mehr als deutlich geworden, dass sie unter dem Schutz des FBI nicht mal einen Tag überleben würde.

Auch in den Jahren danach hatte sie dafür keine Lösung gefunden. Egal wie sie es machte, am Ende war sie tot und die Verbrecher kamen davon, ohne zur Rechenschaft gezogen zu werden. Und das konnte sie nicht zulassen. Nicht bei dem, was sie getan hatten, und nachdem Aaron getötet worden war. Irgendwie musste es ihr gelingen, zu überleben und endlich dafür zu sorgen, dass diese Schweine hinter Gitter kamen. Egal wie schwer das werden würde und was sie dadurch vielleicht verlor. Das war sie Aaron schuldig.

Sie schlüpfte in ihren Schuh und blickte dann auf ihren nackten, verbundenen Fuß hinunter. Irgendwo musste ihr Socken sein, aber sie konnte sich beim besten Willen nicht daran erinnern, wo sie ihn gelassen hatte. Vermutlich hatte sie ihn ausgezogen, nachdem sie in die Scherbe getreten war. Mühsam stand Emily auf und humpelte zum Tisch hinüber. Doch so sehr sie auch suchte, der Socken war unauffindbar. Vielleicht hatte Tom ihn entfernt, als er die Scherben beseitigt hatte. Da sie ihn nicht danach fragen wollte, kehrte sie zum Sofa zurück und schlüpfte ohne Socken in ihren zweiten Schuh. Bereits ohne Belastung schoss ein scharfer Schmerz durch ihre Fußsohle. Vermutlich würde die Wunde sofort wieder anfangen zu bluten, wenn sie ein paar Schritte ging, aber das war nicht zu ändern, sie musste weg, jetzt sofort.

Die Dringlichkeit in ihr katapultierte sie vorwärts. Sie setzte ihren Rucksack auf und schlich durch die Wohnung zur Tür. Da sie nichts von ihm hörte, ging sie davon aus, dass Tom noch fest schlief. Ein Glücksfall für sie, denn sie war ziemlich sicher, dass er versuchen würde, sie davon abzuhalten. Sie legte die Hand auf die Klinke und drückte sie vorsichtig hinunter. Die Tür öffnete sich geräuschlos. Emily wagte ihr Glück kaum zu glauben und beeilte sich, hindurchzuschlüpfen und die Tür leise hinter sich zuzuziehen. Das Klicken ließ sie zusammenzucken, aber sie konnte es nicht ändern. Auf keinen Fall würde sie Tom in einer offenen Wohnung zurücklassen.

So schnell es ihr mit dem kaputten Fuß und den übrigen Verletzungen möglich war, eilte sie die Treppe hinunter. Draußen blinzelte sie gegen die Sonnenstrahlen an, die ihr direkt in die Augen schienen. Es war offenbar noch recht früh und nur wenige Autos unterwegs. Je weniger Leute sie sahen, desto besser. Während sie über die Straße humpelte, überlegte sie, wo sie jetzt hinkonnte. Wahrscheinlich am besten zum Bahnhof und dann einen Zug suchen, der möglichst weit wegfuhr. Irgendwohin, wo sie niemand suchen würde. In der Einöde ohne Internetzugang würde sie vermutlich nie gefunden werden, aber dazu konnte sie sich nicht durchringen. Ohne ihre Arbeit würde sie eingehen. Außerdem brauchte sie das Netz, um diese Typen endlich zu erwischen. Emily verzog den Mund. Sie hätte sich schon viel früher darum kümmern sollen.

Je länger sie ging, desto stärker wurde ihr Humpeln. Sie konnte die Feuchtigkeit in ihrem Schuh spüren und wusste, dass sie wieder blutete. Deshalb betrat sie einen Supermarkt, an dem sie vorbeikam, und begab sich in die Pharmazieabteilung. Dort suchte sie sich Verbände und Pflaster und stockte auch noch ihren Vorrat an Schmerztabletten auf. Mit vollen Händen drehte sie sich um und lief direkt in jemanden hinein. Erschreckt sah sie hoch und atmete erleichtert auf, als sie erkannte, dass es nicht Tom war. Dieser Mann trug einen Bart und hatte seltsam helle Augen.

»Oh, tut mir leid, ich habe Sie überhaupt nicht bemerkt.« Sie begann, die Sachen zusammenzusammeln, die ihr aus den Händen gefallen waren.

»Kein Problem. Warten Sie, ich helfe Ihnen.«

»Das ist nicht ...« Emily verstummte, als sie sah, dass er sich bereits bückte. »Vielen Dank.«

Hastig hob sie die Schachtel auf, die direkt vor ihren Füßen lag. Als sie sich wieder aufrichtete, sah sie den Griff einer Pistole unter dem grauen Jackett ihres Helfers aufblitzen. Ihr Herz begann schneller zu schlagen, doch sie versuchte, die Ruhe zu bewahren. Es konnte einen ganz harmlosen Hintergrund haben, warum der Mann mit einer Waffe herumlief. Vielleicht war er Polizist, oder Bodyguard oder was auch immer. Selbst wenn nicht, hieß das nicht, dass er hinter ihr her war. Woher sollte auch jemand wissen, wo sie sich befand? Genau, es war nur einer dieser merkwürdigen Zufälle. Wie das Auto, das sie überfahren wollte oder die Feuerleiter, die herunterfiel, als sie darunter stand. *Gott!*

Möglichst unauffällig sah sie sich um, doch es war niemand zu sehen, der ihr helfen könnte. Sicher nicht das junge Mädchen an der Kasse oder die ältere Frau, die sich gerade die Medikamente gegen Venenleiden ansah. Sie konnte nur so schnell wie möglich verschwinden und hoffen, dass der Mann sie nicht verfolgte.

Sie nahm die Rolle Verbandszeug von ihm entgegen und lächelte ihn an. »Danke. Einen schönen Tag noch.« Rasch drehte sie sich um und strebte zur Kasse.

Als der Mann ihr nicht sofort folgte, atmete sie erleichtert auf. Wahrscheinlich war es nur ihrer Anspannung zu verdanken, dass sie jetzt in jedem Menschen eine potentielle Bedrohung vermutete. Emily legte ihre Einkäufe auf das Band. Schließlich war sie an der Reihe: Die Kassiererin zog ihre Einkäufe über den Barcodescanner und warf sie in eine Tüte. Ungeduldig wartete Emily darauf, dass sie die Einkäufe bezahlen konnte, doch die junge Frau schien es nicht sonderlich eilig zu haben. Immer wieder sah Emily sich um, doch der Mann schien verschollen. Offenbar hatte sie ihn zu Unrecht verdächtigt.

Ein wenig erleichtert bezahlte sie schließlich, nahm die Tüte und verließ den Supermarkt. So schnell es ihr schmerzender Fuß erlaubte, überquerte sie den Parkplatz. Unter einem Baum setzte sie sich schließlich auf eine Bank und zog ihren Schuh aus. Mit zusammengebissenen Zähnen entfernte sie vorsichtig den durchgebluteten Verband und begutachtete die Wunde. Sie hatte sich geöffnet, wie nicht anders zu erwarten. Jetzt, wo sie es gesehen hatte, schien der Schmerz deutlich schärfer als vorher. Emily presste neue Kompressen darauf und wickelte einen engen Verband darum. Das würde vermutlich nicht lange halten, aber mehr konnte sie hier nicht machen. Sehnsüchtig dachte sie daran zurück, wie angenehm es gewesen war, sich von Tom tragen zu lassen.

Rasch warf sie die alte Bandage weg und schlüpfte wieder in ihren Schuh, nachdem sie ihn so gut es ging gesäubert hatte. Es fühlte sich nur marginal besser an, aber es würde gehen müssen. Emily nahm ein paar Schmerztabletten und spülte sie mit Wasser hinunter. Dann erhob sie sich mit einem Stöhnen und fluchte stumm, als sie kaum auftreten konnte. Aber davon konnte sie sich nicht hindern lassen, sie musste hier weg. Nicht nur, damit Tom sie nicht wiederfand, sondern vor allem, um niemanden zu ihm zu führen. Nach Aaron konnte sie nicht noch jemanden verlieren, den sie mochte. Allein der Gedanke, dass Tom etwas passieren könnte, ließ sie schneller gehen.

Ob sie es riskieren könnte, zu ihrem Haus zurückzukehren? Nein, besser nicht. Vielleicht konnte sie später zurückkommen und die ganze Ausrüstung holen, wenn sie woanders eine Bleibe gefunden hatte. Es fiel ihr schwer, auf ihre PCs zu verzichten, doch der Laptop würde reichen müssen. Ihr Leben und das anderer Menschen war wichtiger. Es würde sie allerdings darin behindern, die Schuldigen zu ermitteln. Sie hätte viel früher damit anfangen müssen, aber damals war sie nur froh gewesen, entkommen zu sein und hatte geglaubt, es wäre sinnvoller, die Ermittlungen dem FBI zu überlassen. Nur hatten die anscheinend überhaupt nichts gemacht. Anders konnte sie sich nicht erklären, warum diese Typen offenbar noch frei herumliefen und Aaron töten konnten.

Schon damals hatte sich das FBI ganz auf Emily konzentriert und es wichtiger gefunden, zu ermitteln, wie sie überhaupt an die Informationen gelangt war, anstatt sich darum zu kümmern, dass die wirklichen Übeltäter ermittelt wurden. Das war der Grund gewesen, warum Aaron ihr geholfen hatte. Auch später hatte er ihr hin und wieder berichtet, was geschah – nämlich gar nichts. Zuerst hatte sie noch die Hoffnung gehabt, dass sie nach ein oder zwei Jahren wieder zurückkehren konnte, doch das war schließlich immer unwahrscheinlicher geworden. Am Ende hatte sie nicht mehr daran geglaubt und sich ihr Leben hier eingerichtet. Durch die Arbeit bei RIOS hatte sie das Gefühl gehabt, Teil von etwas Besonderem zu sein und so dazu beizutragen, die Welt ein wenig besser zu machen. Es hatte ihr gereicht, anderen Menschen zu helfen und Verbrecher hinter Gitter zu bringen. Doch jetzt hatte sie auch das verloren, weil sie all ihre früheren Kontakte abbrechen musste, wenn sie woanders neu anfing, – und das machte sie wütend.

Die Gegend wurde nach dem Supermarkt wieder einsamer, und Emily ging automatisch noch schneller. Am liebsten hätte sie einen belebteren Weg gewählt, aber das wäre ein Umweg von mehreren Kilometern. Mit ihren kaputten Füßen würde sie dafür zu lange brauchen. Sie wollte zum Bahnhof, bevor jemand dort nach ihr Ausschau hielt. Vermutlich würden sie erst bei ihrem Haus und in der weiteren Umgebung nach ihr suchen. Deshalb musste sie sich von allem fernhalten, das sie kannte. Allerdings würde sie zu einer Taxifahrt nicht nein sagen. Doch natürlich war keines vor Ort, wenn sie es brauchte. Das war eine Washingtoner Besonderheit. Oder vielleicht lag es an ihr.

Kopfschüttelnd umrundete sie ein Gebäude, das seine besten Tage bereits hinter sich hatte. Gerade als sie an einem Eingang vorbeiging, wurde sie am Arm gepackt und hineingezogen. Mit einem Aufschrei verlor Emily das Gleichgewicht und taumelte gegen eine Wand. Schmerz durchzuckte ihre ohnehin schon lädierte Seite. Im dunklen Innern konnte sie kaum etwas erkennen, trotzdem kämpfte sie gegen die Person an, die sie immer noch festhielt. Es war ihr völlig egal, wo sie ihn traf, Hauptsache sie kam wieder frei. Auf keinen Fall würde sie aufgeben und sich umbringen lassen. Diese Mistkerle durften nicht gewinnen.

Verzweiflung packte sie, als sie merkte, dass sie von der Stärke her deutlich unterlegen war. Jetzt wünschte sie, sie hätte eine Waffe dabei, doch sie besaß nicht mal ein Taschenmesser. Ihre Welt war die der Computer, nichts, das mit offenem Kampf zu tun hatte. Emily wurde immer schwächer, lange würde sie nicht mehr durchhalten. Ein Arm legte sich um ihre Kehle und drückte langsam zu.

»Du bist verdammt schwer zu töten, Kleine. Aber jetzt habe ich dich.«

Es war die Stimme des Mannes aus dem Supermarkt. Furcht raste durch ihren Körper und verlieh ihr weitere Kräfte. Verbissen kämpfte sie gegen ihn an und versuchte, den Griff zu lockern. Doch er gab kein bisschen nach, im Gegenteil, er drückte immer stärker zu. Der Sauerstoff wurde knapp und sie begann zu husten.

»Warum ... tun ... Sie das?«

»Weil ich es kann.« Er lachte. »Und weil ich viel Geld dafür bekomme.«

Punkte flimmerten vor ihren Augen. »Ich ... kann ... mehr geben.«

Wieder ein Lachen. »Das bezweifle ich. Davon abgesehen würde es mir nicht gut bekommen, wenn ich unzuverlässig bin. Daher, nein, tut mir leid. Es ist nichts Persönliches.«

Für sie war es sehr persönlich. Aber es war klar, dass dem Verbrecher völlig egal war, warum sie sterben sollte. Für ihn war nur wichtig, dass er seinen Job erledigte und dafür bezahlt wurde. Offenbar hatte er sogar Spaß daran, sie zu quälen, sonst wäre sie schon längst tot. Emily würde ihm die Sache schon aus Prinzip versauen wollen, aber wenn nicht ein Wunder geschah, würde sie in diesem alten Haus sterben. Irgendwann würde vielleicht ihre Leiche gefunden werden und die Polizei anfangen zu ermitteln, aber vermutlich würden sie nichts herausfinden.

Oder die Ermittlung würde gestoppt werden, so wie damals.

Sie musste husten, doch ihre Kehle wurde so zusammengepresst, dass ihr nicht einmal das gelang. Verzweifelt rang sie um Atem, doch der Sauerstoff erreichte nicht ihre Lunge. Sie erstickte.

***

Tom war extrem genervt gewesen, als er Lisa im Supermarkt gesehen hatte, in dem er gerade die Lebensmittel für ihr Frühstück kaufen wollte. Sie hatte noch geschlafen, als er die Wohnung verlassen hatte, und er war davon ausgegangen, dass sie dort auf ihn warten würde. Nicht nur, weil sie zu ihm gekommen war und seine Hilfe brauchte, sondern auch, weil sie mit ihrem verletzten Fuß überhaupt nicht laufen konnte und sollte. Doch das war wohl ein Irrtum gewesen. Anstatt gemütlich auf dem Sofa zu liegen und sich zu erholen, humpelte Lisa durch einen Supermarkt.

Gerade als er sie zur Rede stellen wollte, sah er den Mann, der ihr unauffällig folgte. Er verließ den Supermarkt, ohne etwas zu kaufen und lungerte dann im Eingangsbereich herum, während sich Lisa auf eine Bank setzte und ihren Fuß neu verband. Selbst aus der Entfernung konnte Tom das frische Blut erkennen, das den Verband rot färbte. Seltsamerweise kränkte es ihn, dass sie sich so dringend von ihm trennen wollte, dass sie solche Schmerzen auf sich nahm. Was wollte sie damit erreichen? Eigentlich hatte er angenommen, dass sie in der Nacht zu einer Übereinkunft gekommen waren. Doch offenbar hatte sie etwas so erschreckt, dass sie wieder geflohen war. Oder war das die ganze Zeit ihr Plan gewesen?

Je weiter er Lisa und ihrem Verfolger folgte, desto schlechter wurde sein Gefühl. Dieser Typ hatte eindeutig etwas vor, soviel stand fest. Die Überzeugung wurde zur Gewissheit, als der Mann in einem verlassenen Gebäude verschwand, während Lisa es umrundete. Tom beschleunigte seine Schritte, aber er war zu weit weg, um sie aufzuhalten. Er überlegte sich, sie zu rufen, aber damit würde er nur ihren Verfolger auf sich aufmerksam machen. Und den wollte er lieber überraschen und verhaften, wenn sich herausstellte, dass er wirklich Übles im Schilde führte.

Vorsichtig umrundete Tom ebenfalls die Häuserecke und blieb dann abrupt stehen. Lisa war verschwunden. Wie war das möglich? Sie war nur etwa zwanzig Meter vor ihm gewesen, so schnell konnte sie auf keinen Fall gelaufen sein, dass er sie jetzt nicht mehr sah. Hatte sie ihn entdeckt und versteckte sich nun in dem Haus? Möglich war es, aber nicht sehr wahrscheinlich. Schon wegen des anderen Mannes war Tom unsichtbar geblieben, jemand wie Lisa dürfte ihn nicht gesehen haben. In diesem Moment nahm er leise Geräusche eines Kampfes wahr, ein Keuchen erklang. Verdammt!

Schnell näherte er sich der nächstliegenden Tür und hörte Stimmen. Lisas und eine tiefere. Offenbar war der Verfolger durch das Haus gerannt und hatte ihr auf der anderen Seite aufgelauert. Tom überlegte, ob er auch einen anderen Eingang suchen und sich ihnen von hinten nähern sollte, doch die Zeit reichte dafür nicht. Wenn er richtig vermutete, wollte der Mann Lisa töten! Sein Herz klopfte schneller, während er sein Vorgehen plante. Eine Waffe hatte er nicht bei sich, woher hätte er auch wissen sollen, dass er sie bei einem kurzen Supermarktbesuch brauchen würde. Also würde er so gegen den Mann ankommen müssen. Sein einziger Vorteil war dabei das Überraschungsmoment. Lisas verzweifelte Laute drangen bis nach draußen und Tom vergaß jede Vorsicht.

Neben der Tür presste er sich an die Wand und warf einen schnellen Blick hinein. Im Innern war es dunkel, aber er glaubte, keine Waffe bei dem Mann gesehen zu haben, der seinen Ellenbogen um Lisas Kehle gelegt hatte. Er schien von Lisas Gegenwehr abgelenkt zu sein, deshalb nutzte Tom die Chance, sprang vor und hieb dem Angreifer den Ellenbogen ins Gesicht. Gleichzeitig schlang er einen Arm um Lisa, die sofort zusammensackte, als der Mann sie losließ. Tom drehte sich mit ihr um und schob sie hinter sich, aus der Reichweite des

Angreifers. Sie sank sofort zu Boden, aber darum konnte er sich jetzt nicht kümmern, denn der Mann hatte sich von dem Schlag erholt und griff ihn an.

Doch darauf war Tom vorbereitet. Er duckte sich zur Seite und wich so der Faust aus, die auf sein Gesicht zielte. Da Lisa immer noch am Boden lag und offenbar Hilfe benötigte, griff Tom sofort wieder an. Einige Male traf er den Oberkörper des Gegners, der ein Stück zurückwich. Tom folgte ihm, denn er würde ihn auf keinen Fall entkommen lassen, damit er Lisa noch einmal angreifen konnte. Zu weit wollte er sich aber auch nicht von Lisa entfernen, die sich immer noch nicht aufgerichtet hatte. War sie schwerer verletzt, als er gedacht hatte? Kurz blickte er zu Lisa zurück und übersah so fast die Pistole, die der Angreifer gezogen hatte.

Verdammt! Er hatte schon befürchtet, dass so ein Mistkerl nicht unbewaffnet war, aber es hätte vieles einfacher gemacht. Angespannt beobachtete er ihn.

Der Mann wischte mit dem Ärmel das Blut aus seinem Gesicht und spuckte dann aus. »Jetzt guckst du blöd, Arschloch! Hast du geglaubt, ich lasse mich von dir aufhalten?«

Gespielt entspannt hob Tom die Schultern. »Ich dachte, ich könnte es mal probieren.«

»Du hättest dich nicht einmischen sollen, Cop.«

Also wusste er, wer Tom war. Die Frage war, ob der Kerl ihm gefolgt war, oder ob Lisa ihn mit zur Wohnung gebracht hatte. Aber das war jetzt unerheblich. Zuerst musste er den Typen unschädlich machen, danach konnte er klären, worum es überhaupt ging. »Ich habe nun mal was dagegen, wenn unschuldige Frauen verletzt oder getötet werden.«

Der Kerl lachte. »Wer sagt, dass sie das ist? Oder kennst du jemanden, der abhaut und unter falschem Namen lebt, wenn er unschuldig ist?«

»Davon gibt es einige.« Aber wenn er ehrlich war, konnte er nicht mit Sicherheit sagen, ob Lisa wirklich unschuldig war. Auf jeden Fall war das aber kein Grund, sie zu töten, egal was sie vielleicht getan haben mochte.

»Diese hier allerdings nicht. Sie wird vom FBI gesucht, hat sie dir das erzählt?« Wieder lachte er, ein unangenehmer Laut. »Nein, anscheinend nicht. Pech gehabt. Jetzt hängst du mit drin und ich wurde angewiesen, keine Zeugen am Leben zu lassen.« Er richtete die Pistole direkt auf Toms Brust.

»Nein!« Unerwartet erklang Lisas raue Stimme hinter Tom.

Sie versuchte, sich an ihm vorbeizudrängen, doch er hielt sie hinter sich. Auf keinen Fall sollte sie in die Schusslinie geraten. Warum war sie nicht geflohen, als sie die Gelegenheit dazu gehabt hatte? »Geh zurück, Lisa.«

»Lisa, ein netter Name. So unauffällig. Willst du ihm nicht sagen, wie du wirklich heißt?«

Lisa schwieg, aber Tom konnte ihre Hand fühlen, die sich an seinen Rücken presste.

»Es interessiert mich nicht. Aber Sie sollten sich überlegen, ob es sinnvoll ist, einen Detective umzubringen. Meine Kollegen werden Sie bis ans Ende der Welt jagen, wenn das nötig sein sollte.«

Das brachte ihm nur ein amüsiertes Grinsen ein. »Sie können es ja probieren. Glaubst du, dass du der Erste bist? Gerade erst habe ich einen ehemaligen FBI-Agenten ins Jenseits befördert, und rate mal, was daraufhin passiert ist? Richtig, gar nichts.«

Hinter Tom erklang ein Keuchen, dann drängte sich Lisa an ihm vorbei. »*Sie* haben Aaron getötet?«

Das Grinsen verbreiterte sich. »Ja, und? Ich bin sehr zufrieden mit meiner Arbeit.«

»Sie ...« Lisa wollte sich auf ihn stürzen, doch Tom gelang es gerade noch, sie zurückzuhalten.

Er schlang einen Arm um ihre Taille und presste sie an sich. »Lass es, das will er nur.«

»Am Ende hat er darum gebettelt, dass ich ihn erlöse. Ich hätte echt gedacht, dass so ein Agent mehr aushält. Aber vielleicht haben ihn die Jahre als Privatdetektiv verweichlicht.«

Lisa wehrte sich gegen Tom, doch er ließ sie nicht los. »Sie sind ein Monster! Aaron hat niemandem etwas getan und er wusste nicht mal genau, wo ich war.«

»Das vielleicht nicht, aber wir sind einfach den Brotkrumen gefolgt, die er hinterlassen hat. Er hätte seine Spur besser verwischen können, aber anscheinend warst du ihm nicht wichtig genug.«

Tom konnte sehen, wie tief die Worte Lisa trafen. Sie hatte es aufgegeben, sich gegen ihn zu wehren und lehnte nun schwer an ihm. Es wurde Zeit, dass er sie von hier fortbrachte. Allerdings war da immer noch das kleine Problem mit der Pistole, die auf ihn gerichtet war. Lisa sah der Verbrecher offenbar nicht als Gefahr an. Am liebsten hätte Tom sie wieder aus der Gefahrenzone gebracht, aber es wirkte nicht so, als würde sie das zulassen. Also musste er die Ablenkung nutzen, die sie bot. Unauffällig gab er ihr einen kleinen Stupser. Lisa reagierte sofort.

Sie richtete sich auf und gab ihm so seine Bewegungsfreiheit zurück. »Aaron war ein guter Mann und er hat nicht verdient, was Sie ihm angetan haben.«

»Pech gehabt. Hätte er sich eben nicht mit jemandem wie dir abgeben sollen.« Der Mörder hob die Pistole. »Und jetzt Schluss mit dem Gerede. Ich habe einen Auftrag und je schneller ich den erledige, desto früher kann ich zurück und den nächsten annehmen.«

»Mord am Fließband? Ihre Eltern müssen so stolz auf Sie sein.« Damit hatte Lisa offenbar einen wunden Punkt getroffen.

Tom spannte seine Muskeln an, um sofort anzugreifen, wenn sich die Gelegenheit ergab.

10. KAPITEL

Emily konnte sehen, wie wütend den Mistkerl ihre Bemerkung machte. Ja, jetzt hatte sie ihn! Nach dem, was er über Aaron gesagt hatte, geschah es ihm nur recht, wenn sie es ihm mit gleicher Münze heimzahlte. Und sie war ziemlich sicher, dass seine Eltern tatsächlich nicht glücklich über seine Berufswahl waren. Wenn sie überhaupt davon wussten.

Bedrohlich beugte er sich vor und richtete die Waffe direkt auf sie. »Du Schlampe! Woher willst du etwas über Eltern wissen? Deine haben dich ja schon weggeworfen, als du noch ein kleines Kind warst.«

Emily erstarrte. Woher wusste er so viel über sie? Eigentlich sollten ihre Jugendakten versiegelt sein. Es zeigte einmal mehr, wie viel Macht ihre Gegner hatten. Ein Schauder lief durch ihren Körper, aber sie bemühte sich, nicht die Wirkung seiner Worte zu zeigen. »Ich reise jedenfalls nicht durch die Gegend und bringe unschuldige Menschen um!«

Ein hartes Lachen erklang. »Der Ex-Agent geht auf dein Konto, genauso wie dein Freund hier. Außerdem würde ich es nicht unschuldig nennen, wenn man sich illegaler Weise in Datenbanken hackt.«

Sie konnte spüren, wie sich Tom unruhig hinter ihr bewegte. Auf keinen Fall wollte sie, dass er noch mehr über sie erfuhr. Jedenfalls nicht so. Unauffällig trat sie etwas zur Seite und atmete auf, als der Lauf der Pistole ihr folgte. Das gab Tom die Möglichkeit, den Verbrecher anzugreifen, ohne Gefahr zu laufen, selbst getroffen zu werden. Zwar legte sie darauf auch keinen besonderen Wert, aber es war ihr lieber, wenn nur sie unter ihren früheren falschen Entscheidungen zu leiden hatte. Wetten, dass Tom das anders sah? Aber das war ihr egal, solange ihm nichts passierte. Sie wollte natürlich auch weiterleben, gar keine Frage, und sie hoffte, dass es ihnen irgendwie gelang, diesen Mörder zu überwältigen.

»Ich werde mir ganz sicher nicht die Schuld zuschieben lassen. Ich habe nur etwas aufgedeckt, was schon längst jemand hätte bemerken müssen. Leute wie Ihre Auftraggeber sind diejenigen, die bestraft werden müssten.«

»Ich werde es weiterleiten. Können wir jetzt zur Sache kommen?« Er sah auf seine Armbanduhr. »Mein Flugzeug ...«

Tom schlug so schnell zu, dass Emily es erst bemerkte, als sie zur Seite geschoben wurde. Ein leiser Knall ertönte. Sie brauchte einen Moment, um zu verstehen, was geschehen war. Der Verbrecher hatte auf sie geschossen! Durch den Schalldämpfer war der Knall leicht gedämpft worden. Die Kugel schien sie nicht getroffen zu haben, wie sie erleichtert feststellte. Dann durchlief es sie eiskalt. *Oh Gott, Tom!* Die Brille war ihr von der Nase gerutscht und sie schob sie zurecht. Im Halbdunkel konnte sie zwei Personen auf dem Boden ausmachen. Wenn Tom ihretwegen verletzt oder gar tot war ... Einer setzte sich auf und sie atmete erleichtert auf, als sie erkannte, dass es Tom war.

Sie legte ihre Hand auf seine Schulter. »Ist alles in Ordnung?«

Tom drückte ihr etwas in die Hand und Emily verzog das Gesicht, als sie erkannte, dass es die Pistole war. Aber sie erkannte, dass sie sie aus der Reichweite des Verbrechers entfernen sollte, damit er sie nicht noch einmal in die Finger bekam. Ihr Blick lag auf dem Mann, der sich immer noch nicht gerührt hatte.

»Ist er tot?« Sie wusste nicht, ob sie sich das wünschen sollte. Es wäre eine Genugtuung, Aaron gerächt zu sehen, doch es würde vermutlich nur zu Problemen führen, wenn sie in einen Todesfall verwickelt wäre. Eigentlich sollte sie so schnell wie möglich verschwinden. Sie warf einen Blick in Richtung des Ausgangs.

»Nein, nur bewusstlos. Ich werde jetzt die Polizei rufen, er hat einige Fragen zu beantworten.«

Ja, sie musste dringend weg. Ihre Vergangenheit würde durchleuchtet werden und dann wäre sofort das FBI auf dem Plan. Von den Verbrechern ganz zu schweigen. Sowie irgendwo ihr richtiger Name fiel, war sie geliefert. Die Frage war, ob ihr Angreifer ihn nennen würde, oder ob er versuchen würde, sich herauszureden, was ihm nur gelang, wenn er behauptete, sie nicht zu kennen. »Tom ...«

Er stand auf und drehte sich zu ihr um. »Nein, du läufst nicht wieder davon. Das alles wäre nicht passiert, wenn du in der Wohnung geblieben wärst.«

»Stimmt, dann wäre ich da umgebracht worden.«

Tom rieb über sein Gesicht. »Lisa, ich kann nicht zulassen, dass du einfach verschwindest. Du bist eine wichtige Zeugin – und das Opfer. Wenn du willst, dass er eingesperrt wird, musst du auch gegen ihn aussagen.«

»Das würde ich sofort, wenn das nicht dazu führen würde, dass ich getötet werde.«

»Wir können dich beschützen.«

Ihr Lachen klang beinahe verzweifelt. »Tut mir leid, aber nein, das könnt ihr nicht. Wenn sie wollen, werden sie mich überall erwischen. Es war illusorisch von mir zu denken, dass ich ihnen entkommen kann.«

»Es würde vielleicht helfen, wenn ich wüsste, wer verdammt noch mal *ihnen* ist.«

Müde lehnte sich Emily an die Wand. »Glaubst du nicht, dass ich schon etwas gegen sie unternommen hätte, wenn ich wüsste, wer sie genau sind? Sie sind mächtig, so viel ist sicher. Sie konnten die FBI-Ermittlungen sabotieren und haben alle Informationen über mich herausgefunden. Sie konnten Aaron töten. Mir reicht das, um zu wissen, dass meine Überlebenschancen nicht allzu hoch sind, wenn sie mich noch mal erwischen. Und das werden sie.«

»Ein Grund mehr, die Gelegenheit zu ergreifen und zu versuchen, herauszufinden, wer sie sind. Wir haben jetzt einen Zeugen, jemanden, der offenbar einiges weiß. Wenn er redet, haben wir mehr Informationen und können gegen die Hintermänner vorgehen.«

Resigniert schloss Emily die Augen. »Wenn. Das ist ein Profikiller, ich denke nicht, dass er reden wird.«

Toms raue Fingerspitzen berührten ihre Wange. »Das werden wir sehen. Es ist auf jeden Fall eine Chance. Ich vermute, dass du schon länger untergetaucht bist, richtig?«

Emily nickte leicht. »Seit drei Jahren.«

»Willst du denn nicht dein altes Leben zurück? Einfach leben zu können, wo du willst, und nicht befürchten zu müssen, dass dir jemand auflauert?«

Eine Träne rann über ihre Wange. »Natürlich möchte ich das. Aber es ist utopisch.«

»Vertraust du mir?«

Emily öffnete die Augen. Tom stand dicht vor ihr, sodass sie selbst im Halbdunkeln die Ernsthaftigkeit in seiner Miene erkennen konnte. Eigentlich sollte sie ihm nicht vertrauen. Er war ein Detective und wenn er erfuhr, wer sie tatsächlich war, würde er sie ausliefern. Selbst wenn er es nicht wollte, war es nun mal sein Job. Dennoch vertraute sie ihm, sonst hätte sie sich gar nicht erst in seine Wohnung geschlichen.

»Ja. Aber dem System nicht. Ich bin dadurch schon einmal fast gestorben und ein drittes Mal habe ich sicher nicht so viel Glück. Es tut mir leid, Tom, wirklich. Ich kann das Risiko nicht eingehen.«

Tom sah sie lange an und nickte dann langsam. »Ich verstehe.« Mit dem Arm rieb er über seine Stirn. »Okay, ich werde dich da erst mal raushalten. Es gefällt mir zwar nicht, aber ich werde sagen, dass du nach dem Überfall abgehauen bist und ich nicht weiß, wer du bist. Es hängt davon ab, ob dieser Arsch hier dich outet. Oder vielmehr uns, denn er wusste ja offenbar, dass du mit mir zusammen warst.«

»Er ist dir wahrscheinlich vom Feuer nach Hause gefolgt.«

Darüber wirkte er nicht sonderlich glücklich. »Das kann gut sein. Also, wenn er nichts über dich sagt, bist du raus. Wenn er aber einen Namen nennt und sagt, dass wir uns kennen, müssen wir uns etwas anderes überlegen.«

»Ich gehe einfach und ...«

Toms Hand schloss sich blitzschnell um ihren Arm. »Nein, auf keinen Fall. Noch mal lasse ich dich nicht aus den Augen.«

»Ich verstehe nicht ...«

»Ich habe Freunde, die auf dich aufpassen können, während ich den Kram hier regele.« Er deutete ihren Gesichtsausdruck falsch, denn er fuhr schnell fort: »Keine Angst, sie sind nicht von der Polizei, es wird keine offiziellen Dokumente dazu geben, die jemand einsehen könnte. Und sie sind absolut vertrauenswürdig.«

»Das glaube ich dir, aber ich möchte niemandem zur Last fallen. Und auch nicht, dass noch jemand verletzt wird.«

Tom grinste sie an. »Glaub mir, die Typen sind unverwüstlich.«

Emily wusste ganz genau, dass diese Aussage doch etwas übertrieben war, aber sie sagte nichts dazu. Schließlich nickte sie. »Wie soll das gehen? Wir können ja kaum so lange stehen bleiben, bis jemand von deinen Freunden hier ist.«

Tom zog ein Handy heraus. »Ich frage mal, ob jemand in der Nähe ist.«

Wie sollte sie da wieder rauskommen? Es war klar, dass Tom von RIOS sprach. Sie konnte sich nicht vorstellen, nach all der Zeit plötzlich den Leuten persönlich gegenüberzustehen, mit denen sie bisher nur am Telefon gesprochen hatte und deren Fotos sie aus dem Internet kannte. Wenn sie herausfanden, wer sie war und dass sie sie die ganze Zeit belogen hatte, würde sie vermutlich das letzte bisschen an Zusammengehörigkeit verlieren, das ihr geblieben war. Was hatte sie sich dabei gedacht, alles auf einer Lüge aufzubauen? Gut, sie hatte es nur getan, um sich zu schützen und auch niemanden sonst in Gefahr zu bringen, aber vermutlich wäre es besser gewesen, irgendwann reinen Tisch zu machen. Doch das hatte sie versäumt und jetzt war es zu spät.

So konnte sie nur hilflos zuhören, wie Tom telefonierte.

»Red? Hier ist Tom. Ich bräuchte dringend eure Hilfe.« Er lauschte einen Moment. »Nein, mir geht es gut, aber ich habe hier jemanden, der nach einem Mordversuch in Sicherheit gebracht werden muss, und ich kann das gerade nicht tun, weil ich den Täter verhaften muss.« Wieder schwieg er. »Ich weiß, es ist etwas ominös, aber ich will am Telefon nicht mehr sagen. Könnt ihr die Person abholen und beschützen, bis ich wieder frei bin?« Erleichtert atmete er schließlich auf. »Super, danke,

Red.« Er nannte ihren Standort, beendete das Gespräch und wandte sich Emily zu. »Es kommt gleich jemand. Versprichst du mir, keinen neuen Fluchtversuch zu unternehmen? Ich muss mich darauf verlassen können, dass du bei meinen Freunden bleibst, bis ich komme. Okay?«

Emily wusste, sie sollte es nicht tun, aber sie spürte, wie sie nickte. »In Ordnung. Aber nur, solange ich niemanden in Gefahr bringe.«

Offenbar erkannte er, dass sie davon nicht abrücken würde. »Das wirst du nicht. Du wirst sehen, wenn jemand dich beschützen kann, dann sind sie es.«

»Ich wünschte, du würdest mitkommen.« Emily biss sich auf die Lippe, als die Worte hinausrutschten. Sie hatte doch gelernt, niemals jemanden zu nah herankommen zu lassen. Es machte sie angreifbar.

Tom trat näher und legte einen Arm um ihren Rücken. »Das würde ich gern, glaub mir. Es wird nicht lustig, diesen ganzen Schlamassel zu klären. Aber es ist wichtig, dass ich dafür sorge, dass dieser Arsch nicht wieder freikommt. Die Ermittlungen wird dann sowieso jemand anders übernehmen, weil es nicht mein Bereich ist. Ich hoffe also, dass ich relativ schnell dort rauskomme, wenn ich meine Aussage gemacht habe.«

Für einen winzigen Moment lehnte sie sich gegen ihn und genoss seine Stärke. »Gut.«

Offenbar erkannte Tom, dass sie eine Stütze brauchte, denn er hielt sie weiterhin fest. Erst als ein Auto um die Ecke bog und mit laufendem Motor am Straßenrand stehen blieb, ließ er sie langsam los. »Alles klar?«

Emily bemühte sich, überzeugend zu klingen und nicht, als würde gerade ihre gesamte Welt in sich zusammenbrechen. »Ja, danke.«

Tom trat kurz zum Ausgang und gab dem Fahrer ein Zeichen. »Ich nehme die Pistole. Schaffst du es bis zum Auto? Ich will den Kerl hier nicht aus den Augen lassen.«

»Ja, natürlich.« Emily zögerte, es fiel ihr schwer, sich von Tom zu trennen. »Danke noch mal für alles.«

Tom hob die Hand und strich ihr eine Haarsträhne aus dem Gesicht. »Sehr gern geschehen.« Tief sah er ihr in die Augen. »Du wirst noch da sein, wenn ich nachher komme, richtig?«

Nachdem sie gesehen hatte, was passierte, wenn sie allein loszog, würde sie das ganz sicher nicht noch einmal tun. »Das habe ich vor.«

»Gut.« Mit dem Daumen strich er über ihre Wange. »Ich möchte nicht, dass dir etwas passiert.«

Mist, wenn er weiter so nett zu ihr war, würde sie sich nicht mehr gegen die Anziehung wehren können, die er auf sie ausübte. Deshalb musste sie schnell von hier verschwinden und versuchen, sich ein wenig zu fassen. Normalerweise war sie nicht so gefühlsduselig wie in den letzten zwei Tagen.

»Danke.« Rasch drehte sie sich um, trat aus dem Haus und ging zu dem Auto.

Ein Blick ins Innere des Wagens zeigte ihr, dass es Cal war, der sie abholte, einer der ehemaligen SEALs bei RIOS. Zaghaft lächelte sie ihn an. »Hallo.«

»Steigen Sie ein, ich bringe Sie in Sicherheit.« Er blickte zum Haus hinüber. »Kommt Tom dort zurecht?«

»Ja, der Verbrecher ist bewusstlos. Die Polizei sollte auch jeden Moment da sein.«

»Gut.«

Während Emily einstieg, warf sie einen Blick zurück. Von Tom war nichts zu sehen, aber sie konnte spüren, wie er sie beobachtete. Sie hob kurz die Hand und schwang sich dann in den Jeep. »Danke, dass Sie mich mitnehmen.«

»Kein Problem.« Wie sie bereits früher bemerkt hatte, war Cal nicht gerade jemand, der viel redete. Und so blieb er auch jetzt stumm, während er den Jeep sicher durch den Verkehr bis in die Außenbezirke lenkte, in denen das Hauptquartier von RIOS angesiedelt war.

Neugierig sah sie sich um, denn persönlich war sie noch nie in dieser Gegend gewesen. Sie hatte sich natürlich alles über Google Earth angeschaut – und zugegebenermaßen einige andere, nicht ganz so legale Quellen –, aber es jetzt doch live zu sehen, war etwas ganz anderes. In der Gegend standen viele alte Steinhäuser auf riesigen Grundstücken, die meisten von ihnen wirkten gepflegt, einigen war aber anzusehen, dass den Besitzern das Geld oder Interesse fehlte. Sie wusste, dass Red das Haus seiner Großtante geerbt und in den Jahren danach selbst renoviert hatte. Es tat ihr leid, dass sie es nie gesehen hatte, bevor es vor einigen Monaten in Flammen aufgegangen war. Nur die Außenmauern waren noch übrig geblieben, alles andere, inklusive dem Dach, war verbrannt oder durch Rauch und Löschwasser zerstört.

Unwillkürlich hielt sie den Atem an, als sie dem Haus näher kamen. Sie wusste, dass Red damit begonnen hatte, es wieder neu aufbauen zu lassen, aber das würde sicher einige Jahre dauern. Bereits von der Straße aus war das Haus zu sehen und Emily blieb staunend der Mund offen stehen. Die Bauarbeiten waren noch voll im Gange, aber es waren bereits sämtliche Fenster ersetzt worden und die Fassade erstrahlte in neuem Glanz. Aber warum wunderte sie sich eigentlich? Alles, was Red anpackte, tat er mit Energie und Ausdauer und vor allem dem festen Ziel, es auch zu beenden. Wahrscheinlich hatte er das noch von seiner SEAL-Zeit. Oder es lag an seiner Entführung damals, als er monatelang in Gefangenschaft war und nicht gewusst hatte, ob er je in sein normales Leben zurückkehren würde. Deshalb packte er jetzt alles an, als wäre es sein letzter Tag.

Sie hielten auf dem Parkplatz und Emily stieg zögernd aus. Es fiel ihr schwer, endlich all die Leute zu treffen, die sie schon seit Jahren kannte, und ihnen nicht sagen zu können, wer sie wirklich war. Wenn sie es erfuhren, wären sie bestimmt sauer und das zu recht. Es war besser, wenn sie so schnell woanders hinsiedelte, wie es irgend möglich war. Aber im Moment konnte sie nirgendwo anders hin und sie war dankbar, dass sie hier unterschlüpfen konnte. Jedenfalls bis Tom seine Arbeit erledigt hatte.

»Kommen Sie.« Cal sah sich sorgfältig um, so als erwartete er selbst hier noch einen Angreifer, dann brachte er sie zum Haus.

Oder genauer gesagt um das Haus herum.

Auch hinter dem Haus waren Bauarbeiter beschäftigt, überall standen Materialien und Geräte herum. Cal führte sie durch das Chaos hindurch zum hinteren Teil des Grundstücks, auf dem ein Neubau stand. Er wirkte fast wie ein Bunker, auch wenn genug Fenster vorhanden waren, aber die Wände waren extrem dick und die Scheiben garantiert kugelsicher. Dafür hatte sie einen Blick, weil sie ihr Haus ähnlich hatte bauen lassen. Außerdem hatte Red berichtet, dass ihm das alte Haus zu unsicher war und er deshalb ein neues Hauptquartiert hinten auf dem Grundstück errichten ließ. Wie wahr diese Annahme war, hatte sich dann kurze Zeit später herausgestellt. Glücklicherweise war bereits ein unterirdischer Gang gelegt worden, durch den sich Tom, Sierra und Joe gerettet hatten.

Jetzt schien es, als wäre der Neubau fertiggestellt und hätte seinen Dienst als Hauptquartier von RIOS bereits aufgenommen. Das waren solche Dinge, die sie von außen selten mitbekam. Meist wurde sie nur für bestimmte Arbeiten herangezogen und die beschränkten sich dann auf die Beschaffung von Informationen im Internet. Wenn sie Glück hatte, war sie auch während eines Einsatzes zumindest virtuell dabei und konnte ihren Freunden behilflich sein. Doch das war eher selten.

Am Eingang gab Cal einen Code ein und hielt sein Gesicht vor einen Augenscanner, wodurch sich die Tür automatisch öffnete. Emily wünschte, sie hätte mehr Zeit, sich das System genauer anzusehen, doch sie folgte Cal stattdessen ins Innere des Hauses. Es war erstaunlich hell und freundlich eingerichtet, wahrscheinlich hatte Sierra ihre Hand im Spiel gehabt. Neugierig sah sie sich um und geriet fast ins Sabbern, als sie an einem Raum vorbeigingen, der mit technischen Geräten ausgestattet war. Offenbar hatte Red keinerlei Ausgaben gescheut, um die neueste Hardware zu bekommen. Hier könnte es ihr durchaus gefallen.

Cal ging weiter, ohne ihr Interesse zu bemerken und brachte sie in einen großen Besprechungsraum. »Warten Sie kurz hier, ich hole Red.« Er stockte. »Das ist der Boss. Er wird Ihnen alles erklären.«

Emily bemühte sich um ein Lächeln. »Danke fürs Herbringen.«

Cal nickte ihr zu und zog sich zurück.

Unruhig ging Emily zu den Fenstern, die zur rückwärtigen Seite des Gartens hinausgingen. Zur Grundstücksgrenze waren hohe Hecken gepflanzt, sodass niemand sie beobachten konnte. Wobei sie fast annahm, dass die Scheiben sowieso von außen blickdicht waren. Sie trat näher heran und betrachtete das Fenster genauer. Es war aus mehreren Scheiben aufgebaut, die jede für sich schon sehr dick war. Trotzdem wirkte es auf den ersten Blick wie normales Glas. Sie musste Red unbedingt fragen, wo er es herhatte, damit sie bei ihrem nächsten Haus so etwas verwenden konnte. Wenn sie es überhaupt noch einmal schaffte, so etwas aufzubauen. Vielleicht war es sinnvoller, sich nur eine Wohnung zu mieten, so konnte sie auch viel problemloser verschwinden, wenn es so weit war.

»Sie sind hier sicher, keine Angst.«

Emily drehte sich rasch um, als die Stimme erklang, die sie bereits so oft gehört hatte. Auch ein Bild hatte sie von Red, aber ihn in natura zu sehen, war doch noch einmal etwas anderes. Er war viel ... gewaltiger, als sie ihn sich vorgestellt hatte. Narben überzogen sein Gesicht, die zeigten, wie viel er schon durchgemacht hatte, aber er schien in sich zu ruhen. Red wirkte entspannt, ein freundliches Lächeln hob seine Mundwinkel. Absichtlich blieb er einige Meter entfernt von ihr stehen und ließ ihr den Raum, den sie benötigte. Es fiel ihr schwer, sich nicht in seine Arme zu stürzen und alles andere zu vergessen.

Als sie nichts sagte, wurde seine Miene ernster. »Ich sollte mich vielleicht erst mal vorstellen: Mein Name ist Nathan Redfield, ich leite RIOS. Wahrscheinlich hat Tom dazu noch nichts gesagt, daher nur eine kurze Erklärung. RIOS steht für Rescue, Investigations, Operations, Security. Wir sind eine Sicherheitsfirma, die verschiedenste Fälle übernimmt.«

Emily biss sich auf die Lippe, um nicht mit ihrem wahren Namen herauszuplatzen. »Ich bin Lisa Moore, danke, dass ich hier warten kann, bis Tom seinen Job erledigt hat.«

Mit der Hüfte lehnte sich Red an ein Sideboard. »Warum erzählen Sie mir nicht, was genau geschehen ist? Vielleicht können wir Ihnen helfen.«

Oh, wie sie sich wünschte, dass es so einfach wäre. »Es tut mir leid, ich weiß das Angebot sehr zu schätzen, aber ich glaube, es ist besser, wenn ich nicht noch mehr Personen mit hineinziehe.«

Reds Miene blieb neutral. »Wir sind für so etwas ausgebildet.« Als sie nichts darauf sagte, zuckte er mit den Schultern. »Das Angebot steht, wenn Sie es sich anders überlegen, wenden Sie sich gern an mich.«

»Vielen Dank.« Mühsam hielt sie ihre Tränen zurück. Offenbar war sie noch erschöpfter, als sie gedacht hatte. Emily schwankte leicht.

Sofort war Red bei ihr. So schnell, dass sie ihn sich überhaupt nicht hatte bewegen sehen. Seine großen Hände schlossen sich überraschend sanft um ihre Oberarme. »Setzen Sie sich. Ich hole Ihnen etwas zu trinken.«

Erleichtert ließ sich Emily auf einen der Stühle sinken. »Danke. Die Sache scheint mich mehr mitgenommen zu haben, als ich dachte.«

Reds Augenbrauen schoben sich zusammen. »Wie zu erwarten, wenn jemand versucht hat, Sie umzubringen. Wurden Sie überhaupt schon medizinisch untersucht?« Fast ohne Pause fuhr er fort. »Nein, natürlich nicht, Cal hat Sie ja direkt vom Tatort abgeholt. Soll ich Sie zum Krankenhaus bringen lassen?«

Genau das, was sie vermeiden wollte. »Nein, es geht schon. Wenn ich mich ein wenig hier ausruhe, geht es mir gleich besser.«

»Haben Sie sich eigentlich mal im Spiegel angesehen?« Leichte Röte stieg in Reds Wangen. »Äh, tut mir leid, ich bin manchmal etwas zu direkt. Eigentlich wollte ich nur darauf hinweisen, dass Sie Schürfwunden haben und ihr Hals aussieht, als wären Sie gewürgt worden.«

Unwillkürlich hielt Emily die Hand davor. »Was daran liegen

könnte, dass es so war. Und ich mag Direktheit.« Und Ehrlichkeit. Deshalb fiel es ihr umso schwerer, alle immer nur zu belügen.

Red trat einen Schritt zurück. »Ich hole Ihnen etwas zu trinken. Und dann kann Sierra Sie ein wenig verarzten. Sie ist meine Lebensgefährtin und gleichzeitig Physiotherapeutin. Vielleicht kann sie etwas tun, um Ihre Schmerzen ein wenig zu erleichtern.« Seine Augen leuchteten auf, als er Sierras Namen sagte.

»Das ist nett, danke.«

Offenbar hatte Red erneut mit einer Ablehnung gerechnet, denn es dauerte einige Sekunden, bis er nickte. »Gut. Am besten gehen wir gleich in ihren Physio-Raum, dort ist es deutlich ruhiger und bequemer als hier.«

Erst jetzt fielen ihr die Hintergrundgeräusche auf. Stimmen, Telefonklingeln, klackernde Tastaturen. RIOS war weiterhin gut im Geschäft, wie es schien. Langsam erhob sich Emily und folgte Red aus dem Besprechungsraum.

11. KAPITEL

Tom war froh, als er endlich das Polizeigebäude wieder verlassen konnte. Eigentlich hatte er sich seinen freien Tag anders vorgestellt. Aber es war gut, dass er bei der Befragung des Angreifers dabei gewesen war und klarstellen konnte, dass er tatsächlich eine Frau angegriffen und beinahe getötet hatte. Allerdings war es weniger erfreulich gewesen, das wissende Grinsen zu ertragen, als er von seinen Kollegen gefragt worden war, wo sich denn diese Frau nun befand und wer sie überhaupt war. Es war Tom schwergefallen, sie anzulügen und zu behaupten, dass er das nicht wusste. Der einzige Vorteil bestand darin, dass der Verbrecher ihnen diese Informationen sicher nicht liefern würde, wenn er sich nicht noch weiter belasten wollte.

Schnell trat Tom ins Freie und atmete tief durch. Er musste Lisa dringend überreden, die Wahrheit zu sagen und sich an die Polizei zu wenden. Oder seinetwegen an das FBI. Hauptsache, die Angriffe auf sie hörten auf und der oder die Täter wurden bestraft. Hatte sie tatsächlich ein Verbrechen begangen, wie der Angreifer behauptete? So wie er sie kennengelernt hatte, konnte er sich das kaum vorstellen, aber er war nicht so naiv zu denken, dass es nicht möglich wäre. Es wäre aber eine echte Enttäuschung, denn irgendwie mochte er sie, auch wenn sie ständig vor ihm flüchtete. Darüber würde er ebenso noch mit ihr reden müssen.

Er ging rasch zu seinem Auto und stieg ein. Der Angreifer würde so lange festgehalten werden, bis eine Anklage gegen ihn vorbereitet worden war. Selbst wenn Lisa nicht als Zeugin auftreten wollte, reichte es schon, dass er einen Polizisten angegriffen hatte und eine garantiert unregistrierte Pistole bei sich trug, um ihn für einige Zeit aus dem Verkehr zu ziehen. Tom würde versuchen, aus ihm die Hintergründe herauszubekommen, aber wenn er wirklich ein Profikiller war, würde er seine Auftraggeber sicher nicht verraten. Schlecht fürs Geschäft. Von daher würde Lisa reden müssen, wenn er die Wahrheit hören wollte.

Tom trommelte auf das Lenkrad, während er sich einen Weg durch den Verkehr bahnte. Glücklicherweise war das RIOS-Hauptquartier im nicht so dicht besiedelten Umland, sodass er bald besser vorankam. Trotzdem war er unerklärlich nervös, als er endlich dort ankam. Hoffentlich hatte Red Lisa irgendwo angebunden, damit sie nicht wieder abhaute. Tom verdrehte die Augen. Offenbar verlor er langsam seinen Verstand. Was vermutlich zum Teil daran lag, dass er kaum geschlafen hatte. Er konnte sich nicht daran erinnern, wann ihn zuletzt eine Frau den Schlaf gekostet hatte.

Kopfschüttelnd stieg Tom aus seinem Wagen und ging am alten Gebäude vorbei zum neuen Hauptquartier. Ein Ruf erklang hinter ihm und er drehte sich neugierig um. Überrascht erkannte er I-Mac, eigentlich John MacPhearson, der normalerweise an der Westküste lebte und arbeitete. Nach einer schweren Verletzung, die er bei einer Explosion in Afghanistan davongetragen hatte, arbeitete der ehemalige SEAL jetzt als Computerexperte für die Navy, aber auch für RIOS. Wie immer war seine Lebensgefährtin Nurja an seiner Seite.

Tom lächelte die unerwarteten Besucher an. »Hallo, Nurja, I-Mac. Ich wusste gar nicht, dass ihr kommen wolltet.«

»Das war auch eine eher spontane Entscheidung. Ich wollte Nurja und den Kindern was vom Land zeigen, deshalb sind wir mit dem Auto gefahren.«

Tom gab Nurja und ihm die Hand. »Wo sind die Kinder jetzt?« Sonst hatten sie die Kinder in San Diego gelassen, wenn sie an die Ostküste gekommen waren.

»Sie toben sich bei Clint und Karen aus«, antwortete Nurja in ihrem weichen Akzent.

»Haben die noch nicht genug mit ihren beiden Kindern zu tun?« Clint Hunter war Captain bei den Navy SEALs, Karen Waffenexpertin beim Pentagon.

»Maya freut sich, Kinder um sich zu haben, die eher ihrem Alter entsprechen. Außerdem passt Baschir auf alle auf, er ist inzwischen alt genug dafür.«

Tom nickte. »Schön, dass ihr hier seid. Wollen wir zum Haus

gehen?«

Nurja warf einen Blick auf das alte Gebäude. »Es tut mir so leid, dass es abgebrannt ist. Es war ein so schönes altes Haus. Viel Geschichte.« Wie immer waren ihre Gefühle ihrem stärkeren Akzent anzuhören.

»Ja. Aber Red will es wieder so wie früher herrichten lassen – nur mit einigen zusätzlichen Annehmlichkeiten. Er hatte einige alte Möbel ausgelagert, die will er nutzen.«

Während sie sich unterhielten, gingen sie auf das neue Hauptquartier zu.

I-Mac pfiff durch die Zähne. »Das ist ja mal ein genialer Kasten. Sowas Luxuriöses haben wir bei der Navy nicht. Privatwirtschaft hat eindeutig Vorteile.«

Tom konnte ihm da nur zustimmen, bei der Polizei sah es ähnlich aus. »Warte, bis du es von innen siehst.«

»Es war eindeutig eine gute Idee, hierherzukommen.«

Nurja lächelte dazu nur, anscheinend war sie I-Macs Begeisterungsfähigkeit gewöhnt.

An der Haustür angekommen, durchlief Tom die Eingangsroutine und hielt I-Mac und Nurja dann die Tür auf. »Willkommen im neuen Hauptquartier.«

»Danke.« I-Mac ließ Nurja vor ihm eintreten, seine Hand lag dabei liebevoll auf ihrem unteren Rücken.

Als sie das erste Mal hier gewesen waren, saß I-Mac noch im Rollstuhl und Nurja war nach der erlittenen Gefangenschaft samt Folterungen sehr scheu und schreckhaft gewesen. Vor einer Berührung in aller Öffentlichkeit wäre sie vermutlich zurückgewichen. Doch jetzt strahlte sie geradezu vor Glück. Tom gönnte es ihnen von Herzen. Wenn es zwei verdient hatten, dann I-Mac und Nurja.

Tom schloss die Tür hinter ihnen und führte die beiden zu Reds Büro. Seine Unruhe verstärkte sich wieder. Hoffentlich war Lisa noch da! Zwar hatte sie es versprochen und auch Red hatte ihm versichert, dass er dafür sorgen würde, doch sie hatte bisher ein besonderes Talent zum Verschwinden an den Tag gelegt, das ihn verunsicherte. Er klopfte an die Tür, die ausnahmsweise geschlossen war, und öffnete sie. Sämtliche Furcht fiel von ihm ab, als er Lisa in einem der bequemen Sessel sitzen sah, wo sie in einem Buch las. Sie blickte auf und lächelte ihn an.

Dann weiteten sich ihre Augen, als sie sah, dass noch jemand hinter ihm den Raum betrat. Sie wirkte beinahe ein wenig ängstlich. Das konnte er bei Nurja und I-Mac nun gar nicht verstehen.

Red stand auf und ging auf die beiden Besucher zu. »Nurja, I-Mac, wie schön euch zu sehen! Ich hatte keine Ahnung, dass ihr in der Gegend seid.«

»Wir sind auf der Durchreise und wollten euch mal besuchen. Es sieht wirklich gut aus.« I-Mac blickte in Lisas Richtung. »Hey, toll dich hier zu treffen!«

Tom konnte beobachten, wie sich etwas wie Panik in Lisas Gesicht ausbreitete. Sie schien wie erstarrt und unsicher, wie sie sich verhalten sollte. Das war seltsam. Woher kannte I-Mac sie? Der Ex-SEAL war nur sehr selten in der Gegend, es wäre ein ungeheurer Zufall, wenn er Lisa irgendwo getroffen habe sollte. Vielleicht verwechselte er sie mit jemandem?

Das Lächeln wich aus I-Macs Gesicht und machte etwas wie Schuldbewusstsein Platz. »Oh, tut mir leid. Ich dachte ...« Er brach ab, als Nurja ihm dezent den Ellenbogen in die Seite schob.

Auch Red schien verwirrt. »Ihr kennt euch?«

»Äh ...« Hilflos sah I-Mac Lisa an.

Lisa stieß einen tiefen Seufzer aus und schloss kurz die Augen. Nach einem kurzen Seitenblick auf Tom wandte sie sich an Red. »Ja, wir kennen uns. Ich wollte es eigentlich nicht auf diese Weise sagen, aber ich habe wohl zu lange gewartet.« Sie sandte I-Mac ein schwaches Lächeln. »Nicht deine Schuld, es war klar, was du denken musstest, als du mich hier gesehen hast.« Noch einmal atmete sie tief durch, dann straffte sie die Schultern. »Ich bin Dave.«

Reds Augenbrauen schoben sich zusammen. »Im Ernst?«

»Ja. Tut mir leid, ich wollte mich nicht unter falschen

Voraussetzungen einschleichen, es ist ... passiert.«

»Du bist eine Frau.«

Ziemlich offensichtlich sogar. Toms Blutdruck schoss in die Höhe. Lisa – nein, Dave – hatte ihn total verarscht. Die ganze Zeit hatte sie genau gewusst, wer er war, und nicht einmal eine Andeutung gemacht, dass sie sich längst kannten. Gut, bisher nur virtuell, aber trotzdem.

»Ja.«

Lisas Antwort ließ Tom explodieren. »Das ist alles, was du dazu zu sagen hast?«

Schuldbewusst sah sie ihn an. »Ich weiß, dass ich dir sofort hätte sagen müssen, wer ich bin, aber ich habe versucht, meine Identität zu schützen.«

»Das würde ich noch für den gestrigen Tag gelten lassen, aber nicht mehr für heute Nacht, als du in meine Wohnung eingedrungen bist. Spätestens da hättest du die Wahrheit sagen müssen.«

»Ja. Es tut mir wirklich leid, Tom.«

Red räusperte sich. »Okay, das solltet ihr vielleicht später in Ruhe klären. Ich muss jetzt erst mal darüber hinwegkommen, dass ich jemanden beschäftigt habe, von dem ich glaubte, wenigstens das Geschlecht zu kennen und der eigentlich jemand ganz anders ist.« Ein scharfer Blick in I-Macs Richtung. »Und dass jemand davon wusste und mir nichts gesagt hat.«

I-Mac hob die Hände. »Es war nicht meine Sache, Dave zu outen. Ich bin davon ausgegangen, dass sie einen Grund dafür hat, ihre wahre Identität geheim zu halten.«

Einen Moment lang schwieg Red, dann neigte er langsam den Kopf. »Ja, es sieht ganz so aus. Trotzdem mag ich es nicht, belogen zu werden.«

Das konnte Tom hundertprozentig nachempfinden. Es gefiel ihm ganz und gar nicht. »Ich bin raus. Den Rest bekommt ihr sicher auch allein hin.« Abrupt drehte er sich um und marschierte aus dem Büro. Die Tür schloss er mehr oder weniger leise hinter sich.

Er konnte sich nicht erinnern, wann er zuletzt so sauer gewesen war. Lisa – Dave – hatte ihn eiskalt ausgenutzt und es war ihr völlig egal gewesen, dass er sich hinterher benutzt vorkommen würde. Wenn er sich vorstellte, dass sie ihm sogar sympathisch gewesen war und er tatsächlich zumindest kurz darüber nachgedacht hatte, wie es wäre, sie zu küssen, fühlte er sich wie der letzte Idiot. Verdammt, er war Detective, wie hatte ihm das entgehen können? Natürlich war ihm klar gewesen, dass Lisa Moore nicht ihr richtiger Name war, aber damit hatte er nun nicht gerechnet.

Wütend stapfte er durch den Gang zur Haustür. Er brauchte jetzt dringend frische Luft.

***

Emily starrte die geschlossene Tür an, Scham und Traurigkeit stiegen in ihr auf. Tom hatte nicht so ausgesehen, als würde er ihr die Täuschung irgendwann verzeihen. Sie konnte ihn gut verstehen, trotzdem wünschte sie, es wäre anders. Wäre es wirklich so schlimm gewesen, ihm früher davon zu erzählen? Ja, denn dann hätte sie wahrscheinlich die gleiche Reaktion geerntet und wäre weiterhin in Lebensgefahr gewesen. Dennoch war es nicht richtig, dass sie ihn so benutzt hatte. Er hatte so viel für sie riskiert, sogar für sie gelogen. Und das war ihr Dank.

Langsam erhob sie sich. »Ich sollte wohl besser gehen. Es tut mir wirklich leid, Red, ich wollte niemanden verletzen.«

Einen langen Moment sah er sie nur an, dann schüttelte er den Kopf. »Setz dich wieder, Lisa. Dave. Oder wie auch immer du heißt.«

Ein Funke Hoffnung kam in ihr auf. Sie befeuchtete ihre trockenen Lippen, doch kein Laut kam heraus. So lange war sie es gewohnt, niemandem ihre Identität zu verraten, dass sie verlernt hatte, wie man jemandem vertraute. »Ich möchte niemanden in Gefahr bringen.«

Red schnaubte. »Wir können uns schon wehren, das solltest du inzwischen wissen.«

Trauer erfüllte Emily. »Ich weiß aber auch, dass jeder verwundbar ist. Ein Freund ist tot, weil er mir geholfen hat. Und Tom hätte vorhin genauso sterben können. Ich möchte nicht riskieren, noch jemanden zu verlieren, der mir etwas bedeutet.«

Unbehaglich sah I-Mac von einem zum anderen. »Sollen wir rausgehen? Wir möchten nicht stören.«

»Nein, bleibt bitte.« Red rieb über seine Haare. »Ich glaube, es ist besser, wenn du erst mal mit Tom sprichst, Lisa. Tut mir leid, ich kann eine Frau einfach nicht mit Dave ansprechen, da sträubt sich mir alles. Aber zurück zum Thema: Sprich dich mit Tom aus, er ist mein Freund und ich kenne ihn lange genug, um zu wissen, dass du ihn sehr verletzt hast. Außerdem brauchen wir ihn, wenn wir dir helfen wollen.« Emily nickte und ging zur Tür. »Und komm nicht auf die Idee, einfach abzuhauen«, hielt Reds Stimme sie auf. »Dann werde ich wirklich sauer.« Eine klare Drohung schwang in seinen Worten mit.

»Verstanden. Ich hatte auch nicht vor zu verschwinden, ohne mich zu verabschieden.«

Ein grimmiges Lächeln überzog Reds Gesicht und hob seine Narben hervor. »Gut.«

Emily nickte I-Mac und Nurja zu und verließ den Raum. Es war ihr ein wenig peinlich, dass sie die ganze Szene miterlebt hatten, aber ihre anderen Probleme überwogen momentan. Auf dem Flur sah sie sich um, konnte aber nicht erkennen, wohin Tom gegangen sein mochte. Langsam ging sie in Richtung Haustür und blickte dabei in jeden Raum. In einem saß Sierra an einem Schreibtisch. Reds Lebensgefährtin war genauso freundlich gewesen, wie sie am Telefon oder über Funk immer geklungen hatte. Sie fühlte sich tatsächlich etwas besser, seit Sierra sich um ihre Verletzungen gekümmert hatte.

Sierra blickte auf. »Ist die Besprechung schon zu Ende?«

»Nein. Ich suche Tom, hast du ihn gesehen?«

»Er ist vor kurzem hier vorbeigestürmt und sah nicht sonderlich glücklich aus.«

Emily schnitt eine Grimasse. »Meine Schuld. Weißt du, wo er hin ist?«

»Ich glaube, er hat das Haus verlassen.«

Hoffentlich war er nicht weggefahren. »Okay, danke.«

»Lisa, bring das bitte wieder in Ordnung. Ich mag Tom sehr und ich mag es nicht, ihn unglücklich zu sehen.«

»Ich versuche es.« *Ich mag ihn nämlich auch. Zu sehr.*

Emily eilte weiter und verließ das Haus. Suchend sah sie sich um und entdeckte Tom schließlich hinter dem Gebäude. Er lehnte an einem Baumstamm und starrte in die entgegengesetzte Richtung. Das gab ihr die Gelegenheit, sich ihm zu nähern, ohne dass er es bemerkte. Tief atmete sie durch, ehe sie vor ihn trat. Es dauerte einen Moment, bis er seinen Blick senkte und ihr in die Augen sah. Wut stand in seinen und auch Enttäuschung. Ihr Magen zog sich zusammen und sie wäre am liebsten geflüchtet. Aber das wäre nicht richtig. Tom verdiente eine Erklärung und eine Entschuldigung. Noch immer sagte er nichts, aber immerhin ging er nicht weg.

»Es tut mir wirklich leid, Tom.«

»Das sagtest du schon.« Seine Stimme klang eiskalt.

Emily schlang die Arme um ihren Körper. »Ich weiß, und ich meine das ernst. Es ist absolut verständlich, dass du wütend auf mich bist, weil ich dir nicht gleich die Wahrheit gesagt habe. Ich hätte es tun sollen, aber ich hatte Angst.«

Ungläubig sah er sie an. »Vor mir?«

»Nein, natürlich nicht. Davor, was passieren würde, wenn ihr alle erfahrt, dass Dave, der Computerspezialist, gar nicht existiert. Dass ich euch über Jahre angelogen habe. Diese Arbeit war alles, was ich noch hatte. *Ihr* wart alles was ich noch hatte.« Ihre Stimme zitterte und sie schwieg einen Augenblick. »Es durfte niemand erfahren, dass eine Frau als Hackerin arbeitet, hätte sich das rumgesprochen, wäre ich jetzt wahrscheinlich schon tot. Ich habe alles getan, um nicht aufzufallen. Zu gerne wäre ich mal vorbeigekommen und hätte direkt mit euch gearbeitet, aber das war nicht möglich.« Sie konnte Toms Gesichtsausdruck nicht richtig deuten, aber wenigstens hörte er immer noch zu. »Vermutlich hätte ich euch nie die Wahrheit gesagt, wenn mein Freund nicht gestorben und ich infolgedessen enttarnt worden wäre. Oder erst dann, wenn die Bedrohung vorbei gewesen wäre.«

»Hast du dir mal überlegt, dass wir dir die ganze Zeit schon hätten helfen können und das auch gern getan hätten?«

Emily lachte schwach. »Ja. Was glaubst du, wie oft ich darüber nachgedacht habe. Aber jedes Mal schien mir die Gefahr zu groß, dass mir oder euch etwas passiert wäre.«

Tom deutete zum Haus. »Das ist keine Luschentruppe, das sind Profis. Ich bin ziemlich sicher, dass wir dich hätten beschützen können.«

»Vielleicht. Oder ich hätte noch mehr Menschen in Gefahr gebracht. Es reicht mir, einen Tod auf dem Gewissen zu haben. Mehr könnte ich nicht ertragen.«

Einen Moment lang schwieg er. »Da ich nicht weiß, was genau passiert ist und wie du überhaupt auf die Abschussliste von diesem Typen geraten bist, kann ich dazu nichts sagen. Aber ich bin ziemlich sicher, dass dich keine Schuld trifft. Oder hast du jemanden auf deinen Freund gehetzt? Bist du fahrlässig mit seiner Sicherheit umgegangen?«

»Nein!«

»Siehst du. Nicht deine Schuld. Aber du musst uns endlich erzählen, was überhaupt vorgefallen ist und was diese Kerle von dir wollen. Vorher kann niemand einschätzen, wie hoch die Gefahr ist.«

Emily verzog den Mund. »Du hast es ja vorhin gesehen, die wollen mich tot sehen. Je eher, desto besser. Wenn sie mitbekommen, dass ich andere informiert habe und Hilfe bekomme, werden sie vermutlich noch rücksichtsloser vorgehen. Du hast es ja selbst erlebt: Sie haben einen Brand in einer Wohngegend gelegt, ohne Rücksicht darauf, wer vielleicht verletzt oder getötet wird.«

»Erinnere mich nicht daran. Es ist fast ein Wunder, dass niemand ernsthaft verletzt wurde. Da lebten auch kleine Kinder und alte Leute.«

Unglücklich sah Emily ihn an. »Ich weiß. Deshalb hatte ich mir die Gegend ausgesucht. Ich dachte ...« Sie verstummte. Tom wollte sicher nichts von ihren dummen Träumen hören.

»Was dachtest du?«

Emily versuchte, die Gedanken abzuschütteln. »Nicht wichtig. Ich habe nie dort gewohnt. Wäre ich gestern nicht hingefahren, hätten sie wahrscheinlich nichts von dem Haus gewusst und den Leuten wäre nichts passiert.«

»Wo wohnst du dann?«

Instinktiv wollte sie es geheim halten, aber die Zeit war vorbei. Vor allem würde es auch nichts bringen, wenn ihre Feinde vielleicht schon längst dort auf sie warteten. »Wie wäre es, wenn wir wieder reingehen? Red möchte sicher auch wissen, worum es geht, und dann brauche ich nicht alles mehrfach zu erzählen.« Es fiel ihr sowieso schon schwer genug.

»Natürlich.« Tom stieß sich vom Baum ab. Dicht vor ihr blieb er stehen. »Aber ab jetzt nur noch die Wahrheit. Ich mag es nicht, angelogen zu werden.«

Das schlechte Gewissen fraß an ihr. »Ich weiß. Ich mag es auch nicht zu lügen, oder Dinge zu verheimlichen, aber ich konnte nicht anders. Es tut mir wirklich leid, Tom.«

Er stieß einen tiefen Seufzer aus. »Ich weiß nicht, woran es liegt, aber ich kann einfach nicht lange sauer auf dich sein. Dabei hätte ich allen Grund dazu. Und ich mag Dave noch nicht mal.«

»Das ist mir schon aufgefallen. Dave findet dich übrigens viel zu sehr davon überzeugt, immer das Richtige zu tun.«

Tom starrte sie an, dann begann er zu grinsen. »Ich weiß.«

Überrascht lächelte sie ebenfalls. »Gut. Ich fände es unerträglich, wenn du mich mögen könntest.«

Sofort wurde er wieder ernst. »Das ist das Seltsame: Dich mag ich sehr gern.«

Ihr Herz zog sich zusammen. »Ich bin Dave, Tom. Du kannst nicht einen von uns mögen und den anderen nicht.«

»Anscheinend doch. Außerdem kenne ich Dave gar nicht. Er war nur eine Stimme am Telefon oder Funkgerät, niemand, den ich sehen konnte, oder mit dem ich jemals eine Unterhaltung über irgendetwas außerhalb des Jobs hatte.«

Damit konnte er recht haben. Sie hatte alles Zwischenmenschliche ausgeklammert, wenn sie mit RIOS Kontakt hatte. Die anderen sahen sich häufig, wenn nicht sogar täglich, und manchmal grillten sie abends sogar noch. Dave war mehr als einmal eingeladen worden, aber sie hatte nie hingehen können. Selbst wenn sie nicht auf der Flucht gewesen wäre, wusste sie nicht, ob sie jemals teilgenommen hätte. Nachdem ihre Eltern sie schon als Kleinkind ausgesetzt hatten, konnte sie nicht glauben, dass jemand sie wirklich irgendwo dabeihaben wollte. Wahrscheinlich würde sie bei einem solchen Treffen nur in einer Ecke sitzen und hoffen, dass es schnell vorbeiging und sie sich in ihr Versteck zurückziehen konnte. Dementsprechend hatte sie ihr Leben eingerichtet.

Das war jetzt Vergangenheit, die Katze war aus dem Sack und sie musste mit den Konsequenzen leben. Selbst wenn das bedeuten würde, dass Red ihre Arbeit nicht mehr anforderte. Das würde schmerzen, aber sie könnte es verstehen. RIOS lebte davon, dass sich die Mitarbeiter blind verstanden und aufeinander verlassen konnten.

Toms Hand legte sich warm auf ihren Arm. »Lass uns reingehen. Je schneller wir die Sache angehen, desto eher bist du frei.«

Emily konnte sich das gar nicht vorstellen, aber sie nickte. Zum ersten Mal seit sehr langer Zeit war sie nicht mehr allein.

12. KAPITEL

Er war ein Idiot. Normalerweise gab Tom niemandem noch eine Chance, der ihn schon mehrfach angelogen hatte, doch Lisa löste irgendetwas in ihm aus, das ihn davon abhielt, einfach wegzufahren und sie ihrem Schicksal zu überlassen. Noch immer konnte er nicht fassen, dass Dave eine Frau war. Der Computercrack, der gern Abkürzungen nahm und dem es völlig egal war, ob das, was er tat, illegal war. Okay, das passte zumindest zu Lisa, die unter falschem Namen lebte – unter zwei falschen Namen genau genommen.

In der Vergangenheit war er mehrere Male mit Dave aneinandergeraten, weil er es als Polizist nicht gutheißen konnte, wenn jemand bewusst Gesetze brach. Aber ebenso ging es ihm bei Red, der ein guter Freund war. Trotzdem nahm er es ihm nicht übel, wieder einmal am Rande der Legalität zu operieren, oder weit darüber hinaus. Er wusste, dass Red das nur tat, um Leben zu retten oder zu schützen. Das machte den Unterschied. Dave – oder Lisa – kannte er nicht gut genug, um ihr Motiv abschätzen zu können. Wenigstens aber war er bereit, sich anzuhören, was sie zu sagen hatte. Gut, er war auch neugierig, wenn er ehrlich war.

Man konnte sich nicht vorstellen, dass Lisa jemals etwas Verbotenes tun könnte, geschweige denn irgendwelche mordlüsternen Typen anlocken. In ihrer gut eingetragenen Jeans und dem großen Sweatshirt wirkte sie, als käme sie frisch von der Uni. Ihre Haare schnitt sie vermutlich selbst, eine exakte Frisur konnte er zumindest nicht erkennen. Die kurzen Locken tanzten im Wind und Tom musste den Drang unterdrücken, sie wieder zu ordnen. Er mochte das Wilde, Unberechenbare, das von ihr ausging. Und den unverkennbaren Schwung ihrer Hüften. Lisa mochte klein sein, aber ganz sicher nicht schmächtig. Das war ihm gestern schon aufgefallen, als er auf ihr gelegen hatte. Sie war genau an den richtigen Stellen gerundet.

Kopfschüttelnd folgte Tom Lisa ins Haus. Was zum Teufel war los mit ihm? Er interessierte sich kein bisschen für Lisa als

Frau. Ihr Fall reizte ihn, das war alles. Genau. Und wenn er es endlich mal schaffen würde, den Blick von ihr loszureißen, könnte er das vielleicht sogar glauben. Absichtlich wandte er den Kopf ab und betrachtete stattdessen die Bilder, die Sierra an die Wände gehängt hatte. Interessanterweise waren es Landschaftsaufnahmen, die eigentlich nichts mit RIOS zu tun hatten, aber trotzdem genau die richtige Stimmung ausstrahlten. Sie machten das Hauptquartier etwas wohnlicher.

Vor einem besonders spektakulären Bild blieb er stehen. Es zeigte bewaldete Hügel, die im Nebel zu verschwinden schienen. Es erschien so lebendig, dass Tom fast meinte, Bewegungen zu sehen. Angestrengt starrte er darauf, aber er konnte sich nicht erklären, wie der Fotograf das hinbekommen hatte. Wenn er selbst Nebel fotografierte, kam nur eine weiße Wand heraus.

Sierra kam aus ihrem Raum und trat neben ihn. »Grandios, oder? Das ist eines meiner Lieblingsbilder.«

»Es wirkt unglaublich plastisch, als wäre dahinter keine Wand, sondern ein Fenster.«

Sierra nickte. »Clay Lyons ist Cowboy, seine Familie besitzt eine Ranch in den Appalachen. RIOS hat ihm vor einigen Monaten bei einem Problem geholfen und er hat uns zum Dank einige seiner Fotos überlassen.«

»Verkauft er die Fotos? So ein Bild hätte ich gern in meiner Wohnung.«

Sierra lächelte ihn an. »Eigentlich nicht, sie sind nur ein Hobby für ihn. Ich frage erst mal, ob ich dir seine Telefonnummer weitergeben darf, aber ich denke, das sollte kein Problem sein, weil du zu RIOS gehörst.«

»Danke.«

Sierra senkte die Stimme. »Ich habe dich vorhin hinausstürmen sehen. Ist wieder alles in Ordnung?«

Sofort verspannte er sich. »Das bleibt abzuwarten.«

»Ich weiß, ich sollte mich nicht einmischen, aber ich habe vorhin Lisas Prellungen behandelt. Die Ärmste hat es gerade echt nicht leicht, sie hat Angst. Und ich hatte das Gefühl, dass sie keine Freunde hat, niemanden, dem sie nahesteht. Es muss furchtbar sein, so allein zu sein. Sei bitte nett zu ihr, ja?«

Tom verschränkte die Arme vor der Brust. »Hat sie dir dabei auch erzählt, dass sie Dave ist?«

Sierra riss die Augen auf. »Dave? Unser Dave?«

Tom knirschte mit den Zähnen. »Ja, *unser* Dave.«

Ein breites Grinsen breitete sich auf Sierras Gesicht aus. »Ha! Wie genial ist das denn? Endlich eine Frau in diesem Männer-Verein.«

Genervt starrte Tom sie an. »Dir macht es also nichts aus, dass sie uns die ganze Zeit angelogen hat?«

Einen Moment lang dachte Sierra darüber nach, dann schüttelte sie den Kopf. »Nein, tatsächlich nicht. Genau genommen hat sie auch nie gesagt, dass sie ein Mann ist, wir sind nur davon ausgegangen.«

»Was daran gelegen haben könnte, dass sie am Telefon irgendeine künstliche Verfremdung benutzt hat. Für mich ist das Täuschung.«

Sierra wurde ernst. »Ich kann dich verstehen, aber auch Lisa. Sie hat es ja vermutlich nicht grundlos gemacht.«

Damit lag sie wohl richtig, trotzdem schmerzte es noch, so getäuscht worden zu sein. Vermutlich war auch ein wenig verletzter Stolz dabei, schließlich lebte er davon, Menschen ausfindig zu machen, die unter falscher Identität lebten. Hier hatte die ganze Zeit jemand vor seiner Nase gesessen. »Ich komme mir trotzdem verarscht vor, aber davon mal abgesehen, haben wir doch Frauen bei RIOS. In Kalifornien sind einige ehemalige TURT/LE-Agentinnen zu RIOS gewechselt, als ihre Einheit aufgelöst wurde.«

»Ja, offenbar sind sie dort etwas weiter als hier im Osten.« Sierra lächelte und legte die Hand auf seinen Arm. »Aber keine Angst, ich mag euch alle sehr, auch wenn ihr Männer seid.«

Tom verzog den Mund. »Danke.«

Sierra lachte hell auf. »Bitte. Und jetzt geh zu deiner Lisa, du bist schon ganz unruhig.«

»Ich bin nicht ...«

Er brach ab, als Sierra einfach wegging und ihn stehenließ.

Tom stieß ein Schnauben aus. Es stimmte gar nicht, dass er wegen Lisa unruhig war. Er war sauer und angespannt, was sicher auch mit dem Kampf gegen den Mörder zu tun hatte. Bevor er noch weiter darüber nachgrübeln konnte, betrat er Reds Büro und schloss die Tür hinter sich. I-Mac und Nurja waren immer noch anwesend, er vermutete, weil der Computerspezialist Dave überhaupt erst zu RIOS gebracht hatte. Neu dazugekommen war Bull – eigentlich Robert Payne, ein weiterer ehemaliger SEAL, der gerade den Dienst quittiert hatte, um seinen Freund und ehemaligen CO Red bei der Leitung von RIOS zu unterstützen. Seit er da war, schien Red irgendwie ... ausgeglichener. Als schien ein Teil der Last von seinen Schultern genommen. Red widmete sich mit neuer Energie der Entwicklung neuer Dienstleistungen und der Expansion.

Tom sah sich nach einem Platz um. Da alle Stühle und Sessel belegt waren, ging er zum Fenster und lehnte sich gegen die Fensterbank.

Red nickte ihm zu und wandte sich an Lisa. »Fang am besten ganz am Anfang an.«

Lisa hatte ihre Hände zwischen den Knien zusammengepresst, sie wirkte erschreckend blass. Am liebsten hätte er sie in den Arm genommen und ihr gesagt, dass sie nichts zu sagen brauchte, doch das wäre kontraproduktiv. Sie konnten ihr nur helfen, wenn sie wussten, woran sie waren. Davon abgesehen ging es aber auch darum, zu erfahren, wer Dave war, und das verlorene Vertrauen wiederzugewinnen. Wenn das überhaupt möglich war.

Nach einem tiefen Durchatmen hob Lisa den Kopf und sah Red direkt an. »Mein richtiger Name ist Emily Gray. Ich komme aus Philadelphia, nach meinem Uniabschluss habe ich bei einem Softwareunternehmen gearbeitet. Die Arbeit hat mich gelangweilt, wenn ich ehrlich bin, deshalb habe ich abends noch Aufträge angenommen oder einfach zum Spaß im Internet gesurft. Okay, eigentlich habe ich damit schon in meiner Jugend angefangen, Computer sind mein Leben.« Sie schwieg kurz und schob ihre Brille hoch.

Emily. Irgendwie passte der Name viel besser zu ihr. Er klang weich und bodenständig. Vermutlich nicht das Image, was man als Hacker projizieren wollte. Ihr Blick glitt zu ihm und er hatte den Eindruck, dass sie sich unwohl fühlte. Er bemühte sich darum, seine Miene neutral zu halten, egal was sie erzählte. Interessant war, dass sie erst mit dem Uniabschluss anfing und alles davor im Dunkeln ließ. Die Bemerkung des Verbrechers vorhin kam ihm wieder in den Sinn. Was genau meinte er damit, dass ihre Eltern sie weggeworfen hatten? Lag es daran, dass sie so einsam schien? Als gäbe es niemanden in ihrem Leben, der für sie da war? Tom zwang sich dazu, diese Gedanken zu unterdrücken.

»Ich bin ziemlich gut darin, in geschlossene Bereiche vorzudringen, deshalb wurde ich von etlichen Firmen und Behörden damit beauftragt, ihre Systeme zu überprüfen und Schwachstellen aufzuzeigen. Das sprach sich herum und ich bekam immer mehr Kunden. Deshalb konnte ich mich schon sehr früh selbständig machen. Ich war froh, nicht mehr für andere arbeiten zu müssen und das tun zu können, was mir wirklich liegt.« Wieder machte sie eine Pause. »Dann fand ich bei einem Kunden im geschlossenen System einen Hinweis auf eine Seite im Darknet. Neugierig geworden, forschte ich dort nach und stieß auf eine Gruppe, in der die Mitglieder untereinander bestimmte Dienstleistungen oder Waren tauschten oder auch verkauften. Das ist fürs Darknet nicht ungewöhnlich. Ich habe dann weiter recherchiert und bin in einer versteckten Untergruppe gelandet, die sich damit beschäftigte, Kinder zu entführen und höchstbietend zu verkaufen.« Emily sah aus als wäre ihr übel. »Es wurden genaue Vorgaben zu Aussehen, Geschlecht und Alter gestellt, außerdem gab es eine Fotodatenbank, in der man sich die Kinder aussuchen konnte.« Sie brach ab und räusperte sich. »In einem weiteren Ordner waren erfolgreich ‚vermittelte' Kinder zu sehen. Von Säuglingen bis hin zu Teenagern war alles dabei. Sie wirkten völlig verängstigt, etliche waren verletzt. Und es waren nicht nur fünf oder zehn, sondern weit über hundert – und das nur in den letzten Monaten.«

Reds Miene war versteinert. »Solche widerlichen Arschlöcher! An wen wurde vermittelt?«

»Das wurde nicht gesagt, aber so hoch, wie die Preise waren, gehe ich davon aus, dass es sehr reiche Leute gewesen sein müssen. Die kleineren Kinder sind häufig an Ehepaare gegangen, die selbst keine Kinder bekommen konnten. Die älteren wurden teilweise zusammen vermittelt. Besonders ein Käufer hat immer neue gesucht und seine Vorgaben lassen auf sexuelle Vorlieben schließen. Vermutlich hat sich jemand seinen privaten Harem aufgebaut. Oder sie wurden für Sexpartys benutzt. Ich habe keine Ahnung, was danach mit ihnen passiert ist, aber es gab eine Liste, in der die abgeschlossenen Verkäufe geführt wurden. Es gab unzählige Einträge.«

Tom bewegte sich unruhig. Es war nicht das erste Mal, dass er von solchen Fällen hörte. Einmal war er bei einem Fall von falscher Identität über genau so etwas gestolpert. Noch jetzt sah er die apathischen Augen der Mädchen hin und wieder vor sich, die Hoffnungslosigkeit und das Fügen in ihr Schicksal. Sie hatten nicht mal reagiert, als sie endlich befreit worden waren, weil sie gar nicht mehr wussten, dass es auch ein anderes Leben gab. Vor allem waren sie vor ihren Rettern zurückgewichen, weil für sie alle Männer wie ihre Schänder waren. Das hatte geschmerzt.

»Was hast du gemacht?« Eigentlich hatte er sich zurückhalten wollen, aber es gelang ihm nicht.

Emily sah ihn mit ihren großen Augen an, in denen Abscheu stand. »Ich habe mich ans FBI gewandt und ihnen mitgeteilt, wo sie diese Schweine im Darknet finden konnten. Nicht mal eine Viertelstunde später standen sie vor meiner Tür und haben mich verhaftet.«

»Was? Wieso?«

Sie zuckte mit den Schultern. »Offenbar waren sie nicht begeistert davon, dass ich mich in das Firmennetzwerk gehackt habe. Und es ist verboten, sich in solch einer Darknet-Gruppe aufzuhalten. Sie haben behauptet, ich wäre eine Hackerin, die sich bereits in diverse Bundesbehörden eingeschlichen hatte.«

»Und, hattest du?«

Ein leichtes Lächeln hob ihre Mundwinkel. »Was denkst du?« Sie wurde wieder ernst. »Aber ich habe nie jemandem damit geschadet. Und sie konnten nichts davon beweisen. Trotzdem haben sie mich nicht gehen lassen.«

»Was geschah mit der Darknet-Gruppe?«, mischte sich Red ein. »Wurde sie zerschlagen und die Verbrecher verhaftet?«

»Laut dem FBI-Agenten, mit dem ich mich angefreundet habe, nein. Diese Typen sind einfach abgetaucht. Irgendwer muss sie gewarnt haben, ich weiß nicht, ob jemand vom FBI oder vielleicht von der Firma, die natürlich darüber unterrichtet wurde. Der Mitarbeiter, dessen Spur mich überhaupt erst zu der Gruppe geführt hat, sollte verhaftet werden. Allerdings hat er sich vorher umgebracht. Oder zumindest war das die offizielle Version. Aaron – mein Freund – war sich ziemlich sicher, dass da nachgeholfen wurde, damit er nichts mehr ausplaudern konnte.«

»Und die Firma?«

Emily schnitt eine Grimasse. »Die hat alles auf den einen Mitarbeiter geschoben und behauptet, dass sie nichts davon gewusst und natürlich auch nichts damit zu tun haben. Es war angeblich nicht nachzuweisen, dass es nicht so war.«

»Und du warst im Gefängnis?«

»Nein, nach ein paar Tagen Untersuchungshaft haben sie mich gegen Auflagen freigelassen. Nur wenige Stunden später hat jemand versucht, mich umzubringen. Ich konnte gerade noch entkommen, aber es führte dazu, dass das FBI mich in einem Hotelzimmer einquartiert und mir ein paar Bewacher zugeteilt hat. Einer davon war Aaron. Ich durfte keinen Computer mehr benutzen und habe mich fast zu Tode gelangweilt. Während seiner Schichten haben wir uns angefreundet. Er konnte mir auch nicht sagen, warum ich noch überwacht wurde und ob sie endlich die Hintermänner gefunden hatten. Dann wurde erneut ein Mordversuch verübt. Der diensthabende Agent wurde dabei ebenso verletzt wie ich. Offenbar war mein Aufenthaltsort durchgesickert, obwohl ihn niemand außerhalb des FBI kannte. Das führte zu meinem Entschluss, zu verschwinden. Wäre ich dortgeblieben, wäre ich jetzt schon lange tot.«

Red beugte sich vor. »Wie konntest du dem FBI entkommen?«

Tom ahnte schon die Antwort. »Dein Freund, richtig?«

»Aaron hat alles arrangiert und es so aussehen lassen, als hätte ich ihn überwältigt und wäre geflohen.«

»Wäre es nicht besser gewesen, dortzubleiben und die Sache zu Ende zu bringen?«

Emily wandte sich Bull zu, der sich zum ersten Mal geäußert hatte. »Ja, vielleicht. Aber die Wahrscheinlichkeit war größer, dass ich irgendwann doch getötet werde. Außerdem gingen die Ermittlungen nicht voran, ich hatte den Eindruck, dass das FBI rein gar nichts tat, um die Täter zu ermitteln und die Kinder zu retten. Irgendwer versuchte, die ganze Sache unter den Teppich zu kehren. Am Ende wurde behauptet, dass ich mir das nur ausgedacht hätte, um Aufmerksamkeit zu bekommen und davon abzulenken, dass ich in fremde Netzwerke einbrach.«

»Aber die Firma hat dich doch dafür bezahlt, dass du genau das tust.«

Ein unfrohes Lachen entfuhr ihr. »Seltsamerweise wollte davon hinterher niemand mehr wissen. Die Papiere dazu waren auch verschwunden. Es war offensichtlich, dass jemand mich auf die ein oder andere Weise aus dem Weg räumen wollte. Darauf konnte ich nicht warten.«

Red klopfte mit seinem Stift aufs Papier. »Und der Agent wurde nicht bestraft, nachdem er dir geholfen hatte?«

»Nein, denn sie konnten ihm nichts nachweisen. Er ist nach ein paar Wochen von allein gegangen.« Trauer überzog ihre Miene. »Aaron sagte, er könnte mit solchen Leuten nicht mehr zusammenarbeiten, die nicht alles taten, um die Kinder zu retten und um die wahren Täter zu bestrafen.« Ihre Stimme zitterte. »Er ist Privatdetektiv geworden und hat nebenbei versucht, herauszufinden, was wirklich passiert ist. Aber er hat es nie erfahren.«

Tom stieß sich von der Fensterbank ab, lehnte sich dann aber wieder zurück. Auch wenn er den Drang verspürte, bei Emily zu sein und ihr die Traurigkeit zu nehmen, konnte er dem nicht nachgeben. Er verschränkte die Arme über der Brust. »Oder er hat etwas herausgefunden und wurde deshalb beseitigt.«

Entsetzt sah Emily ihn an. »Glaubst du?«

»Möglich ist es.«

»Dein Freund ist tot?«, wollte Red wissen.

Es war deutlich zu sehen, wie Emily mit den Tränen kämpfte. »Ja. Sie haben ihn vor ein paar Wochen zu Tode gefoltert. Ich gehe davon aus, dass sie versucht haben, meinen Aufenthaltsort zu erfahren. Da seit gestern schon vier Mal versucht wurde, mich umzubringen, nehme ich an, dass es ihnen gelungen ist. Oder sie sind dem Brief gefolgt, den ich von Aaron über einen Notar bekommen habe. Ich habe ihn gestern aus meinem Postfach geholt.«

»Und danach hat jemand versucht, dich zu töten.«

Es war keine Frage, trotzdem nickte sie. »Zuerst wurde ich auf meinem Roller angefahren, dann habe ich fast eine Feuerleiter abbekommen und schließlich wurde mein Haus abgebrannt, in dem ich mich kurz vorher noch aufgehalten hatte. Heute Morgen hat es der Mörder persönlich versucht. Er hat auch damit geprahlt, Aaron getötet zu haben und er hat eindeutig gesagt, dass er mich wegen der Sache damals umbringen soll.«

Tom konnte das bestätigen. »Er ist eindeutig ein Auftragskiller. Ich bin sicher, wir werden ihm noch viele andere Taten zuschreiben können, wenn wir lange genug suchen. Ich hatte das Gefühl, dass er mehr weiß, als er sollte, wenn er nur Aufträge ausführt. Vielleicht hat er schon öfter für diesen Auftraggeber gearbeitet oder er hängt irgendwie mit drin.«

»Kannst du versuchen, das aus ihm herauszubekommen?«

»Könnte ich, aber es wäre vergebliche Liebesmüh. Der Typ wird nicht reden. Dafür ist er zu sehr Profi. Und er weiß, dass er dann aus dem Geschäft raus ist.«

Verwirrt sah Emily ihn an. »Ist er das nicht sowieso, wenn er jetzt ins Gefängnis kommt?«

»Kommt drauf an, ob es wirklich als Mordversuch gewertet wird, oder ob ihn ein Anwalt irgendwie freikriegen kann. Aber selbst wenn nicht, könnte er nach ein paar Jahren im Gefängnis ja weitermachen.«

Emily rieb über ihr Gesicht. »Das darf nicht passieren. Er hat Aaron getötet!«

»Das hat er angedeutet, aber wenn keine Beweise dafür gefunden werden, kann ich mir nicht vorstellen, dass er deswegen verurteilt wird. Und ja, manchmal finde auch ich unser Rechtssystem ätzend.« Ziemlich häufig sogar, wenn er ehrlich war. Es störte ihn, wie viele Kriminelle freikamen, während gleichzeitig unbescholtene Bürger belangt wurden, nur weil sie keine Papiere hatten. Mit der neuen Regierung war alles noch schlimmer geworden, es wurde regelrecht Jagd auf Illegale gemacht. Die meisten dieser Leute waren nur auf der Suche nach einem besseren Leben und hatten bis auf die Einreise nie eine Straftat begangen.

»Ich werde das nicht zulassen! Egal was ich dafür tun muss, dieser Mörder darf nicht ungestraft davonkommen. Die Hintermänner erst recht nicht, die diese Kinder wie Vieh verschachert haben. Nicht noch einmal.«

Red nickte langsam. »Der Meinung bin ich auch. Deshalb werden wir etwas dagegen tun. Emily, du sagtest dein Haus ist abgebrannt?«

»Nein, nur das, was ich zur Tarnung als Lisa Moore gekauft hatte. Mein Wohnhaus steht noch.«

»Dann möchte ich, dass du alles holst, was du gebrauchen kannst. Ich nehme an, dass du dort deutlich besser ausgestattet bist als wir hier, oder?«

Emily sah zu seinem PC hin. »Ja.«

Red grinste. »Das hier ist nur ein normaler Büro-PC, den richtigen Kram haben wir woanders.«

»Das ist zu gefährlich. Wenn diese Typen wissen, wo sie wohnt, werden sie dort auf Li...Emily warten.«

»Deshalb möchte ich, dass Bull und du mitfahrt. Geht das bei dir?«

Stumm nickte Tom. Auf keinen Fall würde er sie aus den Augen lassen, solange jemand sie umbringen wollte. Oder wenn die Gefahr bestand, dass sie wieder verschwand.

»Sehr gut. Nimm alles mit, was du brauchst, Emily, du wirst dort so schnell nicht wieder hinkommen. Du kannst hierbleiben oder wir suchen dir ein sicheres Haus.«

Emily sah sich in dem Büro um. »Hier?«

»Das Hauptquartier hat auch einen Gästetrakt, nichts Schickes, aber es reicht für eine gewisse Zeit.«

Emily nickte zögernd. »Danke. Aber was ist mit Tom? Der Mörder hat mich in der Nähe von seiner Wohnung angegriffen, ganz sicher wusste er, dass Tom dort wohnt.«

Daran hatte Tom auch schon gedacht und es gefiel ihm überhaupt nicht. »Ich komme zurecht.«

»Vermutlich«, sprang Red sofort darauf an, »aber wir werden kein Risiko eingehen. Kannst du irgendwo anders unterkommen?«

Stumm schüttelte Tom den Kopf.

»Dann wirst du auch hierbleiben. So können wir ein Auge auf euch beide haben.«

Wunderbar, genau das, was er sich gewünscht hatte. Eingepfercht auf engstem Raum mit Emily.

13. KAPITEL

Emily konnte Tom ansehen, dass er von diesem Gedanken überhaupt nicht begeistert war. Sie wusste nur nicht, ob es an ihr lag oder er nicht seine Freiheit beschnitten haben wollte. Was sie durchaus verstehen konnte, aber wenn ihm ihretwegen etwas passieren würde und man es hätte verhindern können, würde sie nie wieder glücklich werden. »Wenn es an mir liegt, könnte ich auch ...«

Tom ließ sie nicht ausreden. »Nein, du wirst genau hier bleiben. Ich werde schon zurechtkommen. So kann ich dich auch besser im Auge behalten und wenn ich bei der Arbeit bin, weiß ich, dass dir keine Gefahr droht.«

Es war nicht gerade eine Antwort auf ihre implizierte Frage, aber mehr würde sie sicher nicht aus ihm herausbekommen. Es war sowieso ein Wunder, dass er noch mit ihr redete, nach der Art, wie sie ihn belogen hatte. Und es war sowieso egal, warum er es tat, Hauptsache er war in Sicherheit.

»Aber wenn du zur Arbeit fährst, bist du doch auch in Gefahr.«

Durchdringend sah Tom sie an. »Ich bin Detective, ich arbeite in einem Police Department. Ich denke nicht, dass mir da jemand auflauern würde. Und was den Weg angeht – ich bin nicht unfähig und kann mich schon schützen.« Seine Miene wurde weicher. »Ich weiß, dass du dir Sorgen machst, aber ich verspreche, dass ich aufpassen werde. Okay?«

Emily nickte stumm.

Red erhob sich. »Gut, dann ist das geklärt. Ich bereite zwei Räume für euch vor. Emily, ich zeige dir jetzt unsere Computer-Ausstattung, damit du weißt, was vorhanden ist und was du noch mitbringen musst.«

»In Ordnung.« Emily war froh, endlich etwas tun zu können, das ein wenig wie Normalität wirkte. Computer hatten für sie schon immer Sicherheit bedeutet. Sie wusste, wie sie funktionierten und wie sie beinahe alles damit herausfinden konnte. Selbst seitdem sie auf der Flucht war, hatten ihre Computer ihr

Stabilität gegeben, ihr Leben noch erträglich gemacht. Ohne sie ... Darüber mochte Emily gar nicht nachdenken. Als sie aufstand, schoss der Schmerz durch ihren Körper und sie unterdrückte ein Stöhnen. Sie hatte ihre Verletzungen beinahe vergessen gehabt.

Sie folgte Red langsam aus dem Büro, den Flur entlang und schließlich in einen anderen Raum. Genauer gesagt waren es zwei Räume, die sich mit einer Schiebetür schließen ließen. Momentan saß nur Max, der Ex-Häftling und jetzige RIOS-Mitarbeiter an einem der PCs. Er starrte angestrengt hinein und schien sie nicht zu bemerken. Als sie näher kam, sah sie, dass er über Einbruchswerkzeug recherchierte.

Red bemerkte ihren Blick und hob die Schultern. »Ich habe ihn gebeten, sich mal anzusehen, was es Neues gibt und was wir in unserem Bestand noch gebrauchen könnten.«

Bei seiner Stimme drehte sich Max schließlich doch um. »Das meiste von diesem Zeug ist Schrott. Ich glaube, da muss ich etwas tiefer graben.«

Emily könnte ihm sagen, wo er ganze Wagenladungen voll finden würde, aber sie schwieg.

Max sah sie neugierig an. »Haben wir eine neue Kundin?« Mit seinen blonden Haaren und den tiefblauen Augen bekam er mit dem Hauch von Gefahr, der ihn umgab, sicher viele Frauen herum.

»Ach stimmt, du weißt es ja noch nicht. Max, das ist Dave.«

Seine Augenbrauen schossen in die Höhe. »Dave? Das ist eine Überraschung. Ich dachte immer, du wärst so ein blasser dünner Kerl, der nur vor seinen PCs hockt.«

»Und stattdessen bin ich eine blasse, kleine Frau mit Brille, die immer vor den PCs hockt. Ja, das ist sicher eine Überraschung.«

Max lachte leise. »Ja, du bist es wirklich. Ich habe dich schon immer gemocht.«

»Danke. Ich nehme an, es liegt daran, dass wir beide uns leicht in der Illegalität bewegen?«

»Der eine mehr, der andere weniger. Aber nein, ich mag es,

wenn Menschen direkt sind und sie etwas von ihrer Materie verstehen.«

Wenn sie ehrlich war, hatte sie ihn auch immer gemocht. Er brachte mit seinen launischen Sprüchen immer eine humorvolle Note in den Funkverkehr. Emily lächelte ihm zu und ging dann mit Red weiter zu einem der anderen Schreibtische. Die Ausstattung hatte einen hohen Standard, war aber für ihre Belange trotzdem noch unterentwickelt. Sie schaltete den PC an und kontrollierte die verbaute Hardware ebenso wie die Software. Auch diesmal wieder gehobener Standard, aber sie brauchte etwas mehr. Sie würde also tatsächlich einige ihrer Geräte mitbringen müssen, wenn sie ordentlich arbeiten wollte.

»Nicht ganz das, was du gewöhnt bist, was?«

Emily drehte sich zu Red um. »Für normale Zwecke ist es super. Für den Profi ein bisschen zu wenig. Aber das ist kein Problem, ich habe bei mir alles, was ich brauche.«

»Joes Rechner ist etwas besser bestückt, weil er viel mit Karten arbeitet und im Netz recherchiert, aber vermutlich wird das für dich auch noch nicht reichen. Also bring einfach mit, was du benötigst, wir haben genug Platz.«

»Danke. Ich hoffe, Tom und Bull haben gut gefrühstückt, es ist einiges.«

»Genau genommen habe ich gar nicht gefrühstückt, weil ich abgelenkt wurde, als ich gerade das Frühstück einkaufen wollte.« Unerwartet erklang hinter ihr Toms Stimme.

Schuldbewusst drehte sie sich zu ihm um. Er lehnte mit überkreuzten Armen an der Türfüllung. »Tut mir leid. Wie wäre es, wenn wir unterwegs etwas besorgen?« Jetzt, wo sie darüber nachdachte, stellte sie fest, dass sie ebenso hungrig war. Kein Wunder, schließlich hatte sie gestern Morgen zuletzt etwas gegessen. Sie war es gewohnt, über längere Zeit das Essen zu vergessen, aber eine so lange Periode war selbst für sie ungewöhnlich. Und vor allem auch nicht gesund.

»Das sollten wir hinkriegen. Können wir jetzt los? Ich muss auch noch Sachen aus meiner Wohnung holen.«

»Das kann Max machen«, mischte sich Red ein. »Sag ihm einfach, was du haben willst.«

»Nein, danke, das mache ich lieber selbst.« Offenbar hatte Tom nicht nur mit ihr Probleme, sondern auch mit Max. Kein Wunder, schließlich waren sie beide für ihre nicht ganz legalen Methoden bekannt.

Max drehte sich zu ihm um. »Wieso, hast du Angst, dass ich die Wohnung aufbreche? Ich kann durchaus mit Schlüsseln umgehen.«

Tom schnaubte. »Ja, das kann ich mir vorstellen, aber ich mag es nicht, wenn jemand in meinen Sachen rumwühlt, egal wer es ist.«

Max nickte ernst. »Es wäre ja auch peinlich, wenn jemand deine rosa Spitzenunterwäsche entdeckt. Das verstehe ich.«

Emily konnte nicht anders, sie lachte laut los. Als sie Toms bösen Blick bemerkte, versuchte sie, ihre Heiterkeit zu unterdrücken. »Tut mir leid, ich weiß, dass du sowas nicht trägst.«

Interessiert sah Max sie an. »Und woher genau weißt du das?«

»Äh ...« Hitze stieg in ihre Wangen. »Wir sollten jetzt besser gehen.«

»Okay, unterhalten wir uns später weiter darüber. Du kommst doch zurück, oder?«

»Ja, ich werde hier wohl einige Zeit unterschlüpfen.«

Max lächelte sie an. »Ich freue mich drauf.«

Eine Bewegung an der Tür ließ sie dort hinblicken. Tom hatte sich aufgerichtet und sah gar nicht mehr entspannt aus. »Seid ihr endlich fertig mit dem Smalltalk?«

Red ging an ihr vorbei zur Tür. »Ich werde Bull zu euch schicken.«

Nachdem er gegangen war, lächelte sie Max noch einmal zu. »Bis später.« Sie wandte sich Tom zu, dessen Miene sich noch mehr verdüstert hatte. »Gehen wir.«

Beinahe befürchtete sie, ihn körperlich aus dem Raum entfernen zu müssen, doch schließlich drehte er sich nach einem letzten harten Blick zu Max um und folgte ihr.

Auf dem Flur stupste sie Tom an. »Was war da los? Magst du Max nicht, weil er ein Dieb war?«

Tom presste die Lippen zusammen. »Ich wollte nur nicht noch länger eurem Geflirte zuhören.«

Fassungslos starrte sie ihn an. »Geflirte? Das war eine ganz normale Unterhaltung. Mal davon abgesehen, dass ich sicher nicht Max' Typ bin.«

»Jede Frau ist sein Typ, glaub mir.«

Langsam wurde sie sauer. »Das ist Blödsinn und das weißt du auch. Was ist mit dir los? Ist es so schlimm für dich, dass du hierherziehen musst? Dann gibt es bestimmt eine andere Lösung, wenn du nicht mit mir unter einem Dach leben willst.« Es schmerzte, daran zu denken.

»Das hat damit nichts zu tun.«

Emily trat näher heran und senkte die Stimme. »Womit dann? Es tut mir leid, dass ich dich in meinen Schlamassel mit hineingezogen habe, Tom. Wirklich. Ich wollte nie, dass das passiert.«

»Das ist mir bewusst.«

»Ich wünschte auch, es ginge anders, aber auf keinen Fall möchte ich, dass dir etwas passiert. Ich werde versuchen, mich so unsichtbar wie möglich zu machen und dich nicht zu stören.«

Tom schnitt eine Grimasse. »Ich bezweifle, dass du das kannst.« Offenbar sah er, dass er sie getroffen hatte, denn er legte seine Hand auf ihren Arm. »Dich unsichtbar machen, meine ich. Irgendetwas an dir geht mir unter die Haut. Das war schon im Police Department so, als ich dich dort gesehen habe. Irgendetwas hat mich gezwungen, herauszufinden, warum du dort warst.«

Unsicher sah sie ihn an. »Ist das schlimm?«

»Das ist es, wenn du immer vor mir davonläufst und ich dann den Drang habe, dir zu folgen. Ich meinte es ernst, dass ich dich im Auge behalten werde.«

Ein Schauer lief durch ihren Körper. »Okay.«

»Was ist okay?«

Emily befeuchtete ihre trockenen Lippen. »Dass du mich im Auge behältst.«

Einen Moment lang sah er sie stumm an, dann beugte er sich vor. »Emily ...«

Ein Räuspern ließ sie herumfahren. I-Mac stand hinter ihr und sah sie mit einem amüsierten Funkeln in den Augen an. »Tut mir leid, ich wollte nicht stören. Wir müssen gehen, aber wir sind noch ein paar Tage in der Nähe. Wenn ihr bei irgendetwas Hilfe benötigt, sagt Bescheid.«

Emily lächelte ihn an. »Danke. Es war schön, euch wiederzusehen. Ich hoffe, wir werden noch Zeit haben, in Ruhe miteinander zu sprechen.«

»Das werden wir.« Er umarmte sie kurz. »Tut mir leid, dass ich dich geoutet habe. Aber ich bin froh, dass du jetzt bei RIOS bist.«

»Ich auch.« Und das meinte sie tatsächlich ernst. So oft hatte sie sich gewünscht, sie könnte auch mal direkt mit ihren Kollegen interagieren und müsste sie nicht immer anlügen und nun war es endlich so weit. Auf die Umstände hätte sie aber gut verzichten können. Sie umarmte auch Nurja und beobachtete, wie die beiden zur Tür gingen.

»Ich verstehe immer noch nicht, warum I-Mac nicht wenigstens Red die Wahrheit über dich gesagt hat.« Tom stand so dicht neben ihr, dass er sie fast berührte.

»Ich habe ihn darum gebeten. Es war nötig, um meine Tarnung aufrechtzuhalten. Es war sicherer für mich, dass ihr alle dachtet, ich wäre ein Mann. So konnte niemand auf meine Spur kommen.«

Tom wirkte nicht überzeugt. »Red ist absolut vertrauenswürdig, er hätte ganz sicher nichts verraten.«

»Das weiß ich. Aber du weißt, was mit Aaron passiert ist. Ich wollte nicht noch jemanden in Gefahr bringen. Wer auch immer dahintersteckt, hat sehr weitreichende Kontakte. Und offenbar genug Geld, um jemanden hierherzuschicken, der längere Zeit darauf warten kann, bis ich auftauche. Das Risiko war zu groß.«

Tom schien ernsthaft darüber nachzudenken, dann nickte er. »Ich kann deine Argumentation nachvollziehen, trotzdem wäre es mir anders lieber gewesen.«

»Glaub mir, mir auch. Ihr wart die einzigen Kontakte, die ich hier hatte. Es war sehr verlockend, euch auch mal zu treffen. Red hat mich zu jeder Feier eingeladen, die ihr hattet.«

»Du hast gefehlt, deine Arbeit hat in vielen Fällen den Unterschied gemacht.«

Tränen traten in ihre Augen. »Danke.«

***

Tom hatte keine Ahnung, was ihn so zu Emily hinzog. Zwar hatte er keinen besonderen Frauentyp, aber Emily wäre es mit ihren kurzen verwuschelten Locken und den großen Augen bisher eher nicht gewesen. Trotzdem spürte er es in seinem Inneren, als er die Feuchtigkeit in ihren Augen sah. Er konnte nachvollziehen, wie sie sich gefühlt haben musste, immer im Abseits, weit weg von allen anderen. Er hatte seine Kollegen bei der Arbeit, Freunde, seine Familie und RIOS. Eigentlich war er die meiste Zeit von Menschen umgeben und genau so mochte er es. Wobei er auch nichts dagegen hatte, abends in sein ruhiges Apartment zurückzukehren. Oder ebenso mal einen Abend zu zweit zu verbringen. Es würde einige Anpassung erfordern, im Hauptquartier zu übernachten und seine Freiheit aufzugeben, doch es würde gehen.

Erleichtert atmete er auf, als Bull auf sie zukam. Gut, er musste dringend hier raus, bevor er noch so etwas Dummes tat, wie Emily in den Arm zu nehmen oder sie sogar zu küssen. Das würde die ganze Situation nur weiter verkomplizieren und ihn in eine Lage bringen, die er nicht kontrollieren konnte. Besser, er hielt sich immer ein Stück von ihr entfernt, denn in dem Fall traute er seiner Selbstbeherrschung nicht. Und das, obwohl er immer noch sauer war, dass sie ihm nicht gleich gesagt hatte, wer sie war. Sie hätte jede Gelegenheit dazu gehabt, spätestens als sie nachts bei ihm aufgetaucht war, aber sie hatte sich dagegen entschieden. Es schmerzte, dass sie ihm nicht vertraut hatte.

Schnell schob Tom diese Gedanken von sich und folgte Bull aus dem Gebäude. Der SEAL hatte einen unglaublich massiven Körperbau und eine großflächige Narbe, die sich über eine Hälfte seines Gesichts zog und wirkte, als wäre er mit der Seite über einen scharfkantigen Felsen geschleift worden. Auf jeden Fall würde es sich jeder zehnmal überlegen, bevor er sie angriff, wenn Bull bei ihnen war. Er sah aus, als würde er jeden auseinandernehmen, der es wagte, sich ihm in den Weg zu stellen. Dabei war er ein sehr ruhiger und überlegter Mann, der absolut friedfertig war – sofern er oder einer seiner Freunde nicht angegriffen wurde. Dann war er tödlich.

»Stößt Tex auch bald zu RIOS?« Tex war ein weiterer SEAL aus dem Team von Red, der ihnen bereits hin und wieder geholfen hatte.

Bull wandte sich ihm halb zu. »Er muss noch ein Jahr, aber er kann es kaum erwarten, besonders seitdem ich gegangen bin. Wir waren ja die letzten beiden aus unserem Ursprungsteam.«

Tom wusste nur, dass es die Mission war, bei der Red damals die schwere Beinverletzung davongetragen hatte, die ihn fast das gesamte Team gekostet hatte. Es hatte lange gedauert, bis Red aus dem Tief herausgekommen war, er hatte es sogar geschafft, wieder in den aktiven Dienst zu kommen. Und Tom wusste genau, wie hart er daran gearbeitet hatte, weil sie oft zusammen ins Fitnessstudio gegangen waren. Red war wie ein Besessener gewesen, weil er unbedingt weiter als SEAL arbeiten wollte. Nach seiner Entführung durch eine Terrorgruppierung hatte er das ebenfalls versucht, doch diesmal hatten seine Vorgesetzten ihn im Stich gelassen. Es war für Red schwer gewesen, das zu akzeptieren, aber dann hatte er sich auf das Projekt RIOS gestürzt und vor allem Sierra kennengelernt. Inzwischen sagte Red, es wäre die beste Entscheidung seines Lebens gewesen, der Navy den Rücken zu kehren und sich mit einer Sicherheitsfirma selbständig zu machen.

Tom konnte das gut nachvollziehen. Immer wieder gab es Momente, in denen er sich über das starre Handlungskorsett bei der Polizei ärgerte und sich wünschte, er hätte die Freiheit,

Dinge mal ein wenig kreativer zu lösen. Aber das ging natürlich nicht und im Grunde war es gut, dass es genaue Regeln gab, die nicht gebrochen werden durften. Nur dumm, dass sich die Verbrecher nicht daran hielten. Das machte den Job auf Dauer etwas mühsam. Es glich häufig dem Kampf gegen Windmühlen. Tatsächlich gab ihm der Job bei RIOS deutlich mehr Freiheiten, deshalb war es der perfekte Ausgleich zu seiner sonstigen Arbeit.

»Ich finde es schön, dass du jetzt auch bei RIOS arbeitest, Bull.« Emilys Stimme erklang schräg hinter Tom.

Bull lächelte Emily an, wodurch sich sein gesamtes Gesicht veränderte und er viel zugänglicher wirkte. »Ich auch. Wobei mir die Arbeit als SEAL etwas fehlt, aber ich denke, das wird sich mit der Zeit ausgleichen. Vor allem hätte ich in meinem Alter sowieso nicht mehr lange im aktiven Dienst bleiben können. Und besser als ein reiner Schreibtischjob ist es hier auf jeden Fall. Vor allem, wenn niemand mehr über mir steht, der mir Befehle gibt.«

»Das kann ich mir vorstellen. Ich hätte sowieso nie einen Job machen können, bei dem mir jemand sagt, was ich zu tun habe.«

Bull zuckte mit den Schultern. »Man gewöhnt sich dran. Die Einsätze haben dafür entschädigt.«

»Ich bewundere euch für den Einsatz und dass ihr nie aufgebt.«

Bull wirkte ein wenig verlegen. »Jeder macht, was er kann. Ich könnte zum Beispiel niemals irgendwas mit Computern machen. Ich schaffe es gerade noch, einen Bericht zu schreiben, oder im Netz zu surfen, aber das war es dann auch schon. Alles andere ist für mich ein Buch mit sieben Siegeln.«

Emily nickte. »Dafür würde ich als SEAL völlig versagen – wenn denn jemals Frauen zum Training zugelassen werden würden.«

Damit hatte sie absolut recht, schon rein körperlich war sie überhaupt nicht für einen solchen Job geeignet. Tom war froh darüber, denn wie man gut an Red und Bull sehen konnte, zahlten die Soldaten oft einen viel zu hohen Preis für ihren Einsatz. »Mit welchem Wagen fahren wir?«

Bull hielt einen Schlüssel hoch. »Mit dem Geschäftswagen. Der ist gepanzert und es kennt ihn hoffentlich noch niemand, der hinter Emily her ist. Deinen Wagen werden sie sicher schon suchen.«

Tom schnitt eine Grimasse. Daran hätte er auch denken können. Er hasste, dass er nichts mehr unter Kontrolle hatte. Aber Hauptsache, Emily geriet nicht wieder in Gefahr. Deshalb nickte er nur und folgte Bull zum Parkplatz vor dem Haus.

14. KAPITEL

Emilys Anspannung stieg, je näher sie ihrem Haus kamen. Zum größten Teil lag es daran, dass sie nicht wusste, was sie dort erwartete. Zwar war ihr auf dem Handy kein Alarm gemeldet worden, es sollte also eigentlich niemand eingedrungen sein, aber das hieß natürlich nicht, dass nicht jemand in der Nähe auf sie wartete. Zu einem kleinen Teil aber rührte ihre Aufregung auch daher, dass sie zum ersten Mal jemanden mit in ihr Haus brachte. Abgesehen von I-Mac und Nurja, die während einer Mission zu ihr gekommen waren, um die Recherchen voranzutreiben, doch das war schon einige Zeit her und zählte nicht. I-Mac war das, was einem Freund am nächsten kam, er verstand sie wie kein anderer, weil er auch ein Computer-Nerd war.

Tom in ihr Heiligtum zu lassen, war etwas ganz anderes. Er war Detective und würde sich ganz anders umsehen. Außerdem wusste sie genau, wie ihr Haus auf andere Leute wirkte, und Tom dachte sicher jetzt schon, dass sie seltsam war. Verdammt, es sollte ihr egal sein, was er von ihr hielt. Sie hatte das Beste aus ihrer schlimmen Situation gemacht und war immerhin bis vorgestern ohne Probleme zurechtgekommen. Was hätte er an ihrer Stelle gemacht? Sich irgendwo mitten auf dem Präsentierteller niedergelassen und gewartet, bis jemand ihn ermordete? Wohl kaum. Unruhig rutschte sie auf der Rückbank herum, was sie wieder an ihre Verletzungen erinnerte. Abrupt stoppte sie die Bewegungen.

Tom, der vorn neben Bull auf dem Beifahrersitz saß, drehte sich zu ihr um. »Ist alles in Ordnung?«

»Ja, ich bin nur etwas nervös.«

»Keine Angst, wir werden dafür sorgen, dass dir nichts geschieht.«

Das konnte er gar nicht versprechen, aber sie lächelte ihn trotzdem dankbar an. »Das weiß ich zu schätzen.«

Bevor sie losgefahren waren, hatte Bull Tom eine Waffe ausgehändigt, dadurch fühlte sie sich tatsächlich ein wenig sicherer.

Vor allem aber war sie froh, dass sich Tom jetzt verteidigen konnte, wenn es nötig sein sollte. »Vorn an der Kreuzung nach rechts. Wir sind fast da.«

Tom runzelte die Stirn. »Du wohnst mitten zwischen alten Fabrikgebäuden?«

»Nicht ganz. Du wirst es gleich sehen, es ist schwer zu beschreiben.« Sie beugte sich vor und starrte angestrengt aus dem Fenster. Es sah alles aus wie immer, aber das musste nichts bedeuten. Noch einmal checkte sie auf ihrem Handy die Alarmanlage. Es schien alles in Ordnung. Deshalb ließ sie Bull bis zu der alten Fabrikhalle vorfahren.

Tom sah sich um und wandte sich ihr wieder zu. »Du wohnst *in* einer Fabrikhalle?«

»Nicht direkt.« Sie suchte ihr Handy heraus und ließ die Flügel aufschwingen. Glücklicherweise hatte sie das damals einbauen lassen, obwohl sie es gar nicht gebraucht hatte. So konnten sie hineinfahren und das Tor schnell wieder hinter sich schließen. »Rechts herum.«

Auf dem Handy schaltete sie die Lichter ihres Hauses an, das hinter der Biegung langsam sichtbar wurde.

Bull trat automatisch auf die Bremse. »Das ist ja ein Ding!«

Tom starrte auf den Garten. »Hier lebst du?«

»Ja.« Sie konnte nicht erkennen, was er dachte, weil sie nur seinen Hinterkopf sehen konnte. »Park da vorne vor der Mauer.« Um den Garten herum hatte sie eine Mauer bauen lassen, die so stabil war, dass selbst ein Panzer Schwierigkeiten hätte, hindurchzukommen. Das Tor zum Haus war nur zu Fuß zu durchqueren. Als der Wagen stand, öffnete Emily ihre Tür und stieg aus. »Folgt mir.«

Sie ging den schmalen Weg entlang auf ihr Haus zu. Es war ein Bungalow mit Walmdach, mehr Platz brauchte sie oberirdisch nicht. Dafür gab es noch einen ausgebauten Keller, in dem sie theoretisch längere Zeit leben könnte, wenn es sein müsste. Allerdings behagte es ihr nicht ganz, unter der Erde zu sein, deshalb ging sie nur dorthin, um die Vorräte aufzufrischen und allgemein nach dem Rechten zu sehen. Die Bauarbeiter und Architekten hatten gedacht, sie hätten das Haus für einen exzentrischen Millionär gebaut und waren für ihr Schweigen gut bezahlt worden.

»Bleibt auf dem Weg, damit ihr nicht in die Selbstschussanlage geratet.« Emily drehte sich um und fing gerade noch die entsetzten Mienen der beiden Männer ein. Sie grinste. »Kleiner Scherz. Ihr werdet nur von der Kamera erfasst.«

Bull lachte. »Sehr gelungen, ich hätte dir fast geglaubt.«

Tom schüttelte den Kopf. »Gibst du deinem Besuch immer einen Herzinfarkt?«

»Nein, denn ich habe bisher nie Besuch gehabt.« Rasch drehte sie sich wieder um, damit er nicht sah, wie schwierig das für sie gewesen war.

Erschreckt zuckte sie zusammen, als er seine Hand auf ihre Schulter legte. »Dann bin ich froh, dass ich einer der Ersten bin.«

Verunsichert sah sie zu ihm auf. Es sah aus, als meinte er das tatsächlich ernst. »Ich auch.«

Wärme bildete sich in seinen grünen Augen. »Gut.« Hinter ihr erklang ein Räuspern und sie erinnerte sich daran, dass Bull ebenfalls da war. »Kommt, hier draußen ist es nicht sicher.«

Ohne weiteres Zögern folgten ihr die Männer und sie schaltete die Alarmanlage aus, bevor sie die Tür aufschloss und öffnete. Die schwere Eisentür schwang automatisch weit auf und hinter ihnen zu. Sofort verriegelte Emily sie und schaltete auch die Alarmanlage wieder an. Das war ihr so ins Blut übergegangen, dass sie nicht darüber nachdachte. Bull und Red wirkten dagegen, als wäre ihnen unbehaglich zumute.

»Keine Angst, von innen lässt sich alles ganz einfach öffnen.«

»Du hast hier an alles gedacht, oder?«

Emily hob die Schultern. »Ich hatte viel Zeit, das zu planen und zu verbessern.« Leicht humpelnd führte sie die beiden durch das Haus bis zu ihrem Arbeitszimmer.

Als Bull die Ausstattung sah, pfiff er leise durch die Zähne. »Ja, ich würde sagen, du hattest recht, dass unsere Geräte im Hauptquartier damit nicht mithalten können. Sollen wir alles einpacken?«

»Nein, das wäre zu viel, es reicht erst mal, wenn wir das Nötigste mitnehmen.«

In der nächsten halben Stunde suchte Emily alles zusammen, damit Bull und Tom es zum Auto bringen konnten. Schließlich ging sie noch in ihr Schlafzimmer und packte Kleidung ein. Viel hatte sie sowieso nicht, wozu brauchte sie das auch, wenn sie fast nie unter Menschen kam. Im Haus hatten ihr eine bequeme Jogginghose und ein Sweatshirt gereicht. Für das RIOS-Hauptquartier brauchte sie ein bisschen was anderes, schließlich würde sie dort mit ihren Kollegen zusammentreffen. Und mit Tom, wenn sie sich beide im Wohnbereich aufhielten.

Kurzentschlossen reckte sie sich und tastete angestrengt auf dem obersten Brett nach einem fast vergessenen Kleidungsstück. Gerade als sie einen Zipfel erhascht hatte, vernahm sie ein Geräusch.

»Kann ich dir helfen?«, erklang Toms Stimme hinter ihr.

Ein erschrockener Laut entfuhr ihr und sie ließ rasch die Arme sinken. Ein Hauch von Nichts flatterte hinunter und landete vor ihren Füßen. Tom bückte sich danach und hob es auf. Verlegen wollte Emily es ihm aus der Hand reißen, doch er hielt es fest. Hitze stieg in seine Augen, als er seinen Blick von dem Nachthemd zu ihr wandern ließ.

»Ich kann es ehrlich kaum erwarten, dich darin zu sehen.«

Emilys Herz klopfte schneller, ein Kribbeln lief durch ihren Körper. »Ich lasse es besser im Schrank, ich habe dort sowieso keine Verwendung dafür.«

Toms Augenbraue hob sich. »Aber hier?«

»Nein, deshalb lag es auch so weit oben.« Sie räusperte sich. »Was machst du überhaupt in meinem Schlafzimmer?«

»Ich wollte nur sehen, ob ich dir noch helfen kann.«

»Im Schlafzimmer.« Sie wollte es skeptisch klingen lassen, doch es kam eher atemlos hinaus.

»Ja.« Tom trat näher. »Gibt es irgendwas, das ich für dich ... erledigen kann?«

Emily würden Millionen Dinge einfallen, die Tom jederzeit

mit ihr machen könnte. Vor allem, wenn er sie so ansah wie gerade. »Ähm ...«

Mit dem Nachthemd fuhr er ihren Arm bis zur Schulter hinauf. »Ich bin sicher, das steht dir großartig. Deine helle Haut und dann diese tiefblaue Farbe.«

Oh Gott, wenn er so weitermachte, würde sie vor ihm auf die Knie sinken und ihn anflehen, irgendetwas mit ihr zu machen, egal was. Es war so lange her, dass jemand sie berührt hatte. Oder auch nur so angesehen hatte wie Tom jetzt. Sie wünschte, sie würde das Nachthemd tragen und nicht ihre ramponierte Jeans und einen ausgeleierten Pulli. Wie ihre Haare aussahen, wollte sie lieber gar nicht erst wissen. Und dazu trug sie auch noch ihre Brille, die nicht dazu gedacht war, einen Mann heißzumachen. Nur dass es bei Tom trotzdem zu wirken schien.

»Hat es dir die Sprache verschlagen?« Toms Stimme klang warm und samtig, verführerisch.

»Ja.«

Lachfältchen bildeten sich in seinen Augenwinkeln und machten ihn noch attraktiver. Es war einfach ungerecht. »Ich habe den Eindruck, das passiert dir nicht so häufig.« Der Stoff strich über ihre Wange und sie erschauerte. »Mache ich dich nervös?«

»J...ja.«

»Gut. Es wäre schlecht, wenn ich dich kaltlassen würde.«

Emily blinzelte ihn verwirrt an. »Warum?«

Seine Zähne blitzten hervor. »Weil du mich ganz und gar nicht kaltlässt. Du machst mich wahnsinnig, um ehrlich zu sein.«

Sie schob ihre Augenbrauen zusammen. »Das soll gut sein? Klingt nicht so.«

Tom warf das Nachthemd hinter ihr aufs Bett und schloss seine Hände um ihr Gesicht. »Ich bin mir noch nicht ganz sicher. Ich weiß nur, dass du mich reizt, seit ich dich das erste Mal gesehen habe.« Mit dem Daumen strich er über ihre Lippen. »Diese großen Augen, die so unschuldig aussehen und verschleiern, was sich in dem Gehirn dahinter tut. Deine Lippen, die immer rosa schimmern, obwohl du keinen Lippenstift benutzt. Und wenn du darauf beißt ...«

»Dann?« Emily klang atemlos.

»Fällt es mir schwer, mich daran zu erinnern, dass es keine gute Idee wäre, dich zu küssen.« Seine Finger glitten an ihrem Hals hinunter und an ihren Seiten entlang. »Und da ist noch dein Körper.«

»Du hast doch noch gar nichts von mir gesehen!«

Seine Hände strichen über ihren Rücken. »Noch nicht, aber ich habe ein gutes Vorstellungsvermögen.«

Emily unterdrückte ein Zittern. »Wahrscheinlich wärst du enttäuscht, wenn du ihn sehen würdest.«

Tom lächelte. »Das glaube ich kaum, aber wir können es gerne testen.«

Ungläubig starrte Emily ihn an. »Jetzt? Bull ist da draußen!«

»Gut, vielleicht nicht sofort, aber ich bin sicher, wir finden eine Gelegenheit.« Er wurde ernst. »Natürlich nur, wenn du willst.«

Das brachte Emilys Humor hervor. »Ach, ich werde auch noch gefragt.«

Toms Arme schlossen sich enger um sie und sie wurde an seine Vorderseite gepresst. »Ich gehe davon aus, dass du es mir schon gesagt hättest, wenn du kein Interesse an mir hättest. Glaub nicht, dass es mir entgangen ist, wie du mich in meiner Wohnung angesehen hast.«

Hitze stieg in ihre Wangen. »Das hast du bemerkt? Tut mir leid, ich hätte nicht starren sollen.«

»Wenn es mich gestört hätte, hätte ich mich angezogen. Hätte ich das tun sollen?«

»Nicht meinetwegen.«

Sein Grinsen kehrte zurück. »Gut. Sag gern jederzeit Bescheid, wenn du das Bedürfnis hast, noch mehr zu sehen.«

Emily schob sich dichter an ihn und konnte seine Erektion an ihrem Bauch fühlen. Am liebsten hätte sie sein Angebot sofort angenommen, doch ein letzter Rest von Vernunft sagte ihr, dass das keine gute Idee wäre. »Bescheid.«

Seine Augen glitzerten. »Du spielst mit dem Feuer.«

Das hoffte sie doch. »Und du redest nur und tust nichts.«

»Das kann man leicht ändern.« Sein Gesicht näherte sich ihrem. »Letzte Chance, es dir anders zu überlegen.«

Emily sah ihn nur weiter an. Tom überbrückte die letzten Zentimeter, bis sich seine Lippen auf ihre legten. Etwas wie ein Stromschlag schoss durch Emilys Körper. Gott, wenn das schon bei einer so harmlosen Berührung geschah ... Ihr Gehirn setzte aus, als sich Toms Zunge einen Weg in ihren Mund bahnte und er den Kuss vertiefte. Emily klammerte sich mit beiden Händen an ihn, als ihre Beine nachzugeben drohten. Es war geradezu peinlich, wie sie auf ihn reagierte, aber sie konnte sich nicht davon abhalten, sich noch näher an ihn zu drängen und seinen Kuss beinahe verzweifelt zu erwidern.

Tom gab einen grollenden Laut von sich und hob sie ein Stück hoch. So musste er sich nicht den Rücken verrenken und seine Erektion presste sich genau dorthin, wo Emily sie fühlen wollte. Sie grub ihre Finger in seine Haare, als sich seine Hand um ihren Po legte. Oh Gott, es fühlte sich so gut an. Emily war völlig ausgehungert nach Berührungen und ja, auch Sex. Es war ewig her, seit sie sich zuletzt einem Mann hingegeben hatte. Am liebsten wäre sie in Tom hineingekrochen. Anscheinend fiel Tom das auch auf, denn er drehte sich mit ihr um, ging zwei Schritte und schob sie mit dem Rücken gegen die Wand.

Emily stöhnte unterdrückt auf, als sich dadurch sein Schaft an ihr rieb. Sie küsste ihn immer verzweifelter und wünschte sich, dass sie beide nackt wären. Hart würde er in sie stoßen, während seine Brusthaare ihre empfindlichen Spitzen reizten. Seine Hände schoben sich unter ihren Pullover und strichen rau über ihren nackten Rücken. Gänsehaut breitete sich auf ihrem Körper aus. Emily ließ ihren Kopf nach hinten sinken, bis er die Wand berührte, und schnappte nach Atem. Tom nutzte die Gelegenheit und knabberte an ihrem Hals. Rhythmisch schob er seine Hüfte gegen sie und alles schwamm in ihrem Kopf.

Seine Hände wanderten langsam nach vorne, bis seine Fingerspitzen fast ihre Brüste berührten. Ihre Spitzen waren bereits so hart, das sie schmerzten. Da sie keinen BH trug, rieb der Stoff ihres T-Shirts konstant darüber. Erleichtert atmete sie auf, als sich Toms Hände über ihre Brüste schoben.

»Du machst mich fertig.« Toms Stimme an ihrem Hals war rau. »Wenn ich gewusst hätte, dass du keinen BH trägst, hätte ich gleich dort angefangen.«

»Ich ... lasse den ... meist weg. Zu unbequem.« Es gelang ihr kaum, einen normalen Satz hinauszubringen. Was machte Tom mit ihr, dass sich ihr normaler rationaler Verstand ausschaltete, sobald er sie berührte?

»Das gefällt mir mehr, als ich sagen kann.« Er nahm ihre Brustspitzen zwischen Daumen und Zeigefinger und zog leicht daran.

Emily bäumte sich auf, ein verlangender Laut entfuhr ihrer Kehle. »Oh Gott, Tom!«

Er hob den Kopf und sie sah das Feuer, das in seinen Augen brannte. Seine Lippen waren gerötet. Mit einem heiseren Fluch stürzte er sich wieder auf ihren Mund. Gleichzeitig schloss er seine Finger fester um ihre Brustspitzen und er erhöhte den Druck an ihrem Eingang. Das Verlangen in ihr stieg immer höher, alles andere wurde unwichtig. Gleich ...

»Seid ihr hier fertig?« Bulls Stimme erklang von der Tür her. »Oh, entschuldigt. Ich warte im Wohnzimmer.«

Emily erstarrte, panisch sah sie Tom an.

Der hob den Kopf. »Wir kommen gleich.«

Ein Murmeln wehte zu ihnen, bevor Bull das Zimmer verließ. »Das sehe ich.«

Emily konnte nicht anders, sie begann zu lachen, obwohl es ihr wirklich peinlich war, so erwischt worden zu sein.

Tom stieß einen dramatischen Seufzer aus, dann zog er seine Hände zurück und ließ Emily vorsichtig hinunter. »Bull ist ein verdammter Stimmungskiller.«

»Ich finde, er war noch sehr dezent.«

»Trotzdem hatte er ein Scheißtiming.« Eindringlich sah Tom sie an. »Alles in Ordnung bei dir?«

Emily seufzte. »Ja. Auch wenn alles schmerzt, weil du mich

so heiß gemacht hast.«

»Frag mich mal.« Tom deutete auf die Beule in seiner Hose. »Soll ich ...?«

»Uns ausziehen und dort weitermachen, wo wir aufgehört haben? Ja, bitte. Leider wird das wohl nicht gehen, wenn Bull im Wohnzimmer auf uns wartet.«

»Ach, wir machen einfach die Tür zu und dann ...« Tom zwinkerte ihr zu.

»Ich fürchte, dann könnte ich Bull nicht mehr unter die Augen treten. Wahrscheinlich kann ich das jetzt schon nicht mehr.«

Plötzlich ernst sah Tom sie an. »Wir haben uns nur geküsst, kein Grund, uns zu schämen. Oder bereust du es?«

»Nein, ganz und gar nicht. Nur, dass wir nicht weitermachen können.«

Tom beugte sich zu ihr und legte seine Stirn an ihre. »Das geht mir ganz genauso. Wie wäre es mit heute Abend?«

»Meinst du, wir finden im Hauptquartier ein Plätzchen, wo uns niemand stört?«

»Garantiert.«

Emily küsste ihn schnell. »Dann ist das ein Date.«

Zärtlich strich Tom ihr eine Haarsträhne aus dem Gesicht. »Ich freue mich.«

Ihr Herz schlug einen Purzelbaum. Noch immer konnte sie sich nicht erklären, warum ein Mann wie Tom offenbar jemanden wie sie begehrte, aber sie würde ihn sicher nicht darauf hinweisen. »Ich mich auch. Und ich kann es kaum erwarten.«

Tom stöhnte. »Du musst wirklich aufhören, sowas zu sagen, sonst vergesse ich alles andere, schließe die Tür ab und liebe dich, bis du um Gnade flehst.«

Ein erregter Schauer lief durch ihren Körper. »Das solltest du besser nicht sagen, sonst nehme ich dich hinterher noch beim Wort und schockiere den armen Bull.«

»Ich glaube nicht, dass der sich so schnell schockieren lässt.«

Sie kannte den Ex-SEAL noch nicht gut genug, um das abschätzen zu können, aber sie wollte das Risiko lieber nicht eingehen. »Bull wartet sicher schon auf uns.«

Seufzend trat Tom zurück und ließ sie los. »Du hast recht. Es ist auch zu gefährlich, zu lange hierzubleiben.«

Erst jetzt fiel ihr wieder ein, warum sie überhaupt hier waren. Das Blut wich aus ihrem Kopf und sie schwankte leicht. »Wie habe ich das vergessen können?«

Tom hielt sie an den Oberarmen fest. »Man kann nicht ständig an so etwas denken, dann macht man sich kaputt. Bist du fertig, oder soll ich dir noch helfen?«

»Ich bin gleich fertig. Warum leistest du Bull nicht so lange Gesellschaft? Dann denkt er auch nicht, wir würden weitermachen.« Eigentlich brauchte sie ein paar Minuten für sich, um sich wieder unter Kontrolle zu bringen.

Das schien Tom zu bemerken, denn er nickte. »Natürlich. Können wir uns was zu trinken aus dem Kühlschrank nehmen?«

»Greift ruhig zu, es ist genug da.« Eine kleine Untertreibung. Mit ihren Vorräten würde sie wahrscheinlich den dritten Weltkrieg überstehen.

Emily sah ihm nach, als Tom das Zimmer verließ. Er ging ein wenig steif, als hätte er immer noch Probleme mit seiner Erektion in der engen Jeans. Zufrieden lächelnd wandte sich Emily wieder ihrem Schrank zu.

15. KAPITEL

Red war gerade in einer Besprechung mit Max, als sein Handy klingelte. Da es sich um sein privates handelte, von dem nur wenige die Nummer hatten, ging er sofort dran. »Redfield.«

»Hier ist Chambers.«

Red lehnte sich zurück. »Hallo, Agent, lange nichts mehr von Ihnen gehört.« Chambers kannte er von früheren Fällen.

»Viel zu tun, aber ich rufe leider auch nicht aus Spaß an.« Im Hintergrund waren Stimmen zu hören, dann klappte eine Tür und es herrschte wieder Stille.

»Was ist da bei Ihnen los? Ist etwas passiert?«

»Noch nicht. Hören Sie, ich habe nicht viel Zeit. Ich wollte Sie warnen. In Kürze wird es von FBI-Agenten bei Ihnen nur so wimmeln. Wenn es also etwas oder jemanden gibt, das nicht in die Hände des FBI fallen soll, dann sollten Sie es sofort wegbringen.«

Ruckartig setzte sich Red auf. »Das FBI will bei RIOS eine Durchsuchung machen? Warum?«

»Das kann ich nicht sagen, wir haben unsere Befehle von oben. Wir rücken gleich aus, Sie haben also nur wenige Minuten. Machen Sie was draus.«

»Warum warnen Sie mich?«

»Sie haben uns schon ein paar Mal geholfen und ich weiß, dass Sie integer sind. Außerdem kommt mir die Sache sehr komisch vor. Ich muss los.«

Das Gespräch brach ab, bevor sich Red bedanken konnte. Eine Sekunde saß er wie gelähmt da, dann sprang er auf. »Max, ruf alle zusammen. Wir bekommen eine Hausdurchsuchung vom FBI. Nehmt alles, was auf Emily hinweist, und bringt es weg. Ich suche hier die Unterlagen raus, die keiner sehen sollte. Ach ja, Toms Wagen steht noch draußen, der muss auch weg. Und Max, du solltest auch verschwinden, ich möchte nicht, dass das FBI dich belästigt.« Er rieb über seine Stirn. »Am besten sollten alle unterwegs sein, ich habe keine Ahnung, wonach diese Typen suchen oder was sie uns vorwerfen.«

Max' Lippen waren zusammengepresst, aber er nickte. »Alles klar.«

»Sag Joe Spade, dass er den Rechner mit seinem Zugang zur NGA besser mitnimmt.« Nicht auszudenken, was das FBI mit ihnen machte, wenn sie merkten, dass Joe illegal weiterhin das Kartenmaterial der National Geospatial-Intelligence Agency nutzte.

»Wird gemacht.« Max verließ den Raum und begann bereits auf dem Flur, den anderen Befehle zuzurufen.

Während Red damit anfing, die Akten herauszunehmen, die das FBI nicht sehen sollte, wählte er Bulls Nummer.

»Ja.«

»Hier ist Red. Hier rückt gleich das FBI zu einer Durchsuchung an. Ich möchte, dass ihr bei Emily bleibt, dort solltet ihr in Sicherheit sein. Ich schicke die anderen auch zu euch.«

»Ich komme zurück.«

»Nein. Ich brauche dich dort, damit du den Laden zusammenhältst, während ich mich um den Scheiß hier kümmere. Ich weiß nicht, was sie wollen, aber ich habe ein schlechtes Gefühl. Chambers war so nett, mich vorher zu informieren. Ich melde mich, sobald ich kann.«

»Mir gefällt das nicht.«

»Mir auch nicht. Bis später.«

Red legte das Handy auf den Schreibtisch und wühlte weiter in den Akten. Glücklicherweise hatte er so einen Fall vorausgesehen und alle sensiblen Fälle zusammen abgelegt. Von vielen Fällen hatte er sowieso nur noch die Zusammenfassung hier, die Originalakten lagen in einem Bankschließfach, das nur er kannte. Er legte die Personalakten von Max, Dave und Tom mit auf den Stapel. Es gefiel ihm gar nicht, aber noch weniger wollte er, dass sie vom FBI belästigt wurden.

Sierra platzte in sein Büro. »Nathan, was ist los? Max sagt, das FBI hat sich angemeldet?«

»Offiziell wissen wir nichts davon, Chambers hat mich gewarnt. Sie könnten jeden Moment vorfahren. Ihr müsst sofort verschwinden.«

Sierra verschränkte die Arme über der Brust. »Auf keinen Fall, ich bleibe bei dir.«

Red umfasste ihre Schultern. »Bitte, Sierra. Ich muss wissen, dass du in Sicherheit bist. Fahr zu Clint, okay? Wenn alles geregelt ist, sage ich Bescheid. Die anderen schicke ich zu Emily, sie kann jeden Schutz brauchen.«

»Nathan ...« Angst stand in Sierras Augen.

»Bitte, Sierra.«

»In Ordnung. Aber wehe, dir passiert etwas, in dem Fall werde ich wirklich sauer.«

Red lächelte sie an, obwohl er sich nicht danach fühlte. »Ich bemühe mich.« Sanft küsste er sie und ließ sie schließlich widerstrebend los. Es fiel ihm verdammt schwer, sich von ihr zu trennen, aber es ging nicht anders. Er drückte ihr die Akten und sein Handy in die Hände. »Hier, gib das den anderen, damit sie es mitnehmen.«

»Aber dann kann ich dich nicht mehr erreichen!«

»Das Geschäftshandy habe ich noch. Ich will nicht, dass jemand das private kontrolliert.«

Ihre Finger schlossen sich darum. »Ich liebe dich.«

»Ich dich auch. Und nun geh. Sie können jeden Moment hier sein.« Es schmerzte, sie gehen zu lassen, aber es musste sein. Wenn die Lage nicht ernst wäre, hätte Chambers ihn nicht gewarnt, deshalb rechnete er mit dem Schlimmsten.

Nachdem er sicher war, dass bei ihm nichts mehr zu holen war, trat Red auf den Flur hinaus. Dort herrschte geschäftiges Treiben, Akten und Geräte wurden aufgeteilt. Als ihn die anderen sahen, hielten sie inne.

»Es ist nicht richtig, dass wir dich allein lassen sollen. Ich werde hierbleiben«, sagte Cal schließlich.

»Nein, ich brauche dich, um Emilys Fall weiter zu bearbeiten und sie zu beschützen. Außerdem haben wir noch andere Fälle, die noch nicht abgeschlossen sind. Wir können unsere Kunden nicht sitzenlassen, nur weil das FBI ein Problem hat. Und jetzt Schluss mit den Diskussionen, ihr müsst sofort weg. Bringt Toms Auto irgendwo anders hin, nicht zu Emilys Unterschlupf.

Ich habe Bull gesagt, dass ihr kommt.«

Er konnte seinen Leuten ansehen, dass ihnen das nicht gefiel, aber schließlich verließen sie das Hauptquartier. Cal drehte sich in der Tür noch mal zu ihm um. »Ich habe die größeren Waffen ins Versteck gebracht. Wenn wir Glück haben, entdeckt das FBI sie dort nicht.«

»Danke. Passt auf euch auf.«

»Machen wir.«

Red sah ihnen nach und spürte Ärger in sich hochsteigen. Er hatte lange und hart daran gearbeitet, seine Firma zu einem Erfolg zu machen und sie warf inzwischen einen guten Profit ab, den er sofort wieder investierte. Eine FBI-Untersuchung war nicht nur lästig, sondern könnte ihm auch echten Schaden zufügen. Er hatte sich einen guten Namen in der Branche erarbeitet, RIOS stand für absolute Zuverlässigkeit und eine hohe Erfolgsquote. Was zum großen Teil auch an den guten Mitarbeitern lag, die er gefunden hatte. Das Team war für ihn noch wichtiger als finanzieller Erfolg. Nach seinem erzwungenen Ausstieg aus den SEAL-Teams war es für ihn wichtig gewesen, wieder ein Team aufzubauen, mit dem er gern arbeitete und das an einem Strang zog. Genau das hatte er erreicht, gerade auch durch die Vielfältigkeit der Mitarbeiter.

Rasch ging er durch alle Räume und kontrollierte, ob alles normal wirkte. Er stellte einen Laptop auf Joes Schreibtisch, damit das Fehlen des PCs nicht auffiel, und rückte noch ein paar Stühle zurecht. Es war seltsam, das Hauptquartier so still zu erleben. Normalerweise wimmelte es vor Menschen und Geräuschen. Jetzt wirkte es beinahe geisterhaft. Red schüttelte das Gefühl ab und kehrte in sein Büro zurück. Dort suchte er das Diensthandy heraus und wählte Clint Hunters Nummer. Clint war sein Vorgesetzter bei den SEALs gewesen und immer noch ein sehr guter Freund.

Als Clint sich meldete, erzählte Red ihm, was gerade geschah. »Könntest du dich bitte um Sierra kümmern?«

Clint fluchte. »Natürlich, aber glaubst du wirklich, dass das nötig sein wird?«

»Wenn nicht, umso besser. Ich will nur sicher sein, dass sie nicht allein ist, wenn das FBI auf irgendwelche komischen Ideen kommt.«

»Das wird sie nicht sein. Ich werde beim FBI nachhaken, was der Scheiß soll. Es kann ja nicht sein, dass sie sonst dankend deine Hilfe annehmen und jetzt plötzlich auf die Idee kommen, dass sie deinen Laden durchsuchen müssen. Was denken sie, was sie dort finden?«

»Ich habe keine Ahnung.« Oder zumindest wollte er am Telefon nicht darüber reden. »Ich melde mich, wenn ich kann. Wenn ich mich nicht melde, weißt du, dass sie es ernst meinen. Aber hak bitte erst dann nach, ich will nicht, dass sie auf die Idee kommen, dass ich schon vorher davon gewusst habe.«

»Alles klar. Ich kenne einen guten Anwalt, den werde ich dir schicken, wenn du ihn brauchst.«

»Danke, ich habe einen.«

»Okay. Ich könnte auch zufällig vorbeikommen, während die Durchsuchung läuft.«

Red dachte kurz darüber nach. »Nein, besser nicht. Ich will dich da nicht mit hineinziehen. Und im Ernstfall brauche ich dich draußen.«

»Das gefällt mir zwar nicht, aber ich verstehe dich. Viel Glück.«

Red bedankte sich und legte auf. Unruhig lief er durch sein Büro und malte sich aus, was geschehen würde. Abrupt blieb er stehen, als ihm das Laufwerk einfiel, auf dem sie alle sensiblen Daten speicherten und auf das jeder von seinem PC zugreifen konnte. Das durfte auf keinen Fall in die Hände des FBI fallen. Rasch lief er in den Keller, in dem sich in einem besonders gesicherten Raum ihr Server befand. Die Festplatte war immer noch dort angeschlossen, offenbar hatte niemand daran gedacht, sie mitzunehmen. Red zog den Stecker ab und überlegte, wo er sie lassen konnte. Sollte das FBI eine Hausdurchsuchung machen, würden sie garantiert überall nachschauen, selbst in seinen Privatsachen.

Ein grimmiges Lächeln breitete sich auf seinem Gesicht aus,

als ihm eine Idee kam. Er ging zum Wandtresor, öffnete ihn aber nicht. Das wäre der erste Ort, an dem jemand nach wichtigen Dokumenten suchen würde. Stattdessen trat er einen Schritt zur Seite und klopfte mit dem Fingerknöchel gegen die Steine. An einer Stelle klang es hohl. Vorsichtig zog er den Stein heraus und steckte das Laufwerk hinein. Anschließend schob er den Stein wieder hinein, sodass keine Lücke zu sehen war. Es müsste schon jemand gezielt danach suchen, um das Versteck zu finden. Max hatte gesagt, dass es das ideale Versteck wäre, weil sich jeder auf den offensichtlichen Tresor konzentrieren würde. Und wenn jemand von diesen Dingen Ahnung hatte, dann war es Max.

Noch einmal kontrollierte Red, dass nichts zu sehen war, und verließ den Raum. Es ärgerte ihn, dazu gezwungen zu werden, etwas in seinem eigenen Haus zu verstecken, vor allem aber, seine Arbeit nicht machen zu können. Sie hatten volle Auftragsbücher und dazu kam noch die Sache mit Emily, die natürlich oberste Priorität hatte, da es um Leben und Tod ging. Langsam stieg er die Treppe hinauf.

Ein langanhaltendes Klingeln dröhnte durch das Hauptquartier. Mit einer Grimasse schloss Red die Kellertür hinter sich und ging zur Haustür. Der Bildschirm daneben zeigte ein ganzes Aufgebot von Anzugträgern, die alles andere als freundlich oder auch nur erträglich aussahen. Er hasste solche Typen und würde ein Zusammentreffen gern vermeiden. Leider blieb ihm keine Wahl, als die Tür zu öffnen. Um wenigstens ein bisschen Spaß zu haben, riss er sie auf und starrte die Agenten mit seinem besten SEAL-Blick an. »Ja?«

Nicht wenige der Agenten zuckten zusammen und bewegten sich unruhig. Befriedigt ließ er seinen Blick über die Anwesenden wandern. Er entdeckte Chambers am Rand der Truppe, der seine Belustigung mit einem Husten zu verstecken versuchte.

Der oberste der Anzugträger trat vor. In seiner Hand hielt er seine FBI-Marke und ein Schriftstück. »Sind Sie Nathan Redfield? Ich bin FBI Special Agent Mulders und habe den Auftrag, Ihre Räume zu durchsuchen.«

»Von wem? Und vor allem, warum?« Red blieb weiterhin in der Tür stehen, auch wenn er wusste, dass er sie früher oder später hereinlassen musste.

Mulders sah aus, als hätte er auf eine Zitrone gebissen. Er hielt Red das Schriftstück ihn. »Hier steht alles drin. Es ist eine amtliche Anordnung, uns den sofortigen Zugang zu gewähren. Damit sind sämtliche Gebäude und Fahrzeuge in Ihrem Besitz gemeint, falls das unklar gewesen sein sollte.«

Offenbar hatte der Agent in Charge einen riesigen Stock im Arsch. Anders ließ sich der Gesichtsausdruck nicht erklären. Betont langsam nahm er Mulders das Schriftstück aus der Hand und las es durch. Dabei versuchte er, sich nicht anmerken zu lassen, wie sehr ihn die ganze Aktion aufregte. Im Schriftstück stand lediglich, dass eine Durchsuchung genehmigt wurde, weil RIOS allgemein und er selbst im Besonderen verdächtigt wurden, Kriminelle zu beschäftigen und vor der Justiz zu verstecken.

»Ich denke, ich sollte meinen Anwalt hinzuziehen, der die Richtigkeit des Schreibens überprüft.«

Das brachte ihm ein schmallippiges Lächeln ein. »Tun Sie das, wir werden die Hausdurchsuchung trotzdem starten.«

Er machte Anstalten, an Red vorbeizugehen, doch dann verließ ihn offensichtlich der Mut, weil Red deutlich größer und kräftiger war als er selbst. Stattdessen schickte er seine Leute vor, die Red nervöse Seitenblicke zuwarfen, während sie an ihm vorbei das Haus betraten. Chambers blickte ihn entschuldigend an, sagte aber nichts, weil sich der Agent immer noch in Hörweite befand. Red nickte ihm unauffällig zu. Chambers hatte eindeutig was gut bei ihm, die Warnung war gerade rechtzeitig gekommen. Nach dem, was auf dem Wisch stand, wäre es nicht gut gewesen, wenn es noch irgendwelche Hinweise auf Emily gegeben hätte.

Red wartete, bis auch der letzte Mann im Haus verschwunden war, dann zog er das Handy heraus und rief seinen Anwalt an. James Finnegan hatte er vor Jahren auf der Mission kennengelernt, die sein Leben verändert hatte. Damals war James noch ein Night Stalker gewesen und hatte zu der Hubschrauber-Crew gehört. Als der Black Hawk abstürzte, war fast Reds gesamtes Team getötet worden, von den Night Stalkern hatte nur James überlebt – und das auch nur knapp. Er hatte dabei einen Arm verloren und musste seinen Job als Night Stalker aufgeben. Stattdessen hatte er Jura studiert und sich schließlich als Rechtsanwalt selbständig gemacht.

Darüber war Red sehr froh, denn James war richtig gut und vor allem kämpfte er bis zum Letzten für seine Klienten. Genau so jemanden brauchte er jetzt, denn er würde sicher nicht dabei zusehen, wie ihm jemand seine Firma zerstörte. Und nicht nur seinetwegen, sondern wegen der vielen Menschen, die für ihn arbeiteten und dann auf der Straße stehen würden. Außerdem verließen sich etliche Kunden darauf, dass sie ihnen halfen. Sie im Stich zu lassen, wäre unprofessionell und das würde er um jeden Preis verhindern.

»Finnegan, guten Tag.«

»James, hier ist Red. Ich brauche dringend deine Hilfe.«

Sofort war James im Anwaltsmodus. »Was ist passiert?«

»Das FBI ist gerade hier und durchsucht das Hauptquartier. Sie haben einen Durchsuchungsbefehl, der darauf abzielt, dass ich Kriminelle beschäftige und vor der Justiz verstecke.«

»Okay, ich bin gleich da. Warte auf mich, beantworte keine Fragen.«

»Kann ich die Durchsuchung irgendwie verhindern?«

James seufzte. »Ich fürchte nicht. Aber lass mich erst mal den Befehl lesen und mit dem Agent in Charge reden. Geh rein und sieh dir an, was sie machen. Und hör zu, wenn sie sich unterhalten. Vielleicht können wir so herausfinden, was wirklich vorgeht.«

»Alles klar. Danke.«

»Ich beeile mich. Bis gleich.« Die Verbindung brach ab.

Red zögerte kurz und steckte das Handy dann ein. Am liebsten hätte er mit Sierra gesprochen, doch das musste warten. Außerdem wollte er ihr keine Angst machen. Wenn ihm jemand mit einer Waffe gegenüberstand, hatte er kein Problem. Doch er hasste solche Situationen, in denen er keine Kontrolle über das hatte, was geschah. So wie damals, als er sechs Monate lang Gefangener von Terroristen gewesen war. Irgendwann hatte er sich aufgegeben und gewünscht, er wäre tot. Doch seine Freunde hatten ihn gefunden und ihm sein Leben zurückgegeben. Seitdem hatte er jeden Tag gelebt, als wäre es sein letzter. Und er würde um das kämpfen, was er sich aufgebaut hatte.

16. KAPITEL

Angespannt wartete Tom darauf, dass Emily ins Wohnzimmer kam. Als die Nachricht von Red eintraf, hatte er Emily sofort informieren wollen, sich dann aber dagegen entschieden. Zum einen könnte sie sowieso nichts machen und zum anderen wäre es zu gefährlich, noch einmal ins Schlafzimmer zu gehen. Offenbar hatte er keinerlei Selbstbeherrschung, wenn es um Emily ging. Und das konnte er sich überhaupt nicht erklären. Sie war nicht mal sein Typ, verdammt. Er mochte große Frauen, solche, die Spaß am Leben hatten, mit denen er eine gute Zeit erleben konnte. Nichts davon traf auf Emily zu. Aber vielleicht war genau das der Grund, warum sie ihm nicht aus dem Kopf ging. Sie war für ihn unberechenbar, er hatte keine Ahnung, was sie als Nächstes tun würde. Das faszinierte ihn seltsamerweise. Anscheinend mochte er es neuerdings kompliziert.

Tom schnaubte. Das war eine Untertreibung. Die ganze Situation war ein einziges Fiasko. Sein Arbeitgeber wäre sicher nicht besonders begeistert, wenn herauskäme, dass er sich mit einer gesuchten Person versteckt hielt und sie nicht an die Polizei auslieferte. Erst recht, wenn dazu noch die Sicherheitsfirma seines Freundes, für den er hin und wieder in seiner Freizeit Aufgaben erledigte, vom FBI durchsucht wurde. Bei so etwas verstand sein Chef keinen Spaß. Es war schlimm genug, dass er wegen des Überfalls heute Morgen gelogen hatte. Das hier könnte ihn in Teufels Küche bringen. Aber es war ihm tatsächlich egal, wenn es darum ging, Emily zu schützen. Das war wichtiger als alles andere. Er konnte nur hoffen, dass Red die Sache gut überstand und das FBI bald abrückte. Was könnten sie für einen Grund haben, das Hauptquartier zu durchsuchen?

Sowie Emily den Raum betrat, landete sein Blick auf ihr. Ihre Wangen waren gerötet und ihre Lippen sahen aus, als wäre sie ausgiebig geküsst worden. Selbst wenn Bull sie nicht erwischt hätte, wüsste er jetzt ohne Zweifel, was sie eben noch getrieben hatten. Allerdings sah es nicht so aus, als würde das den Ex-

SEAL momentan interessieren. Seine Stirn war sorgenvoll gerunzelt und er sah immer wieder auf das Display seines Handys, in der Hoffnung, dass Red ihn wieder kontaktierte. Doch das tat er nicht. Tom wünschte, er könnte das als gutes Zeichen deuten. Wenn das FBI gründlich war, und davon ging er aus, würde die Durchsuchung eines so großen Hauses samt Grundstück und zweitem Gebäude sicher mehrere Stunden, wenn nicht sogar Tage dauern, je nach Anzahl der beteiligten Agenten. Hoffentlich meldete sich Red wenigstens abends, damit sie wussten, wie es weitergehen würde. Er konnte sich vorstellen, wie sich Sierra fühlen musste.

Emily schien zu spüren, dass etwas nicht stimmte, denn sie blickte ihn besorgt an. »Was ist passiert? Hat uns jemand gefunden?«

Tom gab ihr ein Zeichen, sich neben ihn zu setzen. Zögernd nahm sie auf dem Sofa Platz. »Nein, es hat uns niemand entdeckt, aber das FBI durchsucht gerade das Hauptquartier.«

Ihre Augen weiteten sich. »Warum? Können Sie das einfach so tun?«

»Offenbar schon. Was das Warum angeht: Sie scheinen etwas oder jemanden zu suchen. Red hat alle weggeschickt und sie haben alles mitgenommen, was in irgendeiner Weise mit dir zu tun hat. Und andere Dinge, die auch nicht in die Hände des FBI gelangen sollten. Die anderen kommen gleich her, Bull hat ihnen gesagt, wo sie uns finden, nur Red ist dort geblieben.«

»Meinst du, es könnte mit mir zusammenhängen? Woher sollte jemand wissen, dass ich etwas mit RIOS zu tun habe?«

»Ich weiß es nicht, aber es ist schon seltsam, dass genau jetzt eine Durchsuchung kommt. Laut Bull gibt es derzeit keine anderen Fälle, die so etwas nach sich ziehen könnten. Und du wirst vom FBI gesucht.«

Emily nickte unglücklich. »Ich sollte mich stellen …«

»Nein!« Tom war selbst über seine Heftigkeit erschrocken. Ruhiger fuhr er fort. »Das würde nichts bringen, die Durchsuchung läuft ja schon. Und wenn sie dich dadurch mit RIOS in Verbindung bringen, ist das auch nicht gut. Wenn sie aber dort nichts zu dir finden, werden sie mit leeren Händen abziehen müssen.«

Emily nickte langsam. Sie presste ihre Hände im Schoß zusammen. »Ich hoffe, dass die Sache schnell erledigt ist. Es tut mir so leid, ich wollte nie, dass jemand in meinen Mist hineingezogen wird.«

»Das wissen wir.« Tom legte seine Hand auf Emilys und drückte sie aufmunternd. »Wir werden herausfinden, wer dahintersteckt, und dafür sorgen, dass sie dir nichts mehr tun können. Okay?«

Dankbarkeit stand in ihren Augen. »Okay.«

Abrupt stand Bull auf. »Ich rufe James an, er sollte wissen, was da vorgeht, und Red unterstützen.« Er verließ das Wohnzimmer.

Fragend sah Emily ihn an. »James?«

»Finnegan, er kümmert sich hin und wieder um Rechtsfragen bei RIOS. Red und Bull kennen ihn schon etliche Jahre, er war früher bei der Navy. Tatsächlich ist das eine gute Idee, Red ist nicht immer diplomatisch, James hat das viel besser drauf, gleichzeitig kennt er sich genau aus, und kann deshalb gleich gegen alles angehen, was nicht rechtens ist.« Wirklich schien das Emily noch nicht zu beruhigen. »Keine Angst, Red weiß, was er tut. Das FBI hat nichts gegen ihn in der Hand. Und die anderen kommen sicher gleich hier an und sorgen dafür, dass du in Sicherheit bist.«

»Du meinst, sie kommen wirklich alle hierher?« Hektisch sah sich Emily um. »Ich habe gar nicht aufgeräumt. Und hier ist auch nicht so viel Platz.« Sie zog ihre Hand zurück und erhob sich vorsichtig. »Ich muss nachsehen, was ich noch im Kühlschrank habe.«

Tom versuchte, sie aufzuhalten, doch sie war trotz ihres Humpelns schneller als er. Kopfschüttelnd folgte er ihr in die Küche. Sie war überraschend hell und geräumig. Bei ihrem Beruf hätte er erwartet, dass sie nichts mit Kochen anfangen konnte. Vermutlich ein Vorurteil, genau genommen wusste er so gut wie gar nichts über Emily. Etwas, das er dringend ändern sollte. Je mehr er über sie erfuhr, desto faszinierender fand er sie. Er beobachtete sie eine Weile, während sie den überraschend riesigen Kühlschrank inspizierte. In dem Gerät hatte ein halber Supermarkt Platz und ähnlich gut war er auch gefüllt. »Wer lebt denn sonst noch hier?«

Emily zuckte zusammen und drehte sich zu ihm um. »Nur ich, wieso?«

Tom deutete auf den Inhalt des Kühlschranks. »Weil du damit eine Footballmannschaft mehrere Wochen ernähren könntest.«

»Das sind fast alles Dinge, die länger haltbar sind. Ich vermeide so viel wie möglich, mich draußen aufzuhalten, wo mich jemand erkennen könnte. Deshalb kaufe ich nur selten ein und meist auch bei einem anderen Supermarkt.«

Es stimmte ihn traurig, sich vorzustellen, dass Emily ein so zurückgezogenes Leben führen musste. Deshalb versuchte er, sie aufzuheitern. »Immerhin hast du so immer was im Haus, wenn du mal Heißhunger verspürst.«

Matt lächelte sie ihn an. »Stimmt. Das kommt allerdings eher selten vor, oft vergesse ich sogar zu essen, wenn ich mit einer Sache beschäftigt bin.«

»Du brauchst jemanden, der auf dich aufpasst.«

Emily hob eine Braue. »Ich denke nicht, dass ich jemanden benötige, der mir überall reinredet und nicht versteht, wie wichtig meine Arbeit für mich ist. Würdest du das etwa toll finden? Ich gehe davon aus, dass du bei deinem Job auch nicht immer regelmäßig deine Mahlzeiten zu dir nimmst oder Schlaf bekommst.«

»Damit hast du recht, aber ich meinte keinen Aufpasser, sondern jemanden, der dir einige Dinge abnimmt und sich ein wenig um dich kümmert.«

»Willst du dich etwa zur Verfügung stellen?«

Es war ihr nicht anzusehen, ob ihr das gefallen würde. »Das würde nicht wirklich etwas bringen, weil wir gerade festgestellt haben, dass es bei mir auch nicht wesentlich anders läuft.«

»Stimmt. So ein Pech.«

Noch immer konnte er nicht erkennen, wie ernst sie das meinte. »Ja.« Schnell wechselte er das Thema. »Und, hast du genug, wenn die anderen gleich eintreffen?«

»Ja, ich denke schon. Und wenn das nicht reicht, habe ich noch mehrere Gefriertruhen und Getränkekisten im Keller.«

»Du bist auf alles vorbereitet.«

»Wärst du das in meiner Situation nicht? Ich will nicht riskieren, dass mich jemand findet, wenn ich zu oft draußen herumlaufe. Also blieb mir nur die Möglichkeit, mich so unauffällig wie möglich irgendwo fest anzusiedeln. Ich dachte, ich hätte es geschafft, unter dem Radar zu bleiben. Doch dann haben sie Aaron getötet, um mich zu finden. Er war mein einziger Freund, mein Halt.« Traurigkeit klang in ihrer Stimme mit.

»Das stimmt nicht. Du hast hier auch Freunde, die bereit sind, alles zu tun, um dir zu helfen. Du bist nicht allein und warst es auch nie.«

Emilys Augen glitzerten feucht. »Das bedeutet mir sehr viel.« Tief holte sie Luft. »Ich bin nicht gut im Umgang mit Menschen, ich bin ein Einzelgänger. Meist reicht es mir, vor meinen Computern zu sitzen und in die Welten einzutauchen. Doch auf Dauer ist das ziemlich einsam und deshalb habe ich es so genossen, an einigen eurer Fälle mitzuarbeiten. Es gab mir das Gefühl, mit anderen in Kontakt zu stehen und ein wenig an eurem Leben teilzunehmen. Auch wenn ihr nicht wusstet, wer ich wirklich bin. Ich kann es verstehen, wenn ihr euch getäuscht vorkommt. Das war nicht meine Absicht. Alles, was ich gesagt oder getan habe, habe ich auch genau so gemeint. Nur der Name war falsch.«

»Das glaube ich dir, aber du vergisst eine Kleinigkeit.«

»Welche?«

»Dein Geschlecht. Es ist ein großer Unterschied, ob du ein Mann oder eine Frau bist.«

Verwirrt sah sie ihn an. »Ja? Warum? Denkst du, ein Mann könnte die Arbeit besser machen?« Sie redete sich langsam in Rage. »Ich kann dir sagen, dass ein Mann kein bisschen besser wäre. Im Gegenteil, ich bin sehr gut in dem, was ich tue, und ich kenne kaum einen anderen, der das besser könnte. Ich weiß nicht, warum alle immer ...«

Tom legte einen Finger auf ihre Lippen und schnitt so ihren Redestrom ab. »Das weiß ich alles. Willst du den Unterschied wissen?«

Sie nickte.

»Einen Mann würde ich nicht küssen wollen. Er würde mich nicht so verrückt machen und alles vergessen lassen, was ich eigentlich immer für richtig gehalten habe.«

Emily schwieg einen Moment und räusperte sich dann. »Wenn du willst, kann ich mir eine Perücke aufsetzen und so tun, als wäre ich ein Mann.«

Tom lachte leise. »Zu spät. Jetzt weiß ich, wie sich dein Körper an meinem anfühlt und wie deine Küsse schmecken.«

Die Röte in ihren Wangen vertiefte sich und sie sah sich rasch um. »Sag das nicht!«

»Wieso? Es ist die Wahrheit.«

»Aber Bull könnte jederzeit zurückkommen.«

»Und? Ich denke, er hat schon mitbekommen, dass ich die Finger nicht von dir lassen kann.«

Ernst sah Emily ihn an. »Stört dich das nicht? Das sind deine Freunde, deine Kollegen.«

Tom horchte in sich hinein. »Nein, erstaunlicherweise nicht. Obwohl ich sonst nicht mit so etwas hausieren gehe. Aber bei dir ist es mir wichtiger, dass du dich sicher fühlst und weißt, dass jemand bei dir ist.« Und das machte ihm fast Angst.

Emily lächelte ihn an. »Danke.«

Damit er sie nicht küsste, wechselte Tom schnell das Thema. »Vielleicht sollten wir den Kühlschrank mal zumachen, bevor noch alles abtaut.«

»Oh!« Rasch schloss Emily die Tür. »Daran habe ich gar nicht mehr gedacht.« Sie schüttelte den Kopf. »Du bist gefährlich.«

Tom musste grinsen. »Das merkst du jetzt erst?«

»Nein, tatsächlich wusste ich das schon vorher. Allerdings dachte ich da immer, dass du mich verhaften würdest, wenn du mich jemals in die Finger bekämst.«

Sofort wurde Tom ernst. »Das hätte ich vermutlich auch. Ich nehme Verstöße gegen das Gesetz sehr ernst, das kann ich nicht einfach abschalten. Es geht ums Prinzip.«

»Ich lebe eher in einer Grauzone. Genau genommen könnte ich meine Arbeit nicht richtig ausführen, wenn ich mich immer an die Gesetze halten würde.«

»Das ist mir bewusst. Ich versuche, damit zurechtzukommen.«

Emily legte den Kopf schräg und musterte ihn eindringlich. Schließlich nickte sie. »Danke.«

Bevor Tom etwas erwidern konnte, erklang ein lauter Signalton. Automatisch griff er nach seiner Waffe und sah sich um.

Emily legte eine Hand auf seinen Arm. »Das ist nur der Hinweis, dass jemand vor dem Gebäude ist. Komm mit.«

Zurück in ihrem Büro schaltete Emily die Kameras auf die verbliebenen Bildschirme. Auf einem waren zwei große Geländewagen zu sehen, die Tom als die von RIOS verwendeten Fahrzeuge identifizierte. Sie standen vor dem Tor der Fabrikhalle.

Bull gesellte sich zu ihnen. »Was war das?«

»Wir haben Besuch.« Emily deutete auf den Bildschirm. »Ich öffne das Tor. Kannst du ihnen zeigen, wo sie parken sollen? Ich hoffe, es ist ihnen niemand gefolgt.«

»Davon gehe ich aus, wir sind Profis.«

Emily wartete, bis Bull auf dem Monitor zu sehen war, dann öffnete sie mit einem Mausklick das Tor. Angespannt wartete Tom, bis beide Wagen hindurch waren und das Tor hinter ihnen zuschwang. Draußen blieb alles ruhig, niemand versuchte, in das Gebäude einzudringen. Auf einem anderen Monitor war zu beobachten, wie die Geländewagen von Bull zu einem Parkplatz in der Nähe des eigentlichen Hauses dirigiert wurden. Die Türen öffneten sich und mehrere Männer stiegen aus. Es schien, als hätte Red wirklich jeden weggeschickt und sich allein dem FBI gestellt. Ob das so klug war, wusste Tom nicht. Es störte ihn, dass er nicht dort war, als Polizist hätte er vielleicht mit dem FBI reden können. Aber Bull hatte ausdrücklich weitergegeben, dass sie hierbleiben sollten, deshalb hatte er sich gefügt. Wenn Red allerdings in Schwierigkeiten geriet, würde er keine Rücksicht mehr auf dessen Willen nehmen.

Sierra war nicht dabei, wahrscheinlich war sie woanders hingebracht worden. Das war auch sinnvoll, sie sollte sich nicht in eine potentiell gefährliche Situation begeben. Und das wäre sie in Emilys Nähe. Tom war froh, sich nicht noch darüber sorgen zu müssen. Gegen die anderen als Verstärkung hatte er nichts einzuwenden, durch die unerwartete Anziehung zu Emily war er etwas abgelenkt und er war ziemlich sicher, dass beim nächsten Mal mehr als ein Mann angreifen würde. Nachdem der erste dreimal versagt hatte und jetzt verhaftet war, würden vermutlich größere Geschütze aufgefahren werden. Wenn sie Emily überhaupt fanden. Eigentlich hatten sie alles dafür getan, das zu verhindern. Aber natürlich wussten sie nicht, was dieser Aaron vielleicht gesagt hatte, als er gefoltert wurde.

Tom legte seine Hand auf Emilys Schulter und spürte, wie angespannt sie war. »Es wird alles gut. Wir sind hier, um dir zu helfen.«

Sie sah zu ihm auf. »Ich weiß, aber ich möchte niemanden in Gefahr bringen. Wenn sie das Hauptquartier wirklich meinetwegen durchsuchen und Red Ärger machen, wünschte ich mir, dass ich euch gar nicht mit hineingezogen hätte.«

»Das hast du nicht, sondern ich. Und es war genau richtig.« Vor allem, weil sie ohne ihn wahrscheinlich schon tot wäre. Darüber mochte er gar nicht nachdenken. »Ich gehe mal zu den anderen und sehe, ob sie weitere Informationen haben. Am besten bringen wir dann deine Ausrüstung zurück, damit du hier arbeiten kannst.«

»Das wäre gut, danke. Ich werde weiterhin die Gegend beobachten, um zu überprüfen, ob ihnen jemand gefolgt ist.«

Sanft drückte er ihre Schulter und ließ sie dann los. »Ich komme gleich wieder.«

Wärme trat in Emilys Augen. »Gut.«

Schnell drehte sich Tom um und verließ das Büro. Verdammt, was war mit ihm los? Normalerweise hatte er kein Problem damit, einen Fall auch als solchen zu behandeln und keine privaten Gefühle zu entwickeln. Doch hier war alles anders. Vermutlich weil Emily anders war.

17. KAPITEL

Es fiel Red schwer, zuzusehen, wie das Hauptquartier – sein Zuhause – systematisch durchsucht wurde. Als die Agenten damit begannen, Papiere in große Kisten zu laden, reichte es ihm. Er suchte Agent Mulders und baute sich vor ihm auf. Der trat unauffällig einen Schritt zurück, hob aber das Kinn in dem Versuch, nicht zu Red aufsehen zu müssen.

»Was soll das? Laut Ihrem Durchsuchungsbefehl suchen Sie nach irgendwelchen Kriminellen, denen ich Unterschlupf gewähre. Es steht darin nichts davon, dass Sie berechtigt sind, irgendwelche Papiere mitzunehmen. Zum Schutz meiner Kunden muss ich darauf bestehen, dass die Akten hier im Gebäude bleiben.«

»Das können Sie gern machen, es ist mir aber völlig egal. Wir werden überprüfen, ob in diesen Akten etwas über die gesuchte Person steht.«

»Es wäre vielleicht hilfreich, wenn Sie mir sagen würden, um wen es sich handelt. Dann könnte ich Ihnen gleich sagen, ob ich ihn kenne und wir würden uns eine Menge Zeit sparen.«

»Sie.«

Red starrte Mulders finster an. »Was?«

»Wir suchen eine Frau, keinen Mann.« Mulders sah ihn scharf an. »Aber das wussten Sie schon, oder?«

»Woher hätte ich das wissen sollen? Aber ich kann Ihnen trotzdem Arbeit ersparen: Außer meiner Lebensgefährtin halten sich hier nie Frauen auf. Und es arbeiten auch keine für mich, jedenfalls nicht in der Region.«

Mulders wirkte interessiert. »So? Wo denn dann?«

»In dem RIOS-Ableger an der Westküste. Ich kann Ihnen gern eine Liste der dortigen Mitarbeiter besorgen. Aber ich schätze, es wird für Sie enttäuschend sein, die meisten meiner Leute waren früher bei Regierungsbehörden beschäftigt, sei es als SEALs, Polizisten und sogar FBI-Agenten. Sie sind über jeden Zweifel erhaben.«

»So? Ich habe gehört, dass Sie sogar einen mehrfach verurteilten Straftäter beschäftigen.«

»Der rechtskräftig entlassen wurde und sich seitdem nichts hat zuschulden kommen lassen. Glauben Sie etwa nicht an Rehabilitation?«

Mulders Miene sah aus, als hätte er in eine Zitrone gebissen. »Bei dem, was ich bisher gesehen habe: nein. Gerade Mehrfachtäter werden fast immer rückfällig. Man sollte sie einschließen und den Schlüssel wegwerfen, meiner Meinung nach.«

Red hätte ihm zu gern gesagt, wo er sich seine Meinung hinschieben konnte, aber er beherrschte sich mühsam. Es würde nicht helfen, sich den Agenten zum Feind zu machen.

»Entschuldige, ich bin so schnell gekommen, wie es ging. Der Verkehr ist höllisch.«

Erleichtert drehte sich Red zu James um, der gerade in den Raum gekommen war. »Hauptsache, du bist da.«

Agent Mulders blickte James missbilligend an. »Wer sind Sie und wer hat Sie reingelassen? Hier findet eine Durchsuchung des FBI statt.«

James verdrehte die Augen und wandte sich Mulders zu. Er wirkte völlig gelassen. »Mein Name ist James Finnegan. Ich bin Mr. Redfields Anwalt. Ich möchte den Durchsuchungsbefehl sehen.«

Red reichte ihm das Papier und James nahm es mit seiner linken Hand entgegen. Das war der Moment, indem der Agent bemerkte, dass anstelle des rechten Armes nur ein leerer Ärmel baumelte. Mulders kniff seine Lippen zusammen, sagte aber nichts. Gut für ihn, Red war nicht in Stimmung, sich mit Idioten abzugeben, die keinen Anstand besaßen. Tatsächlich hatte James auch eine Prothese, aber manchmal ließ er sie weg, wenn sie schmerzte, oder wenn er seinen Gegner irritieren wollte. Hier vermutete Red Letzteres. Es schien zu wirken.

James las sich den Durchsuchungsbefehl durch und nickte. »Auf welcher Grundlage wurde dieser Befehl erstellt?«

Mulders sah ihn nur schweigend an.

»Ich will wissen, ob es einen konkreten Anhaltspunkt gab, meinen Mandanten zu verdächtigen und wenn ja, welcher das war.«

»Es handelt sich um eine geheime Ermittlung, ich kann Ihnen dazu keine weiteren Auskünfte geben.«

»Wer hat diese Untersuchung angeordnet?«

»Die Anordnung kam aus der Leitungsebene. Aber auch dazu kann ich Ihnen nicht mehr sagen. Wie Sie sehen, wurde sie korrekt beantragt und genehmigt. Lassen Sie uns in Ruhe unsere Arbeit machen. Wenn Sie eine offizielle Beschwerde einreichen wollen, können Sie das hinterher gern tun.«

»Das werden wir.«

Mulders drehte sich schulterzuckend um.

Wut stieg in Red auf, doch er konnte sie nicht loswerden. »Moment, wir sind noch nicht fertig. James, darf das FBI meine gesamten Unterlagen mitnehmen? Im Grunde bezieht sich die Durchsuchung doch auf eine bestimmte Person – welche auch immer das sein soll –, es kann doch nicht sein, dass dann Fallunterlagen, die gänzlich andere Personen betreffen, konfisziert werden.«

James nickte. »Damit liegst du richtig. Im Durchsuchungsbefehl steht nicht, dass Unterlagen Bestandteil der Durchsuchung sind. Ich würde daher vorschlagen, dass diese vor Ort verbleiben. Wenn Sie die Unterlagen einsehen möchten, Agent Mulders, dann tun Sie das hier.«

Eines von Mulders Augen begann zu zucken. Seine zufriedene Überlegenheit war wie weggeblasen. »Das ist eine Behinderung meiner Untersuchung und wird für Sie Folgen haben.«

Gelassen sah James ihn an. »Soll ich das als Drohung verstehen?«

»Verstehen Sie es, wie Sie wollen!« Abrupt drehte sich Mulders um und stürmte aus dem Raum. Noch auf dem Flur herrschte er seine Leute an, dass Sie die Unterlagen in Reds Büro bringen sollten.

Red spürte einen Hauch von Erleichterung. »Du hast wirklich eine Art, Leute für dich einzunehmen.«

James hob die Schulter. »Ich bin ja nicht hier, um dem FBI zuzujubeln, oder? Es ist mein Job, deine Rechte zu schützen, und das tue ich.«

»Und dafür bin ich mehr als dankbar.« Er blickte auf James Ärmel. »Hast du Schmerzen oder war es Taktik?«

»Weder noch, die Prothese ist gerade beim Orthopädietechniker, um sie neu einstellen zu lassen. Eigentlich hatte ich da heute einen Termin.«

»Tut mir leid, dass ich dich da weggeholt habe.«

»Kein Problem. Du weißt, dass du nur anzurufen brauchst und ich bin da. Ihr habt mir mein Leben gerettet, obwohl ich euch nur aufgehalten habe.«

James hatte den Arm beim Hubschrauberabsturz verloren und wäre beinahe verblutet. Sie hatten ihn trotz ihrer eigenen Verletzungen auf der Flucht mitgenommen und es war ihnen gelungen, ihn so lange am Leben zu halten, bis sie gerettet wurden. »Wir konnten dich nicht dort lassen, wo Mogadirs Leute dich gefunden hätten.«

Der Warlord hatte ihren Hubschrauber abgeschossen, als sie eine TURT/LE-Agentin aus seiner Festung retten wollten. Außer Bull, Tex, James und ihm waren alle SEALs und Night Stalker bei dem Absturz gestorben. Noch heute schmerzte es, an seine Kameraden zu denken, die es nicht geschafft hatten. Als ihr CO war er für sie verantwortlich gewesen und es hatte lange gedauert, bis er sich selbst verziehen hatte, überlebt zu haben, während sie gestorben waren. Noch heute dachte er manchmal, dass er irgendetwas hätte anders machen können, machen *müssen*, um sie zu retten.

»Andere hätten das gemacht.«

»SEALs nicht. Wir lassen keinen Kameraden im Stich.« Es war ihm sehr schwergefallen, die Leichen im Wrack des Hubschraubers zu lassen, aber mit ihren Verletzungen hatten sie keine Wahl gehabt. Da hatte das Leben seines verbliebenen Teams mehr gezählt.

James lächelte ihn traurig an. »Ja, das war mein Glück. Damals hätte ich das allerdings nicht so gesehen. Mit dem Verlust des Arms dachte ich, mein Leben wäre vorbei. Jedenfalls das, was ich geplant hatte, als Night Stalker, als Pilot. Es hat etwas gedauert, bis ich so weit war, auch etwas anderes zu akzeptieren und mir zu überlegen, was ich stattdessen machen kann.«

»Ich bin froh, dass du jetzt etwas gefunden hast, das dich ausfüllt.«

»Das tut es, aber es ist nicht fliegen.«

Red nickte. »Ich kann dich gut verstehen.«

Er hatte sein Glück mit RIOS und Sierra gefunden, aber noch immer vermisste er sein Leben in den SEAL-Teams, das Training, die Planung, die Einsätze. Der ganze Lebensstil war anders als bei anderen Menschen. Wobei es durchaus Vorteile hatte, jeden Abend zu Hause zu sein und Sierra jederzeit sehen zu können. Das machte den Verlust mehr als wett.

»Auf jeden Fall bin ich sehr froh, dass du jetzt hier bist. Bei diesen FBI-Typen weiß ich immer nicht, wie ich mich verhalten soll. Prinzipiell verstehe ich, dass sie ihre Arbeit machen müssen, aber es nervt mich, wenn sie alles auseinandernehmen und so tun, als wäre ich ein Verbrecher. Besonders wenn sie bei einigen Fällen unsere Hilfe durchaus gern angenommen haben. Das ist so scheinheilig.« Er senkte die Stimme. »Glücklicherweise habe ich vorher einen Hinweis bekommen, sonst wäre ich echt von der Durchsuchung überrascht worden.«

»Klingt, als hättest du einen Freund in Feindesreihen.«

»Sagen wir es so, es gibt jemanden, der unsere Arbeit respektiert.«

James steckte den Durchsuchungsbefehl ein. »Ich behalte den hier und versuche, mehr darüber herauszufinden, worum es überhaupt geht. Ich habe ein paar Kontakte, die mir da vielleicht weiterhelfen können. Glaubst du, sie werden etwas finden?«

»Nicht das, was sie suchen. Und ansonsten auch nichts, was nach meinen Maßstäben kriminell wäre, aber die können das natürlich anders sehen.«

»Okay, dann machen wir es uns erst mal gemütlich, das wird sicher noch länger dauern. Hast du was zu trinken hier?«

Red musste grinsen. »Was für eine Frage. Außerdem solltest

du das wissen, du warst inzwischen oft genug hier. Alkohol gibt es aber erst, wenn das FBI abgezogen ist. Es kann sein, dass ich dich noch im Vollbesitz deiner geistigen Kräfte brauche.«

James seufzte. »Ein Drama, doch normalerweise trinke ich sowieso erst abends was, wenn überhaupt.«

»Dann komm mit, im Besprechungsraum steht ein Kühlschrank.«

Zwar könnten sie auch in den Wohnbereich gehen, aber er wollte die Agenten nicht aus den Augen lassen. Er traute ihnen zu, doch ein paar Akten mitgehen zu lassen. Auf dem Weg zum Besprechungsraum warf er einen Blick in jedes Zimmer. Überall waren Agenten zugange, die offenbar in jeder Spalte nach irgendetwas suchten.

Gerade als er James im Besprechungsraum ein Wasser einschenkte, kam Agent Mulders in das Zimmer gestürmt. Hinter ihm betraten zwei weitere Agenten den Raum und blieben auf beiden Seiten der Tür stehen. Red ließ die Flasche sinken und starrte die Männer an. Er war lange genug im Geschäft, um zu wissen, was eine solche Aufstellung bedeutete. Langsam stellte er die Flasche auf den Tisch. Auch James wirkte plötzlich angespannt, seine Lippen waren fest zusammengepresst.

»Nathan Redfield, hiermit nehme ich Sie unter dem Verdacht fest, eine kriminelle Person zu verstecken.«

James erhob sich. »Mit welchen Beweisen untermauern Sie eine solch schwerwiegende Anschuldigung? Die Durchsuchung ist gerade erst angelaufen. Haben Sie etwas entdeckt, das Ihren Verdacht stützt?«

»Bisher noch nicht, aber das ist nur eine Frage der Zeit.«

»Dann warten Sie mit der Verhaftung, bis Sie etwas Belastendes gefunden haben.«

Mulders wirkte sehr zufrieden mit sich. »Das muss ich nicht. Ich habe den Verdacht, dass Mr. Redfield versuchen wird, die Beweise verschwinden zu lassen, wenn er das nicht schon getan hat.«

Wütend starrte James den Agenten an. »Das können Sie nicht tun. Solange Sie meinem Mandanten nichts nachweisen können, haben Sie kein Recht, ihn zu verhaften.«

Am liebsten hätte Red Mulders das überhebliche Lächeln aus dem Gesicht gewischt. Er ballte seine Hände an den Seiten zu Fäusten.

»Doch, das habe ich. Dies ist eine FBI-Ermittlung und es geht um die nationale Sicherheit. Ihr Mandant kommt mit mir, entweder freiwillig oder wir führen ihn ab.«

James baute sich vor Mulders auf. »Ich werde das überprüfen lassen. Wenn Sie willkürlich handeln, werde ich dafür sorgen, dass Sie es bereuen.«

Das Lächeln wurde schmaler. »Versuchen Sie es. Sie sollten sich vielleicht überlegen, ob Sie wirklich mit einer Firma wie RIOS in Verbindung gebracht werden wollen. Es könnte Ihrer Karriere schaden.«

»Das überlassen Sie ruhig mir. Ganz ehrlich, ich vertrete jederzeit lieber jemanden wie Nathan Redfield, als so einen korrupten Laden wie Ihren.«

»Sie sollten aufpassen, was Sie sagen, Anwalt. Sie stehen nicht über dem Gesetz.«

James zeigte ihm die Zähne. »Nein, aber hier herrscht immer noch das Recht auf freie Meinungsäußerung. Wenn Ihnen das nicht passt, können Sie gerne gehen.«

Unauffällig schüttelte Red den Kopf. Es brachte nichts, Mulders noch mehr gegen sie aufzubringen und er wollte auf keinen Fall, dass James auch verhaftet wurde. Irgendwer musste Red schließlich vertreten und dafür sorgen, dass er schnell rauskam.

»Es ist ein Fehler, RIOS lahmzulegen. Haben Sie eine Ahnung, wie viele Verbrecher wir seit der Gründung aus dem Verkehr gezogen haben? Bei wie vielen Leuten und Firmen wir für die Sicherheit gesorgt haben? Wir haben sogar mit dem FBI zusammengearbeitet. Zählt das alles gar nicht?«

»Nicht, wenn Sie das nur als Tarnung für Ihre illegalen Geschäfte genutzt haben. Oder Sie flüchtigen Verbrechern geholfen haben, die vom FBI gesucht werden. Sie könnten sich das alles ersparen, wenn Sie uns sagen, wo wir die Gesuchte finden.«

Red schnaubte. »Sie haben mir nicht mal gesagt, wen Sie überhaupt suchen. Wahrscheinlich haben Sie schon lange darauf gehofft, unsere Unterlagen in die Finger zu bekommen oder noch besser die Firma stillzulegen. Was haben Sie gegen RIOS?« Er konnte sich jedenfalls nicht erinnern, dass sie schon mal mit Mulders aneinandergeraten waren. Und auch sonst versuchten sie, das FBI möglichst nicht zu verärgern. Oder überhaupt auf sich aufmerksam zu machen.

»Wenn Sie es genau wissen wollen, mich stört es, wenn solche selbsternannten Spezialisten wie Sie denken, Sie könnten sich in etwas einmischen, das den Strafverfolgungsbehörden vorbehalten bleiben sollte. Wo genau liegt Ihre Qualifikation? Sie können eine Waffe abfeuern? Wunderbar. Das können in den USA sehr viele Menschen.«

»Dann ist das also ein persönlicher Rachefeldzug?«, mischte sich James ein.

»Nein, keineswegs. Ich führe nur Befehle aus. Offenbar hatte jemand weiter oben auch genug von Ihren Machenschaften und hat beschlossen, dass es Zeit wird, kriminelle Handlungen zu unterbinden. Sie hätten eben keine Kriminelle verstecken dürfen.«

»Sie haben immer noch nicht gesagt, wer diese Frau überhaupt sein soll.«

»Das werden Sie noch erfahren, aber wo wir schon bei dem Thema sind: Wo sind Ihre Angestellten? Soweit ich weiß, haben Sie mindestens sechs permanente Mitarbeiter.«

»Sie sind unterwegs, wir haben derzeit viele Fälle zu bearbeiten.«

»Alle auf einmal? Das ist ja seltsam.«

Red hatte langsam genug von Mulders überheblicher Art. »Wieso? Ihre Mannschaft ist doch heute auch in voller Stärke ausgerückt. Ich nehme an, dass Sie sogar noch weitere angefordert haben.«

Mulders presste die Lippen aufeinander. »Sie sollten mich nicht unterschätzen, Redfield. Ich kann Ihnen das Leben sehr schwer machen.«

»Ganz ehrlich, ich bezweifle, dass Sie wissen, was ein schweres Leben ist. Eine Verhaftung ist für mich lästig, aber ganz sicher nichts, das mich in irgendeiner Weise aus der Ruhe bringen würde. Ich nehme an, Sie foltern nicht bei Ihren Befragungen, oder?«

Mulders lief rot an, sein Blick glitt zu Reds Narbe, die über seine Wange lief. »Wir sind keine Barbaren, aber wir haben unsere Methoden, die Wahrheit herauszufinden.«

»Da bin ich mir sicher.« Und auch, dass es ihnen noch nie gelungen war, einen SEAL zum Reden zu bringen, wenn er das nicht wollte.

Offenbar schien Mulders einzusehen, dass er bei Red so nicht weiterkam. »Wenn Sie uns jetzt helfen, können wir die Sache hier abkürzen und Sie können Ihre Arbeit bald fortführen«, änderte er seine Taktik.

»Da Sie mir immer noch nicht gesagt haben, was oder wen Sie eigentlich genau suchen, kann ich Ihnen kaum helfen.« Oder anders gesagt, er könnte schon, hatte das aber nicht vor. Er konnte sich nicht erklären, warum das FBI überhaupt hinter Emily her war und einen solchen Aufwand betrieb, obwohl sie nur ein Verbrechen gemeldet und nicht einmal daran beteiligt gewesen war. Irgendetwas an der Sache war faul. Schon deshalb würde er dem FBI sicher nicht sagen, wo Emily zu finden war.

»Wir suchen eine Hackerin namens Emily Gray. Sie hält sich wahrscheinlich seit drei Jahren in dieser Gegend auf.«

Red hielt seinen Gesichtsausdruck passiv. »Ich kenne niemanden mit diesem Namen.«

»Wer macht für Sie die Computerarbeit?«

»Größtenteils jeder selbst. Bei schwierigeren Arbeiten wende ich mich an einen Spezialisten.«

Mulders Augen glänzten. »Hat dieser Spezialist auch einen Namen?«

»Ja. I-Mac. Er ist ein ehemaliger SEAL und lebt an der Westküste.«

Mulders zog ein Smartphone hervor und machte umständlich eine Notiz. »Ich werde das überprüfen.«

»Tun Sie das. Sie werden ihn auch als freien Mitarbeiter in meinen Unterlagen finden.«

»Und sonst niemanden?«

»Jedenfalls nicht im Bereich IT. Ich habe natürlich auch noch in anderen Bereichen Spezialisten und Berater auf der Honorarliste, anders wäre eine solche Firma nicht zu führen.«

»Für was ist Max Valentine der Spezialist?«

Red zuckte mit keiner Wimper. »Für Einbrüche natürlich.«

Mulders starrte ihn an. »Sie geben also zu, dass Sie einen Kriminellen beschäftigen, um kriminelle Taten zu begehen?«

»Nein, Max ist rehabilitiert, er hat seine Strafe abgesessen. Wir erhalten öfter Aufträge, die Sicherheitsmaßnahmen von Gebäuden zu überprüfen. Dafür brauchen wir Max' Kenntnisse.«

»Das soll ich Ihnen glauben? Ich denke eher, dass Sie mit seiner Hilfe in Gebäude eindringen, um dort was auch immer zu tun. Sie stehen nicht über dem Gesetz, Redfield.«

Tatsächlich mussten sie hin und wieder illegale Methoden anwenden, um ihr Ziel zu erreichen. Aber das würde er dem Agenten sicher nicht auf die Nase binden. »Ich kann nichts dafür, was Sie glauben oder nicht. Max ist ein wertvolles Mitglied meines Teams und ich würde ihn jederzeit wieder einstellen.«

»Ich werde empfehlen, Ihre Firma überprüfen und schließen zu lassen.«

Red trat dicht an ihn heran. »Sie können es versuchen, aber machen Sie sich darauf gefasst, dass ich bis zum letzten Atemzug dagegen kämpfen werde. Sie sollten sich gut überlegen, ob Sie das wirklich wollen.«

Verspätet trat Mulders einen Schritt zurück. »Soll das eine Drohung sein?«

»Nein, nur die Erwähnung einer Tatsache.«

»Vielleicht glauben Sie, dass Sie sich alles erlauben können, doch da irren Sie sich. Mir ist es völlig egal ob Sie früher ein SEAL waren und irgendwelche Medaillen erhalten haben. Für mich sind Sie nur ein Ärgernis, jemand, der glaubt, er könnte eine Abkürzung nehmen, anstatt einen Fall mit korrekter Polizeiarbeit zu erledigen. Wenn man sich an keine Regel halten muss, kann man natürlich schneller ein Ergebnis vorweisen.«

Prinzipiell hatte Mulders gar nicht so unrecht, aber Red machte das nicht, weil er dadurch einen Kick bekam, sondern weil es etwas war, mit dem er Menschen helfen konnte. Häufig hatten diese es bereits bei der Polizei versucht und waren weggeschickt worden. Oder es war etwas, für das sich niemand zuständig fühlte. Ohne RIOS würden diese Menschen ihr Problem nie lösen können. Von daher hatte er überhaupt kein schlechtes Gewissen, dass er diese Dienste anbot. Wenn etwas mit einfacher Polizeiarbeit zu lösen war, schickte er die Leute sowieso zur zuständigen Abteilung beim DCPD. Mulders wollte nicht wahrhaben, dass sie schon mehrmals mit dem FBI oder der Polizei zusammengearbeitet hatten, aber er hatte Besseres zu tun, als ihn erneut darauf hinzuweisen.

»Reicht das jetzt als Aussage?« James hatte wohl erkannt, dass es besser wäre, das Gespräch in andere Bahnen zu lenken, bevor sie sich noch an die Gurgel gingen.

»Nein. Wir nehmen Mr. Redfield mit, damit wir uns in Ruhe unterhalten können. Meine Männer werden derweil alles durchsuchen.«

»Ich gehe nicht weg und lasse hier jemanden unbeaufsichtigt in meinen Unterlagen rumschnüffeln.«

»Ich würde sagen, Sie haben keine Wahl.«

»Doch, die hat er«, mischte sich James ein. »Sie haben ihn keines Verbrechens beschuldigt, damit haben Sie auch nicht das Recht, sein Eigentum zu durchsuchen, wenn er dies nur in seiner Anwesenheit zulässt. Entweder durchsuchen Sie erst alles und nehmen ihn dann später mit, oder er kann sich einen Vertreter auswählen, der ihn hier vertritt.«

Mulders plusterte sich auf. »Sie können nicht ...«

»Doch, er kann. Also, was soll es sein?«

Wütend starrte der Agent ihn an. »Suchen Sie sich einen Vertreter, ich will Sie sofort mitnehmen, damit wir nicht noch mehr Zeit vergeuden.«

»Was ist mit RIOS? Kann die Firma die Fälle weiter bearbeiten, wenn Ihre Leute weg sind?«

»Vorläufig. Wenn wir allerdings etwas entdecken, das nahelegt, dass Sie mit Kriminellen zu tun hatten, oder selbst kriminelle Taten begangen haben, dann wird die Erlaubnis aufgehoben.«

Red verkniff sich eine passende Bemerkung darauf. Stattdessen zog er sein Handy heraus. »Ich versuche, einen Vertreter zu finden.« Schnell wählte er Clints Nummer. Er hätte auch Bull anrufen können, aber er wollte nicht, dass jemand hier war, der mit der Firma zu tun hatte. Clint konnte niemand etwas anhaben, weil er weder Teilhaber noch Angestellter von RIOS war. Außerdem war er sicher, dass Clint nichts entgehen würde und die FBI-Agenten Respekt vor ihm haben würden. Auf keinen Fall wollte er, dass sein Freund in die Sache hineingezogen wurde.

»Ja?«

»Hier ist Red.« Red war sich bewusst, dass Mulders genau zuhörte, deshalb holte er weiter aus. »Das FBI ist hier und durchsucht die Firma. Ich soll mit zu einer Befragung kommen, möchte das Haus und vor allem die Agenten aber nicht allein lassen. Die anderen sind alle bei Einsätzen, es ist sonst niemand hier. Wäre es möglich, dass du rüberkommst und ein Auge auf alles hast?«

Clint schwieg einen Moment. »Natürlich. Ich komme so schnell es geht. Sierra ist übrigens bei Karen, es geht ihr gut.«

Red atmete auf. »Danke. Sag ihr bitte ...«

»Wird gemacht. Und Red, versuch, dich nicht provozieren zu lassen. Bleib cool, egal was sie sagen.«

»Ich bemühe mich. James ist hier und berät mich.«

»Das ist gut. Bis gleich.«

Red beendete die Verbindung und steckte das Telefon ein. »Es kommt gleich jemand.«

Mulders sah ihn misstrauisch an. »Einfach so, ohne Fragen?«

»Dafür hat man Freunde. Sie sind für einen da, egal was passiert.«

18. KAPITEL

Als sich endlich alle im Haus befanden und die Tür wieder geschlossen war, atmete Emily erleichtert auf. Sie hatte fast befürchtet, dass noch etwas passieren würde, doch es war alles glatt verlaufen. Offenbar wussten die Verbrecher nicht, wo sie zu finden war. Oder sie trauten sich nicht, etwas zu unternehmen, nachdem sie von so vielen kräftigen Männern beschützt wurde. Egal weswegen, sie war froh, dass sie wenigstens für kurze Zeit in Sicherheit war und sich ein wenig erholen konnte. Inzwischen schwankte sie schon, so müde und zerschlagen fühlte sie sich.

Mühsam stand sie auf und hielt sich an ihrem Stuhl fest, bis sie sicher war, nicht gleich umzufallen. Ihr zerschnittener Fuß pochte unangenehm. Emily straffte den Rücken und verließ ihr Büro, um ihre Gäste zu begrüßen. Bisher war sie hier immer allein gewesen, es war seltsam für sie, fremde Stimmen zu hören und die Anwesenheit so vieler Leute zu spüren. Es machte sie etwas nervös, gleichzeitig fühlte es sich auch überraschend gut an. Das konnte aber auch daran liegen, dass es sich um ihre Kollegen von RIOS handelte, keine Fremden. Plötzlich war sie mittendrin anstatt wie sonst immer am Rande. Sie betrat das Wohnzimmer und blieb unsicher stehen, als sofort Stille eintrat. Die Männer hatten sich zu ihr umgedreht und es war schwierig, ihre Mienen zu deuten. Emily räusperte sich. »Hallo, willkommen in meinem Haus. Ich bin Emily, aber ihr kennt mich unter dem Namen Dave. Es tut mir leid, dass ich nicht früher sagen konnte, wer ich wirklich bin. Und dass ihr jetzt meinetwegen gezwungen wart, das Hauptquartier zu verlassen. Ich hoffe, Red kann das schnell aufklären.« Sie brach ihren Redeschwall ab und wartete angespannt auf eine Reaktion.

Max lächelte ihr zu. »Das Haus ist der Knüller, damit hätte ich nie gerechnet, als wir vor der Fabrikhalle standen. Ich dachte schon, Bull hätte uns die falsche Adresse genannt. Genial gemacht.«

Ein wenig entspannte sie sich. »Danke. Mir war wichtig, dass niemand auf die Idee kommt, hier überhaupt nach mir zu suchen.«

Morton, ein weiterer ehemaliger SEAL, nickte. »Das ist dir gelungen, würde ich sagen. Aber im Ernst, Dave – ist dir kein besserer Name eingefallen?«

»Ähm, offenbar nicht. Ich habe nur etwas gesucht, das am weitesten von mir entfernt ist. Dave klang schlicht und unauffällig. Bisher hat auch nie jemand darüber nachgedacht, ob hinter Dave vielleicht jemand ganz anders steckt.«

»Nicht mal wir, meinst du.« Tom schien immer noch nicht wirklich glücklich darüber.

»Auch ihr nicht, ja. Es ging mir nicht nur darum, mich zu schützen, sondern auch jeden, mit dem ich zu tun hatte. Ich denke, wenn jemand einschätzen kann, wie sinnvoll das war, dann bist du es.«

Tom nickte ihr zu. »Das stimmt. Und es sollte kein Vorwurf sein, nur die Erwähnung einer Tatsache. Es ist eine gute Idee gewesen, wenn nicht mal wir, als Profis, darauf gekommen sind, wer sich hinter *Dave* verbergen könnte, dann wird es vermutlich niemand tun.«

»Das habe ich zumindest gehofft, aber jetzt haben sie mich gefunden und anscheinend sogar zu RIOS verfolgen können. Das wollte ich nie. Ich hätte schon früher mit der Arbeit für euch aufhören sollen, aber es hat mir solchen Spaß gemacht. Etwas völlig anderes, als die Sicherheit von Homepages und Netzwerken zu testen.« Ihre Stimme wurde leiser. »Vor allem hat es mir gefallen, einen Unterschied zu machen, euch wirklich helfen zu können.«

Bull räusperte sich. »Das hast du und wir sind dankbar dafür. Einige der Fälle wären ohne deine Hilfe unmöglich zu lösen gewesen und bei anderen hast du die Sicherheit gewährleistet. Jetzt bist du in Schwierigkeiten und es ist logisch, dass wir dir helfen.«

Ihre Kehle zog sich zusammen. »Danke. Das bedeutet mir sehr viel.«

Der Ex-SEAL nickte ihr zu. »Ich habe eben mit James telefoniert, das ist Reds Anwalt. Der hat ihn glücklicherweise gleich angerufen und er steht ihm zur Seite. Allerdings hatte er keine guten Nachrichten: Red wurde zur Befragung mit zum FBI-Büro in DC genommen. Sie werfen ihm anscheinend vor, Kriminelle zu verstecken und zu beschäftigen.« Er blickte zu Emily. »Kennst du einen Agent Mulders?«

Emily verzog das Gesicht, als sie den Namen hörte. »Oh ja. Der Typ ist ein totaler Arsch. Er hat damals in Philadelphia die Ermittlung gegen mich geleitet. Es hat ihm wohl gar nicht gefallen, dass ich abgehauen bin. Danach versuchte er, Aaron fertigzumachen und von ihm meinen Aufenthaltsort zu erfahren, doch es ist ihm nie gelungen. Er war einer der Gründe, warum Aaron beim FBI gekündigt hat. Seiner Meinung nach ist der Mistkerl völlig empathielos und nur darauf bedacht, seine Fälle zu lösen und in seiner Karriere weiterzukommen. Von Anfang an hat Mulders mich so behandelt, als wäre ich die Verbrecherin. Nicht die Leute, die dort im Darknet Kinder verkauften. Ich habe nie verstanden wieso.«

Toms Stirn war gerunzelt. »Das ist tatsächlich auffällig, besonders wenn er jetzt sogar hier auftaucht und nach dir sucht. Woher weiß er überhaupt davon, dass du hier bist? Hat er Kontakt zu deinen Verfolgern oder ist er auch dem Brief vom Notar gefolgt?« Schnell erklärte er den anderen, die bei der Besprechung im Hauptquartier nicht dabei gewesen waren, worum es ging.

Emily hob die Schultern und zuckte zusammen, als sich der Schmerz wieder bemerkbar machte. »Ich habe keine Ahnung. Wenn das FBI vorher schon gewusst hätte, wo ich mich aufhalte, hätten sie mich längst rausgeholt. Es war damals sehr peinlich für sie, dass es mir gelungen ist, ihnen zu entkommen. Laut Aaron gab es richtigen Ärger für die beteiligten Agenten. Das wird Mulders sicher nicht vergessen haben. Ich wette, er hat die drei Jahre nur darauf gewartet, dass ich irgendwo wieder auftauche und er mich verhaften kann.«

Bulls Gesicht wirkte noch ernster als vorher. »Das verspricht nichts Gutes für RIOS und Red. Wir müssen irgendetwas unternehmen. Ich sollte dort hinfahren und mich darum kümmern.«

»Damit würdest du dich nur auch in deren Hände begeben. Es ist besser, wenn du hierbleibst und dich darum kümmerst, dass RIOS weiterläuft, auch wenn das FBI versucht, euch auszuschalten.« Toms Widerspruch klang vernünftig. »Außerdem müssen wir Emily beschützen. Wenn diese Typen wirklich so einflussreich sind, solche Beziehungen haben und vor allem so kaltblütig sind, dass sie einen ehemaligen FBI-Agenten foltern und ermorden, nur um Emily zu finden, dann ist mit allem zu rechnen. Ich glaube, wir werden jeden Mann brauchen, um das zu verhindern.«

Bull wirkte nicht glücklich. »Ich weiß. Ich könnte im Hauptquartier auch nichts tun, es ist alles blockiert. James sagte, Red hat Clint gebeten, sich darum zu kümmern, dass bei der Durchsuchung alles mit rechten Dingen zugeht. So wie ich Clint kenne, wird sich niemand trauen, etwas zu tun, das ihn verärgern könnte.«

Das konnte sich Emily lebhaft vorstellen. Sie hatte schon einige Male mit Clint Hunter zu tun gehabt und der Captain der Navy SEALs hatte eine Art an sich, die so gut wie jeden dazu brachte, das zu tun, was Clint wollte. Es beruhigte sie etwas, dass sich Clint um das Hauptquartier und sicher auch Red kümmern würde. »Wo ist eigentlich Sierra?«

»Red hat sie zu Clint geschickt, sie ist jetzt bei Karen.«

Es würde Clints Lebensgefährtin sicher gelingen, Sierra zu unterstützen und ein wenig von ihren Sorgen abzulenken.

Apropos, immer noch standen alle im Raum herum, es wurde Zeit, etwas dagegen zu unternehmen. »Kann ich euch etwas zu trinken und essen anbieten? Bier habe ich zwar nicht, aber diverse andere Getränke.«

Ein Chor aus Zustimmungen folgte. Es freute sie, dass noch etwas normal war in dieser verrückten Welt. »Okay, ich bin gleich wieder da.«

Emily trat auf den Flur und öffnete die Tür zum Keller. Hier oben hatte sie nicht die Mengen, die sie benötigen würde, um so viele Männer satt zu machen. Einige Sekunden wartete sie, bis das Licht unten anging, dann stieg sie langsam die steile Treppe hinab. Über sich hörte sie ein Scharren und wirbelte herum. Erleichtert atmete sie auf, als sie Tom hinter sich entdeckte, der ebenfalls die Treppe hinunterstieg.

»Verdammt, hast du mich erschreckt. Ich dachte schon, ich müsste mir über Mäuse oder Ratten Gedanken machen.«

Tom lächelte schief. »Im Ernst? Du hast Angst vor Mäusen?«

»Nein, natürlich nicht, aber es wäre sehr lästig, sie hier im Haus zu haben. Sie nagen Kabel durch und fressen meine Vorräte auf. Deshalb achte ich immer sehr darauf, sie möglichst draußen zu halten.« Vorsichtig begann sie wieder, die Treppe hinunterzusteigen. Kurz darauf war sie unten angekommen und drehte sich wieder zu Tom um. »Was machst du hier eigentlich?«

»Ich helfe dir beim Tragen.«

Emily wollte ihm sagen, dass sie das gerade noch selbst konnte, unterließ es aber. Tatsächlich hatte sie noch nie so viele Leute bewirtet und keine Ahnung, wie viel sie brauchte. Zur Not könnte sie auch mehrfach hinabsteigen, aber so war es deutlich einfacher. Deshalb nickte sie. »Danke.«

Toms Lächeln entfachte Wärme in ihr. Rasch wandte sie sich ab, damit sie nicht etwas Dummes tat, wie sich in ihn zu verlieben. Das würde in einem Desaster enden. Zwar schien Tom sie auch zu mögen und gern zu küssen, doch das hatte nichts mit Liebe zu tun. Aus früheren Bemerkungen der anderen hatte sie geschlossen, dass Tom nur seinen Charme ein wenig spielen lassen musste, und die Frauen lagen ihm zu Füßen. Sie wollte nicht zu denen gehören, die ihr Herz an ihn verloren und am Ende allein dastanden. Mal davon abgesehen, dass sie noch lange nicht in Sicherheit war und es gut sein konnte, dass sie noch einmal woanders von vorn anfangen musste. Ohne Tom und RIOS.

Allein der Gedanke daran ließ ihr Herz schmerzen. Sie mochte DC, sie mochte RIOS und die Menschen dort, besonders nachdem sie sie jetzt auch persönlich kannte – und sie mochte

Tom. Sie alle nie wiederzusehen, würde sie zerreißen. Mit jedem Tag in ihrer Gesellschaft mehr. Wahrscheinlich hätte sie doch so schnell wie möglich flüchten sollen, es war ein Fehler gewesen, zu RIOS zu gehen. Auch wenn sie das nicht freiwillig getan hatte, es hätte Wege gegeben, es zu verhindern. Doch jetzt war es geschehen und wenn sie ehrlich war, wollte sie es nicht mehr rückgängig machen. Es fühlte sich gut an, endlich von den Menschen umgeben zu sein, die in den letzten Jahren ihre Familie geworden waren. Nicht, dass sie wusste, wie sich eine echte Familie anfühlte, aber so stellte sie es sich vor.

»Emily?«

Abrupt tauchte sie aus ihren Gedanken auf und merkte, dass sie immer noch am Fuß der Treppe stand und in die Gegend starrte. »Ja?«

»Geht es dir gut?«

»Ja, entschuldige, ich war in Gedanken.«

Tom trat näher, Besorgnis lag in seinen grünen Augen. »Du hast traurig gewirkt.«

»Ich habe mir selbst leidgetan. Schon vorbei.«

»Wenn jemand einen Grund hat, sich ein wenig leidzutun, dann du, nach dem, was in den letzten Jahren passiert ist. Das ist absolut verständlich. Aber wir sind hier und helfen dir. Jetzt wird es wieder besser.«

Emily lächelte traurig. »Das ist es ja. Ich habe mich gefragt, ob es nicht sinnvoller wäre, von hier zu verschwinden, damit diese Typen euch nicht ins Visier nehmen. Red muss schon darunter leiden und ihr anderen müsst hier herumhängen. Es wäre besser gewesen, ich wäre gleich weggegangen.«

Tom griff nach ihren Händen und umschlang sie mit seinen. »Sag das nicht! Wärst du geflüchtet, wären sie dir gefolgt und dann könnten wir dich nicht beschützen. Nein, es war genau richtig, dass wir RIOS eingeschaltet haben. Red kann mit dem FBI umgehen und er hat ausdrücklich gesagt, dass wir dich beschützen sollen. Er wird dich nicht verraten, Emily, egal was es ihn kostet.«

»Du bist bei der Polizei, was werden sie dort sagen, wenn sie herausbekommen, dass du dich bei einer gesuchten Person aufhältst?«

Sein Griff wurde fester. »Das ist mir egal. Ich gehe danach, was ich als richtig empfinde. Da du kein Verbrechen begangen hast, fühle ich mich nicht verpflichtet, dich auszuliefern.«

»Das werden deine Vorgesetzten sicher nicht so sehen, wenn das FBI bei ihnen anklopft.«

»Das ist ihr Problem. Das FBI hatte kein Recht, RIOS zu durchsuchen und Red mitzunehmen. Dazu stehe ich. Wenn meine Vorgesetzten meinen, mich deshalb verwarnen oder gar beurlauben zu müssen, dann sollen sie das tun.«

»Aber du musst am Montag wieder dorthin, oder?«

»Darüber denke ich erst dann nach. Vielleicht haben wir bis dahin etwas herausgefunden, das uns hilft, die Schuldigen zu identifizieren. Ich gehe erst, wenn ich sicher bin, dass du nicht in Gefahr schwebst.«

Emily bezweifelte, dass sich das so schnell klären würde, aber sie war dankbar für Toms Zuversicht, selbst wenn er sie nur spielte, um sie zu beruhigen. »Das ist nett, aber ich möchte nicht, dass du deinen Job gefährdest. Ich weiß, wie sehr du ihn magst.«

Tom schwieg einen Moment. »Ja, das tue ich, aber dich mag ich mehr.«

Tränen bildeten sich in ihren Augen. Verdammt, wenn Tom weiterhin so nette Dinge sagte, würde sie den Kampf verlieren und sich doch in ihn verlieben. »Du kennst mich doch kaum.«

»Nicht so gut, wie ich gern würde, ja. Aber es reicht mir, zu wissen, dass es mir wichtig ist, dich zu beschützen. Wenn das nicht mit meinem Job vereinbar ist, so sei es. Du erinnerst dich daran, dass ich schon öfter bei Reds Aktionen mitgemacht habe, obwohl es mich den Job hätte kosten können, einfach weil ich geglaubt habe, dass Red das Richtige tut, oder?«

Emily nickte. »Mit einigen Protesten und Gegrummel, aber ja.«

Tom blieb ernst. »Genau so ist es hier auch.«

»Ich kann dich nicht umstimmen, oder?«

»Nein, das wirst du nicht, wir sind alle freiwillig hier. Allein diese Verbrecher tragen die Schuld und wir werden dafür sorgen, dass sie damit nicht durchkommen. Okay?«

Emily erwiderte seinen Griff. »Okay.«

»Gut. Und jetzt sollten wir vielleicht die Nahrung nach oben bringen, bevor die Meute noch rebelliert.«

Sie konnte sich noch gut daran erinnern, wie es im Kinderheim gewesen war. Hungrige Kinder, die sich auf das Essen stürzten, als würden sie am nächsten Tag nichts mehr kriegen. Was nie passiert war, aber vermutlich war das so, wenn man keinen festen Bezugspunkt hatte und nie genau wusste, was die Zukunft bringen würde. Die größeren und stärkeren Kinder hatten sich die Teller mit dem meisten Essen gesichert, die kleineren mussten zusehen, wie sie zurechtkamen. Emily hatte das nicht sonderlich gestört, weil sie selten viel Appetit gehabt hatte. Vermutlich war sie deshalb nicht sonderlich groß geraten. Vielleicht war es aber auch erblich, nur konnte sie sich nicht mehr daran erinnern, wie ihre Eltern ausgesehen hatten.

Da das ebenfalls ein Thema war, über das sie lieber nicht nachdenken wollte, drückte sie noch einmal Toms Hände und ließ ihn dann los. Er zögerte, hielt sie aber nicht zurück. Fast tat es ihr ein wenig leid. Schnell ging Emily zum Kühlschrank und öffnete ihn. Er war randvoll mit Getränken.

Tom stieß hinter ihr einen Pfiff aus. »Erwartest du einen Atomkrieg?«

»Derzeit nicht, aber wie du weißt, gehe ...«

Tom legte seine Hand auf ihre Schulter. »Tut mir leid, ich hätte keinen Scherz darüber machen sollen. Ich kann mir vorstellen, wie schwer es in den letzten Jahren für dich war.«

Darüber wollte Emily auf keinen Fall reden. »Schon gut. Ich habe immer das Gefühl, nicht zum Rest der Menschheit zu passen und deshalb erklären zu müssen, warum ich etwas mache.«

»Das musst du bei mir nicht. Wenn ich etwas wissen will, frage ich danach. Und ich finde, du passt sehr gut zum Rest der Menschheit. Besonders zu RIOS. Wer von den Mitarbeitern dort hatte schon ein völlig normales Leben? Soweit ich weiß, niemand. Du passt wunderbar hinein.«

Seltsamerweise hatte sie das auch schon öfter gedacht. »Aber du bist anders, oder? Dein Leben meine ich.«

Toms Hand glitt von ihrer Schulter und er trat neben sie. »Wenn du meinst, dass ich eine ganz normale Kindheit hatte, wunderbare Eltern und eine grandiose ältere Schwester, dann ja. Ich habe meine Schulzeit durchgezogen, studiert und bin dann zur Polizei gegangen. Da ich mit Mord, Körperverletzung und diesen Dingen nicht so gut zurechtkomme, habe ich die Abteilung Identitätsverbrechen gewählt. Das habe ich auch nicht bereut, ich habe interessante Fälle und halbwegs humane Arbeitszeiten.«

Es schwang ein großes Aber in seinen Worten mit. »Das ist schön. Um ehrlich zu sein, beneide ich dich darum.«

»Wenn das hier vorbei ist, nehme ich dich mit zu meiner Familie. Sie werden dich lieben.«

Emily sah ihn mit großen Augen an. »Das solltest du nicht tun.«

»Warum nicht?«

Anstatt zu antworten, stellte sie eine Gegenfrage. »Tust du das öfter? Irgendwelche Frauen mit zu deiner Familie zu nehmen?«

»Du bist nicht irgendwer.« Es klang ausweichend.

»Das beantwortet aber nicht meine Frage.«

Tom seufzte tief. »Nein, ich bringe normalerweise keine Frauen mit zu meiner Familie, weil ich weiß, dass sich meine Mutter und Schwester dann gleich eine Hochzeit vorstellen.«

»Und das würden sie bei mir nicht?« Emily wusste, dass sie nicht so aussah wie jemand, der Tom wirklich interessieren könnte, aber es tat schon ein wenig weh zu hören, dass er das auch so sah.

Irritiert blickte er sie an. »Warum sollten sie das nicht? Natürlich werden sie insgeheim Hochzeitspläne schmieden und sich vorstellen, wie unsere Kinder aussehen werden. Aber das ist mir egal.«

Emily unterdrückte den Wunsch zu fliehen, als sie das Wort Kinder hörte. »Warum?«

»Weil du mir wichtig bist.«

Es war so ein einfacher Satz und trotzdem wunderschön. Emily hatte keine Ahnung, wie sie darauf reagieren sollte, deshalb starrte sie ihn nur an.

Zum Glück lächelte Tom und schüttelte den Kopf. »Anscheinend habe ich dich sprachlos gemacht. Zum ersten Mal. Jetzt weiß ich, wie ich es anstellen muss.«

»Tom ...«

»Wir sollten jetzt besser die Sachen aus dem Kühlschrank nehmen.«

Erst jetzt merkte Emily, dass die kalte Luft aus dem Kühlschrank sie zittern ließ. »Gute Idee. Nimmst du dort hinten einen Korb aus der Ecke? Dann können wir mehr tragen.«

Gemeinsam holten sie etliche Flaschen heraus und legten sie vorsichtig in den Korb, dann nahm Emily Packungen mit Pizza aus dem Gefrierfach. Die aß sie normalerweise nur, wenn sie so mit der Arbeit beschäftigt gewesen war, dass sie keine Zeit und Lust mehr hatte, sich etwas zu kochen. Also für heute genau das Richtige. Ihre Küche war nicht dafür ausgestattet, für eine ganze Mannschaft zu kochen. Sollten die Männer auch morgen noch da sein, musste sie sich dringend etwas anderes überlegen.

»Hättest du die sonst alle allein gegessen?« Tom zwinkerte sie an.

»Nicht an einem Tag.«

Lachend hielt er ihr den Korb hin, damit sie die Packungen auf die Flaschen legen konnte. »Das habe ich auch nicht angenommen.« Sein Blick glitt an ihrem Körper hinunter.

Röte stieg in Emilys Wangen. »Du hast meine Heißhunger-Attacken noch nicht erlebt, wenn ich mal wieder vergessen habe zu essen. Es ist erschreckend.«

»Ich glaube, du brauchst wirklich jemanden, der darauf achtet, dass du regelmäßig etwas zu dir nimmst.«

Emily biss auf ihre Lippe, um ihn nicht zu fragen, ob er dafür zur Verfügung stand.

19. KAPITEL

Tom konnte sich nicht erklären, woran es lag, aber in Emilys Gegenwart rutschten ihm manchmal Dinge heraus, die er sonst nie zu jemandem gesagt hätte. Auch wenn es die reine Wahrheit war, erschien es ihm nicht klug, sie zu äußern, solange er nicht wusste, wie sich die Sache mit Emily entwickeln würde. Wenn sie sich überhaupt entwickelte. Manchmal sah Emily ihn an, als wollte sie ihn am liebsten küssen, dann wieder schien sie meilenweit entfernt. Es schmerzte, die Einsamkeit und den Kummer in ihrer Miene zu sehen. Das waren die Momente, in denen er sie am liebsten in die Arme nehmen und nie wieder loslassen wollte. Doch das ging nicht, solange es sich die halbe RIOS-Mannschaft in ihrem Haus gemütlich machte. Wie gern wäre er mit ihr allein, um in Ruhe mit ihr sprechen zu können. Und anderes.

Nach dem Essen, bei dem sie gewirkt hatte wie Alice im Wunderland, hatte sie sich in ihr Büro zurückgezogen, um zu versuchen, herauszufinden wer hinter dem Angriff auf sie steckte. Er hatte angeboten, ihr zu helfen, aber sie hatte dankend abgelehnt. Vermutlich weil er keinerlei Ahnung hatte, wie man so etwas anstellte. Es war ihm auch mehr darum gegangen, ihr Gesellschaft zu leisten, doch er verstand, dass sie lieber allein war, wenn sie sich konzentrieren musste. Das ging ihm in seinem Großraumbüro auch häufiger so. Und seine Recherchen waren sicher deutlich weniger kompliziert als das, was Emily betrieb.

Schließlich hielt er es nicht mehr aus und stand auf. Max warf ihm einen wissenden Blick zu. »Du hast lange durchgehalten, ich wäre schon vor einer halben Stunde hingegangen.«

Genervt sah Tom ihn an. »Und hättest sie bei der Arbeit gestört?«

»Aber sowas von. Sie hätte nicht mal mehr gewusst, was sie eigentlich machen wollte, wenn ich mit ihr fertig gewesen wäre.«

Tom machte einen Schritt auf ihn zu. »Du solltest dir gut

überlegen, was du sagst.«

Beschwichtigend hob Max die Hände. »Rein theoretisch gesprochen und nicht auf Emily bezogen.«

Kopfschüttelnd ging Tom an ihm vorbei. »Da wunderst du dich, dass du noch ungebunden bist?«

»Sagte der Topf zum Kessel.« Max grinste ihn an. »Jetzt geh endlich, du machst uns ganz nervös mit dem Herumgezappel.«

Ohne ein weiteres Wort öffnete Tom die Tür zum Büro und blickte hinein. Sein Herz blieb einen Moment stehen, bevor es lospolterte. Emily war vornüber gesunken, ihr Kopf ruhte auf der Tastatur. Ihre rechte Hand umklammerte immer noch die Maus. Zuerst dachte er, dass sie ohnmächtig geworden war, doch dann erkannte er, dass sie einfach nur schlief. Kein Wunder, sie musste völlig übermüdet sein. Leise trat er zu ihr und berührte ihre Schulter. Emily murmelte etwas, wachte aber nicht auf. Ihre Augenlider war geschlossen, die schwarzen Wimpern berührten ihre Wange. Ihr Mund war leicht geöffnet und er glaubte, ein leises Schnarchen zu hören.

Diesmal waren es Gefühle, die sein Herz zum Stolpern brachten. Er konnte sich nicht erklären, warum ausgerechnet Emily diese in ihm auslöste, aber es war so. Und er hatte nicht vor, sich dagegen zu wehren. So lange hatte er darauf gewartet, dass er für eine Frau mal mehr als nur etwas Vorübergehendes empfinden würde, doch es hatte sich meist aufs Körperliche beschränkt. Zwar war das auch hier vorhanden, aber es war so viel mehr.

Vorsichtig schob er seine Arme unter ihren Körper und hob sie langsam hoch.

Emily zuckte zusammen, ihre Augen flogen auf. »Was ...?«

»Ich bin es, Tom. Schlaf weiter, ich kümmere mich um dich.«

Sie murmelte etwas und erschlaffte in seinen Armen. Es gab ihm ein warmes Gefühl, dass sie ihm offensichtlich vertraute. Lächelnd betrachtete er ihr Gesicht. Im Schlaf sah sie noch jünger aus, weil die Intelligenz und Lebenserfahrung in ihren Augen nicht zu sehen war. Was auch immer sie früher erlebt hatte, es musste schlimm gewesen sein. Seltsamerweise verspürte er den Wunsch, all den Schmerz und Kummer auszuradieren und ihr nur noch schöne Erlebnisse zu bieten. Das war völlig utopisch, so war die Welt nun mal nicht, aber trotzdem war das Bedürfnis da. Am liebsten würde er sie in einen Kokon wickeln und alles Schlechte von ihr fernhalten. Shit, es hatte ihn wirklich übel erwischt.

Mit dem Fuß schob er die Tür auf und trug Emily ins Wohnzimmer. Max stand so schnell auf, dass Tom kaum die Bewegung sah.

»Was ist mit ihr?«

Tom hielt seine Stimme gedämpft. »Völlig übermüdet, ich bringe sie ins Bett.«

Ebenso schnell entspannte sich Max wieder. »Ich öffne dir die Tür.« Der ehemalige Einbrecher ging voraus und öffnete die Schlafzimmertür. Tom trat hindurch und trug Emily zum Bett. »Sorg dafür, dass sie genug Schlaf bekommt.« Damit schloss Max die Tür leise hinter ihnen.

Tom blickte die geschlossene Tür an und schüttelte den Kopf. Max erstaunte ihn immer wieder. Vielleicht hatte er deshalb ein Problem mit ihm, weil er nie wusste, was der Mann in der nächsten Sekunde tun würde. Er war für Tom ein völliges Mysterium.

Langsam zog Tom die Decke zurück und legte Emily ins Bett. Sie schien es gar nicht zu bemerken. Vorsichtig zog er ihre Schuhe aus und deckte sie nach kurzem Zögern zu. Wahrscheinlich wäre es bequemer für sie, wenn er sie auszog, aber er konnte sich nicht dazu bringen. Es würde ihm vorkommen, als würde er ihren Zustand ausnutzen. Er beugte sich vor, nahm ihre Brille ab und küsste ihre Stirn. »Schlaf gut.«

Als er sich wieder aufrichtete, öffneten sich ihre Augen. Schlaftrunken sah sie zu ihm auf.

»Tom?« Ihre Stimme war rau vom Schlaf.

»Ja. Schlaf weiter.«

»Was ist passiert?«

Tom setzte sich neben sie auf die Matratze. »Nichts, du bist nur eingeschlafen.«

»Oh, tut mir leid.« Sie setzte sich auf. »Ich sollte ...«

Sanft drückte Tom sie zurück. »Du bleibst schön hier und schläfst. Du bist völlig kaputt, kein Wunder nach den Ereignissen der letzten Tage. Morgen kannst du ausgeruht wieder an die Arbeit gehen.«

Emily biss auf ihre Lippe. »Aber je länger es dauert, desto mehr müsst ihr darunter leiden. Von den armen Kindern ganz zu schweigen.«

Tom sagte ihr nicht, dass nach der langen Zeit ein Tag mehr oder weniger auch nichts ausmachte, so leid ihm das tat. »Wenn du dabei einschläfst, bringt es ihnen auch nichts. Du musst fit sein, um diese Schweine zu finden und aus dem Verkehr zu ziehen.«

Das schlechte Gewissen war ihr anzusehen. »Ich hätte das schon früher machen sollen, doch das habe ich nicht, weil ich Angst hatte, das FBI oder die Verbrecher damit auf meine Spur zu bringen.«

»Wahrscheinlich wäre das auch passiert. Außerdem war es die Aufgabe des FBI, die Sache weiterzuverfolgen. Du hast sie darauf aufmerksam gemacht, damit hast du deine Schuldigkeit getan.«

Emily sah ihn traurig an. »Warum fühle ich mich dann so, als hätte ich die Kinder im Stich gelassen?«

»Das ist normal, mir geht es bei der Arbeit auch öfter so. Aber manchmal kann man einfach nicht mehr machen.«

»Ich hätte mehr machen können. Machen müssen. Ich hätte weitergraben können, bis ich mehr zu den Personen gefunden hätte. Irgendetwas hätte ich dort entdeckt, da bin ich mir sicher.«

Tom rieb beruhigend ihren Arm. »Und was hättest du dann gemacht? Du hättest es nicht dem FBI geben können. Selbst wenn du es anonym hingeschickt hättest, wüsstest du nicht, ob sich überhaupt jemand darum gekümmert hätte.«

»Vielleicht wenn ich es Aaron geschickt hätte ...«

Es tat ihm weh, ihre Zweifel zu sehen. »Dann wäre vermutlich etwas Ähnliches geschehen wie jetzt. Ich verstehe, dass du darüber nachdenkst, aber lass es. Es raubt dir nur Zeit und Energie und im Nachhinein kannst du es sowieso nicht ändern. Konzentrier deine Energie darauf, jetzt einen Unterschied zu machen. Damit hilfst du diesen Kindern am meisten und schadest denen, die versuchen, die Sache zu vertuschen.«

Lange sah Emily ihn nur an, dann nickte sie. »Du hast recht. Es bringt nichts, in der Vergangenheit zu leben und sich die Dinge vorzuwerfen, die man getan oder nicht getan hat. Ich wünschte nur, es wäre alles anders ausgegangen.«

»Das wird es. Wie auch immer wir das anstellen, wir werden dafür sorgen, dass du nicht mehr in Gefahr bist, die Verbrecher ihre gerechte Strafe bekommen und die Kinder zu ihren Familien zurückkehren können.«

Emily lächelte ihn zaghaft an. »Du bist sehr überzeugend, fast könnte ich dir glauben, dass es tatsächlich so kommt.«

»Das wird es.« Auf jeden Fall würde er alles dafür tun.

Sie legte ihre Hand auf seine. »Danke, Tom. Und nächstes Mal kannst du mich ruhig aufwecken, wenn ich vor den Bildschirmen einschlafe, es ist nicht das erste Mal gewesen. Du musstest mich nicht ins Schlafzimmer tragen.«

»Das habe ich gern gemacht.« Er wackelte mit den Augenbrauen, um die Stimmung aufzuheitern. »Eine weitere Gelegenheit, dir nahe zu sein.«

Emily schnaubte. »Das hättest du auch leichter haben können.«

»Du meinst ich hätte dich mit der Wange auf der Tastatur liegenlassen sollen? Das sah nicht sonderlich bequem aus.«

Emily verzog den Mund und rieb über ihre Wange. »Habe ich Abdrücke?«

»Ein paar, nicht weiter tragisch.« Eigentlich sah es sogar niedlich aus, aber das sagte er lieber nicht.

»Mist, so viel zu meiner Hoffnung, du könntest in mir eine normale Frau sehen.«

Tom zog die Augenbrauen zusammen. »Also zuerst mal sind normale Frauen oft langweilig. Außerdem, was soll an dir nicht normal sein?«

»Du meinst, außer dass ich in einem Haus wohne, das in einer Fabrikhalle steht, selten rausgehe, unter falschem Namen lebe, keine Freunde habe und vor meinem PC einschlafe?«

»So gesehen ...« Er wich lachend aus, als Emily ihn boxen wollte. »Nein, im Ernst, ich schlafe auch öfter mal vor dem Fernseher ein. Das macht dich nicht seltsam, sondern liebenswert.«

»Wirklich?«

»Ja.«

Langsam kehrte ihr Lächeln wieder. »Okay, dann bin ich beruhigt.«

Damit er nicht etwas tat, das er hinterher bereuen würde, stand Tom auf. »Dann werde ich dich jetzt mal in Ruhe schlafen lassen. Vielleicht solltest du noch dein Nachtzeug anziehen, das ist sicher bequemer.«

»Und wo schläfst du?«

»Wir halten abwechselnd Wache, der Rest belegt dein Gästezimmer und die Couch.« Die Neugier in ihm gewann Oberhand. »Wofür brauchst du eigentlich ein Gästezimmer?«

»Ich weiß auch nicht. Irgendwie wirkte das Haus so normaler als ohne. Ich hätte auch ein Arbeitszimmer einrichten können, aber das habe ich ja schon mit dem Computerraum.« Ihre Stimme wurde leiser. »Vielleicht habe ich auch gehofft, dass ich doch irgendwann mal Besuch empfangen kann.«

»Jetzt hast du reichlich Besuch, würde ich sagen.«

»Ja.« Es klang sehnsüchtig. »Aber es ist ja nicht so, als wärt ihr freiwillig gekommen. Wäre das Hauptquartier nicht vom FBI durchsucht worden, wärt ihr dort und nicht hier.«

»Stimmt. Aber hättest du uns eingeladen, wären wir gekommen.« Gut, er wusste nicht, ob er Dave besucht hätte. Emily aber auf jeden Fall.

Das schien ihr zu gefallen, denn Emily lächelte wieder. Dann richtete sie sich wieder auf und zog ihr Nachthemd unter der Bettdecke hervor. »Du hast recht, mit Jeans ist es wirklich nicht sonderlich bequem.«

Sein Zeichen. »Ich gehe dann mal. Gute Nacht, Emily.« Er

ging zur Tür und öffnete sie.

»Tom?«

Als er seinen Namen hörte, seufzte er. Er sollte wirklich gehen, sonst wurde die Versuchung zu groß. »Ja?«

»Wäre es möglich ...« Sie brach ab.

Er hielt es nicht mehr aus und drehte sich um. »Was?«

»Kannst du bitte gleich wiederkommen? Ich ... ich mag nicht allein sein.« Als er nicht sofort antwortete, ruderte sie zurück. »Tut mir leid, das hätte ich nicht sagen sollen. Du ...«

»Ich warte draußen, bis du dich umgezogen hast.«

Rasch trat er vor die Tür und zog sie hinter sich zu. Mit dem Rücken lehnte er sich an die Wand und schloss die Augen. Er sollte es nicht tun. Gleichzeitig wusste er, wie schwer es Emily fallen musste, darum zu bitten. Hätte sie nicht ein tiefgehendes Bedürfnis, hätte sie es nicht getan. Sollte er ablehnen, wenn Emily darum bat, nicht allein zu sein? Nein, das konnte er nicht. Erst recht nicht, wenn er sich auch danach sehnte, in ihrer Nähe zu sein. Welcher normale Mann würde sich dagegen wehren? Er ganz sicher nicht. Jedenfalls nicht bei Emily.

Er wartete ein paar Minuten und klopfte dann, bevor er eintrat. Emily lag im Bett. Ihre Wangen glänzten, ihre Haare waren frisch gekämmt, offenbar war sie im angeschlossenen Bad gewesen. Zögernd trat Tom zu ihr. Sie trug eines ihrer dezent antörnenden Nachthemden. Die schmalen Träger waren aus einem nachtblau schimmernden Stoff und gingen in etwas breitere Stoffdreiecke über, die ihre Brüste verdeckten. Allerdings nur zum Teil, zwischen den Stoffen war mehr als nur ein wenig Dekolleté zu sehen. Tom verschluckte beinahe seine Zunge, während er diesen Anblick in sich aufsog. Zusammen mit der hellen Haut und den dunklen Haaren harmonierte das Nachthemd perfekt mit ihren großen blauen Augen. Tom wünschte, er könnte mehr davon sehen, aber das wäre wohl ein bisschen zu viel verlangt. Und auch nicht sinnvoll mit den anderen Männern im Haus.

Emily hob ihm ihre Hand entgegen. »Komm.«

Er konnte nur hoffen, dass sie ohne Brille nicht bemerkt hatte, wie er sie beäugte, oder die Beule sah, die sich in seiner Hüftregion unter seiner Jeans gebildet hatte. Es war ihm ein wenig peinlich, andererseits sagte er sich, dass es eine völlig normale Reaktion war, wenn er einer begehrenswerten Frau gegenüberstand, die noch dazu im Bett lag. Leise schloss er die Tür hinter sich und ging langsam auf Emily zu. In ihrem Blick glaubte er, eine Mischung aus Erwartung, Anspannung und Verlangen zu sehen. Er hatte nur keine Ahnung, welcher Teil überwog.

Deshalb blieb er neben dem Bett stehen. »Bist du sicher?«

Als Antwort hob sie einladend die Decke an. Sein Mund wurde trocken, als er den Rest des Nachthemds sah. Ein langer Schlitz enthüllte ihr gesamtes Bein bis hinauf zur Taille. Wenn er sich nicht irrte, trug sie keinen Slip darunter. Tom zog rasch die Schuhe und den Pullover aus und kroch zu Emily ins Bett. Die Jeans ließ er an, damit er nicht etwas sehr Dummes anstellte. Wenn Emily jetzt eines nicht brauchte, dann war das ein geiler Mann, der über sie herfiel. Er ließ den Kopf neben ihrem in das Kissen sinken und seufzte tief auf. Wenn er ehrlich war, könnte er auch Schlaf gebrauchen, er war hundemüde.

Emily zog die Decke über ihn und drehte sich neben ihm auf die Seite. Ihr Gesicht war seinem so nah, dass er nur den Kopf zu drehen bräuchte, um sie zu küssen. »Gut so?«

Gut war gar kein Ausdruck. Emily neben ihm, ihre Wärme, der Geruch ihrer Haut, all das lockte ihn mehr als es sollte. »Ja.«

»Darf ich dich berühren?«

Ruckartig drehte er den Kopf zu ihr und stieß dabei fast mit ihrer Nase zusammen. »Was?« Gleich darauf rollte er mit den Augen, weil er sich anhörte wie eine entsetzte Gouvernante. »Vergiss die Frage. Natürlich kannst du mich berühren.« Mit angehaltenem Atem wartete er darauf, was sie tun würde.

»Danke.« Emily schob sich näher an ihn, ihre Hand glitt über seinen Brustkorb und legte sich über sein Herz. Ihren Kopf bettete sie auf seine Schulter. Es dauerte nur wenige Sekunden, bis sich ihr Bein über seine schob. Schließlich lag sie so nah an ihm, wie es möglich war.

Tom genoss es mehr, als er für möglich gehalten hätte. Das Einzige, was ihn störte, war, dass sie beide Kleidung trugen. Da sich das nicht ändern ließ, legte er seinen Arm, auf dem sie lag, über ihre Hüfte und zog sie noch näher an sich heran. Was dazu führte, dass sie beinahe auf ihm lag und seine Hand plötzlich nackte Haut berührte, weil sich ihr Nachthemd hochgeschoben hatte. Er wollte sie wegnehmen, doch Emily legte ihre Hand darüber und hielt sie dort.

»Nicht.«

Es wäre ein Wunder, wenn sie die Bewegung seines Schafts an ihrem Oberschenkel nicht spüren könnte. Offenbar störte es sie aber nicht, deshalb ignorierte er es ebenfalls. Was nicht so einfach war, während er die glatte Haut ihrer Hüfte unter seinen Fingern spürte. Emily ließ seine Hand los und legte ihre wieder auf seine Brust. Sicher konnte sie seinen schnellen Herzschlag hören. Sie rieb ihre Wange an seiner Schulter, ihre Finger krallte sie in den Stoff seines T-Shirts.

Verdammt, er konnte sich nicht *nicht* bewegen. Sanft strich er über ihre Haut, malte unsichtbare Muster darauf. Ohne Vorwarnung schlüpfte Emilys Hand unter sein T-Shirt und legte sich wieder über sein Herz. *Shit.* Sein Schaft unter der engen Jeans schmerzte langsam wirklich, aber er konnte nichts dagegen machen. Und ganz ehrlich: Er wollte es auch nicht. Es fühlte sich so gut an, hier mit Emily zu liegen und von ihr berührt zu werden. Sie schob ihr Bein höher und presste sich damit noch härter gegen seine Erektion. Tom schloss die Augen und versuchte, sich wieder unter Kontrolle zu bringen, doch es gelang ihm nicht. Ohne bewussten Befehl wanderten seine Finger weiter, erkundeten Emilys Po und den Übergang zum Oberschenkel. Ihre Haut fühlte sich an wie verdammte Seide.

Emilys Fingerspitzen berührten seine Brustwarze und Tom sprang beinahe aus dem Bett. Jedenfalls gedanklich, tatsächlich blieb er völlig regungslos liegen und genoss die zaghafte Berührung, während sie ihn gleichzeitig verrückt machte. Gott, lange würde er das nicht mehr aushalten, ohne zu explodieren. Und das wäre verdammt peinlich, es war lange her, dass er das letzte Mal in seiner Hose gekommen war – vor allem nur, weil er angezogen mit einer Frau im Bett lag. Wo war seine vielgerühmte Selbstbeherrschung? Offenbar nicht vorhanden, wenn es um Emily ging. Das machte sie sehr gefährlich für ihn.

Trotzdem lag er weiter still da und ließ Emily mit ihm machen, was sie wollte. Sie schloss ihre Finger um seine Brustwarze und die Lust schoss direkt in seinen Penis. Ungewollt drang ein Brummen aus seiner Kehle. Emily zögerte kurz, steigerte dann den Druck, als er nichts weiter tat. Innerlich siedend ließ er die Tortur über sich ergehen. Er erstarrte, als Emily den Kopf hob. Würde sie alles beenden? So sehr es auch schmerzte, wäre es furchtbar, jetzt ihr Bett verlassen zu müssen.

Ihre Hand verließ seine Brust und Tom presste seine Lippen zusammen, um den protestierenden Laut zu unterdrücken, der sich in seiner Kehle bildete. Eine Bewegung an seinem Bauch steigerte seine Unruhe. Dann schob sie sein T-Shirt hoch, ihr Atem strich über seine empfindlichen Brustwarzen. Tom hielt es nicht mehr aus, mit einer knappen Bewegung griff er den Stoff und zog das T-Shirt über den Kopf. Mit angehaltenem Atem wartete er darauf, wie Emily reagieren würde, doch er hätte sich keine Sorgen zu machen brauchen. Mit einem erfreuten Laut ließ sie ihren Kopf wieder sinken. Ihre Wange strich über seine andere Brustwarze, dann ihre Nase und schließlich ihre weichen Lippen.

Tom schloss seine Hand fester um ihren Po. Die andere Hand ließ er über ihre nackte Schulter gleiten. Emily öffnete den Mund und leckte über seinen Nippel. Toms Hüfte hob sich von allein, presste seinen Schaft härter an ihren Oberschenkel. Bisher hatte er nie das Gefühl gehabt, dass seine Brustwarzen empfindlich waren, doch bei Emily reichte schon ein Hauch, um ihn fast den Verstand verlieren zu lassen. Nicht, dass er sich beschweren wollte. Ihre Zunge umrundete den Nippel, während ihre Finger sich wieder um die andere Brustwarze schlossen. Ein raues Keuchen entkam ihm.

Er schob den Träger des Nachthemds über ihre Schulter und

entblößte den oberen Teil ihrer Brust. Sie war so füllig, wie er es erwartet hatte. Der Stoff wurde von ihrer Brustwarze aufgehalten, aber das war Tom recht, so hatte er später noch mehr auszupacken. Er strich mit den Fingerspitzen über die weiche Haut ihrer Brust. Diesmal war es Emily, die sich unruhig bewegte. Sie nahm seine Brustwarze in den Mund und begann zu saugen. Wieder schoss das Verlangen direkt in seinen Schaft. Er ließ seine Hand über ihren Po wandern und strich mit den Fingerspitzen über die empfindliche Stelle am Ansatz ihrer Oberschenkel.

Emily bewegte sich, sodass seine Finger in ihren Spalt eindrangen. Ein erregter Laut entfuhr ihr. Offenbar wusste sie sehr genau, was sie wollte, und Tom gab es ihr nur zu gern. Diesmal ließ er seine Finger mit Absicht in den Spalt zwischen ihren Beinen gleiten und spürte ihre Feuchtigkeit. Es gab keinen Zweifel, dass sie genauso erregt war wie er. Die Situation war alles andere als günstig, doch Tom konnte keinen Funken Vernunft aufbringen und Emily loslassen. Stattdessen arbeitete er sich zu ihrer Klitoris vor und begann, sie zu reizen.

An seiner Brust stöhnte Emily, bevor sie seine Nippel weiter bearbeitete. Vorsichtig nahm sie eine Brustwarze zwischen ihre Zähne. Tom zuckte zusammen und intensivierte seine Bemühungen. Mit der anderen Hand umfasste er ihre Brust, die sich in seine Handfläche schmiegte, als wäre sie dafür gemacht. Mit dem Daumen reizte er ihre Brustwarze und zupfte schließlich daran. Emily bewegte sich unruhig auf ihm, immer mehr Feuchtigkeit drang an seine Finger.

Tom ließ sie kurz los und zog sie vollständig auf sich. Bereitwillig schob sich Emily über ihn. Noch höher hob er sie, sodass sich ihre Brüste über seinem Gesicht befanden. Dann schob er auch ihren zweiten Träger über ihre Schulter. Der Stoff rutschte hinunter und entblößte ihre Brüste. Die dunklen Nippel standen hart hervor und bettelten förmlich um seine Aufmerksamkeit. Dem konnte er nicht lange widerstehen und fuhr mit der Zunge darüber. Ein Zittern lief durch Emilys Körper.

»Tom, bitte ...«

Es war lächerlich, wie sehr es ihn anmachte, wenn Emily ihn darum bat, sie zu befriedigen. Da er nun die Hände frei hatte, legte er sie beide um ihre Hüfte. Sofort kniete sich Emily über ihn und spreizte die Beine, sodass er alles an ihr erreichen konnte. Davon machte er ausgiebig Gebrauch. Während er an ihren Brustspitzen saugte, reizte er ihre Klitoris und schob langsam einen Finger in sie. Emily presste sich ihm entgegen, und er drang so tief in sie, wie es nur möglich war. Gott, er wünschte, es wäre sein schmerzender Schaft.

Emily schien das genauso zu sehen, denn sie griff zwischen ihre Körper und begann damit, seine Hose zu öffnen. Als sie den Reißverschluss hinunterzog, atmete er erleichtert auf. Die Erleichterung verging ihm allerdings, als Emily ihre Hand unter seine Boxershorts schob und seine Erektion umfasste. Es fühlte sich so gut an, dass er beinahe nur durch die Berührung kam. Tom konnte den Orgasmus gerade noch verhindern und presste sein Gesicht schwer atmend an ihre Brüste.

»Gott, Emily ...«

»Ja?« Befriedigung klang in ihrer Stimme mit.

»Wir sollten ...«

»Weitermachen? Ja, das sehe ich auch so. Unbedingt.« Ihre Finger schlossen sich fester um seinen Schaft.

Unwillkürlich hob er ihr die Hüfte entgegen. Er schob einen zweiten Finger in sie, dicht gefolgt von einem dritten. Sie war mehr als bereit für ihn. Er bräuchte nur in sie tauchen und wäre im Paradies. Im letzten Moment setzte sein Verstand wieder ein.

»N...nein.« Das klang nicht überzeugend. Tom räusperte sich. »Du glaubst nicht, wie gern ich würde, aber ...«

Emily unterbrach ihn. »Doch, das glaube ich sofort.« Ihre Hand fuhr an seinem Penis hinab, bis ihre Finger über seine Eichel glitten und die Feuchtigkeit verrieben.

Beinahe verzweifelt schloss er seine Hand um ihre. »Aber ich habe kein Kondom dabei.«

»Das macht nichts. Ich nehme die Pille.«

Emily beendete seine innere Debatte damit, dass sie ihre Brustspitze über seine Lippen gleiten ließ. Reflexartig öffnete er den Mund und saugte hart an ihr.

»Ja! Mehr!« Der Ruf war nicht gerade leise.

Bedauernd zog er seinen Kopf zurück. »Nicht so laut, die anderen hören dich sonst.«

Emily erstarrte, aber er konnte spüren, wie sich ihr Inneres um seine Finger zusammenzog. Unglaublich, offenbar erregte es sie, zu wissen, dass andere im Haus waren. Sie zog seine Boxershorts noch weiter hinunter und setzte sich auf. Dabei rutschte das Nachthemd an ihrem Körper hinunter und lag um ihre Taille. Mit einer Hand führte sie seine Erektion zu ihrem Eingang. Sowie Tom seine Finger zurückzog, senkte sie ihre Hüfte auf seinen Penis. Da er sehen wollte, was geschah, zog er ihr schnell das Nachthemd über den Kopf. Atemlos starrte er sie an. Sie war eine Göttin. Angefangen bei der runden Hüfte, über die schmale Taille bis hin zu den vollen Brüsten. Von ihrem Gesicht ganz zu schweigen, den sündhaften Lippen und den großen Augen, in denen Leidenschaft brannte.

Tom hob eine Hand zu ihren Brüsten und begann, an den Brustspitzen zu zupfen. An ihrer Reaktion konnte er erkennen, dass sie es härter mochte, also gab er ihr, was sie brauchte. Die andere Hand schob er zwischen sie und reizte ihre Klitoris. Immer schneller, immer härter presste sie sich auf ihn, ihr Atem kam keuchend. Schließlich hielt er es nicht mehr aus. Schnell rollte er sich mit ihr herum, bis er auf ihr lag. Er hob ihre Beine und legte sie über seine Schultern, damit war sie weit offen für ihn und er konnte tiefer in sie dringen.

Hart stieß er in sie und rieb dabei weiter über ihre Klitoris. Er beugte sich vor, bis er Emily küssen konnte. Beinahe verzweifelt beantwortete sie seine Küsse, ihr Stöhnen wurde lauter. Tom versuchte, es mit seinem Mund einzufangen, damit es nicht aus dem Zimmer drang. Es würde ihn nicht wundern, wenn die anderen längst wussten, was sie hier trieben, aber es war ihm tatsächlich ziemlich egal. Und das nicht nur, weil er kurz vor dem Höhepunkt stand und Emily ihn küsste, als würde sie verhungern. Oder als müsste sie Jahre der Einsamkeit vertreiben.

Tom hob den Kopf. »Emily, sieh mich an.«

Ihre Lider hoben sich und sie sah ihn mit verschleiertem Blick an. Ihre Pupillen waren so geweitet, dass ihre Augen beinahe schwarz wirkten.

»Komm für mich.«

Beinahe wie in Zeitlupe zogen sich ihre Muskeln um ihn herum zusammen und sie stürzte in den Abgrund. Schnell presste er seinen Mund auf ihren, um ihren Schrei zu dämpfen. Ihre Muskeln massierten seinen Penis, bis er es auch nicht mehr aushielt und sich in den Orgasmus fallen ließ. Wellen der Erregung durchliefen ihn, während er in sie pumpte. Emilys Fingernägel gruben sich in seinen Po, aber das störte ihn nicht. Er würde die Narben mit Stolz tragen. Immer wieder stieß er in sie, er konnte nicht genug von ihr bekommen. Schließlich nahm er vorsichtig ihre Beine von seinen Schultern und brach auf ihr zusammen.

Ein Schauer nach dem anderen lief durch Emilys Körper und sie schlang ihre Beine um ihn. Offenbar wollte sie ihn nicht mehr loslassen, aber damit hatte er kein Problem. Wenn er könnte, würde er eine sehr lange Zeit in ihr bleiben. Jede Bewegung von ihr trieb elektrisierende Funken durch seinen Körper. Was auch immer sie mit ihm gemacht hatte – er wollte mehr davon.

Schließlich beruhigte sich ihr Atem, ihr Herzschlag wurde langsamer. Ihr Griff wurde lockerer und ihre Beine sanken hinab. Mühsam hob Tom den Kopf und sah auf sie hinunter. Ein Lächeln hob seine Mundwinkel. Emily sah aus, als wäre sie gerade gründlich geliebt worden. Ihre Wangen und Lippen waren gerötet, die Augen geschlossen. Die Haare standen in wilden Locken ab. Seiner Meinung nach sollte so jede Frau aussehen, die einen Orgasmus erlebt hatte. Vermutlich sah er auch nicht wesentlich anders aus, aber das war ihm völlig egal.

Tom zwang sich, Emilys Körper zu verlassen, so sehr ihn das auch schmerzte. Am liebsten wäre er sofort wieder in sie getaucht, aber er zwang sich, sich neben sie zu legen. Rasch zog er Hose und Socken aus und schlang einen Arm um Emily. Sanft zog er sie an sich, bis sich ihr Po an seinen Schoß presste. Zufrieden seufzte er auf, als sie sich an ihn schmiegte. Er griff hinter sich und schaltete die Nachttischlampe aus. Nur ein paar Minuten noch, dann würde er aufstehen und die anderen in der Wache ablösen. Tom schob den Kopf vor und küsste Emilys Hinterkopf.

Vermutlich sollte er etwas zu ihr sagen, aber ihm fiel nichts Passendes ein. Seine Gefühle für sie waren zu wirr, um sie jetzt äußern zu können. Und irgendeine Plattitüde wollte er nicht bringen, dafür war ihm Emily zu wichtig. Vielleicht sollte er ihr genau das sagen, aber er brachte trotzdem nichts hinaus. Stattdessen legte er seine Hand über ihre Brust und schloss die Augen. Sicher würde ihm morgen etwas Geniales einfallen, das er ihr sagen könnte. Er musste nur ein wenig darüber grübeln.

20. KAPITEL

Emily wachte aus einem traumlosen Schlaf auf und fühlte sich regelrecht getoastet. Es dauerte einen Moment, bis sie realisierte, woher die Wärme kam, die sie von Kopf bis Fuß einhüllte: Tom. Ihre Lider flogen auf und sie starrte in das dunkle Zimmer. Wegen der Ereignisse hatte sie die Jalousien unten gelassen und damit drang nichts von dem Licht, mit dem sie die Pflanzen bestrahlte, in den Raum. Tom lag hinter ihr, sein Körper presste sich nackt an ihren. Seinen Arm hatte er um ihre Taille geschlungen, seine Hand umfasste sanft ihre Brust. Es war unglaublich, wie gut sich das anfühlte. Sie war noch nie mit einem Mann in ihrem Bett aufgewacht und jetzt war sie vermutlich für immer verdorben. Wie konnte jemand allein schlafen und aufwachen wollen?

Die Erinnerung an den spektakulären Sex brachte ihren Körper zum Summen. Es war unverantwortlich gewesen, so etwas zu tun, während ihr Haus voller Leute war, aber sie bereute keine einzige Sekunde. Ganz im Gegenteil, sie würde alles wieder genauso machen. Selbst wenn heute einige Stellen schmerzten, die sie vielleicht noch nicht so hätte belasten sollen. Doch das war egal, sie hatte nichts davon gemerkt, während Tom sie nach allen Regeln der Kunst liebte.

Emily hatte erwartet, dass er morgens schon längst verschwunden sein würde, schließlich hatte er eigentlich Wache halten wollen, aber sie war froh, dass er in ihrem Bett ein wenig Ruhe bekommen hatte, schließlich hatte auch er davor kaum geschlafen. So gern sie liegen bleiben würde, es zog sie an den PC zurück. Irgendwie musste sie die Stunden aufholen, die sie – sehr anregend und erholsam – anderweitig verbracht hatte, anstatt nach den Verbrechern zu suchen. Vermutlich hatte Tom recht, und es machte keinen Unterschied, aber sie hatte deswegen trotzdem ein schlechtes Gewissen. Sie hätte schon viel früher versuchen müssen, die Gruppe erneut im Darknet zu finden und diese Schweine auszuschalten.

Warum hatte das FBI nichts getan? Oder hatten sie das und

die Sache geheim gehalten, damit es keinen Aufschrei in den Medien gab? Es war möglich, aber sie war sicher, dass Aaron es mitbekommen und ihr erzählt hätte. Doch ihr Freund war bis zuletzt überzeugt gewesen, dass das FBI die Sache nach ihrem Verschwinden begraben hatte. Ja, die Gruppe war gleich darauf nicht mehr auffindbar gewesen, aber das FBI hatte auch Computerexperten, die die Suche hätten aufnehmen können. Oder sie hätten Emily beauftragt, ihnen zu helfen. Das hätte sie liebend gern gemacht, doch stattdessen hatten sie sie lieber festgesetzt.

Bedauernd hob sie Toms Arm vorsichtig an und schlüpfte darunter hinaus. Immer wenn sie über die Sache nachdachte, spürte sie eine innere Unruhe, die sie dazu zwang, irgendetwas zu tun. Rasch nahm sie ihre frische Kleidung vom Stuhl und ging damit ins angeschlossene Badezimmer. Mit einem leisen Klicken schob sie die Tür ins Schloss. Erst wollte sie sich ein wenig frischmachen und anziehen, doch schließlich entschied sie sich für eine Dusche. Sie konnte sie gut gebrauchen und auch wenn sie es bedauerte, sich Toms Geruch vom Körper zu waschen, musste sie daran denken, dass andere Leute im Haus waren. Dazu musste sie erst den Verband vom Fuß lösen und schnitt eine Grimasse, als sie die Wunden an ihrer Sohle sah.

Emily stieg in die Dusche und drehte das Wasser auf. Nach einigen Sekunden wurde der Strahl wärmer und sie stellte sich darunter. Mit geschlossenen Augen ließ sie das Wasser auf ihr Gesicht und ihren Körper prasseln und genoss die belebende Wirkung. Den scharfen Schmerz unter ihrer Fußsohle ignorierte sie dabei. Wie so oft kamen ihr unter der Dusche die besten Ideen und sie plante, wie sie die Suche nach der Gruppe im Darknet angehen konnte. Schließlich nahm sie sich etwas Shampoo und massierte es in ihre Haare. Glücklicherweise waren sie absolut pflegeleicht, es reichte, sie zu waschen und dann kurz zu fönen oder an der Luft trocknen zu lassen. Gut, dadurch sahen sie manchmal etwas wild aus, aber sie hatte einfach keine Geduld, mehr Zeit darin zu investieren.

Gründlich spülte Emily ihre Haare aus und wollte gerade

nach dem Duschgel greifen, als sie einen Lufthauch spürte. Bevor sie reagieren konnte, presste sich ein warmer Körper von hinten an sie, Arme schlangen sich um ihre Taille.

»Guten Morgen.« Toms tiefe Stimme klang rauer als sonst.

Ein erregter Schauer lief durch ihren Körper, ihre Brustwarzen richteten sich auf. Verdammt, würde sie jetzt jedes Mal diese Reaktion haben, wenn sie in Toms Nähe war? Das würde auf Dauer ziemlich lästig werden, vor allem in Gegenwart von anderen. »Hallo. Was machst du hier?«

»Ich habe dich vermisst und bin den Geräuschen gefolgt.« Er presste einen Kuss in die Kuhle zwischen Schulter und Hals. »Und ich muss sagen, ich bin froh darüber.«

Emily schmolz förmlich dahin, wenn er ihr so etwas in seiner warmen Stimme sagte. »Ich wollte dich nicht stören. Du musst viel Schlaf nachholen.«

»Kein Problem, ich muss sowieso mit den anderen sprechen. Eigentlich wollte ich gestern auch eine Wache übernehmen, aber ich war anscheinend so müde, dass ich sowieso nicht getaugt hätte. Von daher war es gut, dass ich es gar nicht erst versucht habe.« Er griff um sie herum und nahm das Duschgel von der Ablage. Das Gel lief in seine Handfläche, dann rieb er über ihre Arme.

Emily schloss die Augen. »Was tust du da?«

»Ich helfe dir.« Sanft strichen seine Hände bis zu ihren Fingern und dann wieder hinauf.

Gott, wenn sie das schon so heißmachte, was würde erst passieren, wenn er ... Die Gedanken zerstoben, als sich seine Hände über ihre Brüste legten und er sie in sanft kreisenden Bewegungen massierte. Ihr Kopf sackte nach hinten und wurde von seiner Brust gestützt. Emily hielt sich an seinen Oberschenkeln fest. Dadurch wurde sie noch enger an ihn gepresst und konnte seine Erektion an ihrem Rücken spüren. Ihre Zweifel, ob es sinnvoll war, eine sexuelle Beziehung mit Tom einzugehen, zerstoben unter seinen Aufmerksamkeiten. Wie konnte etwas falsch sein, das sich so richtig anfühlte?

Seine Hände wanderten tiefer, strichen über ihren Bauch und

tauchten zwischen ihre Beine. Unwillkürlich stellte sie sich breitbeiniger hin, damit er die interessanten Orte ohne Probleme erreichte. Sein Schaft wurde immer größer und sie wünschte, er wäre an der korrekten Position. Aber im Stehen machte sich ihr Größenunterschied leider bemerkbar. Das schien Tom auch zu bemerken, denn er hielt kurz inne, dann machte er ein paar Schritte mit ihr.

»Halt dich fest.«

Sie öffnete die Augen und sah auf die Duschstange. Aufregung stieg in ihr auf, dicht gefolgt von alles umfassendem Verlangen. Gehorsam packte sie die Stange und senkte ihren Oberkörper, als Tom ihre Hüfte weiter nach hinten zog. Gleichzeitig stellte sie die Beine weiter auseinander, um Tom den Zugang zu erleichtern. Seine Hände lagen um ihre Hüften und hielten sie still, während sich sein Penis einen Weg in sie bahnte. Seine Härte glitt über ihre empfindliche Haut und Emily musste auf ihre Lippen beißen, um nicht aufzuschreien. Zwar wurden ihre Laute ein wenig durch das Rauschen des Wassers überdeckt, aber es wäre sicher immer noch gut hörbar.

Hitze breitete sich in ihr aus und sie schob Tom ihre Hüfte entgegen. Dadurch drang er schneller in sie und füllte sie innerhalb weniger Sekunden vollständig aus. Die Position ließ sie noch mehr fühlen, ihre Erregung steigerte sich, bis sie glaubte, schon nach wenigen Stößen explodieren zu müssen. Das warme Wasser trug noch dazu bei, es prasselte auf ihren Rücken und lief über ihren Körper. Tropfen bildeten sich an ihren sensiblen Brustspitzen. Emily schloss die Hände fester um die Stange in dem Versuch, sich aufrecht zu halten, als ihre Beine nachzugeben drohten.

Toms Hände glitten an ihrer Taille nach oben, dann schlossen sie sich um ihre Brüste. Laut keuchte Emily auf. Als Tom wieder in sie glitt, stieß sie ihm ihre Hüfte entgegen. Er rammte so hart in sie, dass sie Sterne sah. Oh, verdammt, das war gut! Offenbar deutete Tom ihre Reaktion richtig, denn er hämmerte immer wieder in sie, während er mit Daumen und Zeigefinger ihre Brustwarzen zusammenpresste. Emily konnte sich kaum beherrschen, es fühlte sich so gut an, an so vielen verschiedenen Stellen. Auf Zehenspitzen versuchte sie, Tom noch näher zu kommen.

Unerwartet biss Tom in ihren Nacken und katapultierte Emily in den Orgasmus. Zuckungen liefen durch ihren Körper und sie schrie auf. Einige weitere Male stieß Tom in sie, dann kam auch er. Schließlich löste er ihre Hände aus dem Klammergriff um die Duschstange und richtete Emily auf. Dadurch verlagerte sich sein Penis in ihr und Emily stöhnte erneut auf. Schlaff hing sie in seinem Griff, ihr Kopf war an seine Brust gesunken. Seine Finger lagen weiterhin um ihre Brustspitzen, die durch das Wasser zusätzlich gereizt wurden. Ein Zittern lief durch ihren Körper, ihre Muskeln zogen sich um ihn zusammen.

Tom legte seine Wange an ihre. »Verdammt, das war unglaublich. Ich glaube, ich bin süchtig nach dir.«

Ein wohliger Schauer rann bei seinen Worten durch ihren Körper. Wie sehr wünschte sie sich, dass er das ernst meinte und die Situation eine andere wäre. Doch so, wie die Dinge gerade standen, sollte sich Tom lieber nicht zu sehr an sie gewöhnen. Allerdings brachte sie es nicht über sich, ihm das zu sagen, während er noch in ihr war. Stattdessen legte sie ihre Hand auf seine, die immer noch ihre Brust umfasste. Noch immer plätscherte das Wasser auf ihren Kopf und Emily brachte gerade noch genug Energie auf, um den Wasserhahn zu bedienen. Totale Stille kehrte ein. Vor allem aber wurde es unangenehm kalt.

Tom küsste ihre nassen Haare. »Vermutlich sollte ich dich jetzt loslassen, aber ich kann mich nicht dazu bringen.«

»Es würde sicher komisch aussehen, wenn wir so bei den anderen auftauchen.«

Sein Penis zuckte in ihr. »Ja, ganz sicher.« Langsam zog er sich aus ihr zurück und entlockte ihr dabei ein bedauerndes Seufzen.

Es war nicht allein der Sex, den sie vermisst hatte, sondern auch die körperliche Nähe zu einem Mann. Neben Tom zu schlafen und von ihm gehalten zu werden, gehörte zu den schönsten Erlebnissen seit langem. Und wie Tom schon sagte: Es machte süchtig. Es würde schmerzen, ihm nicht mehr nahe sein zu können. Nein, sie würde dafür kämpfen und nicht mehr weglaufen. Die letzten zwei Tage hatten ihr bewusst gemacht, dass sie nie in Ruhe würde leben können, solange sie diese Verbrecher nicht zur Strecke brachte. Davor hatte sie noch gehofft, dass sie sie vergessen würden, doch das war offensichtlich nicht der Fall. Deshalb würde sie alles dafür tun, dass diese Schweine ihre Strafe bekamen. Für Aaron und sich, vor allem aber für das, was sie den Kindern angetan hatten und vielleicht weiterhin taten.

Die Gruppe war im Darknet gelöscht worden, aber sie war sicher, dass sich diese Typen entweder anderen Gruppen angeschlossen hatten oder eine neue gegründet hatten. Entweder, um ihre Gelüste zu befriedigen, oder um viel Geld damit zu verdienen. Da das FBI offenbar nichts gegen sie unternommen hatte, fühlten sie sich vielleicht sicher und ließen sich so leichter finden. Wenn sie ...

Eine Berührung an ihrer Schulter ließ sie zusammenzucken. »Was hast du? Tut dir etwas weh?«

Rasch drehte sie sich zu Tom um. »Nein, es ist alles in Ordnung. Ich war in Gedanken.«

Tief sah Tom ihr in die Augen. »Keine glücklichen, offensichtlich. Hätte ich lieber nicht zu dir kommen sollen?«

»Was? Nein! Es war unglaublich. Mir ist nur bewusst geworden, wie sehr ich es in den letzten Jahren vermisst habe, einem Mann nahe zu sein. Das war mir vorher nicht klar. Erst seit du mich berührt hast ...«

Sanft zog er sie an sich, seine großen Hände rieben über ihren Rücken. »Und das tue ich ausgesprochen gern. Deine Haut ist so weich, ich könnte den ganzen Tag damit zubringen.«

Nie hätte sie gedacht, dass sich ihre Beziehung nach dem mehr als holperigen Start auf diese Weise entwickeln könnte. Emily räusperte sich. »Das würde mir gefallen. Leider haben wir etwas anderes zu tun.«

Tom seufzte tief. »Das ist ja normal, aber wenn das hier vorbei ist und du nicht mehr in Gefahr schwebst, nehmen wir uns die Zeit, ja?«

»Sehr gern, wenn du mich dann noch sehen willst.«

Erstaunt sah er sie an. »Warum sollte ich das nicht wollen?« Seine Augenbrauen schoben sich zusammen. »Falls du damit andeuten willst, dass ich mich nur mit dir abgebe, weil wir zusammen eingesperrt sind, vergiss es ganz schnell wieder. Ich habe es nicht nötig, mich einer Frau aufzudrängen, weil gerade keine andere in der Nähe ist. Ich will *dich*, nicht irgendeinen warmen Körper.«

»Aber warum?«

»Weil ich dich mag. Weil ich dich heiß finde, samt Brille und Wuschelfrisur. Weil du irgendetwas in mir berührst, das ich nicht benennen kann.«

Er wirkte dabei so frustriert, dass Emily lächeln musste. »Das reicht mir für den Moment, danke.«

Tom schüttelte den Kopf. »Manchmal ist es echt nicht leicht mit dir.«

»Ich weiß, tut mir leid. Um ehrlich zu sein bin ich es nicht gewöhnt, dass sich ein gutaussehender, selbständiger, vernünftiger Mann für mich interessiert. Früher waren das eher irgendwelche Nerds oder verkrachte Existenzen.«

»Gewöhn dich dran.«

Diesmal musste sie lachen. »Das tue ich. Und ich werde jeden Augenblick auskosten.«

Tom küsste sie mit genug Leidenschaft, dass ihr Körper zu kribbeln begann. »Tu das.« Zögernd ließ er sie los. »Und jetzt zieh dich lieber an, bevor ich alles andere vergesse.«

Emily fragte sich, was passieren würde, wenn sie ihn noch ein wenig in Versuchung führte, aber da sie endlich an die Arbeit musste, nickte sie und drehte sich um.

Hinter sich hörte sie einen seltsamen Laut. »Emily ...«

Schnell sah sie sich um. »Ja?«

»Es tut mir leid, ich habe nicht mehr daran gedacht, dass du verletzt bist. Habe ich dir wehgetan?«

Emily blickte an sich hinunter, wo über ihren Rippen inzwischen ein großflächiger lila-grüner Bluterguss prangte. Auch an anderen Stellen ihres Körpers hatte sie blaue Flecke und Abschürfungen, aber sie bemühte sich, nicht darüber nachzudenken. »Ganz ehrlich, ich habe beim Sex überhaupt nicht darüber nachgedacht. Also mach dir keine Sorgen, ich sage es schon, wenn mir etwas wehtut.«

»Gut. Trotzdem sollten wir vielleicht beim nächsten Mal etwas vorsichtiger sein oder warten, bis die Prellungen etwas abgeklungen sind.«

»Untersteh dich.«

Tom starrte sie an und begann zu grinsen. »Okay.«

Kopfschüttelnd drehte sich Emily wieder um und verließ das Bad. Leise schloss sie die Tür hinter sich. Erst in ihrem Schlafzimmer wurde sie sich richtig bewusst, dass sie völlig nackt war und noch tropfte. Irgendwas machte Tom mit ihr, dass sie alles andere vergaß. Und dass ihr das sogar völlig egal war. Sie hatte sich nicht einen Moment unbehaglich gefühlt, wie sie es früher bei anderen Männern erlebt hatte. Anscheinend vertraute sie Tom auf einem Level, der ins Unterbewusste ging. Was seltsam befreiend war, sie gleichzeitig aber auch nervös machte. Denn es zeigte, dass er ihr deutlich mehr bedeutete, als sie bisher gedacht hatte. Es wäre ungünstig, sich in ihn zu verlieben, wenn sie noch nicht wusste, wie es weitergehen würde.

Ja, es wurde eindeutig Zeit, ein wenig Abstand zwischen sich und Tom zu bringen, damit sie wieder klar denken konnte, ohne von Hormonen und Gefühlen gesteuert zu werden. Ihre Arbeit würde ihr dabei helfen, den Kopf freizubekommen. Rasch zog sie sich an und fluchte, als sie sich daran erinnerte, dass der Fön im Bad war. Wenn sie nicht noch einmal auf Tom treffen wollte, der den Geräuschen nach zu urteilen gerade duschte, dann würde sie sich etwas anderes überlegen müssen. Schließlich nahm sie ein frisches Handtuch aus dem Schrank und rubbelte ihre Haare so trocken, wie es nur ging. Danach standen sie zu allen Seiten hoch. Mit einem Seufzer nahm sie die Bürste aus ihrem Rucksack und versuchte, den Schaden zu beseitigen.

Nach einem letzten Blick in den Spiegel zuckte sie mit den Schultern und öffnete die Tür zum Flur. Angespannt trat sie ins Wohnzimmer und spürte, wie Hitze in ihre Wangen stieg, als sie gleich mehrere Blicke trafen. Sie bereute keinen Moment, was geschehen war, und schämte sich auch nicht dafür, aber es war trotzdem etwas unangenehm, zu wissen, dass diese Männer genau wussten, was sie in der letzten Nacht getan hatte.

Emily bemühte sich um eine gelassene Miene. »Guten Morgen.«

Die Männer antworteten ihr und es gefiel ihr, dass sie es schafften, es ganz normal klingen zu lassen.

»Gibt es etwas Neues? Es hat niemand versucht, hier einzudringen, oder?«

»Nein, es war alles ruhig«, antwortete Bull. »Clint hat angerufen, die Durchsuchung des Hauptquartiers wird heute fortgesetzt. Sie haben über Nacht Wachen dagelassen, damit bloß niemand etwas zu vertuschen versucht.« Sein Ärger war deutlich zu hören.

»Was ist mit Red?«

»Er ist über Nacht beim FBI untergebracht gewesen. Angeblich besteht bei ihm Flucht- oder eben Vertuschungsgefahr, deshalb behalten sie ihn unter ständiger Aufsicht. Es ist wirklich unglaublich. Clint sagte, er würde versuchen, über seine Kontakte die Sache zu beenden, aber es ist wohl nicht so einfach, weil von ziemlich weit oben beim FBI gemauert wird. Irgendwer muss es da auf RIOS abgesehen haben.«

»Es tut mir wirklich leid, dass ihr meinetwegen solchen Ärger habt.«

»Nicht deine Schuld.«

»Ich weiß, aber es tut mir trotzdem leid.«

Bull nickte ihr zu. »Wir werden herausfinden, was da gespielt wird, und dafür sorgen, dass Red schnellstmöglich freikommt und RIOS' Ruf rehabilitiert wird, sollte er Schaden nehmen.«

»Bevor noch mehr passiert, würde ich mich eher stellen, wenn das den Druck von RIOS nimmt.«

»Danke, aber das würde nichts bringen. Du bleibst hier in Sicherheit.«

Emily würde die Entscheidung treffen, wenn sie das Gefühl hatte, dass sie ein weiteres Stillhalten nicht verantworten konnte, aber sie ließ Bull in dem Glauben, dass er ihr etwas befehlen konnte. »Ich gehe in mein Büro, um weiter im Darknet nach der Gruppe zu suchen. Je eher ich sie entdecke, desto besser.«

»Eine gute Idee. Ich hoffe, du findest sie schnell.«

»Ich werde mein Bestes geben.« Emily öffnete die Tür, die zum Büro führte, und stockte, als sie jemanden dort sitzen sah. Dann erkannte sie I-Mac und lächelte. »Hallo, was tust du denn hier? Ich dachte, ihr macht Urlaub.«

I-Macs Augenbrauen hoben sich. »Glaubst du wirklich, ich kann mir Washington ansehen, wenn ich weiß, dass meine Freunde in Schwierigkeiten sind? Du solltest mich besser kennen.«

»Das tue ich. Ich wollte dich nur nicht mit hineinziehen. Diese Kerle haben schon bewiesen, dass sie vor nichts Halt machen.«

»Deshalb habe ich Nurja und die Kinder in Sicherheit gebracht. Ich habe mich freiwillig für den Dienst an den Überwachungskameras gemeldet, das erschien mir gemütlicher, als irgendwo da draußen zu hocken.«

Wahrscheinlicher war, dass I-Mac genau wusste, dass seine schweren Rückenverletzungen, die er vor einigen Jahren erlitten hatte, nicht gut darauf reagieren würden, wenn er in einen Kampf verwickelt wurde. Nicht, dass ihn das davon abhielt, im Notfall einzugreifen.

»Okay, dann werde ich weiter nach der Gruppe im Darknet suchen.«

»Ich kann dir dabei helfen, wenn du mir ein paar Stichworte nennst.«

Emily lächelte ihn an. »Gerne. Vielleicht finden wir sie zu zweit schneller.« Sie nannte I-Mac einige der Begriffe, auf die er bei seiner Suche achten musste. »Danke, John.«

»Kein Problem.«

Einen Moment lang sah sie ihn nur an. »Es tut mir sehr leid, dass ich nicht zu eurer Hochzeit kommen konnte. Ich wäre gern dabei gewesen.«

I-Mac lächelte. »Das war uns klar. Wir haben dich eingeladen, damit du weißt, dass wir dich gern dabei gehabt hätten. Und ich spreche auch im Namen von Nurja. Du hast uns gefehlt.«

Der Kloß in ihrer Kehle hinderte Emily am Sprechen, deshalb nickte sie nur. Sie räusperte sich. »Danke. Ich habe gehört, dass es eine schöne Feier war.«

Ein Leuchten trat in I-Macs Gesicht. »Das war sie, aber wichtiger ist mir, dass Nurja jetzt endlich offiziell zu mir gehört, genauso wie unsere Kinder.«

I-Mac war ein gutes Beispiel dafür, wie aus viel Leid und Kummer am Ende Glück entstehen konnte. Sie wünschte, dass es bei ihr auch so kommen würde, doch momentan konnte sie sich das noch nicht vorstellen. Emily lächelte ihm zu und drehte sich dann zum PC um. Gleich darauf vertiefte sie sich in ihre Suche und vergaß alles andere um sich.

21. KAPITEL

»Und Sie wollen mir immer noch weismachen, dass Sie nie etwas von Emily Gray gehört haben?«

Red musste an sich halten, um Mulders nicht ins Gesicht zu springen. »Genau das habe ich inzwischen sicher schon zum zwanzigsten Mal gesagt. Wie oft wollen Sie noch die gleichen Fragen stellen, auf die Sie nur die gleiche Antwort bekommen? Das bringt weder Sie noch mich weiter.«

»Wenn Sie keine konkreten und beweisbaren Anschuldigungen gegen meinen Mandanten vorzubringen haben, dann müssen Sie ihn freilassen. Und zwar unverzüglich«, mischte sich James ein.

Mulders sah den Anwalt wütend an. »Ich bestimme, wann Mr. Redfield freigelassen wird. Wenn Sie keine Lust mehr haben, können Sie jederzeit gehen, Mr. Finnegan.«

James beugte sich vor. »Es gibt Gesetze, die regeln, wie jemand zu behandeln ist, der zu einer Befragung einbestellt wurde. Mein Mandant ist weder verhaftet noch kann ihm eine Straftat zur Last gelegt werden. Dementsprechend hat er das Recht, zu gehen.«

»Wo auch immer Sie Jura gelernt haben, Mr. Finnegan, offenbar haben Sie es versäumt, sich darüber zu informieren, was das FBI alles darf, wenn die Sicherheit der USA gefährdet ist.«

»Und wovon ist sie bitte gefährdet? Sicher nicht von meinem Mandanten, der mit RIOS dafür kämpft, dieses Land etwas sicherer zu machen. Mr. Redfield hat Ihnen jetzt schon zigfach versichert, dass er diese Emily Gray nicht kennt. Wenn Sie ihm nicht nachweisen können, dass er lügt, haben Sie keine Handhabe. Wie kommen Sie überhaupt darauf, dass er sie verstecken könnte? Meines Wissens gibt es keinerlei Verbindung zwischen dieser Frau und meinem Mandanten.«

»Wir haben einen Tipp bekommen.«

»Einen *Tipp*?« James hob die Stimme. »Vielleicht war es auch noch ein anonymer? Können Sie sich vorstellen, dass vielleicht ein Konkurrent von RIOS auf diese Weise versucht, seinen Gegner loszuwerden, um davon zu profitieren?«

Red war beeindruckt, wie gut James war, vor allem total glaubwürdig.

»Das ist nicht möglich, es handelt sich um eine sehr verlässliche Quelle, die uns bereits in einigen Fällen wertvolle Informationen geliefert hat.« Allerdings wirkte Mulders deutlich unsicherer als vorher.

»Selbst wenn es so ist, diesmal irrt sich Ihre Quelle. Sollten Sie Beweise finden, die darauf hindeuten, dass mein Mandant etwas mit dieser Ms. Gray zu tun hat, dann können Sie ihn noch einmal befragen. Bis dahin verlange ich, dass er freigelassen wird und Sie davon absehen, ihn weiter zu belästigen.«

»Kennen Sie einen Detective Tom Carter?« Anstatt dem nachzugeben, versuchte Mulders eine andere Taktik.

Red verzog keine Miene, obwohl es ihm nicht gefiel, dass der Agent eine Verbindung zu Tom zog. »Ja, er ist ein Freund. Warum fragen Sie?«

»Es wurde berichtet, dass Detective Carter mit dieser Frau gesehen wurde.«

»Das kann ich mir kaum vorstellen. Er ist Polizist und er nimmt seinen Job sehr ernst. Er würde sicher nicht mit einer Verbrecherin verkehren, wenn er wüsste, wer sie ist.«

Mulders blätterte in seinen Unterlagen. »Von der Polizei haben wir einen Bericht bekommen, in dem Carter angibt, dass er einen Mann gestoppt hat, der versucht haben soll, eine Frau zu töten. Der mutmaßliche Täter schweigt bisher. Und die Frau ist direkt nach der Tat verschwunden. Ein seltsames Benehmen, wenn man nichts zu verbergen hat, oder?«

»Ich finde nicht, dass sich Tom seltsam benommen hat. Ich hätte es genauso gemacht, wenn ich eine Frau in Not gesehen hätte.«

Mulders hieb mit der Hand auf den Tisch. »Ich rede von der Frau!«

»Vielleicht war sie schockiert oder ängstlich.«

»Oder sie war auf der Flucht vor den Behörden.«

Red hob die Schultern. »Mag sein, woher soll ich das wissen? Ich würde davon ausgehen, dass wenn es so war, Tom davon auch nichts wusste.«

James räusperte sich. »Können wir jetzt zur Sache kommen? Selbst wenn es diese Ms. Gray gewesen sein sollte, die Mr. Carter gerettet hat, was hat das mit meinem Mandanten zu tun?«

»Ich gehe davon aus, dass er die Flüchtige versteckt.«

Red lehnte sich vor. »Ich? Sie sagten doch eben selbst, sie ist direkt nach der Tat verschwunden.«

»Und Detective Carter ist direkt nach der Befragung zu Ihnen gefahren. Warum hat er das getan?«

»Wir waren verabredet. Das ist doch nicht verboten?«

»Hat er mit Ihnen über den Fall geredet?«

Übertrieben hob Red die Augenbrauen. »Sie glauben, er redet mit mir über einen aktuellen Fall? Das darf er gar nicht.« Meist hielt Tom sich sogar daran.

»Laut meiner Informationen stand sein Wagen vor Ihrem Haus, bis etwa eine Viertelstunde, bevor wir gekommen sind.«

»Und? Er hatte noch einen Termin.«

»Oder er hat Ms. Gray weggebracht.«

»Das ist reine Spekulation.« Wieder ging James dazwischen. »Wahrscheinlich kennt Mr. Carter Ms. Gray gar nicht. Und selbst wenn, heißt das noch lange nicht, dass sie jemals in der Nähe von RIOS war. Wenn Sie das alles nicht beweisen können, dann ist das Ihr Problem und nicht das von Mr. Redfield.«

Mulders verschränkte seine Finger auf der Tischplatte. »Dann mache ich es zu seinem Problem. Wenn ich auch nur den kleinsten Beweis finde, dass Ms. Gray etwas mit RIOS zu tun hat, sind Sie und Ihr Laden von Möchtegern-Profis Geschichte, das verspreche ich Ihnen.«

»Zur Kenntnis genommen.« Red erhob sich und beugte sich über den Tisch. »Und wenn Sie RIOS in irgendeiner Art schaden und sich später herausstellt, dass es dazu keine Veranlassung gab, werde ich Sie und Ihren Laden verklagen, darauf können Sie Gift nehmen.«

Mulders trat unwillkürlich einen Schritt zurück. »Wollen Sie mir etwa drohen?«

»Oh ja.«

James berührte seinen Arm. »Komm, Red, gehen wir.« An Mulders gewandt fuhr er fort. »Wenn Sie weitere Anschuldigungen vorbringen oder mit meinem Mandanten sprechen wollen, erwarte ich, dass Sie mich zuerst informieren.«

Mulders deutete auf die Tür. »Raus hier.«

Befriedigt verließ Red den Raum und schloss die Tür hinter sich. Auf dem Flur sah er James an und begann zu grinsen. »Du bist gut.«

Sein Freund hob eine Augenbraue. »Hast du daran etwa gezweifelt?«

»Nein, aber es war nett mit anzusehen.« Schnell wurde er wieder ernst. »Danke, dass du mich gerettet hast. Noch eine Minute länger und ich hätte den Typen erwürgt.«

»Das habe ich gemerkt. Wir sollten uns draußen weiter unterhalten, ich bin mir nicht sicher, ob hier die Wände Ohren haben.«

Red war sich ziemlich sicher, dass es so war. Deshalb schwieg er, bis sie das Gebäude verlassen hatten und durch den angrenzenden Park zu James' Auto gingen.

Erst im Wagen sprach James wieder. »Wir müssen bei Mulders sehr vorsichtig sein. Er scheint es auf euch abgesehen zu haben, warum auch immer. Und er scheint gute Kontakte zu haben, wenn er solche Informationen bekommt.«

Nachdenklich nickte Red. »Ich wüsste zu gern, wo er die herhat. Es müsste ja jemand Tom gefolgt sein, um zu wissen, dass er kurz bei RIOS war.«

»Hattet ihr tatsächlich eine Verabredung?«

»Nein, Tom ist so vorbeigekommen.« Red wusste nicht, wieviel er James erzählen sollte. Er vertraute ihm absolut, aber manchmal war es besser, andere nicht mit der Wahrheit zu belasten.

»Red, ich bin dein Anwalt, ich werde mit niemand anderem darüber reden. Ich kann dir nur helfen, wenn ich weiß, worum es geht und was auf dem Spiel steht. Wenn ich im Dunklen tappe, kann ich dich nicht richtig beraten und verteidigen, sollte es dazu kommen.«

»Das weiß ich. Ich möchte nur nicht, dass du auch in die Schusslinie gerätst.«

»Bin ich das als dein Anwalt nicht sowieso schon? Ich wette, Mulders wird gleich jemanden beauftragt haben, der alles über mich ausgräbt, was zu finden ist.«

Red blieb stehen. »Ich kann auch einen anderen ...«

»Sag es nicht! Ich habe sehr lange darauf gewartet, mal etwas für dich tun zu können, nachdem du mich gerettet hast. Jetzt habe ich die Gelegenheit dazu und ich werde sie nutzen.«

»Das musst du nicht, James.«

»Ich weiß, aber ich freue mich trotzdem, helfen zu können. Lass mir das Vergnügen.«

Red schnaubte. »Ich bezweifle, dass es das wird. Aber gut, wenn du unbedingt willst, dann behalte ich dich gern als meinen Anwalt.«

»Gut. Nachdem wir das geklärt haben: Was zum Teufel ist da los?«

Einen Moment überlegte Red, wieviel er James erzählen sollte, dann beschloss er, nichts zurückzuhalten. Er konnte seinem Freund hundertprozentig vertrauen. Also berichtete er, was sich bisher zugetragen hatte, dabei ließ er aber aus, wo genau sich Emily und seine Männer gerade befanden.

James schüttelte den Kopf, als er geendet hatte. »Ihr habt echt ein Talent für solche komplizierten Szenarien, oder?«

»Es scheint so. Auf keinen Fall darf das FBI – und sonst auch niemand – erfahren, dass Emily hier war und wir wissen, wo sie ist. Oder dass Dave Emily ist und wir ihn/sie bei einigen Fällen hinzugezogen haben. Es gibt auch keine Unterlagen darüber, darauf habe ich schon früher geachtet, als ich noch nicht wusste, wer Dave war.«

»Und Tom hat sie durch Zufall aufgegabelt? Gute Spürnase.«

»Wahrscheinlich wünscht er sich schon, dass er nie nachgeforscht hätte. Er war nicht gerade glücklich darüber, als er erfahren hat, dass Emily Dave ist. Und dass sie vom FBI gesucht wird. Tom möchte alles nach den Vorschriften machen, aber das ist in diesem Fall nicht möglich. Außer wir würden Emily an das FBI ausliefern und das würde ihr vermutlich nicht sonderlich gut bekommen. Das würde ich auch nicht zulassen. Wir schützen unsere Leute, egal was es kostet.«

James lächelte. »Das ist mir bewusst, aber es bringt dich natürlich in eine verzwickte Lage. Das FBI kann ziemlichen Ärger verursachen, wenn sie es darauf anlegen.«

»Das ändert nichts an meiner Entscheidung. Es wäre etwas anderes, wenn sie jemanden suchen würden, der wirklich etwas verbrochen hat, aber Emily hat nichts anderes gemacht, als eine Gruppe aus dem Darknet zu melden, und wurde dafür vom FBI in Gewahrsam genommen. Und die haben sie nicht mal richtig bewacht. Da wäre ich an ihrer Stelle auch abgehauen. Von daher werden wir Emily weiter schützen. Wir werden herausfinden, was überhaupt gespielt wird, denn es erscheint mir sehr seltsam, dass das FBI gerade bei uns nach Emily sucht. Sie müssen irgendwo ihre Informationen herhaben. Äußerst suspekt ist zudem, dass erst ihre Verfolger sie finden und dann gleich das FBI auf den Plan tritt. Genauso wie vorher das FBI informiert wurde und gleich darauf die Gruppe aus dem Darknet verschwunden ist. Irgendwer spielt hier ein falsches Spiel.« Und sie würden herausfinden, wer das war und ihn unschädlich machen.

»Ich weiß, es bringt nichts, dir zu sagen, dass es klüger wäre, sich ruhig zu verhalten, bis das FBI sich zurückzieht.«

»Ganz genau. Jemand will Emily umbringen und sie hätten es schon mehrmals beinahe geschafft. Dabei werden wir ganz sicher nicht zusehen und Däumchen drehen. Außerdem ist meiner Meinung nach das FBI überhaupt nicht an einer Aufklärung interessiert. Sie wollen nur Emily wieder in ihre Finger bekommen und irgendwo in einem Loch verschwinden lassen. Das kann ich nicht zulassen.«

»Ich verstehe das.« James seufzte. »Also gut, ich werde versuchen, dich aus dem Gefängnis raus und RIOS im Geschäft zu halten. Solange das FBI keine Beweise findet, sollte das möglich sein. Wenn doch ...«

»Sie sollten keine finden, außer sie bedienen sich noch weiterer illegaler Mittel. Ich frage mich immer noch, woher sie wussten, dass Tom bei RIOS war und wann er wieder gefahren ist.« Das war eines der ersten Dinge, die er versuchen würde herauszufinden. Wenn sie beobachtet wurden, mussten sie das wissen und das weitere Vorgehen danach planen.

James blieb neben seinem Auto stehen. »Okay. Fahren wir. Ich nehme an, du willst nach Hause?«

»Ja, ich muss Clint ablösen und sehen, ob das FBI alles auseinandergenommen hat.« Eigentlich würde er viel lieber nach Richmond fahren und Sierra abholen, aber das musste leider warten, bis er sicher war, dass ihr nichts passieren würde, wenn sie sich in seiner Nähe aufhielt.

***

Tom sah auf, als Emily nach einigen Stunden aus ihrem Büro gestürmt kam. Sofort war er auf den Beinen, ließ sich aber wieder in den Sessel zurücksinken, als er sah, dass es ihr gut ging und keine Gefahr drohte. Gierig verschlang er sie mit den Augen, von der legeren Kleidung bis hin zu der schief sitzenden Brille und den zerzausten Haaren. Ein ungewohntes Gefühl von Zärtlichkeit breitete sich in ihm aus. Am liebsten hätte er sie berührt, doch er hielt sich zurück, weil sich die anderen ebenfalls im Raum aufhielten.

»Ich habe sie gefunden!« Emilys Augen glitzerten aufgeregt.

»Wen?« Bull klang ruhig wie immer.

»Die Gruppe im Darknet. Oder vielmehr die neue Gruppe, die sie gegründet haben. Glücklicherweise wusste ich noch ein paar Namen und Handles, ich bin sicher, das sind diese Typen.«

»Du meinst, sie machen genauso weiter wie vorher?«

Abscheu war in ihrer Miene zu lesen. »Ja. Warum auch nicht? Es ist ihnen ja nichts passiert. Sie haben nur einen kurzen Schreck bekommen, sonst hat sie anscheinend niemand belästigt«

Tom presste die Lippen zusammen. »Wir werden uns darum kümmern, die Täter zu schnappen und den Kindern zu helfen.« Normalerweise war er nicht für Selbstjustiz, aber es gab Fälle, da hatte er damit keine Probleme. Dieser war einer dieser Sorte.

Dankbar nickte Emily ihm zu. »I-Mac ist gerade noch dabei zu versuchen, die einzelnen Mitglieder zu identifizieren, damit wir einen Anhaltspunkt bekommen. Außerdem werden Termine und Orte für Übergaben immer verschlüsselt übermittelt, oder teilweise auch per privater Nachrichten geteilt, da werde ich mich ins System einhacken müssen, um darauf Zugriff zu bekommen, aber das sollte kein Problem darstellen.«

»Schaffst du das so, dass diese Typen nichts davon merken?«

Emily sah Bull an, als hätte er gefragt, ob sie es schaffte, ihr T-Shirt richtig herum anzuziehen. »Natürlich. Darin besteht ja der Sinn, wenn man sich irgendwo einhackt. Außer, man will, dass jemand etwas davon merkt, dann hinterlässt man eine Nachricht.«

Bull überlegte kurz und schüttelte dann den Kopf. »Nein, so verlockend das auch wäre, ihnen eine Scheißangst einzujagen, ist es besser, wenn sie nichts davon ahnen, dass wir ihnen auf der Spur sind und wir dadurch die Möglichkeit haben, sie auszuheben.«

»Das denke ich auch. Ich werde dann mal weitermachen. Ich wollte nur Bescheid sagen, wie weit wir sind. Wenn ihr Hunger habt, müsstet ihr euch selbst etwas zu essen machen.«

Tom lächelte. »Das werden wir gerade noch hinkriegen, keine Angst.«

Ihr Blick war eindeutig. »Wenn du das sagst.«

Sie wandte sich um und kehrte in ihr Büro zurück. Die Tür fiel sanft hinter ihr ins Schloss. Einen Moment lang herrschte Stille, dann räusperte sich Bull.

»Und, wer macht jetzt das Essen?«

Niemand meldete sich, deshalb stand Tom schließlich auf. »Glaubt aber nicht, dass ich das jetzt immer für euch mache.«

»Du bist ein Held.«

Er schnaubte. »Sagt mir Bescheid, wenn etwas passiert.«

»Klar. Ich versuche noch mal, Red zu erreichen, vielleicht gibt es da was Neues. Es wäre ja nett, wenn man irgendwann wieder ins Hauptquartier zurückkönnte.«

Tom war zwiegespalten. Einerseits wollte er gern mit Emily allein sein, andererseits war es aber wichtiger, dass sie genug Schutz hatte, und den boten die anderen Männer. »Ich hoffe, Red ist inzwischen draußen.« Zwar konnten sie zur Not auch etwas ohne ihn unternehmen, aber Reds Erfahrung würde fehlen. Nicht umsonst war er jahrelang Kommandierender Offizier eines SEAL-Teams gewesen.

Während Tom in der Küche hantierte, lauschte er mit einem Ohr auf die Gespräche aus dem Wohnzimmer. Tatsächlich kochte er ganz gern, es beruhigte ihn und er mochte es, gut zu essen. Das schloss ein, dass er auch wusste, was in dem Essen war. Wobei er auch hin und wieder einer schnellen Tiefkühlpizza nicht abgeneigt war, aber ausschließlich würde er sich davon nicht ernähren wollen. Glücklicherweise hatte seine Mutter ihm das Kochen beigebracht und im Stillen dankte er ihr öfter dafür. Laut würde er das nicht sagen, sonst könnte er sich wieder einen Vortrag darüber anhören, dass all die Mühe verschwendet war, wenn er nicht endlich eine Frau fand, für die er kochen konnte.

Was seine Mutter wohl sagen würde, wenn er Emily eines Tages mitbrachte? Wahrscheinlich würde sie aus allen Wolken fallen und sich dann überschlagen, Emily zu erzählen, was für einen guten Fang sie machte und wie einsam Tom die ganzen Jahre gewesen war. Tom schnitt eine Grimasse. Nein, einen Besuch bei seiner Familie würde er Emily in nächster Zeit noch nicht antun. Erst wenn er sicher war, dass sie ihn gut überstehen würde – und ihn nicht deswegen verließ. Zum ersten Mal war er tatsächlich etwas nervös, was eine Beziehung anging. Wenn man das überhaupt so nennen konnte, was sie hatten. Normalerweise ging man erst mal zusammen einen Kaffee trinken oder verabredete sich zum Restaurantbesuch oder fürs Kino. Er war aber ziemlich sicher, dass Emily nicht zu den

Frauen gehörte, die darauf Wert legten. Herausfinden würde er das wohl erst, wenn die Gefahr vorüber war und Emily sich wieder in die Öffentlichkeit wagen konnte.

Max tauchte in der Küchentür auf und riss ihn aus seinen Gedanken an die Zukunft. »Red ist wieder draußen, James hat ihn gerade zum Hauptquartier gebracht. Das FBI ist da anscheinend fast fertig, das heißt, wir können demnächst wieder zurück.«

Erleichtert atmete Tom auf. »Gut zu hören. Hat Red sonst noch was gesagt? Haben sie ihm erzählt, worum es eigentlich geht?«

»Am Telefon wollte er nichts darüber sagen, ich gehe davon aus, dass er erst überprüfen will, ob jemand mithört. Kann ja auch sein, dass sie den ganzen Laden verwanzt haben.«

Das wäre allerdings ziemlich ätzend. »Am besten bleibt ihr noch hier, bis das geklärt ist. Bringt ja nichts, wenn ihr nicht richtig arbeiten könnt.«

»Klar, wir würden Emily auch nicht hier allein lassen.« Er trat zum Kochtopf und sah hinein. »Hm, das riecht gut.«

»Ja, du bekommst aber trotzdem noch nichts davon.«

»He, sieh mich an, ich falle fast vom Fleisch.«

Spöttisch sah Tom ihn an. »Na sicher. Und wenn du das nächste Mal irgendwo einbrechen willst, bleibst du stecken, weil du zu viel gegessen hast.«

Theatralisch legte Max die Hand auf seine Brust. »Was denkst du von mir? Ich würde nie irgendwo einsteigen.« Nach einer kleinen Pause fuhr er fort. »Wo ich steckenbleiben könnte.«

Tom schüttelte den Kopf »Unverbesserlich.«

Max grinste. »Jup.« Er wurde wieder ernst. »Ich mag Emily und möchte nicht, dass ihr etwas passiert. Du kannst auf uns zählen, wenn es darum geht, sie zu beschützen.«

»Danke.«

»Übrigens auch vor dir, wenn wir den Eindruck haben, dass du sie nur ausnutzt und nicht wirklich auf sie stehst.«

Tom verschränkte die Arme über der Brust. »Tatsächlich? Und wer beschützt mich?«

Max sah ihn von oben bis unten an. »Du kommst schon klar.«

Da war sich Tom nicht so sicher, aber das wollte er nicht erörtern, schon gar nicht mit Max. »Essen in zehn Minuten.«

»Okay.« Mit einem letzten prüfenden Blick verließ Max die Küche.

Tom hatte das dumpfe Gefühl, dass der Ex-Einbrecher mehr sah, als ihm lieb war.

22. KAPITEL

Emily ließ ihre Finger über die Tastatur fliegen, während sie die Informationskrumen der Verbrecher auf ihrem Weg durch das Internet verfolgte. Jeder verstreute auf diese Weise persönliche Daten, es war jedes Mal wieder erschreckend, wie sorglos die Leute damit umgingen. Die Gruppe im Darknet war geschützter als andere Seiten im normalen Netz, aber für diejenigen, die sich damit auskannten, war es ein Leichtes, die Informationen zu sammeln und zu einem Bild zusammenzusetzen. In diesem Fall war Emily froh darüber, denn es ermöglichte ihnen, mehr über die Geschäfte herauszufinden. Was sie sah, ekelte sie an, aber es war nötig, um den armen Kindern helfen zu können.

I-Mac arbeitete stumm neben ihr, seine Miene wirkte versteinert. Kein Wunder, während sie dazu übergegangen war, zu versuchen, die Codes zu knacken, die Treffpunkt, Datum und Uhrzeit verschleierten, kämpfte er sich durch den Wust an Angeboten, um so viele Informationen wie möglich über die Anbieter und die Käufer zu sammeln. Dazu dokumentierte er alles, falls die Schweine die Gruppe wieder vom Netz nahmen, sobald ihnen jemand auf die Schliche kam. Wut stieg in Emily auf. Hätte das FBI seine Arbeit gemacht, wäre der Sumpf seit drei Jahren hinter Gittern. Stattdessen hatten sie unzählige Kinder und Jugendliche wie Vieh verkauft. Während einige *nur* adoptiert worden waren, landeten die meisten in Bordellen oder Sexarbeiterfabriken, oder als moderne Sklaven in privaten Haushalten.

Ein Blick in die verängstigten oder mit Drogen betäubten Gesichter der Kinder und Jugendlichen reichte Emily, um diesen Arschlöchern eigenhändig den Hals umdrehen zu wollen. Da das nicht möglich war, würde Emily mit Freude mithören, während RIOS sie zur Rechenschaft zog. Und sie war ziemlich sicher, dass Red und seinen Leuten das gelingen würde, was das FBI versäumt hatte. Für die Kinder, die bereits verkauft worden waren, würde es schwer werden, wieder in ein normales Leben zurückzufinden, hoffentlich war es möglich. Immerhin konnten sie garantiert verhindern, dass die Verbrecher noch weitere Kinder vermittelten oder kauften.

Sie machte sich keine Illusionen darüber, dass nicht andere ihren Platz einnehmen würden, dafür ließ sich einfach zu viel Geld damit verdienen, doch vielleicht würde der ein oder andere dreimal darüber nachdenken, ob er dafür für lange Zeit ins Gefängnis wollte. Aber sie griff der Sache vor, erst einmal musste es ihnen gelingen, die Täter zu ermitteln. Emily versuchte, ihr schlechtes Gewissen zu unterdrücken, dass sie nicht früher für Gerechtigkeit gesorgt hatte. Ganz ließ es sich nicht abschalten, doch da es jetzt nicht half, ignorierte sie es. Wenn alles vorbei war, konnte sie immer noch darüber grübeln, was sie anders hätte machen können.

»Shit.«

Emily wandte sich I-Mac zu. »Was ist?«

»Ich habe den einen hier, der schon ein paar Mal junge Mädchen gekauft hat, im Netz zurückverfolgt. Willst du wissen, wer das ist?« Er drehte den Monitor so, dass sie draufsehen konnte.

Ihr Atem stockte. »Das ist nicht dein Ernst.« Es handelte sich um die Homepage eines bekannten Schauspielers.

»Ich fürchte schon. Da fragt man sich, warum er so etwas nötig hat, vermutlich liegen ihm die Frauen ja zu Füßen, aber offenbar mag er sie jung und unschuldig.« I-Mac wirkte, als müsste er sich übergeben.

»Die Frage ist, wer da noch alles drinhängt. Ich mag es mir gar nicht vorstellen.« Es war keine Frage, dass so ein Prominenter viel Geld und Einfluss hatte und dachte, er könnte sich kaufen, was er wollte. Und offenbar war es genau so. »Hast du schon andere identifiziert?«

»Ja. Einige Namen sind mir nicht bekannt, Leute, die nicht öffentlich in Erscheinung getreten sind, aber ich habe auch schon Geschäftsführer von Unternehmen gefunden, Kirchenvertreter, Politiker und so weiter. Den meisten würde man so etwas nie zutrauen. Ich möchte nicht wissen, wer sich alles hinter irgendwelchen Mittelsmännern verbirgt, die die Drecksarbeit für sie erledigen. Die zu erwischen, wird noch schwieriger sein. Wenn sie schlau genug waren, haben sie keine Beweise hinterlassen. Es kann gut sein, dass die Auftraggeber am Ende straffrei ausgehen.«

Das fachte ihre Wut noch weiter an. »Nein, irgendwie muss ich alle identifizieren. Es wäre furchtbar, wenn diese Leute weitermachen könnten wie bisher. Was sollte sie dann daran hindern, sich neue Mittelsmänner zu suchen, die weiter für sie Kinder ankaufen?«

»Gar nichts. Wir werden tun, was wir können. Eigentlich müsste doch auch dem FBI daran gelegen sein, solche Typen einzukassieren.«

Emily verzog den Mund. »Sollte man annehmen, aber ich habe gelernt, nicht darauf zu vertrauen. Du siehst es doch: Anstatt diese Kerle ausfindig zu machen, jagen sie hinter mir her.«

»Weil du so irre gefährlich bist.« I-Mac lächelte dabei.

»Ja, vermutlich.«

»Nein, im Ernst, wenn du die Sache öffentlich machen würdest, wäre das ein totaler Skandal für das FBI. Man würde sie fragen, warum sie nichts gegen die Gruppe unternommen haben, und darauf haben sie vermutlich keine Antwort, die für die Öffentlichkeit geeignet ist.«

Daran hatte sie noch gar nicht gedacht. »Also können sie mich nicht laufen lassen. Ich werde immer auf der Flucht sein oder irgendwo in einem Gefängnis versauern.« Ein Schauder lief durch ihren Körper.

I-Mac legte seine Hand auf ihren Arm. »Keine Angst, wir werden das irgendwie hinbekommen. Und wenn wir wirklich alles öffentlich machen, damit sie keinen Grund mehr haben, nach dir zu suchen. Aber mal im Ernst: Könnte das FBI in der Sache irgendwie drinstecken?«

Emily überlegte einen Moment und schüttelte dann zögernd den Kopf. »Das glaube ich nicht. Mein Freund Aaron hat dort die letzten Jahre nachgeforscht und keine Beweise dafür gefunden. Selbst wenn ein Agent involviert wäre, kann ich mir nicht vorstellen, dass dann niemand auf das reagiert, was ich im

Darknet gefunden habe. Kindesmissbrauch kann nicht einfach ignoriert werden.«

»Aber genau das haben sie doch getan.« I-Mac zuckte mit den Schultern. »Ich kenne zwar einige Agenten, die Idioten sind, aber so etwas halte ich dann doch für unmöglich. Aber ich würde das noch mal überprüfen, wenn die Gefahr vorbei ist, und das FBI gegebenenfalls haftbar machen, dass sie deinen Hinweisen nicht nachgegangen sind.«

»Darüber werde ich ganz sicher nachdenken. Momentan habe ich aber noch genug andere Probleme. Zum Beispiel die Typen, die hinter mir her sind. Irgendeiner von den feinen Herrschaften hat anscheinend etwas dagegen, dass ich von seinen Machenschaften weiß, und versucht, mich zum Schweigen zu bringen. Ganz offensichtlich haben sie auch genug Geld, um einen Auftragskiller engagieren zu können. Vermutlich haben sie schon den nächsten losgeschickt, nachdem dieser aus dem Verkehr gezogen wurde.« Tom hatte bei seinen Kollegen angerufen und erfahren, dass der Mörder immer noch nicht redete.

»Oder gleich mehrere, nachdem sie jetzt wissen, wo du dich aufhältst. Du solltest auf jeden Fall in Sicherheit bleiben, bis Reds Leute die Verbrecher unschädlich gemacht haben.«

Es widerstrebte Emily, andere in Gefahr zu bringen, während sie sich hier verkroch, aber sie konnte verstehen, dass es nichts brachte, wenn sie ohne Kampfausbildung versuchte, jemanden zur Strecke zu bringen. Die Vorstellung war ziemlich lächerlich. Aber sie würde am PC ihren Teil leisten und RIOS so unterstützen.

Deshalb nickte sie zögernd. »Ich werde ganz sicher nicht draußen herumlaufen, wenn nicht nur Auftragskiller, sondern auch noch das FBI hinter mir her ist. Wenn sie meinen Weg zum RIOS-Hauptquartier nachvollziehen konnten, würden sie mich vermutlich schnell entdecken. Das Gebäude hier ist abgeschirmt, so einfach bin ich nicht zu finden.« Unmöglich war es aber nicht, deshalb hatte sie das Haus so gut sichern lassen, wie es nach heutigem Stand der Technik möglich war.

»Gut.« I-Mac seufzte tief. »Ich komme mir irgendwie dreckig vor, nachdem ich mich durch diesen Sumpf gewühlt habe.«

»Nicht nur du. Aber es muss sein, damit wir sie stoppen können.«

»Ich weiß. Ich stelle mir nur immer vor, dass es genauso gut unsere Kinder sein könnten, die auf diese Weise missbraucht werden.« Er schluckte hart. »Und warum fällt es nicht auf, dass diese Kinder verschwinden? Es muss doch jemand bemerken und Alarm schlagen!«

Die Frage hatte sie sich auch schon gestellt. »Vielleicht sind es zum Teil Straßenkinder. Oder es gibt Eltern, die ihre Kinder verkaufen, oder denen schlicht egal ist, was mit ihnen passiert. Heimkinder. Oder vielleicht kommen sie auch aus anderen Ländern und werden hier reingeschmuggelt. Manche werden ja sogar außer Landes geliefert, wenn ich das richtig gesehen habe.«

»Es kann alles sein. Vielleicht sind die Kinder auch als Vermisstenfälle gelistet. Ich werde das nachher mal anhand der Fotos abgleichen.«

»Gute Idee. Wenn ...« Sie brach ab, als ein leises Pling ertönte, und wandte sich schnell wieder ihrem Monitor zu. Angespannt beugte sie sich vor und starrte auf das Ergebnis ihres Codedechiffrierprogramms. Offenbar hatten sich die Verbrecher keine wirkliche Mühe gegeben, ihre Daten zu verschlüsseln, sondern ein bereits bekanntes Codierungsprogramm verwendet, das zwar für Laien nicht leicht zu erkennen war, für Profis aber keine großen Mühen erforderte.

Schnell gab Emily die ersten Daten für einen Übergabetreffpunkt ein und bekam eine Adresse, Datum und Uhrzeit genannt. Es wirkte alles logisch, offenbar war der Code korrekt.

»Okay, ich denke, das ist es. Ich werde überprüfen, ob die anderen auch nach diesem Code gebildet wurden, und sie dann alle dechiffrieren. Vielleicht können wir noch ein paar der Übergaben verhindern.«

Sie fing bei den neuesten Abschlüssen an und ging langsam rückwärts, bis sie die erreichte, die bereits geschehen waren. Es tat ihr leid um die Kinder, aber sie musste sich jetzt darauf konzentrieren, weitere Verkäufe zu verhindern. Schließlich hatte sie eine Liste aufgestellt, es handelte sich um fünfzehn Verkäufe, die in den nächsten dreißig Tagen in den gesamten USA verstreut stattfinden würden. Der früheste fand am heutigen Abend an der Ostküste statt, der nächste in zwei Tagen in Texas.

»Hast du was zu Lionking65?«

»Ich sehe gleich nach. Plant er ein Treffen?«

»Heute Nacht, 2 Uhr, in West Virginia. Mehrere junge Frauen für insgesamt fünfundsiebzigtausend Dollar.«

»Shit. Warte einen Moment ...« I-Mac blätterte in seiner Liste und schüttelte dann den Kopf. »Nein, noch nicht. Ich nehme ihn mir gleich vor.«

»Gut, ich melde das hier schon mal an die Jungs draußen.« Hoffentlich war es möglich, die Mädchen zu befreien. Nein, es musste einfach klappen, etwas anderes mochte sie sich nicht vorstellen.

Rasch stand sie auf und öffnete die Tür. Auf dem Couchtisch standen diverse Teller, Gläser und Flaschen. Emily hob eine Augenbraue. »Das räumt ihr aber noch weg, oder?«

Cal, der es sich auf dem Sofa bequem gemacht hatte, sprang sofort auf. »Natürlich. Tut mir leid, wir wollten es nicht so unordentlich machen.«

»Schon in Ordnung.« Sie wandte sich an die anderen im Raum. »Ich habe einen Übergabeort und auch -zeitpunkt.«

Sofort hörten alle angespannt zu. Bull trat zu ihr. »Wir kümmern uns darum.«

Emily reichte ihm den Zettel. »I-Mac ist noch dabei, den Käufer zu ermitteln, wenn er im Netz unterwegs war, finden wir ihn.«

»Das wäre gut, falls er nicht bei dem Treffen dabei ist, damit wir ihn uns danach vornehmen können.«

»Eine weitere Übergabe findet übermorgen in Texas statt. Könnt ihr da auch etwas unternehmen?«

»Wir nicht, dafür sind wir zu wenige, wenn wir uns aufteilen, haben wir nicht genug Schlagkraft. Aber wir können jemanden aus einem der anderen Büros hinschicken. Zuerst brauchen wir aber natürlich alle Informationen über die Täter, den geplanten Treffpunkt, die Anzahl der Opfer, und so weiter. Dann planen wir, wie wir eingreifen können.« Bull rieb über seine Stirn. »Normalerweise hätten wir bei so etwas vermutlich das FBI kontaktiert, aber das fällt diesmal ja raus.«

Emily nickte heftig. »Ich würde dem FBI in der Sache keinen Millimeter trauen. Es mag sein, dass viele FBI-Agenten korrekt handeln, aber nach dem, was mir passiert ist und jetzt auch Red und dem RIOS-Hauptquartier, würde ich das nicht wagen.«

»Wir schaffen das auch allein. Ich glaube nicht, dass zu dem Treffen ein ganzes Bataillon auflaufen wird, aber ich werde mit Red darüber reden, es ist am Ende seine Entscheidung, wie wir vorgehen.«

»Gut.« Wenn sie jemandem vertraute, den Einsatz zu meistern und diese Mistkerle aus dem Verkehr zu ziehen, dann waren es die Männer von RIOS. »Ich werde I-Mac dabei helfen, weitere Informationen herauszufinden, damit ihr euch so gut es geht vorbereiten könnt.«

»Alles klar. Ich kaufe mir und den anderen neue Handys und schicke dir dann die Nummern.«

Verwirrt sah sie ihn an. »Warum?«

»Ich traue dem FBI nicht, dass sie uns nicht irgendwie abhören, um so an Informationen zu kommen, wo du dich aufhältst.«

»Daran hätte ich denken sollen. Danke, dass du das getan hast.«

»Kein Problem. Du bleibst hier in Sicherheit, ja? Wenn wir die Sache erledigt haben, kümmern wir uns darum, dass die Typen, die hinter dir her sind, gefasst werden. Vielleicht könnt ihr eine Liste der Leute erstellen, die es auf dich abgesehen haben.«

Emily verzog den Mund. »Die wird aber sehr lang sein.«

»Das macht nichts. Zur Not nehmen wir uns jeden einzelnen vor. Irgendwann erwischen wir den Richtigen.«

Sie mochte sich nicht vorstellen, wie lange das dauern könnte, aber sie hatte keine andere Wahl, sondern musste darauf hoffen und vertrauen, dass RIOS irgendwann fündig wurde und sie endlich wieder ein normales Leben führen konnte. Wobei ihr das vermutlich gar nicht gelingen würde, aber zumindest könnte sie dann auch mal rausgehen, ohne sich die ganze Zeit fragen zu müssen, ob jemand sie beobachtete. »Ich komme schon zurecht. Jetzt ist erst mal nur wichtig, dass ihr die Übergaben stoppt und diese Typen unschädlich macht. Alles andere kann warten. Viel Glück.«

Bull nickte ihr zu. »Danke.« Er wandte sich an Tom. »Kommst du mit, oder bleibst du hier?«

Tom zögerte einen Moment. »Ich bleibe erst mal hier und werde versuchen, über die Polizeischiene etwas herauszufinden.«

Erleichtert atmete Emily auf. Sie war froh, dass wenigstens Tom noch bei ihr blieb, obwohl sie auch verstehen könnte, wenn er lieber beim Zugriff dabei sein wollte.

»Alles klar. Okay, Männer, Abmarsch.«

Es war offensichtlich, dass Bull noch nicht lange aus der Navy ausgeschieden war. Die anderen reagierten sofort, mit Ausnahme von Max, der eine Augenbraue hochzog und sich schließlich betont langsam in Bewegung setzte. Es war erstaunlich, dass die Zusammenarbeit in einem so heterogenen Team überhaupt so gut funktionierte. Wahrscheinlich war das Reds gutem Führungsstil zu verdanken, der die Männer genau nach ihren Fähigkeiten einsetzte und dabei darauf achtete, dass niemand zu kurz kam oder verheizt wurde.

Max kam zu ihr und umarmte sie. »Pass auf dich auf.«

Tom stellte sich mit finsterer Miene daneben. »Dafür werde ich sorgen.«

Emily verdrehte die Augen und löste sich von Max. »Das mache ich, keine Angst. Seid ganz vorsichtig, ja?«

Er grinste. »Natürlich.«

Mit einem mulmigen Gefühl sah Emily den Männern nach, als sie ihr Haus verließen. Hoffentlich wurde keiner von ihnen verletzt oder gar Schlimmeres.

Sie wartete, bis sich die Tür hinter ihnen schloss, bevor sie sich zu Tom umdrehte. »Ich kann auf mich selbst aufpassen, das habe ich jahrelang gemacht.«

»Das ist mir bewusst.« Er nahm ihre Hände in seine. »Aber du hast jetzt eine andere Aufgabe, also überlass mir deine Sicherheit, ja?«

Wenn er so argumentierte, konnte sie kaum etwas dagegen sagen. »Okay. Ich bin froh, dass du hier bist, aber wenn du gehen musst, verstehe ich das.«

»Wir müssen abwarten, wie sich alles entwickelt. So gern ich bei solchen Aktionen dabei wäre, noch bin ich beim MPDC beschäftigt und kann nicht einfach machen, was ich will. Aber wenn ihr die Namen der Auftraggeber herausgefunden habt, kann ich unsere Datenbanken nutzen, um mehr über sie herauszufinden. Allerdings will ich das erst machen, wenn ihr fertig seid, damit ich euch so lange wie möglich schützen kann.«

»Ich war ein SEAL, ich bin durchaus in der Lage, mich selbst zu schützen. Und Emily auch.« I-Macs Stimme drang aus dem Büro.

Tom schnitt eine Grimasse. »Das ist mir bewusst, I-Mac. Aber es ist immer gut, wenn jemand die Augen offen hält, während ihr in eure Computer vertieft seid.«

»Akzeptiert.«

Emily musste lächeln. Sie mochte I-Macs entspannte Art. »Wenn du Zugang zu euren Datenbanken brauchst, sag Bescheid. Dafür musst du nicht zum Department fahren.«

»Wie ...? Nein, ich will es gar nicht wissen. Dir ist bewusst, dass das höchst illegal ist, richtig?«

Emily zuckte die Schultern. »Ja, aber in diesem Fall ist es für einen guten Zweck. Wenn wir damit diesen armen Kindern helfen können, finde ich moralische Bedenken wegen der Nutzung einer Datenbank vernachlässigbar.«

Toms Lippen pressten sich zusammen. »In der Hinsicht werden wir wohl immer anderer Ansicht sein. Da es aber den Vorteil hat, dass ich weiterhin auf euch aufpassen kann, bin ich bereit, mein schlechtes Gewissen zu ignorieren.«

»Sehr nobel von dir.« Sie konnte die Bemerkung nicht unterdrücken. Auch wenn sie wusste, dass Tom aus seiner Sicht völlig richtiglag, störte es sie doch, dass er immer so tat, als wäre sie eine Kriminelle. Vor allem, weil es zum Teil stimmte.

»Emily ...«

Abrupt drehte sie sich um und ging zum Büro. »Komm mit, ich mache dir einen PC fertig, an dem du arbeiten kannst. Vielleicht hilft es deinem Gewissen, wenn du daran denkst, dass diese Menschen Kinder und Jugendliche kaufen und ihnen furchtbare Dinge antun, wenn wir sie nicht aufhalten.«

Tom folgte ihr, ohne zu zögern. »Glaub mir, das vergesse ich keine Sekunde.«

Sie setzte sich an ihren dritten PC und hackte sich in die Datenbank des Polizeireviers. Das dauerte nicht länger als eine halbe Minute. Als sie sich zu Tom umdrehte, sah sie, dass er angelegentlich in die andere Richtung blickte.

»Du kannst jetzt wieder hinsehen.«

Er trat zu ihr und legte seine Hand um ihre Wange. »Das tue ich, um dich zu schützen, das ist dir klar, oder? Wenn mich jemand fragt, kann ich immer sagen, dass ich nie gesehen habe, dass du etwas Illegales tust.«

Ihr Herz zog sich zusammen. »Danke.« Sie hatte keine Ahnung, wie das mit Tom und ihr funktionieren sollte, wenn sie auf verschiedenen Seiten des Gesetzes standen. Warum hätte sie sich nicht in Max verlieben können? Der hätte sicher kein Problem damit.

23. KAPITEL

Red hatte mit seinem Team den Übergabeort ausgekundschaftet und sich dann auf die Lauer gelegt. Um nicht gesehen zu werden, hatten sie sich bereits bei Anbruch der Nacht hierher begeben. Außerdem hatte Red dafür gesorgt, dass ihm niemand vom FBI folgte. Es handelte sich um eine ehemalige private Schießanlage, mitten im Monongahela National Forest in West Virginia. Emily hatte ihnen im Vorfeld die nötigen Daten zu der Anlage geliefert, doch es war kein Zusammenhang zu Käufer oder Verkäufer zu erkennen. Vielleicht hatten sie nur verhindern wollen, dass jemand zufällig über sie stolperte. Hier würde nachts garantiert niemand herkommen und damit würden auch die Schreie der jungen Frauen ungehört verhallen. Der Gedanke daran machte Red krank.

Das Gebiet war hügelig, felsig und stark bewaldet. Es gab jede Menge Versteckmöglichkeiten, deshalb hatte es einige Zeit gedauert, bis sie sich dem Treffpunkt gefahrlos nähern konnten. Die Verbrecher hatten offenbar keine Bedenken, dass ihnen jemand auflauern könnte, sie hatten sich nicht die Mühe gemacht, die Gegend vorher zu sichern. Die Schießanlage selbst war verwittert, die Decke des baufälligen Gebäudes teilweise eingestürzt. Die Halterungen der Zielscheiben waren noch vorhanden, die Scheiben hatte allerdings jemand mitgenommen.

Hoffentlich tauchten diese Typen auch wirklich auf und hatten nicht den Übergabeort noch geändert. Dann wären die jungen Frauen verloren, die sie hier verkaufen wollten. Red zwang sich, diese Gedanken von sich zu schieben und sich nur auf seine Mission zu konzentrieren. Als SEAL war er es gewöhnt, häufig stundenlang, in Einzelfällen auch mal mehrere Tage, an einem Fleck zu verharren und trotzdem die Konzentration nicht zu verlieren und seine Aufgabe nicht an sich herankommen zu lassen. Denn es könnte tödlich enden, wenn er sich ablenken ließ.

»Team in Position?«, sprach er in sein Mikrofon, das Teil des Kopfhörers war.

Bestätigende Klicks erklangen.

»Max, siehst du schon was?«

»Alles ruhig. Mir ist der Hintern eingeschlafen.«

Red unterdrückte ein Lachen und versuchte, streng zu klingen. »Nur Relevantes über Funk.«

»Glaub mir, für mich ist das relevant. Ihr sitzt gemütlich auf dem Boden, während ich hier auf dem Baum ...« Max brach ab. »Achtung, Feindkontakt.« Seine Stimme war noch leiser als vorher.

Angespannt richtete sich Red auf. »Aus welcher Richtung kommen sie? Wie viele?«

»Westen. Kann noch keine Zahl bestimmen. Mehrere auf jeden Fall.«

»Bull, beweg dich vorsichtig nach Westen. Versuch, hinter sie zu kommen.«

Der bestätigte mit einem Klicken.

»Cal, Morton bleibt in Position. Joe, ist beim Wagen alles ruhig?« Wegen seines verletzten Knies war Joe Spade nicht mit im Wald, aber er wartete im Wagen auf sie, nachdem er sie mit Informationen über das Gebiet und den passenden Karten versorgt hatte.

»Ja, anscheinend parken sie woanders. Ich habe euch alle über die Sender im Blick.«

Das war eine Absicherung, damit niemand im Wald verloren ging. Am liebsten hätte er auch Wärmebildkameras verwendet, aber die Bäume standen zu dicht und die vielen Tiere hätten das Ergebnis verfälscht. Dafür trug jeder von ihnen eine Nachtsichtbrille. Die waren natürlich nur dann ein Vorteil, wenn die Verbrecher keine Taschenlampen dabeihatten und sie nicht geblendet wurden.

»Max, Lichter?«

»Zwei Taschenlampen. Offenbar denken sie wirklich, sie wären hier allein.« Max machte eine Pause. »Sie sind bei mir durch, ich komme zu euch.«

»Nein, bleib erst mal dort, der Käufer müsste noch kommen.« Max war ein guter Einbrecher und konnte sich auch verteidigen, besonders im waffenlosen Kampf war er unglaublich gut. Aber wenn es um rohe Gewalt ging, waren die ehemaligen SEALs einfach besser geeignet. Max hatte dafür die Aufgabe, die jungen Frauen zu beruhigen und zum Auto zu bringen, wenn sich eine Gelegenheit ergab.

Red bewegte vorsichtig sein Bein, das manchmal noch Probleme machte, wenn er zu lange in einer Position gehockt hatte, und atmete auf, als er keine Schmerzen spürte. Es war immer ein gewisses Risiko, wenn er an einer Mission teilnahm, aber er würde es machen, solange er die anderen damit nicht in Gefahr brachte. Und der Zeitpunkt war noch nicht gekommen.

Rascheln erklang, dann waren Stimmen zu hören. Gut so, die Verbrecher schienen nicht mit Ärger zu rechnen. Umso leichter würde ihre Aufgabe werden, aber sie würden trotzdem auf erhebliche Gegenwehr vorbereitet sein. Sicher würden diese Scheißkerle ihre teure Ware nicht so leicht aufgeben wollen.

»Fehlt noch der Käufer oder seine Mittelsmänner. Hat ihn jemand gesehen?«

»Negativ.«

Mist. Es wäre einfacher, wenn alle zur gleichen Zeit kämen, weil dann nicht eine Partei nervös werden würde und sie abgelenkt wären. Wenn sie die Verkäufer überwältigten, und das ging sicher nicht völlig lautlos vonstatten, könnten sie damit den Käufer warnen und er könnte verschwinden. Damit würde es schwieriger werden, zu beweisen, dass der Käufer wirklich davon gewusst hatte, und nicht jemand seinen Account gehackt hatte oder worauf auch immer er sich dann berief. Wenn er nicht auftauchte, müssten sie zu Plan B übergehen. »Noch nicht eingreifen, warten wir noch etwas.«

Red beobachtete, wie die Männer mit ihren Gefangenen an ihm vorbei ins Innere des Schießstands gingen.

»Wo zum Teufel sind die? Ich habe keine Lust, mir hier die halbe Nacht die Beine in den Bauch zu stehen!« Einer der Verkäufer machte seinem Unmut Luft. »Setzt die Mädchen dort in die Ecke und bewacht sie.«

Die jungen Frauen gaben panische Laute von sich, offenbar

waren sie geknebelt. Es juckte Red in den Fingern, den Schießstand zu stürmen und die Verbrecher zu überwältigen, aber das musste noch etwas warten. Solange die Gefangenen nicht in unmittelbarer Gefahr waren, wollte er nichts unternehmen, das den Käufer vertreiben könnte. Red stellte sich so, dass er die Männer beobachten konnte, die sich auf alte Holzbauten setzten, während der Anführer den Schießstand verließ. Von hier aus hatte er einen direkten Zugriff auf die Mädchen, wenn ihnen Gefahr drohte. »Cal, behalt ihn im Auge.«

»Schon dran.«

»Hoffentlich kommen die bald. Ich habe Besseres zu tun, als im Wald rumzuhängen.«

Der erste Mann blickte zu den Mädchen. »Aber ich wüsste einen Weg, wie wir uns ein wenig beschäftigen können.«

Der andere lachte. »Ja, da würde mir sicher heiß werden. Hast du dir die mal angeschaut? Bestes Material. Schlank, lange Haare, große Titten. Ich wette, die warten nur auf einen guten Fick.«

Eine der Frauen gab einen schluchzenden Laut von sich. Red hätte am liebsten den beiden Arschlöchern das Maul gestopft. Mit Mühe hielt er sich zurück. Solange es nur bei Worten blieb, mussten die Mädchen das leider ertragen.

»Probieren wir es doch mal aus. Ich glaube, ich nehme die Rothaarige, die sind besonders geil im Bett.« Der Mann stand auf und näherte sich den Frauen.

Reds Finger am Abzug der Pistole krümmte sich. Es war eine große Versuchung, den Mistkerlen einfach eine Kugel in den Kopf zu jagen, damit sie nie wieder eine Frau berühren konnten. Es kostete all seine Beherrschung, die Waffe sinken zu lassen.

»Er kommt zurück.« Cals Stimme drang durch sein Headset.

Arschloch eins riss einer der Frauen die Leinenhaube vom Kopf. »Ha, wusste ich doch, dass das der Rotschopf ist. Ich habe einen Blick für sowas.« Er beugte sich über sie. »Wie wäre es, Schätzchen, Lust auf ein wenig Action?«

Sie wich vor ihm zurück, soweit es ihre Position erlaubte.

Klebeband bedeckte ihren Mund, die Arme waren auf den Rücken gefesselt. Ihre Kleidung war verschmutzt, es sah aus, als wäre sie einige Male hingefallen. Kein Wunder, wenn sie blind nachts durch den Wald stolperte. In der Dunkelheit war es schwer zu sehen, aber obwohl sie zitterte, schienen ihre Augen Blitze auf die Männer zu schleudern. *Gut so, Kleine, behalte deinen Mut!* Ein wütender Laut entkam ihr, als der Mann ihre Schulter berührte.

»Joe, frag Dave ... Emily, ob sie inzwischen herausgefunden haben, wer der Käufer der drei Frauen ist. Es kann sein, dass wir dazwischengehen müssen, ohne dass der Käufer hier ist.«

Kurz darauf betrat der Anführer den Schießstand. »Weg von den Mädchen, Terry. Du weißt, dass der Käufer sie unberitten will.«

»Hat denn jemand nachgeprüft, ob sie das sind? Ich kann es mir in dem Alter kaum vorstellen.«

»Ja. Und das lässt sich der Käufer noch mal zwanzigtausend extra kosten. Also halt dich gefälligst zurück, wenn du das nicht von deinem Anteil abgezogen haben möchtest.«

Terry lachte geringschätzig. »Als wenn ich so viel bekommen würde!«

»Du bekommst genug. Jetzt hör auf zu jammern und lass das Mädchen los.«

Red befürchtete fast, dass der Mann es auf einen Kampf ankommen lassen würde, aber schließlich richtete er sich wieder auf und zuckte mit den Schultern. »Was soll's, es gibt noch genug andere, da, wo die herkommen.«

»Was ist, wenn der Käufer nicht kommt. Können wir sie dann rannehmen?«, fragte der andere Verbrecher.

»Er wird kommen. Soweit ich weiß, ist er dringend auf neue Ware angewiesen, sein Verschleiß ist gigantisch. Aber da er gut zahlt, habe ich damit kein Problem.«

Offenbar hatten sie genau die richtige Übergabe erwischt, wenn der Käufer immer wieder junge Frauen orderte. Zogen sie ihn aus dem Verkehr, hatten sie einen großen Fisch zur Strecke gebracht. Natürlich kamen ständig neue nach, aber darum konnten sie sich zu gegebener Zeit kümmern.

Terry setzte sich, warf dem Mädchen aber andauernd lüsterne Blicke zu. »Meinst du, es würde jemanden stören, wenn sie uns befriedigen? Dann sind sie noch Jungfrau, aber haben was gelernt.«

Angewidert sah der Anführer ihn an. »Kannst du auch mal an was anderes denken? Besorg dir zu Hause eine Frau und vögel sie ordentlich durch, aber lass die Ware in Ruhe. Geld ist mir bedeutend wichtiger als ein schneller Fick.«

»Dir vielleicht«, murmelte Terry. »Ich finde nur, wenn wir hier schon warten müssen, könnten wir beides haben.«

Oh ja, es würde Red Spaß machen, diese Arschlöcher gefangen zu nehmen. Offenbar fehlte ihnen jedes Unrechtsbewusstsein oder Mitleid mit den Opfern. Für sie waren es Dinge, keine jungen Frauen, die ihr ganzes Leben noch vor sich hatten und ihre Jugend genießen sollten.

Joe meldete sich. »Emily sagt, sie wissen jetzt, wer der Käufer ist. Nach ihren Recherchen hat Jason Cunningham einen geheimen Club, in denen sich Reiche für viel Geld vergnügen können. Mit jungen Frauen und Männern, viele von ihnen noch minderjährig. Offenbar ist dort die Devise: je jünger und unschuldiger, desto begehrter. In dem Club sind viele bekannte und einflussreiche Personen Mitglieder. Wenn herauskommt, was sie dort treiben, könnte sie das alles kosten. Ich würde sagen, das ist ein ziemlich gutes Motiv für Mord.«

Red ballte seine Hand zur Faust. »Das denke ich auch. Wir warten noch ein wenig, aber wenn der Käufer sich nicht blicken lässt, greifen wir zu.«

Er würde noch mal ein Gespräch mit Mulders führen, wenn sie hier fertig waren. Der wusste bestimmt, wer den Auftrag gegeben hatte, RIOS zu durchsuchen. Es war ihm völlig egal, wem er damit auf die Füße trat, er würde gegen jeden vorgehen, der in diesem Club Mitglied war. Auf keinen Fall könnte jemand dort diese jungen Frauen sehen und nicht merken, dass sie minderjährig waren und dazu gezwungen wurden. Selbst wenn die Mädchen es freiwillig täten, wäre es noch illegal.

Normalerweise würde er die Sache ans FBI oder die Polizei weitergeben, aber da er nicht wusste, wer darin alles verstrickt war, wäre das zu gefährlich. Er konnte nicht zulassen, dass Beweise vernichtet wurden. »Joe, lass Emily nachsehen, ob der Club ein elektronisches Mitgliederverzeichnis hat, das sie runterziehen kann.«

»Hat sie schon versucht. Anscheinend gibt es die relevanten Daten nur offline. Jedenfalls haben sie und I-Mac nichts gefunden, obwohl sie alles durchsucht haben. An die Daten kommt man anscheinend nur auf die altmodische Weise.«

Also mussten sie dem Club einen Besuch abstatten. Das stellte sie vor ein zeitliches Problem. Wenn sie noch warteten, bis eventuell der Käufer – oder vielmehr seine Leute – auftauchten, hatte der Mistkerl genug Zeit, sich aus dem Staub zu machen und alles verschwinden zu lassen, wenn er erfuhr, dass die Übergabe nicht geklappt hatte. Cunningham würde wissen, dass sie ihm auf der Spur waren und demnächst vor seiner Tür auftauchen würden.

Red traf eine Entscheidung. »Zugriff.«

Max meldete sich. »Aber wenn der Käufer ...«

»Zugriff, sofort.« Er musste eindeutig noch einmal mit Max über die Bedeutung von Befehlen reden. »Fasst sie lebend und möglichst lautlos.«

Gleichzeitig traten sie aus ihren Verstecken und näherten sich den Männern, die offensichtlich nichts davon ahnten. Red war nur noch wenige Schritte entfernt, als Terry ihn entdeckte. Seine Augen weiteten sich.

»Scheiße, bist du leise. Ich habe dich gar nicht gehört.«

Der Anführer, der mit dem Rücken zu ihm stand, wirbelte herum. In der Hand hielt er eine Pistole. »Keinen Schritt weiter. Wer bist du?«

»Ich soll hier eine Lieferung abholen.«

Skeptisch sah der Mann ihn an. »Wo ist Oswald vom letzten Mal?«

»Krank.«

»Komisch, vor ein paar Stunden war er das noch nicht.«

Red zuckte gelassen mit den Schultern. »Nicht mein Problem.«

»Okay, wo ist das Geld?«

»Erst die Ware.«

»So läuft das nicht. Entweder kriegen wir sofort das vereinbarte Geld, oder wir nehmen die Ware wieder mit. Wir finden auch andere Käufer dafür.«

»Darauf wette ich.« Red setzte seinen Rucksack ab. »Also gut, hier ist es.«

Der Anführer trat näher, hielt aber weiterhin die Waffe auf ihn gerichtet. Als er nah genug war, schlug Red mit dem Rucksack zu und erwischte die Pistole. Sie flog in hohem Bogen durch die Anlage, glücklicherweise, ohne loszugehen.

»He!« Terry sprang auf, wurde aber gleich darauf von Morton außer Gefecht gesetzt, dicht gefolgt von seinem Kumpan.

Während er seine verletzte Hand hielt, starrte der Anführer Red an. »Was zum Teufel soll das?«

»Wonach sieht es denn aus? Wir nehmen dir deine *Ware* ab und du wanderst ins Gefängnis.«

»Ihr seid nicht von der Polizei.«

»Nein.« Red trat näher. »Wir sind besser und nicht an Gesetze gebunden.« Gut, das stimmte nicht ganz, aber das musste der Verbrecher ja nicht wissen.

»Wie wäre es dann, wenn wir ein Geschäft machen? Ihr bekommt die Frauen und lasst mich dafür laufen. Ich bin sowieso nur ein Mittelsmann.«

Red hätte beinahe gelacht. »Anderer Vorschlag: Wir bekommen die Mädchen und du wanderst trotzdem in den Bau.«

Ohne Vorwarnung stürmte der Mann auf ihn zu, in der Hand hatte er ein Messer. Doch Red war vorbereitet, mit einem harten Schlag betäubte er den Arm des Angreifers, das Messer fiel zu Boden. Es dauerte nur Sekunden, bis Red ihn unter Kontrolle gebracht hatte. »Max, ist noch jemand zu sehen?«

»Negativ.«

Red blickte auf die Uhr. Das Treffen hätte vor einer Stunde sein sollen, es war unwahrscheinlich, dass jetzt noch jemand kam. »Okay, packen wir alle ein und verschwinden. Sollte der Käufer noch auftauchen, soll er denken, dass die Verkäufer die Mädchen mitgenommen haben.«

»Hier ist noch alles ruhig«, meldete sich Joe vom Auto.

»Okay, Abmarsch. Max, kannst du dich um die Mädchen kümmern? Wir müssen die Gefangenen bewachen.«

»Klar, bin gleich da.«

Cal und Morton würden die drei Gefangenen bewachen, während Bull und er die kleine Gruppe nach außen schützen würden. Zwar rechnete Red nicht damit, dass die Verkäufer noch jemanden in der Nähe hatten, aber es war immer besser, vorsichtig zu sein. Vor allem, wenn er noch nicht wusste, wo der Käufer abgeblieben war. Warum war er nicht zum Treffpunkt gekommen? Hatte er irgendwie erfahren, dass Emily wiederaufgetaucht war, und befürchtete er, überwacht zu werden? Oder steckte er sogar hinter den Anschlägen auf sie? Das würden sie auf jeden Fall überprüfen.

Schneller als erwartet tauchte Max im Schießstand auf. »Wir können loslegen.«

»Wie bist du so schnell hierhergekommen?«

Max zuckte mit den Schultern. »Ich kann gut im Dunkeln sehen.«

Sehr passend als Einbrecher. Red senkte die Stimme. »Versuch, die Mädchen zu beruhigen. Pass auf, sie könnten auch probieren, dich anzugreifen oder zu fliehen. Mach ihnen klar, dass sie von uns nichts zu befürchten haben und wir ihnen helfen.«

Max nickte. »Ich werde mir alle Mühe geben.«

Red beobachtete, wie sich Max vor die Mädchen hockte und leise mit ihnen redete. Anschließend löste er die Klebestreifen von ihren Mündern. Erstaunlicherweise schrie keine von ihnen, sondern sie sahen Max an, als wäre er der heilige Messias. Das konnte Red nur recht sein, Hauptsache, sie machten keinen Krach und hielten sie nicht auf. Vom Auto aus würde er Sierra anrufen, damit sie sich um die jungen Frauen kümmerte, während sie die nächste Mission planten.

Max unterhielt sich weiter mit ihnen, zog beiläufig ein Messer heraus und durchtrennte die Stricke, mit denen ihre Hände zusammengebunden waren. Ebenso schnell verschwand das Messer. Die Mädchen rieben ihre Handgelenke und wirkten unsicher, doch offenbar war es Max gelungen, ihnen klarzumachen, dass ihnen jetzt geholfen wurde. Froh, dass er zumindest da keinen Ärger zu erwarten hatte, wandte sich Red den Gefangenen zu. Cal hatte Kabelbinder herausgeholt, mit denen er jetzt die Handgelenke der Männer umband. Der Anführer wehrte sich, doch Cal hatte ihn schnell wieder unter Kontrolle. Morton ging herum und spendierte den Verbrechern Knebel in Form von Isolierband.

Nachdem alle versorgt waren, hievten sie die Männer auf die Füße, während Max den Mädchen aufhalf. Sie hielten sich aneinander fest, als wüssten sie nicht, wie sie auf ihre neu gefundene Freiheit reagieren sollten. Da Red wusste, dass er häufig einschüchternd auf andere wirkte, was zum Teil an der Narbe lag, die über eine Wange lief, hielt er sich möglichst von den Frauen fern. Es war ihm ein Rätsel, wie Max es hinbekam, dass er mit dunkler Mütze über seinen hellen Haaren und mit Farbe gedunkeltem Gesicht vertrauenswürdig wirkte. Aber er war froh, ihn zu haben, denn Bull, Cal und Morton waren für den Job auch nicht wirklich geeignet.

»Gehen wir.« Er wandte sich kurz zu den Frauen. »Bitte möglichst leise, falls noch jemand in der Nähe ist.« Er wartete auf ihr Nicken, dann stieß er den Anführer an. »Los jetzt.«

Der starrte ihn wütend an, rührte sich aber nicht von der Stelle.

Damit hatte Red fast gerechnet. »Wir können das auf die einfache Art machen, oder auf die schmerzhafte. Welche hättest du gern?«

Hinter dem Klebeband gab der Verbrecher Laute von sich.

Red hielt die Stimme so leise, dass die Frauen ihn nicht hörten. »Ich kenne viele Arten, jemanden zu etwas zu bringen, aber ich kann dir versichern, dass du das nicht ausprobieren möchtest. Wir können dich und deine Kumpane auch tragen, aber es kann durchaus sein, dass uns der ein oder andere Baum in die Quere kommt. Du solltest dir gut überlegen, ob du nicht lieber selbst laufen willst.«

Der Mann wandte sich um und zeigte Red seinen ausgestreckten Mittelfinger.

Offenbar schien Max ihm anzusehen, was er vorhatte, denn er führte die Frauen aus der Ruine. Bull folgte ihnen, um die Sicherheit zu gewährleisten. Red packte den Anführer an den Händen und bog die Arme nach hinten hoch. Der stöhnte und fluchte durch das Klebeband. Schweiß perlte auf seiner Stirn. Er versuchte, sich so zu bewegen, dass der Druck nachließ, doch das erlaubte Red nicht.

»Willst du das wirklich für die nächste halbe Stunde erleben, bis wir beim Auto sind?«

Die anderen beiden Männer erhoben sich und stellten sich neben Cal und Morton.

»Siehst du, deine Kollegen sind deutlich schlauer als du. Du landest sowieso im Knast. Du kannst dir den Weg dahin leicht oder schwer machen. Deine Entscheidung.« Um ihn ein wenig zu beeinflussen, erhöhte Red noch einmal den Druck.

Schließlich ließ er los und wartete, wie sich der Anführer entscheiden würde. Zur Not würden sie ihn tragen, aber es wäre eine Anstrengung, die er seinen Leuten gern ersparen würde, vor allem, wenn sie heute Nacht vielleicht noch einen Einsatz hatten.

Red atmete auf, als sich der Verbrecher in Bewegung setzte, dicht hinter ihm verließ er den Schießstand und tauchte in den Wald ein. Der Weg war bereits überwuchert, weil er lange nicht genutzt worden war, aber trotzdem gut zu begehen. Das war sicher auch einer der Gründe, warum dieser Treffpunkt gewählt worden war. Er war einsam und es würde niemand einfach so vorbeikommen.

Er gab Cal und Morton ein Zeichen, mit ihren Gefangenen voranzugehen, bevor er ihnen auf den Pfad folgte. Dabei hielt er den Anführer immer im Blick, wenn von einem hier Fluchtgefahr ausging, dann von ihm. Ein Blick an die Spitze der

Gruppe zeigte ihm, dass Max die Frauen offenbar gut unter Kontrolle hatte, sie legten ein beachtliches Tempo vor. Wahrscheinlich konnten sie es kaum erwarten, aus dem Wald herauszukommen. Was er durchaus nachvollziehen konnte, nach dem, was sie vermutlich erlebt hatten. Er war nur froh, dass sie nicht so geschwächt oder verängstigt waren, dass sie ständig beruhigt oder getragen werden mussten.

Als er sicher war, dass sie keine Probleme haben würden, sprach er in sein Mikro. »Joe, ETA zehn Minuten.«

»Roger. Hier ist alles ruhig.«

24. KAPITEL

Tom überprüfte seit Stunden die Käufer der Kinder in der Polizeidatenbank und es wurde ihm mit jeder Minute übler. Nicht, weil es sich um die schlimmsten Verbrecher handelte, sondern weil genau das Gegenteil der Fall war. Die wenigsten besaßen überhaupt einen Eintrag, sondern waren unbescholtene, zum Großteil hoch angesehene Bürger. Wie konnte das sein? Wie konnten sie mit Kindern handeln, sie kaufen oder verkaufen, ohne dass jemand etwas davon mitbekam? Oder ohne dass sich das irgendwie in ihrem täglichen Leben bemerkbar machte? Das war ihm unerklärlich. Vermutlich war es wirklich so, dass Geld alles regelte. Reiche hatten ganz andere Möglichkeiten, alles so zu arrangieren, dass niemand etwas von ihrem Zweitleben bemerkte. Oder wenn doch, kauften sie sich einfach frei.

Aber jetzt nicht mehr. Wenn öffentlich wurde, wer alles in diese Sache verstrickt war, würde es einen riesigen Skandal geben. Genau das war vermutlich der Grund, warum Emily damals vom FBI drangsaliert und dafür gesorgt worden war, dass die Gruppe schnell aus dem Darknet verschwand. Warum niemand ermittelt hatte. Es gab im Hintergrund sicher mächtige Seilschaften, die sich gegenseitig schützten und informierten, wenn es Ermittlungen gab. Das stellte sie vor ein Problem, denn sobald sie sich an die Polizei oder das FBI wandten, konnte es sein, dass alle Beweise vernichtet wurden und sie zum Schweigen gebracht werden sollten. Vermutlich war die Durchsuchung von RIOS der Anfang gewesen. Das FBI tat so, als wäre Emily die Verbrecherin, dabei waren das eigentlich andere Leute.

Eine Hand legte sich sanft auf seine Schulter und Tom sah auf. Emily beugte sich über ihn und legte ihre Wange an seine. »Alles in Ordnung?«

Tom umfing ihre Hand. »Ja, wieso?«

»Du wirkst so wütend.«

»Das bin ich auch. Dass diese Leute immer noch frei sind,

obwohl das FBI vor drei Jahren die Möglichkeit hatte, sie zu stoppen. Dass es offenbar nicht egal ist, wie viel Geld jemand hat. Dass nicht jeder gleich ist, sondern manche geschützt werden, obwohl sie Dinge tun, die abscheulich und illegal sind. Wie kann man dabei wegsehen?«

Emilys Griff wurde fester. »Ich konnte es nicht und du siehst, was mir das eingebracht hat.«

»Es tut mir leid, dass du das allein durchmachen musstest.«

»Glücklicherweise war ich das nicht, ohne Aarons Hilfe wäre ich jetzt nicht hier. Und er ist deshalb gestorben. Diesmal müssen wir diese Schweine drankriegen! Nicht nur für die Kinder, deren Leben gestohlen wurde, sondern auch für Aaron.«

Tom drehte sich mit dem Stuhl um und zog Emily an sich. »Und für dich.«

»Mir reicht es, wenn ich endlich mein Leben wieder selbstbestimmt führen kann. Wenn ich mit Menschen zusammen sein kann, die ich mag. Wenn ich rausgehen kann, ohne Angst haben zu müssen.«

»Das werden wir auf jeden Fall schaffen. Wenn wir die Kinderhändler-Gruppe ausheben, werden diese Typen alle ins Gefängnis wandern. Diesmal wird ihnen ihr Geld nicht helfen. Ich gehe davon aus, dass es ihnen dort nicht gut ergehen wird, selbst Schwerverbrecher mögen keine Kinderschänder.«

Emily lächelte grimmig. »Ist es schlimm, wenn ich sage, dass mich das irgendwie freuen würde?«

»Nein, menschlich und völlig verständlich.«

»Gut.«

I-Mac räusperte sich. »Red hat sich gemeldet, sie sind jetzt im Van und bringen die jungen Frauen an einen sicheren Ort. Sie vermeiden das Hauptquartier, falls das noch beobachtet wird. Da der Käufer nicht gekommen ist, befürchtet Red, dass die anderen gewarnt werden könnten. Er fragt, ob es in der Gruppe eine Möglichkeit gibt, die Übergabe als erledigt zu kennzeichnen, damit die anderen Mitglieder nicht hellhörig werden.«

Sofort rückte Emily von Tom ab. »Erledigt nicht direkt, aber es wird eine Liste der abgeschlossenen Verkäufe geführt und welche Kinder deshalb nicht mehr zu haben sind. Da könnte ich mich reinhacken. Außerdem werde ich beobachten, ob Cunningham etwas in der Gruppe postet, um die anderen zu warnen. Ich kriege es natürlich nicht mit, wenn er irgendwelchen Mitgliedern privat schreibt.«

»Ich gebe es Red weiter. Hoffen wir, dass es reicht.«

Angespannt blickte Emily ihn an. »Wie geht es den Mädchen, die Reds Team befreit hat?«

»So weit wohl gut, Max kümmert sich um sie.«

Emily ließ sich wieder auf ihren Stuhl sinken. »Oh, gut.«

Tom war da skeptischer. »Sicher, dass Max der Richtige für den Job ist? Er kommt mir nicht gerade so vor.«

Streng sah Emily ihn an. »Frauen mögen Max und er würde ihnen nie etwas tun, das spüren sie. Ich glaube, er ist genau der Richtige, bis Sierra übernehmen kann.«

Tom hob beide Hände. »Schon gut. Kein Grund für ein Loblied auf den heiligen Max.«

I-Mac kicherte vor sich hin, während Emily den Kopf schüttelte. »Wirklich, ich weiß nicht, was du gegen Max hast.«

»Vielleicht hat er Angst, dass du Max ein bisschen zu sehr mögen könntest«, warf I-Mac wenig hilfreich ein.

»I-Mac ...« Warnend blickte Tom ihn an.

Emilys Mund stand vor Verwunderung offen. »Das glaubst du nicht wirklich, oder? Ich mag Max, ja. Er ist nett, aber das ist kein Vergleich zu ...« Sie brach ab, Röte kroch in ihre Wangen.

»Zu was?« Obwohl er wusste, was sie hatte sagen wollen, musste er es doch hören. Es war unfair von ihm, das war ihm klar.

Emily blitzte ihn wütend an. »Dir! Bist du jetzt zufrieden?«

Tom lächelte sie an. »Ja, das bin ich tatsächlich.«

»Nervensäge.«

»He, ich habe lediglich meine Sorge geäußert, dass Max vielleicht die jungen Frauen verschrecken könnte. Das war alles. Ich kann nichts dafür, wenn I-Mac irgendetwas hineininterpretiert, was ich nicht gesagt habe.«

I-Mac schnaubte. »Unschuldslamm.«

Tom sah an Emily vorbei zu dem Ex-SEAL. »Hat irgendwer gesagt, dass du dich einmischen sollst?«

I-Mac grinste ihn an. »Das war gar nicht nötig.«

Da half wohl nur ignorieren. Vorsichtig nahm Tom Emilys Hand in seine. »Ich freue mich, dass du mich lieber magst als Max.«

Sie verdrehte die Augen. »Im Moment nicht unbedingt.«

»Das kommt bestimmt wieder.«

Ihre Mundwinkel hoben sich. »Nicht, wenn du so weitermachst. Könnten wir jetzt bitte wieder zur Sache kommen?«

Sofort verließ ihn jede Spur von Humor. »Ja. Ich bin alle Namen durchgegangen, die ihr mir gegeben habt. Kaum einer von denen ist jemals mit dem Gesetz in Konflikt geraten und wenn, dann waren es nur Kleinigkeiten. Nichts, was jemals auf den Kauf von Kindern hindeuten würde. Es handelt sich um angesehene Bürger, denen niemand so etwas zutrauen würde.«

Emily verzog unglücklich den Mund. »Das hatte ich fast befürchtet.«

»Wir müssen unbedingt stichhaltige Beweise finden und auch dokumentieren, denn wenn auch nur ein Wort davon an die Öffentlichkeit dringt, können wir sicher sein, dass sofort versucht werden wird, die Sache zu vertuschen. So wie beim letzten Mal. Doch diesmal werden sie nicht damit davonkommen.«

»Wie können wir das verhindern?«

»Eigentlich nur, indem wir alles für uns behalten, bis wir sämtliche Beweise gesichert haben. Am besten sollten wir noch ein paar der aktivsten Player einsacken. Und vielleicht einige von den Verkäufern oder Mittelsmännern, die werden vermutlich reden, wenn sie merken, das alles auf sie abgeschoben wird.«

Emily blickte skeptisch. »Glaubst du nicht, dass sie abhauen werden?«

»Sie können es ja versuchen. Aber im Ernst, ich glaube nicht, dass alle die Möglichkeit dazu haben.« Nachdenklich blickte er auf den Bildschirm. »Vielleicht werden auch einige der Käufer reden und die anderen belasten.«

»Aber sie sind dort alle immer nur mit Decknamen unterwegs. Glaubst du, die kennen sich untereinander?«

Tom nickte. »Nicht alle, natürlich, aber solche Gruppen im Darknet werden ja nur über Empfehlungen gefunden. Das heißt, es muss welche geben, die auch andere kennen. Aber selbst wenn nicht. Wenn sie in den Aussagen die Decknamen nennen und wir belegen können, wer dahintersteckt, sind sie dran. Egal was sie auch versuchen, wir werden sie kriegen, Emily.«

Zögernd nickte sie. »Okay. I-Mac und ich werden alles dokumentieren, was wir finden. Ob es hinterher als Beweis zugelassen wird, weiß ich allerdings nicht. Aber vielleicht reicht es, damit die Polizei oder das FBI diesmal mit Ermittlungen beginnt.«

Sonderlich überzeugt wirkte sie jedoch nicht. Es tat Tom weh, ihr nicht versprechen zu können, dass jeder dieser Verbrecher seine gerechte Strafe bekommen würde. Vor allem nicht, wenn sich das FBI weiter querstellte. Was ihm immer noch Sorge bereitete. Es gab keinen Grund, warum das FBI in einem solchen Fall nicht ermitteln sollte. Eigentlich müssten sie sich die Finger danach lecken, schließlich versprach er im Erfolgsfall eine sehr gute Presse. Außer, das FBI würde selbst in ein schlechtes Licht geraten. Jetzt konnte das passieren, weil sie nicht sofort gehandelt hatten, als Emily die Sache gemeldet hatte, aber welchen Grund hatten sie damals gehabt?

Tom kam ein Gedanke, der ihm gar nicht gefiel. »Ist einer der Käufer oder Verkäufer FBI-Agent?«

I-Mac antwortete prompt. »Von den Käufern ist es keiner. Die Verkäufer und Vermittler haben wir noch nicht alle ermittelt, da sie sich deutlich besser abgesichert haben. Wenn ein FBI-Agent in die Sache verstrickt wäre, würde ich eher auf die Seite tippen. Er würde wissen, dass die Gefahr einer Enttarnung viel zu groß ist, wenn er nur mit einem läppischen Decknamen auftritt, sonst seine Spuren aber nicht verwischt.«

Emily beugte sich vor. »Dieser Mulders ist von irgendwem geschickt worden, der Informationen darüber bekommen hat, wo ich mich aufhalte. Die kann er eigentlich nur von den Verbrechern bekommen haben, die hinter mir her sind. Wenn also Mulders uns sagen würde, wer ihn geschickt hat, könnte uns das zu dem Mann führen, der die Sache damals vertuscht hat.« Offenbar war sie seinem Gedankengang gefolgt. »Das würde auch erklären, wie Anschläge auf mich verübt werden konnten, obwohl ich mich unter Bewachung des FBI befand.« Trauer überzog ihre Miene. »Und wie sie Aaron erwischt haben. Vielleicht hat er deshalb das FBI verlassen, weil er so etwas vermutete.«

Nachdenklich rieb Tom über sein Kinn. »Ich glaube nicht, dass Mulders uns diese Information freiwillig geben wird.«

»Das vermutlich nicht, aber wenn wir Beweise haben, wird er hoffentlich einsehen, dass er verarscht wurde. Sofern er nicht selbst derjenige ist, was ich aber eher nicht glaube. Er macht nur die Drecksarbeit für jemand anderen, der deutlich höher steht. Vielleicht kann Red Agent Chambers danach fragen.« Da er Red gewarnt hatte, stand er offensichtlich auf seiner Seite und wäre vielleicht bereit, die Sache aufzuklären.

I-Mac nickte. »Chambers ist in Ordnung. Wenn er hört, dass es um den Verkauf von Kindern geht, wird er sicher alles tun, was nötig ist, um das aufzuklären.«

»Okay. Zurück zu der Aktion eben. Da der Käufer, oder jemand, den er beauftragt hat, nicht aufgetaucht ist, bedeutet das, dass der anders festgenagelt werden muss. Können wir beweisen, dass er etwas mit diesem Club zu tun hat?«

Emily blickte auf ihre Notizen. »Ja, die Unterlagen sind eindeutig. Cunningham hat zwar versucht, seine Spuren zu verwischen, war dabei aber nicht sonderlich erfolgreich. Der Club ist auf eine Scheinfirma angemeldet, von der er über drei Ecken der Besitzer ist. Die Einnahmen aus dem Club landen mehr oder weniger direkt auf seinem Konto, man kann die Bewegungen genau nachverfolgen. Es ist so gut wie unmöglich, dass er sich da herausreden kann. Aber zur Sicherheit sollte nach Unterlagen gesucht werden, die nicht online verfügbar sind. Plant Red einen Einsatz im Club?«

Tom war zwiegespalten. Zum einen war er der Meinung, dass ein Club, der junge Mädchen ankaufte, um sie dort Männern zur Verfügung zu stellen, sofort geschlossen gehörte und jedes einzelne Mitglied verhaftet. Problem war, dass sie das nicht der Polizei oder dem FBI überlassen konnten, sondern RIOS selbst handeln musste, obwohl sie dazu eigentlich keine Befugnis hatten. Es könnte sein, dass die Beweise nicht anerkannt wurden, weil sie nicht auf dem offiziellen Weg beschafft wurden. Dadurch könnten die Verbrecher eventuell freikommen.

»Ja, der Käufer ist nicht aufgetaucht, deshalb will Red ihn auf andere Weise drankriegen. Allerdings bringt es uns nichts, wenn wir zwar Beweise finden, die aber nicht in einem Prozess verwendet werden können. Damit spielen wir diesen Verbrechern in die Hände.«

Emily nickte. »Das stimmt, aber ich bin sicher, Red hat einen Plan, wie er das trotzdem hinbekommt. Das hat er bisher immer geschafft.«

Davon ging Tom aus, aber er fühlte sich trotzdem unwohl dabei. Doch es half nichts, darüber nachzugrübeln. Es lag in Reds Entscheidung, wie er weiter vorging. »Am besten bereiten wir alles so gut wie möglich vor, damit Red zu den Behörden gehen kann, sobald die Sache nicht mehr unterdrückt werden kann.« Dann konnten sie nur noch hoffen, dass es möglich war, die Täter vor Gericht zu bringen.

***

Nachdem sie die jungen Frauen bei Sierra abgeliefert hatten, die sie zusammen mit Karen sofort bemutterte, fuhr Red mit dem Team weiter. Normalerweise zog er eine längere Planungszeit vor, aber es war wichtig, dass sie eine Abwicklung des Clubs verhinderten, sobald der Käufer der Mädchen merkte, dass er aufgeflogen war. Vielleicht hatte er das sogar schon und war deshalb nicht zur Übergabe erschienen. Dann liefen sie jetzt vielleicht in eine Falle oder sie trafen niemanden an. Red klammerte sich an den Griff, als Bull viel zu schnell um die Kurve fuhr. »Wir wollen lebend ankommen.«

»Ja, aber heute noch, oder?«

Red blickte seinen Freund genauer an. Bulls Lippen waren zusammengepresst, ein Muskel zuckte in seiner Wange. Offenbar ging ihm der Fall genauso an die Nieren wie dem Rest des Teams. Es war nur ungewöhnlich, dass man es ihm sogar ansah. Normalerweise hatte Bull ein besseres Pokerface. Es hatte an ihnen allen genagt, die armen Mädchen zu sehen, die aneinandergedrängt im Lieferwagen gesessen hatten, um nur den Männern nicht zu nahe zu kommen. Glücklicherweise hatten sie ausreichend Platz gehabt, um die Verbrecher weit genug wegzusetzen. Als sie Sierra und Karen vorgestellt worden waren, hatten zwei der jungen Frauen angefangen zu weinen. Offenbar hatten sie bis dahin nicht geglaubt, dass sie gerettet worden waren.

Joe hatte einen Laptop dabei, über den er sie mit den Plänen für den Club versorgte. Es handelte sich um ein umgewandeltes großes Herrenhaus, das am Rande von Richmond, Virginia lag. Der Club war von außen nicht sichtbar, wenn jemand vorbeifuhr, würde er nicht wissen, was sich hinter den riesigen schmiedeeisernen Toren und der langen Auffahrt verbarg. Es könnte höchstens verwundern, dass die Bewohner ständig Besuch bekamen, aber auch das war unwahrscheinlich, denn die nächsten Nachbarn lebten ein ganzes Stück entfernt. Im Grunde konnten die Mitglieder des Clubs hier machen, was sie wollten. Selbst wenn eines der Mädchen mal schrie, würde es niemand mitbekommen. Auch eine Flucht war unmöglich, weil das gesamte Grundstück mit hohen Mauern umgeben war, die zusätzliche Sicherungsmaßnahmen besaßen.

Red mochte sich nicht vorstellen, wie es den Mädchen dort erging. Wie verzweifelt sie sein mussten, wenn sie merkten, dass sie dort gefangen waren und die Mitglieder des Clubs mit ihnen machen konnten, was sie wollten. Es musste furchtbar sein. Hoffnungslos. Er schloss seine Hand fester um den Griff. Sie würden diesen Jugendlichen helfen, egal was sonst passierte. Auf keinen Fall würde er zulassen, dass sie weggebracht wurden und für immer verschwanden. Ganz sicher würde der Besitzer keine Zeugen für seine Machenschaften wollen. Und wen würde es interessieren, wenn ein paar Mädchen verschwanden, die sowieso schon seit längerem niemand mehr vermisste? Sein Team war ihre einzige Chance, wenn herauskam, dass sie die Verkäufer mit ihrer Ware abgefangen hatten.

Selbst Max war ungewohnt still und in sich gekehrt. Er saß in der hinteren Sitzreihe und starrte aus dem Seitenfenster. Dabei knackte er immer wieder mit den Fingerknöcheln, eine Eigenschaft, die Red schon öfter genervt hatte, doch die er ignorierte, wenn es in einen Einsatz ging. »Bist du bereit, Max?«

Seine Aufgabe war, sie auf das Grundstück und in das Haus zu bringen, ohne dass jemand sie sah. Was nicht ganz einfach war, weil es zu den sonstigen Maßnahmen sicher auch Kameras und eine Alarmanlage gab. Er wusste, dass er viel von dem Ex-Einbrecher verlangte, schließlich hatte er normalerweise länger Zeit, um sich auf eine solche Aufgabe vorzubereiten.

»Ja.«

Gut, das war nicht sonderlich ausführlich, aber es reichte Red. Er kannte Max lange genug, um zu wissen, dass er es ihm sagen würde, wenn er Bedenken hatte oder etwas nicht tun konnte. Trotzdem schadete es nicht, sich doppelt abzusichern.

Red zog sein Handy heraus und wählte Emilys Nummer.

»Ja?« Sie meldete sich sofort und ohne den Stimmveränderer, den sie sonst benutzt hatte.

Es war ungewohnt, so mit ihr zu sprechen und sie mit dem *Dave*, den er kannte, in Einklang zu bringen. »Hier ist Red. Wir sind jetzt fast am Ziel. Hast du irgendwelche Informationen darüber gefunden, wie das Grundstück gesichert ist?«

»Kleinen Moment.« Es kam eine kurze Pause, im Hintergrund konnte er die Stimmen von I-Mac und Tom hören. »Ja, aber es ist nicht viel. Am Tor gibt man einen sechsstelligen Code ein, der regelmäßig geändert wird. Wenn ihr die Mauer nehmt, ist sie nicht nur mit den üblichen Maßnahmen wie Stacheldraht gesichert, sondern auch mit Elektrodraht. Wenn ihr da drankommt, werdet ihr gegrillt. Von daher ist das Tor vermutlich eure beste Möglichkeit. Es könnte aber ebenso sein, dass trotzdem eine Warnung ausgelöst wird, wenn ihr das Tor öffnet.«

Wunderbar. Genau das, was sie jetzt brauchten. »Wie sieht es mit den Sicherheitskameras aus. Kannst du die irgendwie übers Netz abschalten?«

»Nein, es scheint ein autarkes System zu sein, das nicht übers Internet läuft. Es tut mir leid.«

»Das muss es nicht. Wir werden es so schaffen. Es wäre nur leichter gewesen.« Im Training hatten sie gelernt, wie sie Kameras umgehen oder ausschalten konnten, sie würden damit zurechtkommen. »Okay, dann melde ich mich wieder, wenn wir raus sind.«

»Passt auf euch auf.«

»Das tun wir doch immer. Bei euch ist alles ruhig?«

»Ja, kein Pieps von irgendjemandem.«

Wenigstens eine Sache, über die er sich keine Gedanken machen musste. »Gut. Bis später.«

Red steckte das Handy weg und drehte sich zu Max um. »Diesmal keine Hilfe von Emily, die Sicherheitsanlagen laufen nicht über das Netz.«

Max nickte. »Das hatte ich fast befürchtet, aber wir werden es so schaffen, ich kenne solche alten Häuser.«

»Gut. Wenn du merken solltest, dass es doch nicht klappt, sag Bescheid. Dann überlegen wir uns was anderes.«

»Ich habe Sprengstoff dabei«, mischte sich Bull ein.

Red musste grinsen. Bulls Fähigkeiten als Sprengmeister waren im Team legendär gewesen. Es gab nichts, das er nicht öffnen konnte. »Ich behalte es im Hinterkopf. Aber es ist besser, wenn wir unauffällig reinkommen, wir wissen nicht, was uns da erwartet. Oder was mit den Kindern passieren würde, wenn sich diese Typen bedrängt fühlen. Besser, sie hören uns nicht kommen, bis es zu spät ist.«

»Ich kann durchaus leise sein, aber ich verstehe, was du meinst.«

Red mochte es, mehrere Optionen zu haben. Genau deshalb

setzte er sein Team gern aus verschiedenen Leuten zusammen, die unterschiedliche Hintergründe und Kenntnisse hatten. Joe war verdächtig still, aber er konnte sich gut vorstellen, was in dessen Kopf vor sich ging. Noch vor einigen Jahren war er für die NGA selbst auf Missionen gegangen, doch das hatte sich nach seiner Gefangenschaft bei einem Terroristen inklusive einer schweren Knieverletzung erledigt. Red war es ähnlich gegangen und er hasste das Gefühl, nicht mehr alles machen zu können, was er früher problemlos getan hatte.

»Wir sind gleich da.« Joe war über seinen Laptop gebeugt und verfolgte ihre Route in seinem Programm. »Am besten parken wir in der Nähe des Nachbargrundstücks, damit sie uns nicht bemerken.«

»Ja, das ist besser. Wer weiß, ob sie Kameras haben, die auch die Straße beobachten. Da es eine Sackgasse ist, dürfte jeder verdächtig sein, der dort parkt, aber nicht zum Haus geht.«

Kurz darauf rollte der Wagen langsam an den Straßenrand und Bull schaltete den Motor aus. Cal öffnete die Schiebetür und sprang hinaus. Routiniert nahm jeder seine Ausrüstung und kontrollierte, ob alles vorhanden war, was sie brauchen würden. Dabei wurde kein Wort gesprochen. Schließlich waren bis auf Joe alle bepackt und startklar.

»Mikrotest. Hört mich jeder?«

»Klar und deutlich.«

»Jo.«

Die Antworten kamen sowohl durch das Headset als auch durch ihre Nähe. Red nickte. »Okay, dann los. Joe, wir halten den Kanal offen, damit du mitbekommst, was vor sich geht. Wenn jemand kommt, oder sonst irgendwas vorgeht, sag Bescheid.«

»Alles klar. Viel Glück.« Während sie querfeldein losliefen, stieg Joe zurück ins Auto.

25. KAPITEL

»Ich glaube, ich habe was.« Emily starrte angestrengt auf den Bildschirm. Nach all den Stunden am PC schmerzten nicht nur ihre Augen, sondern auch ihr Rücken und vor allem ihr Po. Und das, obwohl sie sich einen extra bequemen Bürostuhl ausgesucht hatte, weil sie oft lange darauf sitzen musste.

Sowohl Tom als auch I-Mac rollten ihre Stühle in Emilys Richtung.

»Was hast du?« Tom blickte auf ihren Monitor.

»Ich konnte mir die ganzen Jahre nicht erklären, weshalb das FBI damals so wenig auf meine Informationen reagiert hat. Es erschloss sich mir nicht, warum sie lieber mich einkassiert haben, anstatt die Darknet-Gruppe dichtzumachen und diese Verbrecher zu verfolgen. Und warum sie anscheinend jetzt immer noch hinter mir her sind. I-Mac sagte ja auch, dass es so wirkt, als hätte jemand beim FBI etwas zu verstecken. Also habe ich ein wenig beim FBI gestöbert ...« Sie ignorierte Toms Grimasse und redete weiter. »... und bin dabei auf Unterlagen gestoßen, die zeigen, wer damals den Befehl gegeben hat, mich festzusetzen.« Sie deutete auf die Unterschrift des abgebildeten Dokuments. »Es war ein Agent Samuel Whitman. Er steht ziemlich weit oben in der Hierarchie, deshalb konnte er eine solche Entscheidung treffen.«

I-Mac runzelte die Stirn. »Das heißt aber noch nicht, dass er etwas mit der Sache zu tun hat. Vielleicht hat er einfach was gegen Hacker.«

Emily nickte. »Ja, das habe ich auch gedacht, deshalb habe ich weitergeforscht. Und jetzt ratet, wer den Befehl gegeben hat, dass RIOS durchsucht wird?«

Tom beugte sich vor. »Whitman?«

»Bingo! Er hat eindeutig darauf hingewiesen, dass ich mich dort aufhalten soll und sofort zu verhaften sei. Es wird außerdem angeordnet, dass jeder, der dort angetroffen wird, verhört werden soll, zur Not sogar verhaftet, auch wenn keine Straftat nachgewiesen werden kann.«

Angespannt rieb Tom über seinen Mund. »Das ist ungewöhnlich. Normalerweise wird sowas höchstens in Fällen, bei denen die nationale Sicherheit bedroht ist, angewandt. Bei Terroristen oder Staatsfeinden. Ganz sicher nicht bei einer Sicherheitsfirma, die sich noch nie etwas zuschulden kommen lassen hat. Im Gegenteil, RIOS hat ja schon öfter mit dem FBI zusammengearbeitet.«

»Eben. Ginge es nur darum, könnte ich vermuten, dass RIOS Whitman irgendwann mal auf die Füße getreten ist, aber da er auch damals bei mir völlig überreagiert hat, kommt mir das sehr verdächtig vor.«

I-Mac nickte heftig. »Das würde ich auch sagen. Was hat dieser Idiot für ein Problem?«

»Entweder hat er selbst seine Hände im Spiel und kauft oder verkauft Kinder oder er hat Kontakt zu jemandem, der es tut, und will ihn oder sie schützen.«

Emilys Magen zog sich zusammen. »Oder er bekommt sehr viel Geld dafür, dass er eine schützende Hand über diese Leute hält.«

»Oder das.«

Angewidert schüttelte sie den Kopf. »Wie kann jemand, der beim FBI ist, so etwas tun? Es geht gegen alles, was er geschworen hat. Selbst wenn er das nicht hätte, unschuldige Kinder zu missbrauchen, ist so ziemlich das Allerletzte. Egal was passiert, wir müssen dafür sorgen, dass er zur Rechenschaft gezogen wird.«

»Das werden wir. Dafür müssen wir aber geschickt vorgehen. Deine Beweise werden nicht zählen, weil sie auf illegalem Weg zustande gekommen sind – und es lediglich Indizien sind. Wir müssen dafür sorgen, dass er sich selbst outet oder ihn jemand verrät.«

Vermutlich kam er seit längerer Zeit damit durch, irgendwie konnte sich Emily nicht vorstellen, dass es einfach sein würde, ihn aus der Deckung zu locken. Er war schon lange dabei und hoch angesehen. Diverse Politiker auch auf Landesebene zählten ihn zu ihren guten Bekannten. Er besuchte Partys der oberen Zehntausend. Je mehr Emily über ihn im Internet gefunden hatte, desto überzeugter war sie, dass er in die Sache verwickelt war. Sie klickte auf ein Foto von ihm. »Ich glaube, er ist ziemlich cool und auch intelligent, so leicht wird er sich nicht täuschen lassen.«

Tom starrte das Porträt an. »Schlimm finde ich, dass man diesen Leuten überhaupt nicht ansieht, wie verkommen sie sind. Hätte ich ihn bei irgendeinem Einsatz gesehen oder im Supermarkt, ich hätte ihn für einen völlig normalen, seriösen Menschen gehalten. Jemanden, der weiß was richtig und falsch ist.« Er rieb über sein Gesicht. »Bei den meisten der Käufer war es genauso, es waren alles oberflächlich gesehen völlig normale Leute. Wohlhabend, gut integriert, mit Familie, Schirmherren von sozialen Projekten. Dass sie heimlich Kinder gekauft und mit ihnen was auch immer gemacht haben, macht mich krank und lässt mich an der Menschheit zweifeln.«

Das konnte sich Emily gut vorstellen, es ging ihr ebenso. Sie rückte näher heran und verschränkte ihre Hand mit seiner. »Das verstehe ich, aber denk dran, wie viele gute Leute es gibt. Alle bei RIOS, deine Freunde, deine Familie. Deine Kollegen. In deinem Job hast du viel mit Verbrechen zu tun, deshalb kommt es dir wahrscheinlich so vor, als würden die schlechten Menschen überwiegen. Aber das ist nicht der Fall.«

Tom seufzte tief und lehnte seine Stirn an ihre Wange. »Du hast recht. Ich bin es leid, immer mit diesem Abschaum zu tun zu haben. Und ich arbeite nicht mal in einer Abteilung, die mit Kapitalverbrechen wie Mord zu tun hat. Kein Wunder, dass so viele Polizisten mit dem Trinken anfangen.«

Oder sich sogar umbrachten, wenn sie die Statistiken richtig in Erinnerung hatte. Sie hatte damals kurz überlegt, ob sie bei einer digitalen Einheit der Polizei arbeiten sollte, aber sie hatte sich dagegen entschieden, weil sie nicht geglaubt hatte, damit zurechtzukommen, täglich mit so etwas konfrontiert zu werden. Heute war sie vielleicht stark genug dafür, aber sie mochte die Freiheit, selbst zu entscheiden, ob sie einen Auftrag annehmen wollte oder nicht. Bei der Polizei gab es Befehle und Hierarchien. Damit hatte sie noch nie besonders gut umgehen können.

»Ich bin froh, dass du noch nicht so zynisch geworden bist und dir die Dinge noch zu Herzen nimmst.«

Sie konnte fühlen, wie er zusammenzuckte, bevor er sich rasch aufsetzte. »Wenn du damit meinst, dass ich ein Softie bin, dann irrst du dich.«

Emily begann zu lächeln. »Das meinte ich selbstverständlich nicht, aber du bist menschlich geblieben, während viele Polizisten entweder mit der Zeit abstumpfen oder eben zynisch werden und ihren Frust an anderen auslassen.«

»Ja, davon kenne ich auch einige. Ich glaube, wenn ich merke, dass das bei mir auch passiert, kündige ich den Job. So möchte ich nicht leben.«

»Ich bin sicher, bei RIOS ist immer ein Platz für dich, wenn du dich dafür entscheidest.«

Toms Miene heiterte auf. »Red hat mir schon einen Job angeboten, aber ich mag meine Arbeit und möchte sie noch einige Jahre machen. Wenn es mir irgendwann keinen Spaß mehr macht, denke ich ernsthaft darüber nach.«

»Und solange kannst du hin und wieder bei RIOS einspringen, wenn Not am Mann ist.«

»Genau.«

»Ohne euch unterbrechen zu wollen – was machen wir jetzt mit diesem Whitman? Er kann euch noch richtig Ärger machen, wenn er nicht gestoppt wird.«

Schuldbewusst drehte sich Emily zu I-Mac um. Hitze stieg in ihre Wangen, als sie sein wissendes Lächeln sah. Deshalb konzentrierte sie sich auf seine Worte. »Glaub mir, ich weiß genau, zu was er fähig ist. Wir werden Red über ihn informieren und sehen, was sie im Club finden. Vielleicht steht Whitman dort auf der Mitgliederliste. Oder sie finden irgendeine Verbindung zu ihm, auf die wir noch nicht gekommen sind. Es kann natürlich auch sein, dass es überhaupt keine Verbindung zum Club gibt.«

»Die Wahrscheinlichkeit ist sogar recht hoch, aber er hat eine

Verbindung zu der Gruppe und offenbar zu den Typen, die hinter dir her sind, und die werden wir finden.«

Emily liebte Toms Ernsthaftigkeit und Zuversicht. »Das wäre mir sehr lieb. Vielleicht ...« Sie brach ab, als ein schriller Warnton erklang.

Ihre Finger flogen über die Tastatur, als sie herauszufinden versuchte, was den Alarm ausgelöst hatte. Mit der Maus klickte sie auf die Kamera der Sektion, die etwas Ungewöhnliches empfangen hatte. Angestrengt starrte sie auf das durch einen Nachtbildsensor veränderte Bild. Zuerst sah sie nichts, doch dann war da eine Bewegung. Jemand schlich um die Fabrikhalle herum! Natürlich könnte das sonst wer sein, aber nach allem, was geschehen war, glaubte sie nicht mehr an Zufälle. »Jemand ist dort draußen.«

Angespannt lehnte sich Tom vor. »Ich glaube, es wird Zeit, dass du uns sagst, was genau dieses Haus kann. Gibt es irgendwelche Offensivmaßnahmen?«

»Nein, nur Verteidigung. Ich habe es nicht mit Waffen, ich will nur in Ruhe gelassen werden und dafür waren meine Maßnahmen bisher immer ausreichend.« Ängstlich beobachtete sie, wie ein Mann an der Tür rüttelte und dann zum Fenster ging, um in die Halle zu blicken. Die Spiegelfolie verhinderte, dass er etwas sehen konnte. Außerdem waren rund um das Haus die alten Fabrikeinbauten, die es vor neugierigen Blicken schützten. Selbst wenn jemand das Fenster einwerfen würde, könnte er nichts sehen. Lichtschimmer allerdings schon, deshalb achtete sie immer darauf, dass nachts draußen keine Lampe brannte und alle Jalousien heruntergelassen waren. Allerdings war sie so abgelenkt gewesen, dass sie es nicht genau wusste. Abrupt setzte sie sich auf. »Sind die Jalousien unten? Ist draußen das Licht aus?«

Beruhigend legte Tom seine Hand auf ihren Arm. »Ja, ich habe mich darum gekümmert. Es sollte nichts zu sehen sein.« Er deutete auf eine der Kameraeinstellungen, die das Äußere des Hauses zeigte. »Siehst du? Alles dunkel. Wenn wir Glück haben, ist das nur irgendein Neugieriger und er verschwindet gleich wieder.«

Unsicher sah sie ihn an. »Und wenn nicht? Das Haus ist zwar gesichert, aber ein Profi sollte es trotzdem schaffen, hier reinzukommen.«

»Dann sind wir ja noch da.«

Emily war sehr froh, nicht allein zu sein, aber sie befürchtete trotzdem, dass es nicht gut enden würde, wenn diese Verbrecher eindrangen. Sie waren nur zu dritt und sie war nicht sicher, ob Tom mehr als eine Pistole hatte. Sie wandte sich I-Mac zu, der ernst, aber nicht besorgt wirkte. »Hast du eine Waffe dabei?«

Sein entrüsteter Blick wäre komisch gewesen, wenn sie nicht solche Angst hätte. »Ich bin ein SEAL, natürlich habe ich eine Waffe dabei.«

Ihr war schon aufgefallen, dass SEALs meist so redeten, als wären sie noch im Team und nicht bereits ausgeschieden. Aber vermutlich war es wirklich so: einmal ein SEAL, immer ein SEAL. Ihr gefiel diese Einstellung und auch das Zusammengehörigkeitsgefühl der SEALs untereinander. »Und Ersatzmunition?«

»Ein wenig. Ich bin im Urlaub und war eigentlich nicht davon ausgegangen, in eine solche Situation zu kommen.«

»Es tut mir wirklich leid, ich ...«

»Dir braucht gar nichts leidzutun«, unterbrach I-Mac sie sofort. »Du hast mich nicht gezwungen hierherzukommen und davon abgesehen bin ich immer für meine Freunde da, wenn sie Hilfe brauchen. Und dabei lasse ich mich ganz sicher nicht von einer möglichen Gefahr abhalten.«

Emily blinzelte gegen ihre Tränen an. »Danke, das bedeutet mir sehr viel. Aber denk bitte auch an Nurja und die Kinder.«

»Glaub mir, das tue ich. Nurja würde wollen, dass ich dir helfe. Sie hasst Ungerechtigkeit. Wenn sie hier wäre, würde sie sich vermutlich eine Waffe nehmen und dich bis zum Letzten verteidigen.«

Das konnte sich Emily gut vorstellen, obwohl sie genau wusste, wie sehr Nurja Gewalt verabscheute. Ihre Heimat

Afghanistan war alles andere als friedlich gewesen und am Ende war sie von einem Warlord entführt, gefoltert und ihr Mann ermordet worden. »Ich bin froh, dass sie nicht hier ist.«

I-Mac lächelte grimmig. »Ich allerdings auch.«

»Shit. Was zum Teufel ist das?«

Toms Ausruf ließ Emily schnell wieder auf den Monitor blicken. Irgendetwas Großes kam auf die Halle zu, in der Dunkelheit war nur ein Schatten zu sehen. Immer näher kam das Ungetüm und fuhr schließlich ungebremst durch das geschlossene Tor. Obwohl sie das Eisen verstärken lassen hatte, konnte es dieser Gewalt nicht standhalten und zerbarst. Die Kamera wurde schwarz. Hastig holte Emily eine andere Einstellung auf den Bildschirm. Dort war zu sehen, wie ein gewaltiger gepanzerter Hummer-Geländewagen einige Meter hinter dem Tor zum Stehen kam. Mehrere Männer sprangen heraus und gingen sofort in Deckung. In ihren Händen hielten sie tödlich aussehende Maschinengewehre. Das war gar nicht gut. Emily unterdrückte ein hysterisches Auflachen. Die Untertreibung des Jahrhunderts. Es sah aus, als meinten diese Kerle es ernst, und sie waren nicht zufällig hierhergekommen. »Oh Gott, was machen wir denn jetzt?«

Tom zog sein Handy heraus. »Hilfe rufen. Allein werden wir gegen diese Typen nicht ankommen.«

»Die Polizei?«

»Zuerst mal sage ich Red Bescheid, vielleicht kann er ein Einsatzteam schicken. Wenn das nicht funktioniert, ja, dann werde ich wohl die Polizei rufen müssen, damit ein SWAT-Team kommt, denn das dort draußen sind keine Amateure.« Tom wählte.

Emily nickte. »Das verstehe ich. Es ist egal, ob sie mich dann verhaften, Hauptsache, ihr seid in Sicherheit.«

Sie konnte den Zwiespalt in Toms Miene erkennen. »Wenn das passieren sollte, werden wir alles tun, um dich da rauszuholen, aber wenn es irgendwie zu verhindern ist, werde ich es tun. Ich habe ein paar Kontakte im Police Department, sie werden auf mich hören und die Sache genau untersuchen. Mann, Red, nimm schon ab!«

»Das kann ich nur hoffen. Aber im Ernst, Tom, du solltest besser nicht sagen, dass du mit mir zu tun hast. Vor allem nicht, dass du wusstest, dass ich gesucht werde. Das würde sich bestimmt nicht gut auf deine Karriere auswirken.«

Toms Augenbrauen schoben sich zusammen. »Das ist mir sowas von egal! Sollte ich zusehen, wie du getötet wirst? Oder verhaftet, obwohl du nichts getan hast? Nein, ich stehe zu dem, was ich getan habe. Oder vielmehr nicht getan.«

Wärme stieg in Emily auf und sie lächelte ihn an. »Danke.«

»Hi, Joe, Tom hier ...« Tom ging ins Wohnzimmer und Emily blieb mit I-Mac im Büro zurück.

Einen Moment lang sah er sie an. »Du hast hier nicht zufällig einen geheimen Ausgang, durch den wir verschwinden könnten?«

»Nein. Oder zumindest keinen, bei dem uns diese Typen nicht sehen würden. Ich bin immer davon ausgegangen, dass mich hier niemand entdecken wird. Und wenn, dann verschwindet, wenn er nicht ins Haus kommt.« Sie sah seinen Blick und zuckte mit den Schultern. »Ich weiß, das war naiv, aber ich habe so viel in den Schutz investiert, ich dachte, das reicht aus.«

»Das würde es normalerweise auch. Dummerweise haben wir es offenbar mit sehr hartnäckigen Zeitgenossen zu tun.«

Emily starrte auf die Männer mit Sturmgewehren, die sich langsam vorwärtsbewegten und dabei dem Haus immer näher kamen. Es würde nicht mehr lange dauern, bis sie es inmitten der Halle entdeckten. Und wenn das geschah, würden sie alles versuchen, einzudringen und sie zu töten oder gefangen zu nehmen. Tom und I-Mac wären für sie vermutlich nur Kollateralschäden, völlig unwichtig für ihre Mission. Emily wäre Schuld an ihrem Tod, auch wenn Tom nichts davon hören wollte. Das löste tiefe Trauer in ihr aus. Wie sollte sie damit leben, zu wissen, dass die Männer ihretwegen gestorben waren? Abrupt stand sie auf. »Ich gehe raus und stelle mich, dann werden sie hoffentlich nicht versuchen, hier einzudringen, weil sie mich schon haben.«

I-Mac packte ihren Arm mit überraschender Kraft. »Das wirst du ganz sicher nicht tun. Höchstwahrscheinlich wärst du tot, bevor du einen Schritt nach draußen gesetzt hast.«

Die Möglichkeit bestand. »Das kann sein, aber ihr wärt dann in Sicherheit.«

»Und du glaubst im Ernst, dass wir zusehen würden, wie du dich opferst? Du spinnst ja wohl.« I-Mac schüttelte den Kopf. »Bisher dachte ich, du wärst extrem intelligent, aber anscheinend bist du doch ziemlich dumm.«

Verzweiflung ergriff sie. Ihr Finger zitterte, als sie auf den Monitor zeigte. »Was glaubst du, was passiert, wenn diese Typen eindringen und euch finden? Ihr Auftrag ist es, mich zu töten oder wegzubringen, euch haben sie nicht auf der Rechnung. Sie werden euch nicht als Zeugen leben lassen.«

I-Mac war im Gegensatz zu ihr völlig ruhig. »Nein, das werden sie nicht, aber noch gehen wir davon aus, dass wir lebend rauskommen. Das, was ich bisher vom Haus gesehen habe, macht einen gut gesicherten Eindruck, sie werden sicher nicht so schnell reinkommen. Bis dahin ist hoffentlich Verstärkung da und wir können alle gesund und munter rausmarschieren. Okay?«

Emily biss auf ihre Lippe und nickte schließlich. »Okay. Aber wenn dir oder Tom was passiert, werde ich richtig sauer sein.«

Erstaunlicherweise lächelte I-Mac sie an. »Danke für die Warnung, dann werden wir uns bemühen, das zu verhindern.«

»John ...«

Er umarmte sie kurz. »Keine Angst, wir werden hier rauskommen. Ich habe nicht vor, Nurja so schnell schon wieder allein zu lassen.«

Der Gedanke an Nurja überzeugte sie fast schon wieder, die Flucht nach vorne zu wagen, aber sie wusste, dass I-Mac und Tom das nie zulassen würden.

Auf dem Kamerabild kamen die Männer von verschiedenen Seiten auf das Haus zu, sie hatten es also entdeckt. Deshalb rief Emily ihr Sicherheitsprogramm auf und aktivierte mit einem Klick die automatische Sicherung des gesamten Hauses. Damit wurde sofort überprüft, ob sämtliche Außentüren und Fenster bestmöglich gesichert waren. Sie alle hatten zusätzliche Schlösser und waren schussfest. Auch die Rollläden der Fenster waren noch einmal zusätzlich verstärkt. Es würde die Verbrecher sicher einige Zeit kosten, sie zu durchbrechen. Emily konnte nur hoffen, dass es reichte. Jetzt waren sie eingesperrt und es gab keinen Weg mehr nach draußen.

Tom kam ins Büro zurück. »Wie sieht es aus?«

»Schlecht. Sie sind fast beim Haus. Kommt jemand, um uns zu helfen?«

»Ich habe nur Joe erreicht, er gibt es an Red weiter, aber sie sind schon auf dem Grundstück und können den Einsatz jetzt nicht abbrechen. Deshalb habe ich Clint angerufen. Er sagte, er organisiert etwas.« Seine Miene verfinsterte sich, als er auf die Kamerabilder blickte. »Hoffentlich schnell.«

I-Mac erhob sich. »Ich komme sofort wieder.« Rasch verließ er den Raum und ließ sie mit Tom allein.

Der setzte sich neben sie und zog sie an sich. Emily legte ihren Kopf an seine Brust und schloss die Augen. »Ich wünschte, es wäre alles anders gelaufen.«

Seine Arme schlossen sich enger um sie. »Alles?«

Sie blickte zu ihm auf. »Nun ja, nicht ganz alles. Das hier aber bestimmt.«

»Ich nicht. Wir sind zusammen, das ist das Wichtigste.« Auf ihren ungläubigen Blick hin fügte er noch hinzu: »Gut, diese Verbrecher da draußen müssten nicht sein, aber das werden wir überstehen. Zusammen.« Sanft küsste er sie.

War es ein Wunder, dass sie sich in ihn verliebt hatte? Emily wünschte nur, dass es unter besseren Umständen geschehen wäre.

26. KAPITEL

Das Überwinden der Mauer war kein Problem, genauso wie die Überquerung des Grundstücks. Es gab genug Stellen, die nicht von den Kameras eingefangen wurden, die sie nutzen konnten, um näher an das Haus heranzukommen. Red hatte beinahe den Eindruck, dass sich die Hausherren auf die Abschreckung verließen und nicht glaubten, dass wirklich jemand versuchen könnte, einzudringen. Trotzdem war die Alarmanlage scharf geschaltet sowie die Kameras aktiviert und sie mussten dafür sorgen, dass niemand ihr Eindringen bemerkte. Als Einstiegsort suchten sie sich ein Fenster im ersten Stock aus, das auf den von Joe besorgten Bauplänen als Badezimmer gekennzeichnet war. So konnten sie relativ sicher sein, dass sich dort keiner aufhalten würde, wenn kein Licht brannte.

Es bedeutete aber auch, dass sie zuerst über einen Anbau nach oben klettern mussten, aber das war für seine Männer kein Problem. Glücklicherweise machte sein Bein momentan auch keine Schwierigkeiten, sodass er mithalten konnte. Max, als Einziger ohne SEAL-Ausbildung, zeigte keinerlei Probleme, nicht nur hochzuklettern, sondern auch das Fenster so zu öffnen, dass kein Alarm ausgelöst wurde. Perfekt. Rasch kletterte Max hinein und signalisierte ihnen, dass die Luft rein war. Lautlos folgten sie ihm und schlossen das Fenster wieder. Zu fünft war es reichlich eng in dem Raum, eilig verließen sie ihn. Auf dem Gang teilten sie sich auf. Drei von ihnen würden das Erdgeschoss durchsuchen, wo sie hoffentlich auf ein Büro stoßen würden und gleichzeitig auch das Haus bewachen, damit niemand daraus entkam.

Max und Bull würden das Obergeschoss übernehmen, um herauszufinden, ob dort junge Mädchen versteckt waren. Wenn volljährige Frauen freiwillig in einem solchen Club arbeiteten, war es eine Sache, aber Red befürchtete, dass sie weitere Mädchen finden würden, wie diejenigen, die sie im Wald befreit hatten. Wenn das zutraf, würden sie die Polizei rufen und den Club sofort dichtmachen. Jeder, der sich mit den jungen Frauen vergnügt hatte, würde sich vor Gericht wiederfinden. Niemand konnte sich damit herausreden, dass er nicht gewusst hatte, wie jung die Mädchen waren, es war eindeutig zu sehen gewesen, dass sie garantiert noch nicht volljährig waren.

Aber das war Zukunftsmusik, zuerst mussten sie irgendetwas finden. Einerseits hoffte er, dass hier keine Jugendlichen gefangen gehalten wurden, andererseits war das die beste Gelegenheit, Jason Cunningham dranzukriegen. Wenn in seinem Club solche Machenschaften stattfanden, wusste er auch davon. Red würde es eine ungeheure Befriedigung verschaffen, diesen Mistkerl im Gefängnis zu sehen. Aber bis es so weit war, durften sie keinen Fehler machen. Es war nicht legal, was sie hier taten, aber wenn es um das Leben von Kindern ging, war ihm das egal. Die Wahrscheinlichkeit war hoch, dass diese beiseitegeschafft werden würden, wenn eine offizielle Durchsuchung stattfinden sollte. Die Kontakte des Clubinhabers und der Mitglieder reichten weit, ganz sicher würde die Information zu ihnen durchsickern.

»Red, ich habe gerade eine Meldung von Tom bekommen. Es scheint so, als würde Emilys Versteck angegriffen werden.«

Shit. Red hatte gehofft, dass es nicht so schnell gefunden werden würde und sie genug Zeit hatten, erst die Verbrecher auszuheben. Wenn sie jetzt gingen, konnte es sein, dass sie die Gelegenheit verpassten, Cunningham und den Clubmitgliedern nachzuweisen, dass sie Minderjährige zum Sex zwangen. Ganz sicher würden alle Beweise vernichtet werden, sobald Cunningham davon Wind bekam, dass ihre Gruppe erneut aufgeflogen war.

»Red?« Joes Stimme klang drängend.

»Hat Tom gesagt, wie gut Emilys Sicherheitsmaßnahmen sind?«

»Kurzzeitig kann man damit jemanden aufhalten, aber nicht ewig.«

Red schloss kurz die Augen. »Mist.«

»Tom sagte, er werde auch Clint Bescheid sagen und im Notfall ein SWAT-Team der Polizei anfordern. Wenn die Möglichkeit besteht, diese Verbrecher im Club festzunageln und junge Frauen zu befreien, dann sollt ihr das tun.«

Auch wenn er wusste, dass Tom das ernst meinte, fiel es Red schwer, seine Freunde im Stich zu lassen. »Frag bei Clint an, ob er helfen kann, und sag mir Bescheid, ob er es schafft. Wir beeilen uns.« Aber es würde vermutlich nicht reichen.

Mit einem Gefühl der Dringlichkeit schlichen Red, Cal und Morton die Treppe hinunter und verteilten sich im Erdgeschoss, um die Aufgabe schneller zu erledigen. Als Red Stimmen hörte, verbarg er sich in einer Nische und wartete, bis die beiden Männer plaudernd und lachend an ihm vorbeigegangen waren. Sie öffneten eine der Türen und betraten einen Raum, der wie ein englisches Clubzimmer eingerichtet war. Offenbar fand hier zumindest teilweise ein normaler Clubbetrieb statt. Was allerdings nicht hieß, dass nicht auch weit Finsteres geschehen konnte. Nachdem die Tür wieder geschlossen war, ging Red weiter. Zur Not würde er die Clubmitglieder außer Gefecht setzen, aber wenn möglich wollte er noch ungesehen bleiben, bis sie etwas entdeckt hatten, das ihre Vermutungen bewies.

Red testete die nächste Tür. Vorsichtig drückte er die Klinke hinunter – abgeschlossen. Da er nicht darauf warten wollte, bis Max aus dem Obergeschoss herunterkam, zog Red sein eigenes Dietrich-Set heraus und machte sich an die Arbeit. Er war nicht so geübt wie Max, aber es dauerte nur fünfzehn Sekunden, bis die Tür lautlos aufschwang. Der Raum lag im Dunkeln, daher zog Red seine Taschenlampe heraus. Enttäuscht atmete er aus, als er sah, dass es sich um einen Vorratsraum handelte. Kurz nahm er sich Zeit, die Dinge zu überprüfen, die in den Regalen lagerten, doch es schien alles in Ordnung zu sein.

Genauso leise verließ er den Raum und schloss die Tür mit einem Klicken hinter sich. Einer überprüft, noch ungefähr dreißig andere Räume lagen vor ihnen. Genau aus diesem Grund hatten sie sich aufgeteilt, es würde zu lange dauern, wenn sie jeden Raum nacheinander inspizierten. Außerdem konnte sich ein Mann leichter verbergen als eine Gruppe.

Trotzdem bestand immer die Gefahr, dass sie entdeckt wurden. Auch mitten in der Nacht war dieses Etablissement anscheinend noch einigermaßen gut besucht. Zumindest wenn man von den Fahrzeugen ausging, die auf den Parkplätzen standen. Es wäre Red lieber gewesen, in ein leeres Haus einzusteigen, dadurch hätten sie mehr Ruhe, sich umzusehen, doch da die Zeit drängte, mussten sie mit der Situation zurechtkommen.

»In meinem Raum war ein Pärchen heiß bei der Sache, sie haben mich nicht bemerkt.« Mortons Stimme drang leise durch den Kopfhörer.

»War die Frau erwachsen?«

»Das konnte ich so schnell nicht erkennen, sie war nur von hinten zu sehen und ich musste mich zurückziehen, um nicht entdeckt zu werden.«

Red rieb über seine Stirn. »Okay, lasst uns zuerst die Mädchen und das Büro finden, alles Weitere können wir später klären.«

Sie konnten nur hoffen, dass es hier überhaupt so etwas gab. Es könnte genauso gut sein, dass Cunningham die Unterlagen zum Club woanders aufbewahrte. Aber irgendwo mussten sie schließlich anfangen und das war die beste Option.

»Alles klar.«

»Ich bin in der Küche gelandet.« Cals Bemerkung ließ Red schmunzeln. Er wusste nicht wie, aber es gelang dem Ex-SEAL immer, etwas Essbares zu finden, egal wo sie waren.

»Warum wundert mich das nicht? Ist da irgendwas Interessantes?«

»Negativ.«

Red testete die nächste Tür, fand aber nur ein leeres Schlafzimmer vor. Der Geruch von Sex schlug ihm entgegen und er schloss die Tür schnell. Offenbar war der Raum noch vor kurzem genutzt worden. Nach einem weiteren Badezimmer kam Red schließlich zu einer geschlossenen Tür, die interessanterweise im Innern des Gebäudes lag, es gab also keinen Zugang von außen. Erneut holte Red sein Einbruchswerkzeug heraus und machte sich an die Arbeit. Diesmal war das Schloss deutlich schwerer zu knacken, ein weiterer Hinweis darauf, dass hinter der Tür etwas sein musste, das besonders geschützt wurde. Hoffentlich gab es hier keine weitere Alarmanlage.

Kurz überlegte Red, ob er Max rufen sollte, aber dann ertönte ein gedämpftes Klicken und die Tür ging auf. Der Raum lag im Dunkeln und roch ein wenig muffig. Kein Wunder, wenn es kein Fenster gab. Leise schloss Red die Tür hinter sich und knipste seine Taschenlampe an. In deren Licht konnte er erkennen, dass es sich um ein Büro handelte. Bingo! Rasch durchquerte er den Raum zum Schreibtisch und begann, dessen Schubladen zu durchsuchen. Oder zumindest versuchte er es, nur um festzustellen, dass sie ebenfalls abgeschlossen waren. Mit einem genervten Seufzer begann er, auch diese zu knacken. Mit den Handschuhen erwies sich das als nicht so einfach, aber er wollte nicht, dass seine Fingerabdrücke irgendwo auftauchten, wenn die Polizei übernahm.

»Habe das Büro gefunden, es ist der Raum in der Mitte, ohne Fenster. Cal, Morton, könnt ihr darauf achten, dass mich niemand überrascht?«

»Wird gemacht.«

Beruhigt wandte sich Red wieder dem Öffnen des Schlosses zu. Schließlich hatte er es überwunden und die Schubladen ließen sich problemlos aufziehen. Rasch durchsuchte er den Inhalt. Auf den ersten Blick wirkte alles wie normales Büromaterial, aber dafür würde sicher niemand seinen Schreibtisch abschließen. Also musste hier irgendetwas sein, das den Aufwand lohnte. Schnell, aber gründlich durchforstete Red die einzelnen Schubladen, konnte aber immer noch nichts entdecken. Verdammt noch mal, es *musste* etwas da sein! Zur Not würde er auch in Cunninghams Villa einsteigen, aber es wäre leichter, wenn sie hier etwas fanden, das ihn und andere Mitglieder belastete.

Red wollte gerade seine Hand herausziehen, als seine Finger eine Erhebung ertasteten. Irgendetwas war an der Unterseite der darüberliegenden Schublade befestigt. Es dauerte einen Moment, bis er herausgefunden hatte, wie er an den Inhalt der kleinen Hülle kam, dann zog er ihn heraus. Es handelte sich um einen USB-Stick und ein kleines Buch, das an einen Taschenkalender erinnerte. Red schlug es auf und sah, dass es ein handschriftliches Verzeichnis von Namen und Daten war. Schon auf den ersten Blick konnte er einige Namen von Personen des öffentlichen Lebens erkennen. Ja, genau so etwas hatte er gesucht. Er konnte nur spekulieren, was sich auf dem USB-Stick befand. Schnell durchsuchte er den Rest des Büros nach etwas, das Cunningham und die Mitglieder des Clubs belastete.

***

Unruhig starrte Tom auf den Monitor. Er wünschte, er hätte mehr Waffen zur Verfügung – und vor allem mehr Männer. Unter normalen Umständen traute er sich zu, jemanden zu schützen, aber das war eine ganz andere Situation. Es wirkte sehr koordiniert, die Angreifer schienen genau zu wissen, was sie wollten. Und das war Emily. Heute Morgen wären zumindest die anderen noch hier gewesen und hätten ihr etwas mehr Schutz geboten. Tom konnte sich nicht vorstellen, dass es Zufall war, dass diese Typen erst jetzt auftauchten. Vielleicht dachten sie sogar, dass Emily allein war. Das könnte ihnen vielleicht einen kleinen Vorteil geben.

I-Mac kehrte in das Büro zurück und schnitt eine Grimasse als er auf den Bildschirm blickte. »Scheint so, als hätten sie das Haus entdeckt.«

»Was nicht sonderlich schwer ist.« Emilys Stimme zitterte. »Es war nie dafür gedacht, gefunden zu werden. Ich bin davon ausgegangen, dass die unauffällige Fassade draußen reicht, um alle fernzuhalten.« Sie presste ihre Lippen zusammen, als die Männer durch ihre Blumenbeete trampelten.

Tom wünschte, er könnte Emily beruhigen, aber er wollte und konnte sie nicht anlügen. »Warten wir erst mal ab, was sie jetzt machen. Wenn sie die Schutzmaßnahmen bemerken, kann es sein, dass sie es sich noch einmal anders überlegen.« Wobei die Chance dafür ziemlich gering war. Jemand wollte Emily eindeutig tot sehen und es schien ihn nicht zu interessieren, wer noch dabei zu Schaden kam. Deshalb erschien es Tom nicht realistisch, davon auszugehen, dass er gerade jetzt Halt machen würde. Das bestätigte sich, als einer der Männer zur Tür trat und versuchte, sie mit einer Brechstange aufzuhebeln. »Hält sie das aus?«

»Ja, sie ist stahlverstärkt, das sollte halten.«

Einige Minuten mühte sich der Verbrecher ab, dann schlug er mit dem Brecheisen frustriert gegen die Tür, ein dumpfes Geräusch erklang. Ein anderer wies ihn scharf zurecht. Es entstand eine erhitzte Diskussion, die schließlich darin endete, dass ein anderer Angreifer mit seiner Maschinenpistole auf das Schloss schoss. Er hörte allerdings schlagartig damit auf, als die Kugeln von der Tür abprallten und in Richtung der Männer zurückkehrten. Fluchend gingen sie in Deckung. Einer war nicht schnell genug und schrie auf, als die Kugel in seinen Oberschenkel eindrang. Er packte die verletzte Stelle, aus der Blut sickerte, und fiel zu Boden.

Ein Blick zu Emily zeigte, dass sie noch blasser geworden war. Ihre Finger hatte sie vor den Mund gepresst. Tom legte eine Hand auf ihren Oberschenkel. »Sie haben das selbst zu verantworten, es ist nicht deine Schuld.«

Ihre Augen waren riesig, als sie ihn ansah. »Ich weiß, aber ich mag es trotzdem nicht, wenn jemand verletzt wird.«

»Das kann ich verstehen.« Allerdings sagte er sich, besser die als sie. Von daher sollten sie ruhig weiter auf die Tür schießen und sich selbst dezimieren.

Leider taten sie das nicht. Einer der Männer schoss auf eines der Fenster. Auch hier prallte die Kugel ab, fiel aber zu Boden, ohne Schaden zu verursachen. Die Verbrecher ließen ihre Waffen sinken und steckten sie schließlich weg. Offenbar hatten sie verstanden, dass sie ihnen nichts bringen würden. *Ja, steigt wieder in euren Wagen und haut ab!* Doch sie taten ihm nicht den Gefallen. Stattdessen zogen sie sich einige Meter zurück und beratschlagten sich. Leider redeten sie zu leise, als dass er hören konnte, was sie sagten. Wenn Tom von dem früheren Angreifer ausging, bezweifelte er, dass sie schnell aufgeben würden. Wahrscheinlich bekamen sie viel Geld dafür, Emily zu ihrem Auftraggeber zu bringen oder sie zu töten und das würden sie sich nicht entgehen lassen.

Seine Ahnung bestätigte sich, als einer der Männer etwas aus dem Wagen holte und dann auf das Haus zuging. Tom wünschte, sie hätten irgendwelche aktiven Abwehrmechanismen. Damit könnten sie verhindern, dass überhaupt jemand in die Nähe des Hauses kam. Unauffällig holte er seine Waffe heraus und kontrollierte das Magazin. Er hatte nur wenige Schuss, deshalb fiel auch aus, jetzt in der Gegend herumzuschießen, um die Angreifer daran zu hindern, dem Haus näher zu kommen. Wenn er schoss, musste die Kugel treffen. Also hielt er sich so lange zurück, bis es jemandem gelang, in das Haus einzudringen. Noch hoffte er, dass Clint etwas organisierte, das die Angreifer davon abhalten würde. Allerdings würde sich der SEAL beeilen müssen, allzu lange würden Türen und Fenster vermutlich nicht standhalten.

»Shit!«

I-Macs Ausruf ließ ihn wieder auf den Monitor blicken. Der Mann stand jetzt vor der Tür und brachte etwas in Höhe des Türknaufs an. Tom brauchte einen Moment, um den Sprengsatz zu erkennen. Offenbar waren die Verbrecher auf alles vorbereitet und scheuten auch nicht, den Sprengstoff anzuwenden. Das machte ihre Situation noch prekärer. Entschlossen stand Tom auf. »Ich werde versuchen, sie so lange wie möglich aufzuhalten. Verschanzt euch hier im Raum und ruft am besten auch noch die Polizei zur Verstärkung, falls Clint es nicht so schnell schafft. Egal wen, Hauptsache diese Typen werden aufgehalten.«

Emily sprang auf. »Nein, das darfst du nicht tun! Wenn sie die Tür aufbrechen, hast du dort draußen keinen Schutz.« Ihre Hand krallte sich in seinen Ärmel.

Das war ihm sehr bewusst, aber es gab keine andere Lösung. Er musste verhindern, dass sie zu Emily vordrangen. Davon abgesehen lag es ihm nicht, sich irgendwo zu verkriechen und zu warten, dass jemand anders sie rettete. Außerdem hatte er jetzt keine Zeit für Diskussionen. Die Angreifer konnten jeden Augenblick durch die Tür brechen. Sanft löste er Emilys Finger aus dem Stoff. »Wenn sie die Haustür aufbrechen können, werden sie das auch mit deinem Büro tun können. Deshalb muss jemand dort draußen sein, um sie daran zu hindern.« Er gab ihr einen sanften Kuss. »Ich werde alles tun, um dich zu beschützen.«

»Tom ...«

Er ließ sie nicht ausreden und wandte sich stattdessen an I-Mac. »Sollten sie an mir vorbeikommen, beschützt du Emily, ja?«

Der Ex-SEAL nickte ernst. »Natürlich.«

»Danke.« Nach einem letzten Blick auf Emily, deren verzweifelte Miene ihm ins Herz schnitt, verließ er das Büro und schloss die Tür hinter sich.

Er blieb so lange stehen, bis er hörte, wie der Verschlussmechanismus aktiviert wurde, dann eilte er durch das Wohnzimmer. Nahe der Tür zum Flur presste er sich an die Wand und wartete, was passieren würde. Normalerweise zog er gewaltfreie Lösungen vor, aber wenn es um Emilys Leben ging, würde er jeden aus dem Verkehr ziehen, der in dieses Haus eindrang. Er musste nur lange genug durchhalten, bis Hilfe kam. Für einen kurzen Moment schloss er die Augen und atmete tief durch.

Ein lauter Knall ertönte von der Haustür, das Haus erzitterte. Den Lichtblitz konnte er selbst durch seine geschlossenen Lider sehen. Hastig riss er die Augen auf und starrte in die Dunkelheit. Es war einerseits ein Vorteil, dass er nicht sofort gesehen wurde, andererseits wurde es auch für ihn schwieriger, die Angreifer zu treffen. Tom spannte seinen Körper an, als er ein Krachen hörte. Die Männer begannen damit, die Reste der Eingangstür einzureißen, um das Haus betreten zu können. Vielleicht wäre es klug, sie schon dort aufzuhalten, aber Tom wollte nicht riskieren, dass sie weitere Sprengsätze in das Haus warfen und am Ende das ganze Gebäude zusammenstürzte und

Emily darunter begrub. Wenn die Männer im Haus waren, würden sie auf solche Maßnahmen hoffentlich verzichten.

Tom hielt den Atem an, als Schritte auf dem Flur erklangen. Das Überraschungsmoment würde nur einmal funktionieren, danach konnte er nur darauf hoffen, dass sich die Angreifer zurückhalten würden. Aber die Wahrscheinlichkeit war nicht sonderlich hoch. Sie würden es so lange versuchen, bis sie Erfolg hatten, oder gestoppt wurden. Für Letzteres würde sein eines Magazin nicht ausreichen, egal wie sparsam er mit den Patronen umging. Jetzt wünschte er, er hätte bei RIOS noch einige Waffen samt Munition mitgenommen, aber er hatte nicht damit gerechnet, dass so etwas passieren würde. Es brachte nichts, sich Vorwürfe zu machen, das würde ihn nur von seiner Aufgabe ablenken.

Die Schritte näherten sich der Tür zum Wohnzimmer, dank des Schutts der Explosion auf dem Fliesenboden war das gut zu hören. Toms Anspannung wuchs. Es musste ihm gelingen, die Verbrecher aufzuhalten, Emily durfte nichts geschehen. Wenn möglich wollte er dabei auch lebend herauskommen, aber wenn nötig würde er sterben, um sie zu beschützen. Er wünschte nur, dass er mehr Zeit gehabt hätte, sie richtig kennenzulernen. Diese Gedanken schob er ebenfalls beiseite und konzentrierte sich darauf, im richtigen Moment zuzuschlagen.

Ein Mann kam durch die Türöffnung und machte einige Schritte in den Raum. In der Hand hielt er eine Pistole, es war keine Frage, dass er wusste, wie er damit umgehen musste. Tom zielte und drückte ab. Mit einem Aufschrei fiel der Verbrecher zu Boden. Auf dem Flur erklangen Flüche und es dauerte nicht lange, bis die ersten Schüsse erklangen. Tom presste sich mit dem Rücken an die Wand und war froh, dass Emily das Haus aus Stein hatte bauen lassen. Nach einer Weile verklangen die Schüsse.

27. KAPITEL

Dumpf waren Schüsse durch die Tür zu hören. *Oh Gott, Tom!* Es durfte ihm nichts geschehen. Schon gar nicht ihretwegen. Ein Moment der Stille trat ein und Emily hielt den Atem an. Sie wünschte sich, dass sich Tom bei ihr meldete und sagte, dass alles in Ordnung wäre, doch sie wusste, dass er das nicht tun konnte. Wenn er nicht bereits tot war, verbarg er sich, damit ihn die Verbrecher nicht erwischten. Siedend heiß erinnerte sie sich daran, dass sie auch eine Kamera außerhalb des Büros hatte, die den versteckten Eingang bewachte. Ihre Finger zitterten, als sie das Bild auf dem Monitor anzeigen ließ. Zuerst erkannte sie nichts, dann stellte sich die Kamera auf Nachtbetrieb um und zeigte Bilder des Wohnzimmers. Die Möbel waren deutlich zu erkennen, ein Mann lag auf dem Boden.

Angespannt beugte sich Emily vor, um mehr sehen zu können, und atmete erleichtert auf, als sie erkannte, dass er andere Kleidung trug als Tom. Vor der Tür entstand weitere Bewegung, es erklangen erneut Schüsse. Jetzt erst bemerkte sie die Figur, die offenbar an die Wand gepresst dastand. Tom! Er stand aufrecht und schien unverletzt zu sein, doch es war klar, dass er gegen diese Übermacht nicht lange bestehen konnte. Verdammt, warum hatte sie keine Waffen im Haus? Dann könnte sie hinausstürmen und müsste sich nicht verkriechen, während Tom sein Leben für sie riskierte.

Ein Blick auf die anderen Monitore zeigte ihr, dass noch keine Hilfe eingetroffen war. I-Mac hatte die Polizei gerufen, doch offenbar hatten sie die Dringlichkeit nicht ernst genommen oder es gab andere Gründe dafür, warum noch kein SWAT-Team eingetroffen war. Auch von Clints Team war noch nichts zu sehen, niemand hinderte die Verbrecher daran, ihr Haus zu betreten. Es waren einfach zu viele, Tom hatte keine Chance, sie alle unschädlich zu machen. Verzweiflung erfasste sie. Tom durfte nicht ihretwegen sterben, genauso wenig wie I-Mac. Er hatte eine Familie, die durch seinen Tod zerstört sein würde. Das konnte sie nicht zulassen.

In diesem Moment erklang ein weiterer Schuss, der Mann, der den Raum betreten hatte, schwankte, fiel aber nicht um. Stattdessen drehte er sich in Toms Richtung. Der schoss erneut und diesmal stürzte der Angreifer zu Boden und rührte sich nicht mehr. Allerdings drängten nun mehr Männer in den Raum, eine Übermacht, die Tom nicht besiegen konnte. Nicht völlig schutzlos und mit nur einer Waffe. Tom schoss noch einige Male, dann verließ er seinen Platz an der Wand und sprintete durch den Raum. Emily hoffte, dass er zurück ins Büro kommen würde, wo er wenigstens etwas geschützt wäre, doch er ging stattdessen hinter dem Sofa in Deckung. Dank der Dunkelheit wussten die Verbrecher offenbar nicht, wo er genau war, aber es würde nicht lange dauern, bis sie ihn gefunden hatten. Es war offensichtlich, dass sie ihn sofort töten würden, wenn sie ihn fanden.

Emily sprang auf. »Ich muss zu ihm!« Sie stürzte zur Tür.

I-Mac packte sie hart am Arm und zog sie zurück, sodass sie den Öffnungsmechanismus für die Tür nicht erreichen konnte. Als sich Emily gegen ihn wehrte, schlang er seine Arme um sie und zog sie an seinen Körper. »Sei vernünftig, du kannst nichts gegen diese Männer ausrichten. Davon abgesehen würdest du Tom ablenken.«

»Aber er stirbt dort draußen! Ich kann nicht zusehen, wie er sich opfert!«

I-Macs Miene zeigte, wie sehr ihm die Sache zu schaffen machte. »Er ist dort rausgegangen, um dich zu schützen, Emily. Wenn du jetzt diese Tür öffnest, machst du alles zunichte.« Seine Stimme wurde sanfter. »Noch haben wir die Chance, dass die Männer diesen Raum nicht finden. Oder zumindest nicht, bevor Hilfe kommt. Genau das wollte Tom erreichen.«

Tränen liefen Emily über das Gesicht. »Was habe ich davon, wenn ich lebe, er aber tot ist? Wie sollte ich mit dem Wissen jemals wieder glücklich werden?«

»Wenn ihr beide tot seid, bringt das niemandem etwas.«

Heftig wehrte sich Emily gegen seine Umarmung. »Ich dachte, er wäre auch dein Freund!«

I-Macs Gesicht verzerrte sich. »Das ist er. Glaub mir, ich würde sofort da rausgehen und ihn verteidigen, aber das würde bedeuten, deinen Aufenthaltsort zu verraten und dich im Stich zu lassen. Damit würde ich dein Todesurteil unterschreiben, und das kann ich nicht.«

Und sie konnte nicht zusehen, wie noch ein Freund starb. Egal was sie tat, sie verlor immer. »Ich kann mich immer noch stellen. Vielleicht gewinne ich so genug Zeit für Tom und dich.«

»Sie werden Tom sofort töten, wenn sie dich in ihrer Gewalt haben. Er ist nur ein lästiger Zeuge.«

Die Verzweiflung drohte sie zu überwältigen. »Aber was kann ich dann tun?«

Sie konnte seine Antwort schon sehen, noch bevor er sie sagte. »Nichts. Es tut mir leid, Emily.«

Am liebsten würde sie schreien, auf jemanden oder etwas einschlagen, aber sie tat nichts von alldem. Stattdessen wurde sie ganz ruhig. Sie wusste, was sie zu tun hatte. Als I-Mac sie losließ, tat sie so, als würde sie sich hinsetzen wollen, doch stattdessen wirbelte sie herum. Den Schreibtischstuhl stieß sie mit aller Kraft in I-Macs Richtung, um ihn daran zu hindern, ihr zu folgen oder sie aufzuhalten. I-Mac stolperte darüber und fluchte, als sein Griff ins Leere ging. Emily entriegelte die Tür, öffnete sie einen Spalt breit und schlüpfte hindurch. Vermutlich war der Umriss der Öffnung gut zu sehen, weil im Büro gedämpftes Licht brannte, während das Wohnzimmer im Dunkeln lag, aber das konnte sie nicht ändern. Wenn sie Glück hatte, gaben sich die Männer damit zufrieden, wenn sie sie hatten, und suchten nicht noch nach weiteren Menschen im Haus. Mehr konnte sie für I-Mac nicht tun.

Vorsichtshalber ging Emily hinter einem Sessel in Deckung, um nicht von einer Kugel getroffen zu werden. Erneut erklangen Schüsse und Emily zuckte zusammen, als eine Kugel über ihr in die Wand einschlug. *Oh Gott!* Sie wollte nicht erschossen werden, oder sich in die Hände dieser Verbrecher begeben, aber wenn sie das tun musste, um Tom und I-Mac zu retten, war sie dazu bereit. Es sollte nicht noch jemand für sie sterben.

Tief holte sie Luft und wünschte, sie könnte noch einmal in Toms warme Augen blicken. Doch das war unmöglich.

»Halt, hören Sie auf zu schießen! Ich ergebe mich!« Sie rief es so laut sie konnte und wunderte sich, wie fest ihre Stimme klang. Innerlich fühlte sie sich wie Wackelpudding.

Einen Moment lang herrschte totale Stille, dann entstand Unruhe. »Das ist sehr vernünftig, Ms. Gray«, ertönte eine tiefe Stimme »Treten Sie aus Ihrem Versteck hervor und werfen Sie Ihre Waffe weg.«

Da sie keine hatte, nahm sie die Fernbedienung vom Couchtisch und ließ sie auf den Boden klappern, bevor sie sich erhob. Sie zitterte vor Anspannung, doch sie hob das Kinn, als plötzlich das Licht aufflammte. Absichtlich blickte sie nicht in die Richtung, wo sich Tom verbarg, aber sie konnte seinen Blick auf sich fühlen. Sie konnte sich vorstellen, was er jetzt dachte und wie verzweifelt er sein musste. Aber sie tat das, was sie für richtig hielt. Wenn es ihr dadurch irgendwie gelang, Tom und I-Mac zu retten, dann hatte es sich gelohnt. Wenn nicht ... Aber darüber mochte sie nicht nachdenken. Stattdessen sah sie die Männer an, die ihr gegenüberstanden. Es waren drei, aber auf dem Flur warteten sicher noch weitere. Vor allem aber waren sie bis an die Zähne bewaffnet, selbst wenn sie eine Pistole hätte, wäre sie nie gegen sie angekommen.

»Kommen Sie näher.«

Vorsichtig trat Emily um den Sessel herum und ignorierte den unterdrückten Laut, der Tom entfuhr. Mit aller Macht zwang sie sich, nur geradeaus zu blicken, auch wenn sie alles dafür geben würde, ihn noch einmal zu sehen. Einige Meter von den Männern entfernt blieb sie stehen und bemühte sich, das Zittern ihrer Beine zu unterdrücken. So lange hatte sie sich versteckt gehalten und alles dafür geopfert und nun stand sie doch hier und war den Verbrechern schutzlos ausgeliefert. Vielleicht wäre es einfacher gewesen, sich gleich umbringen zu lassen, dann würde Aaron noch leben und ihre Freunde wären nicht in Gefahr. Andererseits hätte sie dann aber nie erfahren, wie es war, sich auf jemanden verlassen zu können und Zuneigung oder sogar Liebe zu empfinden. Nein, egal was passierte, sie war froh um jede Minute, die sie gekämpft hatte.

Hinter ihrem Rücken gab sie Tom ein Zeichen, in seinem Versteck zu bleiben. Hoffentlich hörte er auf sie und opferte nicht umsonst sein Leben.

»Ja, das ist ohne Zweifel Emily Gray, auch wenn sie etwas anders aussieht als vor drei Jahren.« Der in schwarze Kampfkleidung gehüllte Mann steckte sein Handy ein, auf dem er anscheinend ein Foto von damals gespeichert hatte. »Schön, Sie endlich kennenzulernen. Wir suchen schon seit einiger Zeit nach Ihnen.« Er schien offenbar der Anführer der Angreifer zu sein, auf jeden Fall war er keiner der Verbrecher aus der Gruppe, die sie bereits identifiziert hatten.

»Ich kann nicht sagen, dass ich Ihre Freude teile.«

Der Mann starrte sie an und lachte. »Ja, das kann ich mir denken, aber so ist das im Leben, irgendwer verliert immer. Und das sind in diesem Fall Sie.« Er sah sich in dem Wohnzimmer um. »Aber ich muss sagen, dass ich wirklich beeindruckt von dem Haus bin. Eine geniale Idee, es in einer Fabrikhalle zu verstecken.«

Emily hatte keinerlei Bedürfnis nach Smalltalk, allerdings verschaffte das Clint oder der Polizei ein wenig mehr Zeit, sie zu retten. »Wie haben Sie es gefunden?«

»Eigentlich war das extrem einfach. Es gibt ein wunderbares Programm, mit dem man die Bewegung von Personen, Autos oder was auch immer nachvollziehen kann. Und so brauchten wir nur den Wagen von RIOS hierher folgen und dann warten, bis Ihre Freunde abgerückt sind.«

Aus genau diesem Grund hatte sich Emily die ganze Zeit von anderen Personen ferngehalten. Und jetzt hatten sie sie doch gefunden. »Was wollen Sie von mir?«

»Zuerst mal bringen wir Sie zu unserem Auftraggeber. Was er mit Ihnen macht ...« Der Mann zuckte mit den massigen Schultern. »Ist mir auch egal. Aber wir haben keine Zeit zu verlieren, also kommen Sie jetzt.«

Emily wollte wirklich nicht zu einem der Mitglieder der

Darknet-Gruppe gebracht werden, aber vielleicht könnte sie während des Transports ja noch jemand retten. Mit dieser Hoffnung machte sie ein paar Schritte vorwärts.

Dem Verbrecher ging das wohl nicht schnell genug, denn er trat auf sie zu und ergriff grob ihren Arm. Unwillkürlich keuchte Emily auf, als der ihren verletzten Ellenbogen erwischte. Sofort biss sie ihre Zähne zusammen, auf keinen Fall wollte sie den Mistkerlen einen Grund geben, sich länger hier aufzuhalten. Am liebsten wäre sie vorgelaufen, doch das wäre zu auffällig gewesen. Deshalb hielt sie auf dem Weg zur Haustür nur Schritt. Gerade als sie aufatmen wollte, drehte sich der Anführer zu seinen Kumpanen um, die hinter ihnen gingen.

»Durchsucht das Haus und tötet jeden, den ihr findet.«

Emily unterdrückte den verzweifelten Aufschrei, der sich in ihrer Kehle bildete. »Ich bin allein hier.«

Der Mann grinste nur unangenehm. »Ja, sicher. Wann sind Sie zum Scharfschützen mutiert? Außerdem will ich wissen, was in dem Raum ist, aus dem Sie gekommen sind.«

»Ich war im Wohnzimmer.« Ihre Stimme bebte leicht.

»Das mit dem Lügen sollten Sie noch lernen. Oder nein, das lohnt sich nicht mehr, ich gehe davon aus, dass unser Auftraggeber Sie so schnell wie möglich loswerden will.« Er zupfte an einer ihrer Locken. »Schade eigentlich, ich glaube, dass Sie einiges drauf haben, es wäre eine Schande, Sie zu eliminieren.«

Emily riss ruckartig ihren Kopf zurück. »Ich würde ganz sicher nicht für jemanden wie Sie arbeiten.«

Schlagartig verließ jeder Humor sein Gesicht. »Sie sind kein Stück besser. Schnüffeln in Dingen rum, die Sie nichts angehen.«

»Ich würde es jederzeit wieder so machen.«

»Dann sind Sie noch dümmer, als ich dachte.« Er zuckte die Schultern. »Aber das ist mir egal, ich kriege einen Haufen Geld, wenn ich Sie abliefere, und nur das zählt.« Er gab seinen Männern ein Zeichen. »Jetzt macht schon, wir wollen heute noch weg.«

Die Verbrecher kehrten ins Wohnzimmer zurück.

»Nein!« Mit der Kraft der Verzweiflung riss sich Emily los und lief zurück.

»Haltet sie auf!«

Ein Mann trat ihr in den Weg, aber Emily schlug einen Bogen und schaffte es, ihn zu umgehen. Doch dann schlang jemand von hinten den Arm um ihre Kehle und zog sie von ihren Füßen. Keuchend und hustend hing sie in dem Griff und versuchte, genug Luft zu kriegen. Verzweifelt zerrte sie an dem Arm, doch er rührte sich nicht.

»Lass sie los, sofort!« Toms Befehl war gleichzeitig Erleichterung und Qual.

»Warum sollte ich das tun?« Trotz der Statur hatte der Mann hinter ihr eine erstaunlich hohe Stimme.

Tom erhob sich hinter dem Sofa und hielt seine Pistole direkt auf den Kopf des Mannes gerichtet. »Weil ich dich sonst töte.«

»Das würdest du nicht wagen, aus Angst, dass du deine Freundin triffst.«

Toms entschlossene Miene machte ihr Angst. »Glaubst du? Bevor ich zulasse, dass ihr sie mitnehmt, töte ich sie lieber selbst.«

Das brachte den Mann zum Lachen. »Jetzt weiß ich, dass du bluffst.«

Ein Schuss erklang und Emily wurde nach hinten gerissen. Zuerst dachte sie, dass Tom sie wirklich erschossen hätte, doch dann erkannte sie, dass der Verbrecher, den die Kugel in die Stirn getroffen hatte, umgefallen war und sie mitgerissen hatte. Mit einem erstickten Schluchzer rappelte sie sich wieder auf und machte ein paar Schritte in Toms Richtung. Der wirkte um Jahre gealtert, aber er hielt weiterhin die Waffe auf die Männer gerichtet.

»Emily …«

Was auch immer Tom sagen wollte, ging in einem weiteren Schuss unter. Diesmal schwankte Tom, ein roter Fleck breitete sich erschreckend schnell auf seiner Brust aus.

»Nein!« Sie wollte auf ihn zustürzen, doch jemand hielt sie fest. Schluchzend kämpfte Emily gegen den Griff an, doch sie hatte keine Chance. Während sie schrie und flehte, wurde sie immer weiter von Tom weggezogen. Er lag still auf dem Boden, das Gesicht von ihr abgewandt. *Nein, bitte, Tom!* Doch er rührte sich nicht.

»Soviel dazu, dass Sie hier allein sind. Ihr Lover hätte sich lieber überlegen sollen, ob er sich uns in den Weg stellt. Das war der Cop, oder?«

Emily antwortete nicht darauf. In ihrem Kopf drehten sich immer nur die Gedanken, dass Tom tot war und sie nie wieder in seine Augen blicken oder sein Lächeln sehen würde. Nie wieder würde sie ihn berühren können und die Wärme seiner Haut spüren. *Gott, nein!* Tränen liefen über ihr Gesicht, doch Emily nahm sie kaum wahr. Genauso wenig wie die Schmerzen, die durch ihren Körper schossen, als sie aus dem Haus gezerrt wurde. Dumpf glaubte sie, weitere Schüsse zu hören, aber das Rauschen in ihren Ohren war so laut, dass sie nicht sicher war. Der Schmerz in ihrer Brust übertönte alles. Tom war tot, ihr war gleichgültig, was noch mit ihr passierte. Was könnte schlimmer sein, als ihn verloren zu haben?

28. KAPITEL

Max schlich den langen Flur entlang, etwas, das er schon unzählige Male getan hatte. Allerdings war er sonst in Gebäude eingebrochen, in denen niemand war, oder bei denen er zumindest eine Vorstellung davon hatte, wer alles darin war und wo genau er oder sie sich befand. Hier jedoch agierte er praktisch blind und das gefiel ihm überhaupt nicht. Der einzige Grund, warum er die Aktion trotzdem durchzog, war die Gefahr, dass Cunningham andernfalls mögliche weitere junge Frauen verschwinden ließ. Trotzdem war es eine ziemliche Himmelfahrtsmission und es könnte durchaus sein, dass sie ihnen noch gewaltig auf die Füße fallen würde.

Genervt verdrehte er die Augen. Langsam hörten sich seine Gedanken schon an wie Tom, der jedes Mal vor ihren Einsätzen herumunkte, was alles schiefgehen könnte. Womit er oft sogar richtiglag, aber das hielt sie nicht davon ab, das Richtige zu tun. Genau deshalb war Max bei RIOS – um einmal in seinem Leben das Richtige zu tun. Bisher hatte sich das als sehr befriedigend erwiesen und er hatte sich erstaunlicherweise gut in das Team eingefügt. Es wäre eine Schande, wenn die Ermittlungen des FBI dazu führten, dass RIOS aufgelöst wurde. Er für seinen Teil würde alles dafür tun, damit das nicht geschah.

Zuerst mussten sie allerdings dem Club und seinen Mitgliedern die miesen Machenschaften nachweisen. Die Räume, die er bisher überprüft hatte, waren entweder leer gewesen oder in angeregter Benutzung. Da Red Wert darauf legte, dass sie möglichst nicht auffielen, hatte er sich lautlos zurückgezogen. Das Pärchen hatte so viel Lärm veranstaltet, dass sie ihn nicht bemerkt hatten. In der Dunkelheit hatte Max auch nicht überprüfen können, ob die Frau noch minderjährig gewesen war, doch die Geräusche deuteten eher darauf hin, dass sie freiwillig an dem Akt teilnahm. *Oh ja, härter, härter!* drang durch die Tür. Max schnaubte. Noch etwas härter und das Bett wäre zusammengebrochen, aber jedem das Seine.

Der Club schien sich offensichtlich auf Sex jeder Art spezialisiert zu haben, wenn er die unterschiedlichen Dekore und Spielzeuge in den Räumen richtig interpretierte. Bisher hatte er aber noch nichts entdeckt, das auf unfreiwilligen Sex hinwies. Würde hier eine Frau schreien, würden die Paare in den anderen Zimmern das mitkriegen. Entweder waren also alle eingeweiht, oder die *speziellen* Akte fanden woanders statt. Wenn er raten sollte, würde er auf den Keller tippen. Dickere Wände, stärkere Türen, die Möglichkeit, jemanden einzusperren, ohne dass es bemerkte wurde. Ja, eindeutig der Keller.

Nachdem er den letzten Raum kontrolliert hatte, machte Max kehrte und stieg die Treppe hinunter. »Ich sehe mir den Keller an.«

Red antwortete sofort. »Sei vorsichtig.«

Vorsicht war sein zweiter Vorname, aber Max bestätigte nur. Es gefiel ihm irgendwie, dass sich Red um seine Leute sorgte und sie zu schützen versuchte, obwohl er alles Profis um sich scharte. Aber das würde er natürlich nie zugeben. Kopfschüttelnd durchquerte er das Foyer und machte sich auf die Suche nach dem Kellereingang, der laut der Baupläne unter der Treppe liegen sollte. Als er Stimmen hörte, eilte Max über den fliesenbedeckten Boden und versteckte sich in einer Nische hinter der Garderobe. Affektiertes Frauengelächter erklang und Max verzog den Mund. Clubs waren noch nie sein Ding gewesen, aber dieser war ihm über alle Maßen unsympathisch.

Max wartete, bis das Pärchen um die Ecke verschwunden war, dann schlich er zur Kellertür und öffnete sie mit seinem Werkzeug. Das dauerte trotz starker Sicherung nur wenige Sekunden. Es brannte kein Licht, deshalb holte er seine Taschenlampe heraus und schloss die Tür hinter sich. »Bin drin.«

Es kam keine Antwort.

»Red?«

Wieder herrschte nur Stille. Da er nicht davon ausging, dass Red etwas passiert war, musste es hier unten eine Abschirmung geben, die Funkgespräche unterband. Seine ungute Vorahnung verstärkte sich. Es gab keinen Grund, einen Keller so zu sichern, außer man versteckte hier etwas, das niemand finden sollte. Im Laufe seiner Tätigkeit hatte Max seine Instinkte verfeinert, die ihn davor warnten, wenn er besser umdrehen sollte. Auch diesmal, wie bereits einige Male zuvor, ignorierte er die Warnung und ging weiter. Hier war etwas, das spürte er. Vorsichtig bewegte er sich vorwärts, weiter in den Keller hinein. Offenbar erstreckte er sich unter dem gesamten Gebäude ein weitläufiges Labyrinth aus Gängen und einzelnen Räumen. Es würde einige Zeit in Anspruch nehmen, das alles zu durchsuchen. Hätte er noch Verbindung zu den anderen, hätte er jetzt Verstärkung angefordert.

Da das nicht möglich war, machte er sich allein an die Aufgabe, jeden einzelnen Raum zu überprüfen. Die ersten Abteile waren mit Vorräten gefüllt, Käselaibe und Schinken am Stück, dicht gefolgt von irrsinnigen Mengen an Spirituosen. Allein drei Räume beherbergten Weinflaschen unterschiedlichen Alters, von aktuellen Jahrgängen bis hin zu einigen Flaschen, die aussahen, als wären sie von Columbus persönlich hierhergebracht worden. Rasch ließ er sie hinter sich und eilte weiter. Er wollte sich hier unten nicht länger aufhalten als nötig. Orte, an denen es keinen zweiten Fluchtweg gab, machten ihn nervös und er mied sie, wenn möglich.

In weiteren Räumen fand er alte Möbel und sonstigen Müll, den jemand hier entsorgt hatte. Weiter hinten im Keller fand er schließlich Türen, die deutlich neuer und gesicherter waren als die ursprünglichen. Die Schlösser waren nach neuesten Sicherheitsstandards hergestellt – oder sogar darüber hinaus. Das würde ein wenig mehr Fingerspitzengefühl erfordern. Max könnte wetten, dass sie auch an die Alarmanlage angeschlossen waren. Was auch immer dahinter war, es musste ungeheuer wertvoll sein. Wertvoller als uralter Wein. Oder es gab einen anderen Grund, warum die Ware besonders gesichert werden musste. Vielleicht, damit sie nicht ausbrach? Auch die Wände waren verstärkt und es gab keine Spalten unter den Türen wie bei den anderen Räumen. Diese schienen hermetisch abgedichtet worden zu sein.

Das schlechte Gefühl verstärkte sich. »Red, kannst du mich hören?«

Aber sein Boss antwortete wieder nicht.

Verdammt. Max überlegte, ob er nach oben zurückkehren sollte, um sich Rückendeckung zu holen, doch irgendetwas sagte ihm, dass er keine Zeit hatte. Wenn er wissen wollte, was sich in diesen Räumen befand, musste er jetzt handeln. Deshalb holte er seine Ausrüstung heraus und machte sich beim ersten Schloss an die Arbeit. Es dauerte eine Weile, dann hatte er die Alarmanlage umgangen und die Tür schwang geräuschlos auf. Max leuchtete in den Raum und atmete enttäuscht und gleichzeitig erleichtert auf, als er ihn leer vorfand. Eine schmale Pritsche stand darin und in der Ecke eine Campingtoilette. Auf der dünnen Matratze lag zusammengefaltet eine fadenscheinige Decke.

Sein Magen krampfte sich zusammen, als ihm bewusst wurde, was das bedeutete. Hier unten wurden offensichtlich Menschen eingesperrt. Vielleicht war dies der vorgesehene Raum für eine der drei jungen Frauen gewesen, die sie gerettet hatten. Neues Futter für die kranken Gelüste der Clubmitglieder? Langsam verließ er die Zelle und wandte sich der nächsten zu. Auch diese war leer, wirkte aber so, als hätte vor kurzem noch jemand darin gehaust. Von innen waren die Wände der Zellen mit lärmdämpfenden Materialien bespannt, Max bezweifelte, dass man außen etwas hörte, wenn jemand schrie.

Der Gedanke ließ ihn wünschen, es gäbe hier etwas, das er kurz und klein schlagen könnte, doch er riss sich mühsam zusammen. Erst erledigte er seine Aufgabe, zu Hause konnte er sich dann gehen lassen. Mit zusammengebissenen Zähnen öffnete er die nächste Tür. Beinahe hätte er sich zurückgezogen, als er eine leichte Wölbung unter der dünnen Decke bemerkte. Shit. Vorsichtig bewegte er sich vorwärts, bis er seine Hand darauf legen konnte. Der Haufen rollte sich zusammen und kroch näher zur Wand. Maxs Herz setzte einen Schlag aus. Oh Gott, wenn er von der Größe ausging, konnte es nur ein Kind sein, das hier lag.

»Ich bin hier, um dir zu helfen. Hab keine Angst.« Er bemühte sich, seine Stimme so leise und gleichzeitig beruhigend wie möglich zu halten.

Es war klar, dass er seine Absicht völlig verfehlt hatte, als das Kind zu wimmern begann. Unsicher, was er jetzt tun sollte, verharrte Max einen Moment völlig still. Er konnte nicht einfach gehen, aber er hatte auch keine Zeit, sich um das Opfer zu kümmern. Und er konnte die Zelle auch nicht offen lassen, weil es dann sein könnte, dass das Kind nach oben lief und damit die Clubmitglieder alarmierte. Schweren Herzens verließ er den Raum und schloss die Tür hinter sich. Zuerst musste er sehen, wie viele der Zellen noch besetzt waren, bevor er entscheiden konnte, wie er weiter vorgehen sollte.

Die nächste Zelle war wieder leer, in einer weiteren befand sich eine junge Frau, die völlig apathisch dalag. Vielleicht wurden den älteren Gefangenen irgendwelche Drogen verabreicht, um sie ruhigzustellen. Max wurde immer wütender. Wenn er den Verantwortlichen jetzt vor sich hätte, würde er ihn eigenhändig erwürgen. Ohne einen Funken Bedauern oder ein schlechtes Gewissen. Wer so etwas tun konnte, war ein Monster und hatte nichts Besseres verdient. Max ließ auch dieses Mädchen in ihrer Zelle, denn er konnte sie schlecht hier raustragen.

Unsicher, was ihn im nächsten Raum erwartete, öffnete er vorsichtig die Tür und stieß sie leicht auf. Ohne Vorwarnung stürzte sich eine kreischende Furie auf ihn und bekämpfte ihn mit Klauen und Zähnen. Da Max die junge Frau nicht verletzen wollte, ließ er es über sich ergehen und redete dabei beruhigend auf sie ein. Irgendwann war ihre Energie erschöpft und sie sackte in seinen Armen zusammen. Es schockierte Max, wie zerbrechlich sie sich anfühlte. Sachte schaukelte er sie, während er auf dem Boden saß. »Es wird alles gut, ich bin hier, um euch zu helfen.« Er sagte es immer wieder, so lange, bis sie nach einiger Zeit den Kopf hob.

Ihr Gesicht war schweißbedeckt, ihre Augen glänzten fiebrig. »Wirklich?« Ihre Stimme klang rau.

»Ja. Ich bin von einer Sicherheitsfirma, meine Kollegen durchsuchen gerade das Haus.«

Ihr Gesicht verzerrte sich. »Sie haben gesagt, dass uns nie jemand finden wird, dass sich niemand dafür interessiert, wo wir geblieben sind.«

Damit hatte sie vermutlich sogar zum Teil recht. »Das stimmt nicht, wir interessieren uns dafür und wir bringen euch hier raus.«

Ein Funke Hoffnung entzündete sich in ihren Augen. »Jetzt?«

»Ich muss erst sehen, wie viele von euch hier sind. Weißt du das zufällig?«

Sie schüttelte den Kopf. »Wir wurden immer einzeln gehalten und durften nicht mal reden, wenn wir uns unterwegs begegnet sind.«

»Okay, im Nebenraum ist eine junge Frau, es scheint, sie ist mit Drogen ruhiggestellt worden. Könntest du dich um sie kümmern und sie irgendwie auf die Füße bringen, während ich weitersuche?«

Das Mädchen hob ihr Kinn. »Ja.«

Max lächelte sie an. »Gut. Wie heißt du?«

Sie schwieg einen Moment, so als wüsste sie ihren Namen nicht mehr. »Maddie.«

»Danke, Maddie. Ich verlasse mich auf dich.«

Ernsthaft nickte sie. »Wie heißt du?«

»Max.«

»Ich glaube dir, Max.«

Seine Kehle zog sich zusammen. »Das kannst du. Ich werde alles tun, um euch zu helfen, ich verspreche es.«

Ihre Augen glitzerten feucht. »Ich kann mich kaum noch daran erinnern, wie es draußen war.«

»Das wirst du schnell wieder.« Langsam löste er sich von ihr und erhob sich. Dann hielt er ihr seine Hand hin und zog sie auf die Füße, als sie zögernd annahm. »Wir haben nicht viel Zeit und müssen leise sein.«

»Okay.«

Er kannte sie erst wenige Minuten, aber er mochte Maddie schon jetzt. Rasch öffnete er die Nachbarzelle wieder und beobachtete, wie das Mädchen langsam zum Bett ihrer Leidensgenossin ging. Als sie sich auf die Kante setzte, wandte er sich ab und eilte zur nächsten Tür. Nachdem er die Mädchen gesehen hatte, spürte Max eine noch größere Dringlichkeit, sie so schnell wie möglich aus der schrecklichen Gefangenschaft zu befreien. Je länger er brauchte, desto größer war die Gefahr, dass irgendjemand ihn erwischte. Zumal er nicht mal über Funk Hilfe rufen konnte. Max erinnerte sich daran, dass er sein Handy dabeihatte, und zog es heraus. Ein Blick genügte um festzustellen, dass er keinen Empfang hatte. Verdammt!

Schnell machte er sich wieder an die Arbeit. In der nächsten Zelle konnte er niemanden entdecken und wollte bereits die Tür schließen, als er ein leises Geräusch hörte, das unter dem Bett hervordrang. Max hockte sich hin und fand unter dem Gestell ein völlig verängstigtes Mädchen von etwa vierzehn Jahren, das sich noch weiter in die Ecke drückte, als sie ihn sah.

»Es ist alles in Ordnung, ich helfe dir.«

Panisch schüttelte das Kind den Kopf. »Nein!«

Er hatte nicht die Zeit, sie so weit zu beruhigen, dass sie ihm wirklich zuhörte und vertraute. Deshalb packte er sie und zog sie unter dem Bett heraus. Ihr verzweifelter Schrei schnitt ihm ins Herz, aber es war nicht zu ändern. So schnell wie möglich trug er sie zu dem Raum, in dem sich die anderen beiden jungen Frauen befanden.

Dankbar übergab er das Mädchen an Maddie. »Kümmere dich bitte um sie, ich muss mich beeilen.«

Maddie nickte, während sie ihre Leidensgenossin in die Arme schloss und beruhigend auf sie einredete.

Froh, die Bürde abgeben zu können, kehrte Max zu seiner Aufgabe zurück. Nach einigen weiteren leeren Zellen fand er eine, in der eine junge Frau auf dem Bett lag, ihre Augen waren offen.

Vorsichtshalber blieb Max an der Tür stehen. »Keine Angst, ich tue dir nichts. Ich bin hier, um euch herauszuholen.« Als auf seine Worte keinerlei Reaktion erfolgte, noch nicht einmal ein Zwinkern, trat er langsam näher. »Hörst du mich?«

Wieder rührte sie sich nicht. Er war sich nicht mal sicher, ob sie überhaupt atmete. Im Licht der Taschenlampe wirkte sie erschreckend blass. Max beugte sich über sie und wedelte mit der Hand über ihren Augen. Kein Zwinkern. Gar nichts. Sein Magen krampfte sich zusammen, als er die Decke von ihrem Körper zog. Ihr Arm hing über die Bettkante und offenbarte die durchgeschnittene Pulsader. Blut war über ihre Hand geflossen und auf den Boden getropft, wo sich eine Lache gebildet hatte. Daneben lag ein langer Metallsplitter, der wohl vom Bettgestell stammte.

Obwohl er wusste, dass es keinen Sinn hatte, legte Max seine Hand auf ihre Brust und versuchte, ihren Herzschlag zu fühlen. Doch da war nichts. Sie war tot. Er meinte, noch einen letzten Rest Körperwärme auszumachen, was bedeutete, dass er sie vor einigen Stunden noch hätte retten können. Verdammt, warum hatte sie nicht auf ihn gewartet? Seine Kehle zog sich zusammen und er versuchte, seine Gefühle unter Kontrolle zu bringen. Wut, Trauer, Leid. Es vermischte sich in ihm, bis er glaubte, schreien zu müssen, um nicht zu explodieren. Nur der Gedanke an Maddie und die anderen Mädchen hinderte ihn daran. Mühsam riss er sich zusammen. Sanft schloss er ihre Augen. »Schlaf gut. Ich hoffe, du hast es besser dort, wo du jetzt bist.«

Noch immer musste er den Drang bekämpfen, irgendetwas klein zu schlagen. Da ihn das momentan nicht weiterbringen würde, richtete er sich auf. Es fühlte sich falsch an, aber er schloss die Tür hinter sich und sperrte den Körper des Mädchens damit wieder ein. Wenigstens ihr Geist war jetzt frei.

Gerade als er die letzten Türen überprüfen wollte, hörte er oben auf der Treppe ein Geräusch, dann flammte das Licht auf. Sofort schaltete er die Taschenlampe aus und lief zu der Zelle zurück, in der sich die Mädchen befanden. »Seid ganz still, es kommt jemand. Ich beschütze euch.«

Maddies Stimme zitterte, als sie antwortete. »Okay. Sei vorsichtig, Max.«

»Natürlich, keine Angst.« Egal was passierte und wer da kam, er würde diese Kinder um jeden Preis beschützen.

29. KAPITEL

»Red, ihr bekommt gleich Besuch.« Joes Stimme drang leise durch Reds Kopfhörer.

Shit. »Cunningham und seine Leute?«

»Negativ, FBI. Sie sind in Mannschaftsstärke angerückt, macht, dass ihr da rauskommt.«

Stumm fluchte Red vor sich hin, bevor er Joe antwortete. »Ich fürchte, dazu ist es zu spät, aber wir versuchen es. Verschwinde da, wenn wir nicht rauskommen.«

»Ich werde euch bestimmt nicht im Stich lassen.«

Wofür Red dankbar war, aber er brauchte Joe woanders. »Wenn wir verhaftet werden, brauche ich jemanden draußen, der die nötigen Stellen informiert.«

Joe schwieg einen Moment. »Okay. Wir sehen uns draußen.«

»An alle, das FBI steht vor der Tür, wir müssen raus.«

»Roger, bin auf dem Weg nach unten.« Das war Bull.

»Wir kommen beim Büro vorbei, wenn du was zu tragen hast.« Gut, Cal und Morton waren auch in der Nähe.

»Nicht nötig. Max, wie sieht es bei dir aus?«

Es gab keine Antwort.

»Max, bitte kommen.«

Stille drang durch seinen Kopfhörer. Mist. »Geht ihr schon raus, ich werde Max holen.« Hoffentlich hatte er dort unten nur keinen Empfang und es war ihm nichts passiert. Auf jeden Fall schmälerte das ihre Chancen, dem FBI aus dem Weg zu gehen, beträchtlich.

»Red ...«

»Nein, Bull, ihr geht. Ich will nicht, dass ihr da reingezogen werdet. Außerdem brauchen Emily und die anderen Hilfe.«

Seine Männer murrten, stimmten aber schließlich zu. Nach kurzem Überlegen steckte Red den USB-Stick und das Notizbuch ein. Er hatte keine Ahnung, ob er den FBI-Agenten vertrauen konnte, deshalb war es besser, die Informationen zu sichern. Zur Not konnte er sie immer noch später abgeben. Es könnte passieren, dass die Beweise dann nicht verwendet werden konnten, aber das Risiko musste er eingehen.

Rasch verließ Red das Büro und schloss die Tür hinter sich. Leise durchquerte er das Foyer und wollte gerade zur Treppe gehen, als die Eingangstür aufschlug und ganze Horden von schwarz gekleideten Agenten in das Gebäude strömten. Red überlegte, ob er sich verbergen sollte, doch am Ende würden sie ihn vermutlich sowieso finden und er konnte auch Max nicht im Stich lassen. Außerdem wirkte es vermutlich weniger verdächtig, wenn er sich gleich den Agenten vorstellte. Deshalb blieb er ruhig stehen und hob die Hände, damit sie sehen konnten, dass er unbewaffnet war.

»Keine Bewegung! Dies ist eine Durchsuchung des FBI. Sind Sie der Besitzer des Gebäudes?«

Vermutlich würde es nicht gut ankommen, wenn Red jetzt lachte, deshalb ließ er es. Aber es war schon irgendwie komisch. Schlagartig verging ihm jeder Humor, als er daran dachte, was es bedeuten würde, wenn er verhaftet wurde. Mulders hatte bereits angekündigt, dass er alles tun würde, um ihn aus dem Verkehr zu ziehen, und dies konnte genau diese Gelegenheit sein. Doch es tat ihm nicht leid, hier eingedrungen zu sein. Wenn sie damit einen Kinderhändlerring ausheben konnten, hatte es sich gelohnt. Allerdings wäre es ungünstig, wenn sie entwendete Beweise bei ihm fanden.

»Nein, mein Name ist Nathan Redfield, ich bin CEO von RIOS, einer Sicherheitsfirma. Das können Sie gern überprüfen.«

Der Agent in Charge betrachtete ihn scharf. »Ich habe schon einiges von Ihnen gehört, nicht alles davon gut. Ich bin Agent Hemlock und leite diesen Einsatz. Sorgen Sie hier für die Sicherheit?«

»Nein.« Red beobachtete, wie die anderen Agenten die Räume betraten und einige die Treppe hinaufliefen.

Ein wenig genervt blickte der Agent ihn an. »Und was tun Sie dann hier? Sie sehen nicht aus, als wollten Sie sich einen schönen Abend machen.«

»Meine Lebensgefährtin hätte auch sicher etwas dagegen. Ich

habe den Hinweis bekommen, dass verschleppte Mädchen für Sex angeboten werden, und wollte dem Nachgehen, bevor die Hintermänner etwas mitkriegen und alles beseitigen.«

Hemlocks Stirn zog sich in Falten. »Das ist Aufgabe des FBI und nicht die einer privaten Sicherheitsfirma.«

Das war ihm absolut bewusst. »Sagen wir es so, in dieser Sache ist es schwer, Freund von Feind zu unterscheiden. Es gab gewisse Anhaltspunkte, dass auch jemand vom FBI involviert ist.«

»Das kann ich mir nicht vorstellen.«

Gezeter setzte ein, als die ersten Paare aus den Zimmern geführt wurden.

»Ja, ich hätte das vorher auch nicht gedacht. Auf jeden Fall scheinen die Verbrecher immer vorgewarnt zu werden, wenn die Behörden einbezogen werden, das wollte ich diesmal verhindern, weil es um das Leben von Kindern geht.«

Hemlock starrte ihn verwirrt an. »Welche Kinder?«

»Junge Frauen, die gekauft wurden, um sie im Club zu missbrauchen. Wir haben heute eine Lieferung abgefangen. Warum sind Sie sonst hier, wenn es nicht um die Mädchen geht?«

»Wir haben einen Hinweis erhalten, dass mit illegalen Einwanderern ein Bordell betrieben wird. So wie die Politik derzeit ist, wird solchen Hinweisen sofort nachgegangen.«

Red schüttelte den Kopf. »Ich fürchte, Illegale werden Sie nicht finden.«

Hemlock zuckte mit den Schultern. »Egal, es ist unser Job, also durchsuchen wir das Gebäude. Wenn wir dabei irgendetwas Illegales finden, reicht mir das auch.« Er gab seinen Leuten ein Zeichen, auszuschwärmen, bevor er sich wieder Red zuwandte. »Mädchen sagten Sie?«

»Ja. Wir sind einer Spur aus dem Darknet gefolgt, der Eigentümer dieses Clubs kauft dort junge Frauen.«

Hemlock rieb über sein Kinn. »Wer ist der Eigentümer? Wir konnten dazu nichts finden, hatten aber auch nicht viel Zeit, uns damit zu befassen.«

»Jason Cunningham.«

»Im Ernst? Scheiße.«

So konnte man es auch ausdrücken. »Wir stellen Ihnen gern alle gesammelten Informationen und Beweise zur Verfügung. Es muss nur sichergestellt werden, dass sie nicht wieder begraben werden.«

»Warum sollten sie das? Wir sind das FBI, kein Kegelverein.«

Rasch erklärte Red Hemlock, wie dem ersten Hinweis auf die Gruppe im Darknet nicht nachgegangen worden war und welche Konsequenzen das gehabt hatte. Normalerweise konnte er sich auf seinen Instinkt verlassen und Agent Hemlock wirkte so, als wollte er einen guten Job machen und als wären ihm irgendwelche Seilschaften egal. Er würde auf jeden Fall Agent Chambers nach ihm fragen, vielleicht kannte er ihn oder hatte zumindest schon von ihm gehört. Es war immer gut, Kontakte zum FBI zu haben, das hatten ihm die Ereignisse wieder bewusst gemacht.

Hemlocks Lippen pressten sich fester zusammen, je mehr er hörte. »Ich werde dem nachgehen. Okay, Sie können jetzt gehen, ich weiß ja, wo ich Sie finde.«

Das war deutlich entgegenkommender, als Red erwartet hatte. »Danke. Ich habe noch einen Mann, der sich nicht gemeldet hat. Zuletzt hat er gesagt, dass er im Keller nachsehen wollte.« Was auch immer Max dort unten tat, es musste wichtig genug sein, dass er noch nicht wiederaufgetaucht war. Oder er war auf unerwartete Schwierigkeiten gestoßen. Unruhe kam in Red auf. Max war ein exzellenter Einbrecher und auch im Nahkampf äußerst versiert, doch kein Soldat oder Polizist.

»Meine Leute werden dort nachsehen. Dies ist ein FBI-Einsatz, Sie müssen hier warten, bis die Situation geklärt ist.«

Einerseits konnte Red den Agenten verstehen, er würde auch nicht zulassen, dass ihm jemand in einen Einsatz pfuschte, andererseits machte es ihn nervös. Max wusste nicht, dass das FBI im Haus war, jedenfalls ging Red davon aus, dass er den Funkspruch nicht gehört hatte, es könnte sein, dass er sich zur Wehr setzte und dabei verletzt wurde. Oder verhaftet, was fast das Gleiche war, denn wenn er noch mal verurteilt wurde, würde er die nächsten dreißig Jahre oder länger im Gefängnis sitzen. Bei jedem Einsatz überlegte Red, ob er es riskieren sollte, aber Max würde nie zulassen, dass sie ihn am Schreibtisch ließen, wenn er etwas zu der Mission beitragen konnte. Und sie wären ohne Max sicher nicht so leicht ins Haus gekommen.

»Vielleicht können Sie Ihren Leuten sagen, dass sie ein wenig vorsichtig sein sollen, mein Mitarbeiter weiß nicht, dass das FBI im Haus ist. Es könnte sein, dass er etwas heftiger reagiert.«

Hemlock wirkte nicht besonders glücklich. »Ist er bewaffnet?«

»Nein. Wehrlos ist er aber nicht.« Noch eine Auflage wegen seiner Vergangenheit – Max trug keine Waffen bei sich.

»Ich werde es weitergeben.«

»Danke.« Da er zu nervös war, stillzusitzen, schlenderte Red in Richtung Fenster.

»Ach, und Redfield ...«

Er drehte sich zu Hemlock um. »Ja?«

»Wenn Sie irgendetwas gefunden haben, von dem wir wissen sollten, geben Sie es mir besser jetzt, damit ich es noch ordnungsgemäß als Beweis aufnehmen kann.«

Red rang mit sich, dann schüttelte er stumm den Kopf. Auch wenn er nicht glaubte, dass Hemlock korrupt war, könnte es jemand anders sein. Und wenn wirklich ein hoher FBI-Agent an verschiedenen Stellen interveniert hatte, könnte er die Beweise problemlos verschwinden lassen. Das konnte Red nicht zulassen. Einen Moment lang befürchtete er, dass Hemlock ihn durchsuchen lassen würde, doch schließlich nickte er.

»Ich verlasse mich darauf, dass Sie all Ihre Erkenntnisse mit uns teilen.«

»Selbstverständlich.« Wenn sie sicher waren, dass niemand deshalb zu Schaden kommen würde.

Hemlock nickte knapp und wandte sich ab.

Red ging zum Fenster und blickte hinaus. Irgendjemand hatte das Außenlicht angeschaltet, das Grundstück erstrahlte fast taghell. Vorsichtig sah er sich noch einmal um, dann sprach Red in das Mikrofon. »Team, seid ihr raus?«

»Ja, wir sind jetzt beim Wagen«, antwortete Bull sofort. »Da du dich melden kannst, nehme ich an, dass du nicht verhaftet wurdest?«

»Ja, der Agent in Charge scheint ganz vernünftig zu sein. Ich warte noch auf Max, dann kommen wir zu euch.«

»Ist er immer noch nicht zurück?« Besorgnis klang in Bulls Stimme mit.

»Er hat sich nicht mehr gemeldet und ich erreiche ihn nicht. Ich wollte ihn holen, aber der Agent hat seine Leute geschickt. Ich hoffe, Max hält sich zurück.« Es war kein Geheimnis, dass der Ex-Einbrecher nicht gern mit den Behörden zu tun hatte.

»Wird er schon, er weiß, was auf dem Spiel steht. Hauptsache, es geht ihm gut.«

Es machte Red nervös, dass auch Bull ein schlechtes Gefühl zu haben schien. »Ich melde mich, wenn ich etwas erfahre.«

»Okay, wir warten.«

»Nein, fahrt zu Emilys Versteck. Wir kommen schon auf andere Weise zurück.«

»Aber ...«

Red ließ Bull nicht ausreden. »Das ist ein Befehl. Emily, Tom und I-Mac brauchen euch dringender als wir.«

»Alles klar. Bis später.«

Red drehte sich wieder um, sodass er das Treiben des FBI beobachten konnte. Die Agenten schienen sehr gründlich vorzugehen. Er lächelte grimmig, als aus dem Obergeschoss wütende Stimmen zu hören waren, als weitere Clubmitglieder aus den Betten gerissen wurden.

30. KAPITEL

Max ließ die Tür der Zelle angelehnt, damit die Mädchen zur Not entkommen konnten, falls er ausgeschaltet wurde. Doch er würde es demjenigen, der die Treppe herunterkam, nicht leicht machen. Schnell verbarg er sich hinter einem Stützpfeiler in der Nähe der ersten Zellen. Jetzt wünschte er sich, er hätte eine Waffe dabei, aber er war sowieso besser beim waffenlosen Kampf, es musste ihm nur gelingen, den Verbrecher zu überraschen, damit der gar nicht erst eine Waffe ziehen konnte.

Automatisch hielt Max den Atem an, als die Schritte immer näher kamen. Wenn er sich nicht irrte, hörte er sogar leises Pfeifen. Die Wut in ihm begann zu brodeln. Vor seinen Augen stand immer noch das Bild der jungen Frau, die sich die Pulsadern aufgeschnitten hatte, weil sie die Gefangenschaft nicht mehr ertrug. Und dieser Scheißkerl pfiff vergnügt vor sich hin? Max hatte alle Mühe, sich zurückzuhalten und nicht jetzt schon loszustürmen. Nur etwas Geduld, dann würde er zuschlagen können. Im Grunde war es gut, dass er keine Pistole hatte, denn so konnte er nicht in Versuchung geraten, den Verbrecher einfach zu erschießen.

Normalerweise war Max sehr tolerant, aber Menschen, die Kinder kauften, gefangen hielten und sexuell ausbeuteten, waren das Allerletzte. Eigentlich war ein schneller Tod für sie eine viel zu geringe Strafe. Nein, sie sollten genauso eingesperrt und vergewaltigt werden, ohne Hoffnung auf Rettung. Ob er dann noch so fröhlich pfeifen würde? Max löste seine Faust und lockerte die Finger. Noch einmal atmete er tief durch, um die Gefühle für den Kampf loszulassen. Schon vor langer Zeit hatte er gelernt, dass es nicht gut war, emotional zu sehr involviert zu sein. Oft vernebelte das die Fähigkeit, klar und logisch zu denken. Diesmal fiel es ihm verdammt schwer.

Deshalb war er froh, als sich der Verbrecher endlich in Reichweite befand. Ein Schlüssel klimperte. Max trat hinter der Säule hervor und schickte den Mann mit einem gezielten Tritt zu Boden. Der Verbrecher wirkte etwas benommen, als er Max verwirrt anstarrte. Offenbar hatte er nicht damit gerechnet, dass ihn jemand aufhalten könnte. Das änderte sich aber schnell. Sein Gesicht färbte sich rot, die Augen verengten sich.

»Was soll der Scheiß? Wer sind Sie?« Während er redete, glitt seine Hand in Richtung des Hosenbunds, in dem eine Pistole steckte.

»Ich bin derjenige, der dafür sorgen wird, dass Sie bereuen, jemals Hand an diese Mädchen gelegt zu haben.« Beiläufig bückte er sich, zog die Pistole heraus und warf sie beiseite.

Der Mann schnaubte. »Du und wer noch?« Er sah sich um. »Ich sehe hier niemand anderen.«

Die waren auch gar nicht nötig. »Sie können sich auch gleich ergeben, dann ersparen Sie sich einiges an Schmerzen.«

Als Antwort darauf trat der Verbrecher gegen Max' Schienbein. Oder er versuchte es zumindest, denn Max bewegte sich gerade noch rechtzeitig zur Seite. Schneller als erwartet rappelte sich der Mistkerl auf und stellte sich kampfbereit hin. Er war deutlich kräftiger gebaut als Max, aber darüber machte er sich keine Sorgen. Schon ganz andere Gegner hatten ihn unterschätzt. Wie ein wütender Stier griff der Verbrecher an, er rammte Max, der zurückstolperte und mit dem Rücken gegen eine der Türen stieß. Er merkte den Schmerz kaum, sondern konterte sofort mit einem Haken, der das Kinn seines Gegners streifte. Dadurch lockerte sich dessen Griff und Max konnte sich losreißen.

Doch der Verbrecher setzte sofort nach und sie gingen zusammen zu Boden. Verbissen versuchte jeder, die Oberhand zu gewinnen. Max musste zugeben, dass er den Mann ein wenig unterschätzt hatte, er war offenbar im Nahkampf trainiert und scheute sich auch nicht, fiese Tricks anzuwenden. Max' Blick fiel auf eine der Türen und er sah, dass Maddie verängstigt den Kampf verfolgte. Das gab ihm die Kraft, die Umklammerung seines Gegners zu durchbrechen und ihn nun seinerseits in den Schwitzkasten zu nehmen. Den Arm hatte er um die Kehle des Mannes gelegt und drückte zu. Es dauerte einige Zeit, bis die Gegenwehr schwächer wurde, dann erschlaffte der Körper.

Max hielt ihn noch etwas länger fest, um sicherzustellen, dass es keine Finte war, schob ihn angewidert von sich und erhob sich langsam.

Er war Schmerzen gewohnt, aber es würde wohl einige Tage dauern, bis er sich nicht bei jeder Bewegung an den Kampf erinnerte. Aber das war es wert gewesen. Max beugte sich über den Bewusstlosen und prüfte seine Lebenszeichen. Ein deutlicher Puls war zu spüren.

»Ist er tot?«

»Nein, er lebt noch.«

Noch immer blieb sie hinter der Tür stehen. »Schade.«

Max konnte sie gut verstehen, wäre er an ihrer Stelle, würde er es bestimmt genauso sehen. »Er wird sich für seine Taten verantworten.«

Ein Zittern lief sichtbar durch Maddies Körper. »Er hat uns behandelt wie Tiere. Und wenn er Lust darauf hatte, hat er uns in der Zelle ...« Maddie brach ab, Tränen liefen über ihre Wangen.

Mit Mühe unterdrückte Max den Impuls, sich ein Messer zu suchen und diesem Schwein einen wichtigen Teil der Anatomie abzuschneiden. »Ich verspreche dir, dass er das nie wieder tun wird.«

Maddie wandte den Blick ab. »Es kann nicht wieder ungeschehen gemacht werden.«

Instinktiv machte Max einen Schritt auf sie zu, blieb aber wieder stehen. Mit größter Wahrscheinlichkeit wollten diese Mädchen jetzt keinen Mann in ihrer Nähe haben. Zu dumm, dass Sierra nicht hier war, sie könnte sich bestimmt viel besser um die Opfer kümmern. »Ich ...«

»FBI! Hände hoch und weg von der Tür!« Unerwartet schallte eine weibliche Stimme durch den Raum.

Er konnte sehen, wie Maddie sichtlich zusammenzuckte, etwas wie Panik leuchtete in ihren Augen auf. »Es ist alles in Ordnung. Geh in den Raum zurück.« Max hielt seine Stimme leise.

Langsam drehte er sich in Richtung der Treppe um und sah,

dass eine Frau in FBI-Einsatzausrüstung eine Pistole auf ihn richtete, während sie zügig auf ihn zukam. Ein weiterer Agent blieb in einiger Entfernung stehen. Wie befohlen hob Max die Hände.

»Ich gehöre nicht zu diesen Verbrechern, ich habe versucht, zu helfen.«

Sie wirkte nicht sonderlich überzeugt. »Das würde ich an Ihrer Stelle auch sagen.«

Als sie näher kam, konnte er erkennen, dass sie höchstens dreißig Jahre alt war. Ihre dunklen Haare hatte sie zum Zopf gebunden, ihr Gesicht war frei von Make-up. Aber das hatte sie auch gar nicht nötig. Es ärgerte Max, dass er so etwas bemerkte, während sie eine Pistole auf ihn richtete.

»Es ist die Wahrheit.« Da er nicht wusste, ob Red und die anderen entkommen waren, ohne vom FBI gesehen zu werden, erwähnte er sie nicht. »Ich habe erfahren, dass hier junge Frauen gefangen gehalten werden und wollte sie befreien.«

»Und dafür spazieren Sie mal eben in ein geschlossenes Gebäude und überwältigen einen Mann? Lebt er noch?« Sie klang mehr als skeptisch.

»Ja und ja. Kann ich die Hände herunternehmen?«

»Nein, erst wenn ich sichergestellt habe, dass Sie keine Waffen am Körper tragen.«

Max breitete die Arme aus. »Dann bringen wir es hinter uns.«

Vorsichtig trat die Agentin näher. Misstrauen leuchtete aus ihren Augen, während sie weiterhin die Waffe auf ihn richtete und dann begann, mit einer Hand seinen Körper abzutasten. Max hätte sie jederzeit entwaffnen können, aber er blieb still stehen und versuchte eine Reaktion seines Körpers auf die Berührungen zu verhindern. Sie war äußerst gründlich und er fragte sich, was sie glaubte, wie er in seiner Hose eine Waffe an der Stelle unterbringen sollte. Auch so wurde es schon unangenehm eng.

»Das ist keine Pistole, nur falls Sie das denken sollten.«

Wütend funkelte sie ihn an. »Sehr witzig.«

Okay, vielleicht hätte er schweigen sollen, aber er hatte es nicht fertiggebracht. Außerdem mochte er es, sie aus dem Gleichgewicht zu bringen. Ziemlich dumm, wenn sie eine geladene Waffe auf ihn richtete oder ihn verhaften könnte. Deshalb schwieg Max, während sie seinen Oberkörper überprüfte und schließlich auf die kleine Tasche stieß, in der er sein Werkzeug transportierte. Er ließ nie jemanden daran, aber diesmal konnte er es nicht ändern. Die Agentin löste den Gürtel, mit dem die Tasche befestigt war und trat ein paar Schritte zurück. Langsam nervte es ihn, dass sie ihn immer noch wie einen Verbrecher behandelte. Warum ignorierte sie es, dass ein Verbrecher nur wenige Schritte entfernt auf dem Boden lag?

»Das ist Einbruchswerkzeug.«

Gut kombiniert, Sherlock! »Ja. Anders kommt man nicht hier rein.«

»Wie heißen Sie?«

»Max, und Sie?«

Die Augenbrauen der Agentin schoben sich zusammen. »Das ist kein Spiel. Sie sind widerrechtlich eingedrungen, ich werde Sie verhaften und dann können Sie vor Gericht erklären, warum das nicht illegal ist.«

Allmählich wurde er sauer. »Hören Sie, Miss ...«

»Agent Clarke.«

Mit zusammengebissenen Zähnen verbesserte er sich. »*Agent* Clarke. Dieser Mann dort, den sie samt seiner Waffe ignorieren, gehört zu einer Bande von Kinderschändern. Wie wäre es, wenn Sie ihn verhaften und dafür sorgen, dass er nie mehr das Licht der Welt erblickt? Ich wäre Ihnen sehr verbunden.«

Clarke warf dem Mann einen Blick zu und konzentrierte sich wieder auf Max. »Einer nach dem anderen. Drehen Sie sich um, damit ich Ihnen Handschellen anlegen kann.«

Max reichte es. Er trat einen Schritt auf sie zu. »Genau deshalb mag ich das FBI nicht. Ihr seid alle so auf eure tollen Regeln fixiert, dass euch das Wesentliche entgeht. Wenn Sie mal den Stock aus Ihrem ...«

»Stopp!« Clarke hatte die Waffe wieder gehoben, sie zielte direkt auf seine Brust. Auch der andere Agent kam mit gezogener Pistole näher.

»Nein!« Der verzweifelte Schrei gellte durch den Keller. Maddie rannte auf ihn zu und stellte sich direkt vor ihn. Damit zielte die Waffe auf sie.

Sanft versuchte er, Maddie beiseitezuschieben. »Geh zurück, es ist alles in Ordnung.«

Agent Clarke ließ die Pistole sinken, ihr Gesicht war schneeweiß und sie begann zu schwanken. »M...maddie?«

Da es so aussah, als würde die Agentin gleich umkippen, hielt Max sie vorsichtshalber fest. Was war das Problem? Sie wirkte, als hätte sie einen Geist gesehen. Noch immer lag ihr Blick auf der jungen Frau, die ihrerseits zur Seite schaute, als würde sie sich schämen. Moment mal, woher kannte Clarke Maddies Namen? Er hatte ihn nicht erwähnt. Clarke würde sich nicht mehr lange aufrecht halten können, deshalb half Max der Agentin, sich auf den Boden zu setzen und hockte sich vor sie. »Was geht hier vor? Woher kennen Sie Maddie?«

Maddie hatte sich in die Zelle zurückgezogen und kümmerte sich um die anderen Mädchen, aber sie blickte immer wieder zu ihnen herüber.

»Sie ... sie ist meine kleine Schwester.« Eine Träne lief über ihre Wange.

Max runzelte die Stirn. Hatte die Agentin einen Nervenzusammenbruch? Wie sollte Maddie ihre Schwester sein? Das müsste ja ein riesiger Zufall sein, dass sie genau hier bei dieser Razzia dabei war und auf ihre Schwester traf. »Sind Sie sicher?«

Ein wenig Farbe kehrte in Agent Clarkes Gesicht zurück. »Natürlich bin ich sicher! Wissen Sie, wie lange ich nach ihr gesucht habe?« Ihre Stimme brach. »Jahre. Oh Gott!«

Max legte seine Hand auf ihre Schulter und drückte sanft. »Jetzt haben Sie sie gefunden.« Er senkte die Stimme, sodass Maddie ihn nicht hören konnte. »Ihre Schwester hat sicher Furchtbares durchgemacht und braucht Sie jetzt, aber sie ist stark, sie wird es überstehen.«

Agent Clarke atmete zitternd ein. »Sie haben recht.« Der Hauch eines Lächelns erschien auf ihrem Gesicht. »Und Maddie war schon immer stark. Ich habe gewusst, dass sie noch lebt und ich sie nur finden muss.« Ihre Stimme wurde noch leiser. »Aber als die Jahre vergingen, habe ich schon fast nicht mehr daran geglaubt.«

Es war kaum vorstellbar, so lange Zeit im Ungewissen zu leben. Max hatte den Verdacht, dass Miss Clarke genauso stark war wie ihre Schwester. Vielleicht hatte Maddie es sogar von ihr gelernt. Er erhob sich und hielt ihr die Hand hin. Dankbar ließ sie sich hochziehen und lehnte sich mit dem Rücken gegen die Wand. »Da drin sind mehrere Mädchen, die schwer traumatisiert sind. Sie brauchen dringend eine Frau, die sie hier rausbringt.« Er räusperte sich. »Weiter hinten liegt ein totes Mädchen in einer Zelle. Sie hat sich vor kurzem die Pulsadern aufgeschnitten.«

Es war der Agentin deutlich anzusehen, dass sie sich vorstellte, es wäre ihre Schwester gewesen. »Wir waren zu spät.«

»Ja.« Auch wenn es nicht ihre Schuld war, wusste Max, dass sie beide noch länger darüber nachdenken und sich schuldig fühlen würden.

Agent Clarke straffte die Schultern. »Danke für Ihre Hilfe, Max. Ich kümmere mich jetzt um die Mädchen.«

Max nickte ihr zu. »Was meinen Sie, wenn ich jetzt hochgehe, werde ich dann gleich von Ihren Kollegen überrannt?«

Entschuldigend zuckte sie mit den Schultern. »Ja, ich fürchte schon. Besser Sie warten hier, bis jemand kommt.«

Mit einem Seufzer stellte sich Max auf eine längere Wartezeit ein. Wenn er wenigstens Red erreichen könnte, aber es gab kein Durchkommen. Also konnte er nur hierbleiben und dafür sorgen, dass der Verbrecher keinen Ärger mehr machte. Sein Herz zog sich zusammen, als er sah, wie sich Maddie erst gegen eine Umarmung sträubte und sich dann an ihre Schwester klammerte, als gäbe es kein Morgen mehr.

31. KAPITEL

Emily fühlte sich wie betäubt, als der Anführer sie aus dem Haus brachte. Ihren Arm hielt er so fest umfasst, dass es schmerzte, aber sie wehrte sich nicht dagegen. Sollte Tom möglicherweise doch noch leben, musste sie die Verbrecher so schnell wie möglich rausbringen und wenn nicht, hatte wenigstens I-Mac noch eine Chance. *Gott, bitte!* Tom durfte nicht ihretwegen gestorben sein und Nurja sollte nicht ihren Mann verlieren. Nicht noch einmal.

»Hast du es irgendwie eilig?«

Sofort passte Emily ihre Geschwindigkeit an. Auf keinen Fall durfte sie die Verbrecher misstrauisch machen, wenn I-Mac überleben sollte. »Nein.«

»Das kam mir aber so vor. Wenn du denkst, dass du so deinen Freund noch retten kannst, muss ich dich enttäuschen. Meine Männer werden das Haus sprengen, wenn wir weg sind.«

»Nein!« In dem Haus war alles, was sie besaß, aber sie konnte nur an ihre Freunde denken. Und an die Beweise, die sie gesammelt hatten und die niemand erhalten würde, wenn alles in Flammen aufging. Sie wären umsonst gestorben.

»Mach dir keine Sorgen um deinen Besitz, du wirst ihn sowieso nicht mehr brauchen, wenn unser Auftraggeber mit dir fertig ist.«

Die Bestätigung, dass sie vorhatten, sie zu töten, entlockte Emily nicht mehr die Panik, die sie erwartet hätte. Stattdessen war sie beinahe froh, dass es endlich ein Ende hatte. Aber auf keinen Fall würde sie diese Verbrecher auch noch unterstützen. »Warum sollten Sie das tun wollen? Es ist nur ein Haus.«

»Wir haben den Auftrag, keine Beweise zurückzulassen und ich bin mir ziemlich sicher, dass wir auf deinen Computern so etwas finden würden, oder?« Er wartete nicht auf ihre Antwort. »Außerdem macht es Spaß, etwas in die Luft zu jagen. Davon abgesehen gibt es uns einen Vorsprung, wenn die Behörden oder deine Freunde erst mal in den Trümmern nach dir suchen.«

Und das würden Red und seine Leute tun. Ihre Kehle zog sich zusammen, als sie sich den Kummer vorstellte, wenn Toms und I-Macs Leichen entdeckt werden würden. Genauso sicher war Emily, dass sie versuchen würden, sie zu finden, wenn ihre Leiche nicht entdeckt wurde. Sollte sie sich wünschen, dass sie glaubten, sie wäre ebenfalls hier umgekommen, und ihr Leben einfach weiterführten? Aber nein, Toms Tod musste gerächt werden! Wenn sie die Gelegenheit dazu bekam, würde sie selbst dafür sorgen. Allerdings bezweifelte Emily, dass es dazu kommen würde.

Der Anführer drehte sich zu seinen Leuten um. »Setzt die Bomben im Wohnzimmer an die Wand, die sich eben geöffnet hat. Ich bin sicher, darin stehen die Computer. Nehmt so viel, dass nichts von dem Haus übrig bleibt außer Geröll.«

Verzweifelt versuchte sich Emily zu befreien, doch er hielt sie weiter mit eisernem Griff fest. Nein! Es war ihr absolut unmöglich, zuzusehen, während Tom und I-Mac getötet wurden. Sie ließ sich fallen und zwang den Verbrecher damit, den Griff zu lockern. Die Gelegenheit nutzte sie und riss sich los. Hastig rappelte sie sich auf und lief los. Sämtliche Schmerzen waren vergessen, während sie so schnell rannte wie noch nie in ihrem Leben.

»Haltet sie auf!« Der Ruf erklang hinter ihr.

Emily hatte nur diese eine Chance und die musste sie nutzen. Da die Verbrecher sie lebend wegbringen wollten, ging sie davon aus, dass niemand sie einfach erschießen würde. Aber selbst wenn, wäre es vermutlich besser als das, was für sie vorgesehen war. Sie hatte nichts zu verlieren. Emily duckte sich um einen Mann herum und sprintete zu ihrem Haus. Hinter sich hörte sie weitere Rufe, dicht gefolgt von mehreren lauten Knallen. Doch Emily drehte sich nicht um, sie duckte sich nur tiefer und rannte ins Haus. Fast schlitterte sie an der Tür zum Wohnzimmer vorbei, konnte sich aber gerade noch am Rahmen festhalten und katapultierte sich in den Raum.

Atemlos sah sie sich um, konnte aber niemanden entdecken, der noch lebte. Wo waren die Verbrecher? Und wo I-Mac? Mit wild klopfendem Herzen lief sie an den Toten vorbei zu der Stelle, an der Tom vom Schuss getroffen hingefallen war. Er war fort. Wie konnte das sein? Hatte I-Mac ihn zu sich ins Büro geholt? Ohne lange zu überlegen, sah sich Emily schnell um, ob ihr jemand gefolgt war, und öffnete die Geheimtür zum Büro. Es war leer. Wo zum Teufel waren die beiden? Emily sah auf die Monitore, konnte sie aber nirgends entdecken. Auf dem anderen Rechner sah sie, dass eine Anwendung lief, die sämtliche Daten auf einen externen Server überspielte. Ihre Aufzeichnungen waren verschwunden. Erleichtert atmete sie auf. Offenbar hatte I-Mac die Zeit gut genutzt.

Emily überlegte, ob sie hierbleiben sollte, doch sie konnte nicht aufgeben. Wenn es eine Möglichkeit gab, lebendig zu entkommen, dann würde sie sie nutzen. Vielleicht gelang es ihr, Tom und I-Mac zu finden und ihnen zu helfen. Rasch zog sie den flachen Datenspeicher heraus, auf den sie jeden Abend ihre Daten spiegelte, und steckte ihn in ihre Hosentasche. Nicht der sicherste Aufbewahrungsort, aber sie hatte jetzt keine Zeit, eine Tasche zu suchen. Wenn sie erneut erwischt wurde, wollte sie auch nichts Auffälliges mit sich tragen. Wie alles bei ihr war auch der Datenspeicher mehrfach passwortgeschützt und würde die Daten zerstören, wenn jemand dreimal das falsche Passwort eingab. Hoffentlich reichte das, damit die Informationen nicht den Verbrechern in die Hände fielen.

Nach einem weiteren Blick auf die Kamerabilder verließ Emily rasch das Büro und durchquerte das Wohnzimmer. Noch immer war niemand hier. Warum folgte ihr niemand? Und was war das für ein Krach gewesen? Hatte der Anführer entschieden, dass sie entbehrlich war, und sprengte das Haus mit ihr darin? Möglich war es. Aber davon würde sie sich nicht aufhalten lassen. Rasch lief sie über den Flur und stoppte kurz bei ihrem Schlafzimmer. Auch darin hielt sich niemand auf. Dafür stand ihr Rucksack noch genau dort, wo sie ihn abgelegt hatte. Froh darüber, wenigstens ihn wiederzuhaben, setzte sie ihn auf und rannte weiter.

Das gesamte Haus war bis auf die Leichen der Verbrecher

leer. Wo zum Teufel waren I-Mac und Tom? Als sie sicher war, dass sie sich nicht irgendwo im Haus versteckt hatten, öffnete sie ein Fenster zur Rückseite und kletterte hinaus, nachdem sie kontrolliert hatte, ob sich jemand in Sichtweite befand. Sie lehnte das Fenster an und rannte zu den Fabrikeinbauten, die das Haus umgaben. Hier hatte sie Platten verlegen lassen, deshalb waren ihre Schritte deutlich zu vernehmen. Sofort wurde sie langsamer und versuchte, die Geräusche zu reduzieren. Sie wünschte, die SEALs hätten ihr beigebracht, wie man sich unabhängig vom Gelände lautlos bewegte.

Erleichtert atmete Emily auf, als sie in den Schutz der alten Fabrikanlagen eintauchte. Ihr Herz raste, während sie durch die metallene Barriere starrte und herauszufinden versuchte, wo die Verbrecher geblieben waren. Warum suchten sie nicht nach ihr? Das ergab überhaupt keinen Sinn. Jeden Moment erwartete sie, dass das Haus explodierte, doch auch das geschah nicht. Stattdessen war es beinahe erschreckend still.

Gerade als sie sich auf die Suche nach I-Mac und Tom machen wollte, legte sich eine Hand auf ihre Schulter. Vor Schreck erstarrte sie, während ihr Herz fast aus ihrer Brust hüpfte. Nach einer Sekunde begann sie, sich zu wehren.

»Emily, ich bin's, I-Mac. Ganz ruhig.«

Erleichtert sackte sie in sich zusammen, dann drehte sie sich zu ihm um. »Oh Gott, ich dachte schon, sie hätten mich wieder erwischt«, flüsterte sie.

I-Macs Gesicht war zerfurcht. »Es tut mir leid, dass ich dir nicht geholfen habe, aber ich dachte mir, dass es dich nicht weiterbringt, wenn ich auch tot bin. Deshalb habe ich gewartet, bis ihr raus wart, bevor ich die restlichen Verbrecher im Haus ausgeschaltet habe.«

»Wo ist Tom? Ist er ...?« Sie wagte nicht, es auszusprechen.

»Er lebt, aber wir müssen ihn so schnell wie möglich ins Krankenhaus bringen.«

Emily sprang auf. »Wo ist er?«

I-Mac winkte ihr, ihm zu folgen. Dabei sah sie, dass er sich weniger geschmeidig bewegte als sonst. Wahrscheinlich war das der Tatsache geschuldet, dass er Tom aus dem Haus hatte schaffen müssen. Wenn alles vorbei war und sie noch lebten, musste sie sich eindeutig bei ihm bedanken, aber jetzt wollte sie nur zu Tom. Die Erleichterung, dass er lebte, schwand, als sie ihn ein Stück weiter hinten reglos auf dem Boden liegen sah. Sofort rannte sie zu ihm und warf sich neben ihm auf die Knie. Der Schmerz nahm ihr kurzzeitig den Atem, aber sie vergaß ihn sofort wieder, als sie sich über Tom beugte.

Seine Augen waren geschlossen, viel mehr konnte sie in der Dunkelheit nicht erkennen. Es drang nur wenig von dem Scheinwerferlicht der Wagen bis zu ihnen durch. Sie legte ihre Hand an seine Wange und spürte Feuchtigkeit. Ein Zittern lief durch seinen Körper.

»Hast du ihn verbunden?«

»Ja, so gut es ging. Wenn du Verbandszeug dabei hast, solltest du das noch mit drumbinden, um die Blutung zu stoppen.« I-Mac sah sie dabei nicht an, sondern hielt die Umgebung im Auge, in der Hand hielt er seine Pistole.

»Hast du noch genug Munition?« Während sie sprach, suchte Emily in ihrem Rucksack nach der Verbandstasche, die sie immer bei sich trug.

»Ja, ich habe mir noch ein paar Waffen zusammengesucht. Allerdings werden auch die nicht ewig halten.«

Vorsichtig überprüfte Emily den vorhandenen Verband, den I-Mac aus mehreren Handtüchern hergestellt hatte. Da sie nicht viel anderes tun konnte, wickelte sie den Verband noch darum, damit der Stoff an Ort und Stelle blieb und der Druck noch ein wenig erhöht wurde, um die Blutung einzudämmen. Als sie fest zog, stöhnte Tom auf. »Es ist alles gut, ich bin bei dir.«

Ersteres war gelogen, weil sie nicht wusste, wie sie ihn rechtzeitig in ein Krankenhaus bringen sollten. Selbst wenn die Verbrecher sie nicht erwischten, war es nahezu unmöglich, hier ungesehen rauszukommen, erst recht mit einem Verletzten, den sie tragen mussten. Die Verzweiflung in Emily wuchs wieder. Zwar war sie unglaublich glücklich, dass Tom nicht gestorben war, aber gleichzeitig wusste sie nicht, ob sie es ertragen könnte, ihn ein zweites Mal zu verlieren. Oder nein, ihr war klar, dass sie es nicht konnte. Wenn sie vorher noch nicht gewusst hätte, wie viel er ihr wirklich bedeutete, war ihr das spätestens bewusst geworden, als er das Büro verlassen hatte, um sie zu schützen.

Am liebsten hätte sie sich neben ihn gelegt und ihn so fest gehalten, wie es ihr möglich war, aber sie musste wachsam bleiben. Deshalb schloss sie ihren Rucksack und setzte ihn auf, bevor sie Toms Hand nahm und Wache hielt. Für einen Moment glaubte sie, den Druck seiner Finger an ihren zu spüren, aber vielleicht war es auch nur Wunschdenken. Hoffentlich nahm Tom irgendwie wahr, dass sie bei ihm war und ihn nicht im Stich lassen würde, egal was passierte.

Erneut ertönte lautes Krachen und Emily dachte im ersten Moment, dass sie nun doch ihr Haus gesprengt hatten, doch es stand immer noch so da wie vorher. Stattdessen prangte nun ein großes Loch im Dach der Fabrikhalle, durch das die Sterne zu sehen waren. Verständnislos sah Emily nach oben. Wieso sollten sie dort ein Loch hineinsprengen? Es ergab überhaupt keinen Sinn. Maschinengewehrsalven erklangen aus verschiedenen Richtungen. Etwas flog durch das Loch und landete mit einem Zischen auf dem Boden.

I-Mac bewegte sich schnell in ihre Richtung. »Zieh dir etwas über den Kopf, das ist sicher Tränengas oder etwas in der Art.«

Emily zog ihren Pullover über Mund und Nase, bevor sie Toms Kopf ebenso schützte. Innerhalb kürzester Zeit, begannen ihre Augen zu stechen und zu tränen. Der Pullover half nur ein wenig, das Gas aufzuhalten. Sie konnten nur hoffen, dass ihre Gegner mehr davon betroffen waren und die Gelegenheit nicht nutzten, sie anzugreifen.

»Sind das Clint und seine Männer?« Sowie sie den Mund öffnete, musste sie husten.

»Entweder das oder die Polizei. Egal wer, Hauptsache, sie schalten endlich diese Idioten aus.«

Dem konnte Emily nur aus vollem Herzen zustimmen. Es ging immer nur ein Gedanke in ihrem Kopf herum. *Bitte, kommt schnell, bevor Tom stirbt.* Alles andere war nebensächlich.

Ihr Herz blieb beinahe stehen, als I-Mac plötzlich herumwirbelte und in ihre Richtung zielte. Schützend beugte sie sich über Tom und kauerte sich zusammen, um ein kleineres Ziel abzugeben. *Gott, bitte.*

»Ich habe sie.«

Überrascht sah Emily auf und erkannte, dass der Angreifer mit gesenkter Waffe in ihr Versteck trat. Auch I-Mac hatte sich entspannt, er grinste sogar. »Verdammt, East, das wurde aber auch Zeit.«

Emily runzelte die Stirn. Wer war noch mal East? Der Name sagte ihr gerade nichts. Und dank ihrer tränenden Augen konnte sie auch kaum etwas erkennen.

»Wir sind so schnell gekommen, wie wir konnten. Als wir sahen, dass sich Emily losgerissen hat, haben wir eine Ablenkung gestartet, damit sie sich in Sicherheit bringen kann. Aber es hat noch etwas gedauert, bis wir richtig zugreifen konnten.« Der Mann kam zu Emily und beugte sich über Tom. »Wie schwer ist er verletzt?«

Jetzt erkannte sie die Stimme: Es war Clint! »Eine Schussverletzung in der Brust. Er muss sofort in ein Krankenhaus.«

»Shit. Okay, wir haben einen Hubschrauber hier, wir müssen ihn nur rausbringen. Das Problem ist, dass wir noch nicht wissen, ob wir alle Angreifer erwischt haben.«

Emily rappelte sich auf. »Das müssen wir riskieren, sonst hat er keine Chance.«

Nach einem weiteren Blick auf Tom nickte Clint. »Okay. Ich ziehe ein paar Leute zusammen, das sollte hoffentlich als Schutz reichen.«

Innerhalb kürzester Zeit versammelten sich vier weitere Männer um sie. Sie waren bis an die Zähne bewaffnet und würden hoffentlich jeden Versuch vereiteln, sie anzugreifen. Trotzdem blickte Emily unbehaglich zu allen Seiten, als sie hinter den Fabrikaufbauten hinaustraten und auf schnellstem Weg zum Ausgang gingen. Hin und wieder trafen sie auf Verbrecher, die entweder tot oder bewusstlos am Boden lagen, einige waren gefesselt und wurden bewacht. Emily hatte den Anführer noch nicht entdeckt, aber sie hoffte, dass er ebenfalls gefangen genommen wurde. Er konnte RIOS sicher auf die Spur der Auftraggeber bringen. Wenn er redete.

Aber jetzt zählte nur, Tom sicher und schnell ins Krankenhaus zu bringen, damit er eine Chance hatte. Emily blieb die ganze Zeit an Toms Seite, selbst als er in den wartenden Hubschrauber gehoben wurde. Sie hatte nur Augen für ihn, alles andere rückte in den Hintergrund. Erst als der Helikopter abhob, fiel ihr auf, dass I-Mac nicht mehr neben ihr war und sie vergessen hatte, sich bei ihm zu bedanken. Später würde sie hoffentlich noch Gelegenheit dazu haben. Jetzt füllte die Sorge um Tom jeden ihrer Gedanken aus. Sie hielt seine Hand, während der Hubschrauber zum nächstgelegenen Krankenhaus flog.

Es erschien ihr wie Stunden, dabei waren es höchstens fünf Minuten, bis sie endlich auf dem Dach des Krankenhauses landeten. Der Copilot öffnete die Tür, dann waren auch schon Pfleger da, die Tom aus dem Hubschrauber auf eine Trage hoben und schnell zum Eingang schoben. Emily dankte dem Copiloten, rannte hinter der Trage her und huschte gerade noch durch die sich schließende Tür. Mit einem metallischen Geräusch fiel sie ins Schloss, der Klang hatte etwas Endgültiges. So als wäre Toms Schicksal damit entschieden. Der Gang war zu eng, als dass sie neben ihm hätte laufen können, um seine Hand zu halten oder wenigstens zu sehen, ob er noch lebte.

Im Fahrstuhl versperrten ihr die Pfleger die Sicht, sie konnte nur erkennen, dass Toms Arm über den Rand der Trage hing. *Oh Gott! Bitte, Tom ...* Tränen liefen über ihre Wangen, die nichts mehr mit dem Tränengas zu tun hatten. Jetzt, wo die Gefahr vorbei war, hielt sie sich nur noch durch schiere Willenskraft auf den Beinen. Tom brauchte sie, das war alles, was zählte. Nicht die Schmerzen, ihre Müdigkeit oder die ausgestandene Angst. Wenn Tom sie brauchte, würde sie da sein.

Die Türen des Fahrstuhls öffneten sich und Emily trat als

Erste hinaus. Wieder folgte sie den Pflegern mit der Trage, diesmal lange Gänge entlang, bis sie durch eine Tür gingen, auf der *OP* stand. Sie wollte ebenfalls hindurchschlüpfen, aber einer der Pfleger hielt sie auf.

»Tut mir leid, Sie können hier nicht mit rein.« Seine Stimme war sanft. »Sie können im Wartebereich Platz nehmen und dort auf Nachrichten warten.«

»Aber er braucht mich.«

»Und Sie werden in Gedanken bei ihm sein.« Er sah sie von oben bis unten an. »Wie wäre es, wenn Sie sich selbst auch untersuchen lassen?«

Emily schüttelte den Kopf. »Später. Erst muss ich wissen, ob Tom noch lebt.«

»Sind Sie mit ihm verwandt?«

Panik erfasste Emily. »Er ist mein Verlobter.« Er würde ihr diese Notlüge sicher verzeihen, wenn sie dafür in seiner Nähe bleiben konnte.

»Der Arzt wird Sie sofort informieren, wenn wir ihn stabilisiert haben.«

»Danke.«

Die Erschöpfung ließ sie schwanken, als die Tür vor ihrer Nase zuschlug. Mit letzter Kraft schleppte sie sich in den Wartebereich und ließ sich auf einen der Stühle sinken. Sie stützte ihre Ellenbogen auf die Oberschenkel und vergrub das Gesicht in ihren Händen.

32. KAPITEL

Red blickte auf, als nach scheinbar unendlich langer Zeit jemand aus dem Keller nach oben kam. Es war eine Agentin, die von mehreren in Decken gehüllten Gestalten umgeben war, die sich verschreckt an sie drängten. Selbst auf diese Entfernung wirkte sie angeschlagen. Als sich der Pulk zur Seite bewegte, konnte Red Max sehen. Erleichtert atmete er auf, als keine offensichtlichen Verletzungen erkennbar waren und Max auch keine Handschellen trug. Der Ex-Einbrecher blickte sich suchend um und kam dann schnell auf Red zu.

»Gut, dich zu sehen.« Es war Max anzusehen, dass die Sache auch an ihm nicht spurlos vorübergegangen war. »Aber warum bist du noch hier? Ich nehme an, die anderen sind vor dem FBI rausgekommen?«

»Ja, sind sie. Und du dachtest nicht wirklich, dass ich dich einfach hierlasse und verschwinde, oder?«

Max hob die Schultern, wirkte aber alles andere als gleichgültig. »Andere hätten das getan.«

»Du solltest inzwischen wissen, dass bei RIOS jeder gleich viel zählt und wir niemanden im Stich lassen. Die anderen wären auch geblieben, aber ich wusste nicht, ob ich verhaftet werde, und ich brauche das Team draußen, damit sie Emily und den anderen helfen.«

Max sah sich unruhig um. »Sind wir verhaftet?«

»Nein. Der Agent in Charge scheint deutlich vernünftiger zu sein als Mulders gestern. Aber befragen wird er dich sicher noch.«

Eine Grimasse huschte über Max' Gesicht. »Wenn es sein muss.«

»Was ist da unten passiert?«

Heiße Wut brannte in Max' Augen. »Dort unten haben sie gut gesicherte Zellen eingebaut. Es waren mindestens zehn. Vier Mädchen und junge Frauen konnte ich befreien. Eine ...« Max schluckte sichtbar. »Eine hatte sich die Pulsadern aufgeschnitten und war schon seit einigen Stunden tot.«

»Verdammt. Tut mir leid, Max.« Auch wenn Max immer wirkte, als würde er über den Dingen stehen und als würde ihn selten etwas berühren, wusste Red, dass das nur Tarnung war. Es hatte ihn sicher getroffen, die junge Frau nicht retten zu können.

»Wir müssen dafür sorgen, dass diese Schweine nie wieder aus dem Gefängnis herauskommen, für das, was sie den armen Mädchen angetan haben.« Max drehte sich um und blickte zu der Agentin hinüber. »Eines ist die Schwester von Agent Clarke.«

Überrascht sah Red ihn an. »Die Agentin hat ihre verlorene Schwester hier wiedergefunden? Das ist ja ein Zufall.«

Nachdenklich nickte Max. »Ja, mir kommt es auch seltsam vor. Andererseits war sie regelrecht schockiert, als sie Maddie gesehen hat. So als hätte sie nicht damit gerechnet, sie heute zu finden.«

Als hätte die Agentin ihre Blicke gespürt, sprach sie kurz mit den Mädchen und kam dann zu ihnen herüber. »Ich möchte Ihnen noch einmal für Ihre Hilfe danken, Max. Maddie sagte, Sie haben die Mädchen sehr freundlich behandelt.«

Zu Reds Überraschung stieg ein Hauch von Röte in Max' Wangen. »Kein Problem. Maddie war sehr mutig. Sie ist über mich hergefallen wie eine Wildkatze.«

Agent Clarke lächelte leicht. »So war sie schon immer. Mutiger, als gut für sie war.« Sofort wurde sie wieder ernst. »Die Polizei wollte uns einreden, dass sie abgehauen wäre, oder sich umgebracht hätte, doch das war nicht ihre Art. Sie hat ihre Kämpfe immer direkt ausgefochten.«

»Wussten Sie, dass Sie Ihre Schwester hier finden würden?«, fragte Red.

Ihre Augenbrauen zogen sich zusammen und sie wandte sich ihm zu. »Nein. Und Sie sind wer?«

»Entschuldigung, ich hätte Sie vorstellen sollen«, antwortete Max für Red. »Agent Clarke, das ist Nathan Redfield, der Gründer von RIOS.«

Sie nickte ihm zu. »Robyn Clarke. Ich habe von Ihrer Firma

gehört. Vor einiger Zeit habe ich sogar mit dem Gedanken gespielt, Sie zu engagieren, um meine Schwester zu finden.«

»Warum haben Sie es nicht getan?« Er versuchte, es nicht wie einen Vorwurf klingen zu lassen.

»Ich habe gedacht, dass sie niemand findet, wenn ich es selbst mit den Ressourcen des FBI nicht schaffe. Vielleicht war das ein Fehler.«

Red neigte den Kopf. »Ich kann nicht garantieren, dass wir sie gefunden hätten, aber wir hätten zumindest alles darangesetzt.«

»Wenn ich sie dadurch früher gefunden hätte ...« Agent Clarkes Stimme zitterte, dann riss sie sich sichtbar zusammen. »Es ist jetzt nicht mehr zu ändern. Ich bin nur froh, dass diese Ungewissheit endlich zu Ende ist.«

»Das ist wirklich gut. Können wir nur hoffen, dass die Verantwortlichen nicht wieder Hilfe von oben bekommen und straffrei ausgehen.«

Ihre Stirn runzelte sich. »Was meinen Sie mit Hilfe von oben?«

Red überlegte, ob er etwas dazu sagen sollte, entschied sich aber dafür. Es konnte nicht schaden, wenn ein persönlich Betroffener im FBI Druck machte. »Jemand weit oben im FBI hat dafür gesorgt, dass die Ermittlungen gegen die Gruppe im Darknet, die die Kinder verkauft hat, gekippt wurden. Stattdessen wurde die Computerspezialistin, die diese Gruppe gefunden hatte, befragt, in Haft genommen und wäre mehrfach beinahe getötet worden.«

Ihre Lippen pressten sich zusammen. »Wer war es?«

»Die Beweise deuten auf Samuel Whitman.«

»Ich werde dem nachgehen.«

»Tun Sie das, aber passen Sie auf sich auf, er wird vermutlich versuchen, Sie zum Schweigen zu bringen.«

Agent Clarke schnaubte. »Das haben schon andere versucht.«

»Wir werden auch weiter ermitteln, es wäre vielleicht sinnvoll, wenn wir uns gegenseitig auf dem Laufenden halten.«

Die Agentin sah kurz zu Max, dann nickte sie. »In Ordnung.

Jetzt muss ich wieder zu den Mädchen. Danke noch mal.«

»Nichts zu danken. Maddie ist ein tolles Mädchen, ich hoffe, Sie gewöhnt sich schnell ein.«

Agent Clarke lächelte Max noch einmal flüchtig zu, bevor sie zu den jungen Frauen zurückkehrte.

Max blickte ihr nach, bevor er sich zu ihm umwandte. Red konnte ein Grinsen nicht unterdrücken. »Was habe ich verpasst?«

»Ich habe keine Ahnung, wovon du redest.« Betont drehte Max der Agentin den Rücken zu. »Sollten wir nicht langsam gehen?«

»Unbedingt. Ich sage kurz Hemlock Bescheid, dann können wir los.«

Hemlock hatte zum Glück nichts dagegen, dass sie beide das Haus verließen, und Red ging rasch zurück.

Max starrte unruhig aus dem Fenster. »Geht es Emily und den anderen gut?«

Red verzog das Gesicht. Es gefiel ihm gar nicht, dass er nicht zur Stelle gewesen war, als Emily und Tom Hilfe gebraucht hatten. Er hatte das nur schweren Herzens Clint überlassen. Rasch erzählte er Max, was I-Mac und Clint ihm telefonisch berichtet hatten.

»Shit! Wir hätten da sein sollen!«

»Ja, aber dann wären diese Mädchen vielleicht tot oder zumindest unauffindbar gewesen.«

Max' Miene war düster. »Das ist mir bewusst, aber es gefällt mir nicht, meine Freunde im Stich zu lassen.«

»Denkst du mir? Ich hatte Emily versprochen, dass ich sie beschütze, und jetzt wäre sie beinahe getötet worden und Tom ringt immer noch mit dem Tod.« Red konnte sich kaum vorstellen, wie er sich fühlen würde, wenn sein Freund tatsächlich starb. Das Schuldgefühl drückte ihm fast die Luft ab. »Lass uns gehen.« Abrupt wandte er sich ab.

Max legte seine Hand auf Reds Schulter. »Entschuldige, ich weiß, wie viel Tom dir bedeutet. Ich wünschte nur, wir hätten für Emily da sein können. Sie hat genug durchgemacht.«

»Da stimme ich dir zu.« Red konnte nur hoffen, dass Tom überlebte und Emily endlich in Ruhe leben konnte. Aber dafür müssten erst mal alle Beteiligten identifiziert und verhaftet werden, sie hatten also noch viel zu tun.

***

Emily starrte auf die hellblaue Wand des Wartezimmers und fragte sich, was sich jemand dabei gedacht hatte, sie genau in dieser Farbe zu streichen. Es fühlte sich an, als hätte sie schon tagelang hier gesessen, obwohl es sich erst um zwei Stunden handelte, aber mittlerweile könnte sie regelrecht die Wände hochgehen. Oder sie in einer Farbe streichen, die das Warten erträglicher machte. Oh Gott, sie war völlig am Ende. Sie vergrub das Gesicht in den Händen und rieb heftig darüber. Es war egal, wie lange es dauerte, solange die Ärzte Toms Leben retteten, aber sie wusste nicht, ob sie die Ungewissheit noch wesentlich länger aushalten würde.

Jedes Mal, wenn die Tür geöffnet wurde, bekam sie einen halben Herzinfarkt, ihr Magen krampfte sich zusammen und ihr Puls schoss in die Höhe. Doch bisher waren es immer andere Angehörige gewesen, die die erlösende oder zerstörende Nachricht bekommen hatten. Ihre erleichterten oder verzweifelten Gesichter zu sehen, war noch viel schlimmer, weshalb sie dazu übergegangen war, an die Wand zu starren. Und langsam, aber sicher durchzudrehen. I-Mac war inzwischen auch eingetroffen, war jedoch noch einmal hinausgegangen, um etwas zu essen zu besorgen. Zwar sollte sie eigentlich Hunger haben, aber sie war ziemlich sicher, dass sie keinen Bissen hinunterbekommen würde. Zu nah waren die Bilder, wie Tom angeschossen wurde und bewegungslos am Boden lag. Wie sie ihm später noch den Verband umgewickelt und er kaum reagiert hatte.

Wie viel Blut konnte ein Mensch verlieren, ohne zu sterben? Davon abgesehen, welche Verletzungen hatte die Kugel in seiner Brust verursacht? War seine Lunge betroffen, oder sein Herz? Vielleicht war auch sein Rückgrat verletzt worden. Je länger sie hier saß, desto schlimmer wurden ihre Befürchtungen. Obwohl sie Tom erst wenige Tage persönlich kannte, konnte sie es kaum ertragen, sich vorzustellen, dass er bleibende Verletzungen davongetragen haben oder vielleicht sogar sterben könnte. Er war in der kurzen, aber intensiven Zeit zusammen zum wichtigsten Menschen in ihrem Leben geworden. Ohne ihn ...

Emily erstarrte, als die Tür geöffnet wurde, dann sackte sie zusammen, als sie sah, dass es Red und Max waren. Die zitternden Hände wischte sie an ihren Hosenbeinen ab und bemühte sich, halbwegs gefasst zu wirken. Red setzte sich neben sie und nahm ihre Hände in seine.

»Ich bin froh, dass es dir gut geht. Entschuldige, dass wir nicht gekommen sind.«

Sofort schüttelte Emily den Kopf. »Nein, es war genau richtig, ich hätte es nicht anders gewollt. Habt ihr die Kinder gefunden?«

Max, der stehen geblieben war, räusperte sich. »Ja, das FBI kümmert sich um sie.«

»Das ist gut.« Emily starrte vor sich hin, bis ihr aufging, was er gesagt hatte. Abrupt setzte sie sich auf. »Das FBI? Dann sind sie in höchster Gefahr! Wenn Whitman mitbekommt, dass sie befreit wurden und reden könnten, wird er vermutlich versuchen, zu ihnen zu kommen, um das zu verhindern.«

»Keine Angst, sie sind in guten Händen. Agent Clarke wird ganz sicher nicht zulassen, dass ihnen etwas geschieht. Außerdem war das ein offizieller Einsatz, es dürfte nicht leicht sein, da irgendwas zu vertuschen.« Red drückte noch einmal ihre Hände und ließ sie los. »Auch Chambers ist informiert und wird sich darum kümmern, dass diesmal alles nach Vorschrift verläuft.«

Erleichtert ließ sich Emily zurücksinken. »Gut. I-Mac hat alle Informationen von meinen Rechnern zu euch geschickt. Außerdem habe ich einen Datenspeicher ...« Sie tastete ihre Hosentaschen ab, konnte sich aber nicht erinnern, wo sie ihn gelassen hatte. »...irgendwo.«

»I-Mac hat uns schon alles berichtet. Mach dir keine Sorgen.«

Doch das konnte Emily nicht. Sie wusste, wozu diese Typen fähig waren. Außerdem lenkte es sie von ihrer Sorge um Tom ab, sich damit zu befassen. »Wenn sie mitbekommen, was hier läuft, werden die Täter untertauchen und es wird noch schwieriger, sie für ihre Taten zur Verantwortung zu ziehen. Wir müssen schnell sein, bevor sie ihre Spuren verwischen.«

»Wir sind schon dabei, Emily. Und wir werden dich auch rund um die Uhr beschützen, falls uns jemand durchs Netz schlüpft.«

Eiskalt lief es Emily über den Rücken. Bisher hatte sie noch nicht darüber nachgedacht, dass derjenige, der sie tot sehen wollte, noch nicht gefasst war. Bislang hatten sie ja nur seine Handlanger. Was sollte ihn davon abhalten, noch mehr Auftragskiller zu engagieren? Und sie konnte nicht mal in ihr Haus zurück, weil der Standort bekannt war. Wo sollte sie hin? Verzweifelt sah sie Red an. »Was mache ich denn jetzt?«

»Du konzentrierst dich erst mal auf Tom. Wir stellen dir eine Wache, solange noch nicht alle Übeltäter gefasst sind, und du kommst ins Hauptquartier, dort bist du sicher. Wir gehen einen Schritt nach dem anderen, okay?«

Stumm nickte Emily. Was hatte sie für eine Wahl? Ihr Leben war wieder ein Scherbenhaufen und sie hatte nicht die Kraft, noch einmal von vorne anzufangen. Und dann war da noch Tom. Wenn er nicht überlebte, wusste sie nicht, ob sie es ertragen würde, hierzubleiben. Es hingen zu viele Erinnerungen daran. Doch wenn er lebte – Gott, bitte! –, dann würde sie bei ihm bleiben, egal was passierte. Jedenfalls wenn er das wollte. Vielleicht waren seine Gefühle nur dem Moment entsprungen und nicht von Dauer. Das würde schmerzen, aber die Hauptsache war, dass er überlebte. Mit allem anderen konnte sie sich abfinden.

Die Tür öffnete sich erneut und diesmal war es ein Arzt, der in das Wartezimmer kam. Sein Blick glitt suchend durch den Raum. »Angehörige von Tom Carter?«

Sofort sprang Emily auf und eilte zu ihm. »Geht es ihm gut?«

Das Gesicht des Arztes war von Falten durchzogen, er wirkte müde. »Es war eine komplizierte Operation, weil die Kugel im Brustkorb von einer Rippe abgeprallt ist und in der Nähe des Herzens steckte. Wäre sie einfach durchgegangen, hätte das weniger Probleme verursacht. Wir mussten die Arterien ...«

Emily unterbrach ihn. »Lebt er?« Mit angehaltenem Atem erwartete sie die Antwort.

»Oh, ja, natürlich. Tut mir leid, das hätte ich zuerst sagen sollen. Er lebt und liegt jetzt auf der Intensivstation. Wir müssen ihn noch einige Tage beobachten und es kann immer etwas passieren, aber die Prognose ist vorsichtig optimistisch.«

»Gott sei Dank!« Ihre zitternden Beine trugen sie nicht mehr und Emily sank auf einen nahe stehenden Stuhl. Tom lebte noch! Sie hatte es fast nicht mehr zu hoffen gewagt.

Red legte seine Hand auf ihre Schulter und sie lehnte sich dankbar an ihn. »Das sind gute Nachrichten, Doktor. Können wir ihn besuchen?«

»Momentan schläft er noch, die Narkose war ziemlich stark. In ein paar Stunden kann Miss Moore zu ihm, wenn er wach ist und jemanden empfangen möchte.«

»Danke. Können Sie schon etwas dazu sagen, ob er bleibende Schäden zurückbehalten wird?«

Der Arzt schüttelte den Kopf. »Wenn alles gut verheilt, sollte er nach einer Rehabilitationsphase keine Probleme mehr haben. Aber bei der Schwere der Verletzungen lässt sich das jetzt noch nicht beurteilen. Wir müssen abwarten, wie er sich davon erholt.«

Emily bekam das nur am Rande mit, weil sich immer noch der Gedanke durch ihren Kopf drehte, dass sie Tom nicht verloren hatte. Dass er lebte und hoffentlich wieder ganz gesund werden würde. Mit allem anderen konnte sie sich später auseinandersetzen. Sie holte tief Atem und setzte sich auf. »Kann ich hier warten, bis ich zu ihm kann?«

»Hier nicht, das ist der OP-Bereich, aber im Wartezimmer der Intensivstation können Sie warten.« Er sah sie von Kopf bis Fuß an. »Vielleicht sollten Sie die Zeit aber nutzen, um sich ein wenig auszuruhen und sich auf Verletzungen durchchecken zu lassen. Sie sehen aus, als hätten Sie einen harten Tag gehabt.«

Emily sah an sich hinunter und bemerkte die Blutflecken auf ihrer verschmutzten und zerrissenen Kleidung. »Vielleicht sollte ich das tun. Danke, Doktor. Werde ich gerufen, wenn ich zu ihm kann?«

»Ich werde es veranlassen.« Er sah auf die Uhr. »Jetzt muss ich weiter. Wenn Sie noch Fragen haben, müssten Sie sich dann an die Ärzte der Intensivstation wenden.« Er nickte ihr zu und verließ das Wartezimmer.

Emily blickte zu Red auf, dessen Miene seine Erleichterung zeigte. Jetzt erst wurde ihr bewusst, wie groß seine Sorge gewesen sein musste, schließlich war Tom schon seit Jahren sein Freund und sie hatten viel miteinander erlebt. Egoistisch hatte sie nur an sich gedacht. Sie nahm seine Hand und drückte sie. »Es wird alles wieder gut, Tom ist ein Kämpfer.«

Red lächelte leicht. »Ja, das ist er. Trotzdem hatte er verdammt viel Glück.«

Ein Schauder rann über ihren Rücken, als sie darüber nachdachte, wie viel. »Ja. Die Verbrecher wollten das Haus in die Luft jagen, mit ihm und I-Mac darin.«

Reds Lippen pressten sich zusammen. »Ich bin froh, dass Clint gerade noch rechtzeitig zur Stelle war. Ich glaube, ich muss noch mehr Leute einstellen, damit wir personell nicht mehr zu knapp sind, wenn so etwas ansteht. Es tut mir leid, Emily, ich hatte versprochen, dich zu beschützen und war nicht da, als es für dich um Leben und Tod ging.«

»Ich wünschte, du wärst da gewesen, damit Tom nicht verletzt worden wäre, aber eure Aufgabe, die Mädchen zu retten, war wichtiger. Sie waren völlig hilflos diesen Mistkerlen ausgeliefert, während wir uns wenigstens noch verteidigen konnten.« Sie drückte noch einmal Reds Hand und ließ sie los. »Ihr habt alles richtig gemacht.«

Red atmete tief aus. »Wenn Tom überlebt, ja. Komm, ich bringe dich zur Intensivstation und dann besorgen wir dir etwas anderes zum Anziehen.« Er sah an ihr vorbei. »Bleibst du bei ihr, Max?«

»Ja.«

Dankbar lächelte sie ihn an. Sie war froh über seine Anwesenheit, selbst wenn sie sich nicht unterhalten mochte. »Ich könnte es verstehen, wenn du dich ausruhen möchtest, deine Nacht war ja auch nicht geruhsam.«

Er schnitt eine Grimasse. »Nicht wirklich, aber kein Problem, ich bin fit genug, hier rumzusitzen.«

»Gut. Ich kann leider nicht lange bleiben, weil ich dafür sorgen muss, dass diese Schweine nicht damit davonkommen.«

»Wenn du mir einen Laptop bringen lässt, kann ich ...«

»Nein, Emily. Du konzentrierst dich ganz auf dich und auf Tom, okay? I-Mac hat sich schon angeboten, uns zu helfen. Und ihr habt ja schon viele Informationen herausgesucht, die können wir verwenden.«

So gern Emily auch helfen wollte, war sie froh darüber, einfach nur sitzen zu können. Sie konnte sich keine zwei Sekunden konzentrieren, weil sich ihre Gedanken die ganze Zeit um Tom drehten. Wenn es ihm etwas besser ging, würde sie sicher mehr Erfolg haben. Außerdem war sie sicher, dass I-Mac ein guter Ersatz für sie war. Der Anfang war gemacht, der Rest war reine Fleißarbeit. Je mehr Informationen gesammelt wurden, desto einfacher würde es sein, die Personen zu identifizieren und vor allem zu belasten. »Gut, aber wenn irgendwas sein sollte, bei dem ich euch helfen kann, sag Bescheid. Ich möchte helfen, diese Schweine aus dem Verkehr zu ziehen.«

»Natürlich, aber das hast du schon zur Genüge, Emily. Du hast sogar fast dein Leben dafür gegeben. Mehr kann keiner verlangen. Ruh du dich erst mal ein wenig aus und lass uns machen.«

Da sie wusste, dass die Sache bei RIOS in guten Händen war, entspannte sich Emily ein wenig. »Ich versuch's.«

Red grinste. »Brav. Max, pass gut auf sie auf.«

»Mit meinem Leben«, antwortete er völlig ernst.

Gerührt, aber gleichzeitig alarmiert sah sie ihn an. »Sag so etwas nicht! Ich könnte es nicht ertragen, wenn noch jemandem etwas meinetwegen passiert.«

Max hob die Schultern. »Du bist es wert, dafür etwas zu riskieren, genauso wie die Mädchen.«

Rasch blinzelte Emily die Tränen weg. »Danke, Max. Ich würde es trotzdem vorziehen, wenn du nicht in Gefahr gerätst.«

33. KAPITEL

Als Tom aufwachte, fühlte er sich, als wäre er unter einen Lastwagen geraten und als würde der noch auf seiner Brust liegen. Mühsam hob er den Kopf und sah an sich hinunter, doch da war weder ein Truck noch sonst irgendwas. Nur ein weißes Laken über seiner dick verbundenen Brust. Es dauerte einen Moment, bis er sich erinnerte, was geschehen war. Die auf ihn gerichtete Pistole, der schockierende Schmerz, als die Kugel in seine Brust drang und er nach hinten geschleudert wurde. *Emily!* Wenn der Verbrecher sie verschleppt hatte ... Tom versuchte, sich aufzusetzen, wurde aber von dem scharfen Schmerz in seiner Brust daran gehindert. Er keuchte auf und fiel schwer atmend auf die Matratze zurück.

Wenn Emily etwas passiert war, während er hier – wo auch immer das war – herumgelegen hatte, würde er das nicht verkraften. Er hatte versprochen, sie zu schützen und es war ihm offensichtlich nicht gelungen. Immer mehr Erinnerungen kamen zurück. Warum war sie aus dem sicheren Versteck herausgekommen? Sie hatte doch wissen müssen, dass sie das ihr Leben kosten konnte! Genau deshalb war er rausgegangen, um das zu verhindern. Stattdessen hatte ihm das eine Kugel eingebracht und er hatte Emily verloren.

Vage glaubte er, sich an unglaubliche Schmerzen zu erinnern, als er irgendwo hingebracht worden war. Und an Emilys Gesicht über sich. Ihre Lippen bewegten sich, aber er konnte sich nicht entsinnen, was sie gesagt hatte. Waren es wirklich Erinnerungen oder bildete er sich das nur ein, um sich einzureden, dass es Emily gut ging? Egal wie, er musste sofort herausfinden, was mit ihr passiert war. Wenn die Verbrecher sie mitgenommen hatten, musste er nach ihr suchen. Zwar ging er davon aus, dass Red sich darum gekümmert hatte, aber er wollte sicherstellen, dass alles getan wurde, was möglich war. Wenn sie verschwunden blieb ... Sein Herz zog sich zusammen. Nein, das würde er nicht akzeptieren. Und wenn er jeden Stein umdrehen musste, würde er das tun.

Noch einmal versuchte er, sich aufzusetzen, langsamer diesmal, und schaffte es, sich unter Schmerzen auf einen Ellenbogen zu stützen. Der Raum verschwamm vor seinen Augen und Tom schloss kurz die Lider. Übelkeit stieg in ihm auf und er drängte sie entschlossen zurück. Für so etwas hatte er jetzt keine Zeit. Mühsam zwang er seine Augen auf und sah sich um. Es handelte sich eindeutig um ein Krankenhauszimmer, aber das hatte er aufgrund der Bettwäsche und des weiß lackierten Bettgestells schon vermutet. Es war klein, aber wenigstens hatte er es für sich allein.

Unter dem Fenster stand ein Stuhl und er musste blinzeln, um sicher zu sein, dass dort wirklich jemand saß. Emily! Er merkte erst, dass er ihren Namen laut ausgesprochen hatte, als sie die Augen öffnete und sich langsam aufsetzte. Als sie sah, dass er wach war, erschien ein strahlendes Lächeln auf ihrem Gesicht. Sie sprang auf und kam zum Bett.

»Du bist wach.«

Tom verzog das Gesicht, als sich etwas in seinem Brustkorb verkrampfte. »Ja, es scheint so.«

Emily beugte sich über ihn. »Leg dich wieder hin, zu viel Bewegung ist nicht gut für die Nähte.«

Gehorsam folgte er ihrem Rat, nahm aber ihre Hand in seine. »Du bist hier. Ich hatte befürchtet, dass dir etwas passiert wäre oder sie dich mitgenommen hätten.«

»Das wollten sie, aber ich konnte mich losreißen und bin zurück ins Haus. Du warst aber nicht mehr dort. Sie wollten es sprengen.«

Mit ihm und I-Mac und allen Beweisen, ganz toll. »Und I-Mac?«

»Er hat dich rausgeholt, es geht ihm gut. Zum Glück kamen Clint und seine Männer gerade noch rechtzeitig. Deshalb konnten wir dich ins Krankenhaus bringen. Ein wenig später und sie hätten dich nicht mehr retten können.«

»Erinnere mich dran, dass ich mich bei I-Mac und Clint bedanke.« Er zog sie näher zu sich heran. »Und was dich betrifft: Du solltest doch im Büro bleiben, dort wärst du länger in Sicherheit gewesen.«

Emily schob ihr Gesicht so dicht an ihn heran, dass sich fast ihre Nasen berührten. »Dachtest du wirklich, ich könnte dabei zusehen, wie sie dich töten? Sie wollten mich, ich hatte gehofft, dass sie euch dann in Ruhe lassen. Hätte ich nichts gemacht, wärst du jetzt tot, davon bin ich überzeugt.«

Wärme stieg in ihm auf. »Das kann sein, aber ich wollte, dass du in Sicherheit bist. Ich könnte nicht damit leben, wenn du gestorben wärst, weil du versucht hast, mich zu retten.«

Feuer flammte in ihren Augen auf. »Und du denkst, ich könnte das andersherum? Dabei zusehen, wie du erschossen wirst, weil deine Munition zur Neige geht? Dann kennst du mich schlecht, Tom Carter. Ich stehe für meine Freunde ein ...« Ihre Worte wurden von seinen Lippen erstickt.

Wie ein Hauch strich sein Mund über ihren, dann beugte sie sich tiefer hinunter und küsste ihn richtig. Sanft und ohne Zunge, aber trotzdem so, dass ihm noch wärmer wurde und sich etwas regte, das eigentlich noch im Koma liegen müsste. Schneller, als es ihm lieb war, hob sie den Kopf wieder. Ihre Wangen waren gerötet, ihre Augen glitzerten.

»Glaub nicht, dass du mich so zum Schweigen bringst.«

Tom lächelte sie an. »Wieso? Hat doch gewirkt.«

Ernst sah Emily ihn an. »Wenn du wirklich glaubst, dass ich meine Freunde im Stich lassen könnte, dann kennst du mich nicht, Tom.«

»Das denke ich nicht und habe es auch nie gesagt. Ich wollte nur nicht, dass du in Gefahr gerätst, weil ...« Er brach ab und suchte nach den richtigen Worten.

»Weil?« Ihre Stimme war leise.

Tom holte tief Luft und sagte die Wahrheit. »Weil ich mir ein Leben ohne dich nicht vorstellen kann.«

Ihre Augen wurden feucht. »Das geht mir ganz genauso bei dir.«

Er zog sie dichter an sich, auch wenn das seiner Verletzung nicht gerade guttat. »Und was machen wir jetzt mit dieser Erkenntnis?« Unwillkürlich hielt er den Atem an.

»Ich habe keine Ahnung. Wie du vielleicht gemerkt hast, bin ich in zwischenmenschlichen Dingen nicht besonders erfahren. Schon gar nicht, wenn es Gefühle betrifft.« Emily wirkte so verletzlich und unsicher, dass es ihm wehtat.

»Ich kenne mich damit auch nicht sonderlich aus, aber ich würde sagen, du machst das schon sehr gut. Wie wäre es, wenn wir einfach so weitermachen und sehen, was dabei rauskommt?« Er strich mit den Fingerspitzen eine widerspenstige Locke aus ihrem Gesicht. »Du bedeutest mir unglaublich viel, Emily. Ich hätte nie gedacht, dass mir so etwas mal passieren würde und schon gar nicht mit der Nervensäge Dave.«

Sie lachte auf, während gleichzeitig eine Träne über ihre Wange rollte. »Dave mochte dich auch nicht sonderlich.« Schlagartig wurde sie ernst. »Kannst du damit leben, dass meine Arbeit nicht immer ganz gesetzestreu ist? Ich kann den Menschen nur helfen, wenn ich etwas kreativer handele.«

Tom horchte in sich hinein. »Damit kann ich sehr gut leben. Jedenfalls wesentlich besser als ohne dich.«

Emily lächelte durch ihre Tränen. »Gut.«

Es war erstaunlich, wie einfach plötzlich alles war. Vorher hätte er ihre unterschiedliche Rechtsauslegung als großes Problem gesehen, aber seit er sie liebte, war das nicht mehr so wichtig. Es zählte nur noch, zusammen zu sein und sie glücklich zu machen. Dabei war ihm voll bewusst, dass es in der Zukunft sicher einige Differenzen diesbezüglich geben würde, aber Hauptsache, sie waren zusammen. Tom wurde bewusst, was er sich gerade eingestanden hatte. Shit. Er liebte sie wirklich. Wie könnte er nicht? Sie war alles, was er sich in einer Frau erträumt hatte und noch viel mehr. Seine Schwester würde über ihn lachen, wenn sie das hören könnte. Aber auch das war ihm egal. Er würde jede liebevolle Stichelei ertragen, solange er mit Emily zusammen sein konnte.

Apropos seine Familie. »Wurden meine Eltern informiert?«

»Red hat sie angerufen, als er von deiner Verletzung hörte. Sie sind sofort gekommen und waren schon einige Male hier, doch du warst nie richtig wach, deshalb haben sie mich gebeten, sie zu informieren, wenn du bereit bist, Besuch zu empfangen.«

Tom schnitt eine Grimasse. Er hasste es, seiner Familie Sorgen zu machen und er konnte sich gut vorstellen, wie sie auf die Nachricht über seine schwere Verletzung reagiert hatten. »Ich denke, ich bin jetzt wohl bereit.«

»Okay.« Sie wirkte verlegen. »Ähm, meinst du, es ist schlimm, wenn wir ihnen offenbaren, dass ich gar nicht deine Verlobte bin? Ich hatte das dem Krankenhauspersonal gesagt, damit ich bei dir sein kann und irgendwer muss es wohl deinen Eltern erzählt haben, die sehr verwundert waren.« Sie biss auf ihre Lippe. »Tut mir wirklich leid, ich weiß, dass ich das nicht hätte sagen sollen.«

Sein Herz zog sich vor Liebe zusammen. »Warum nicht? Es schadet niemandem und meine Eltern werden es überleben, wenn die Nachricht der Verlobung etwas verfrüht gewesen ist.«

Mit großen Augen starrte sie ihn an. »Verfrüht?«

»Wer sagt, dass es nicht irgendwann wahr wird? Nicht sofort, natürlich, aber in einigen Monaten oder Jahren, wenn wir wissen, dass wir zusammenbleiben wollen.« Als sie ihn nur wortlos ansah, spürte er eine gewisse Verunsicherung. »Wir sind doch zusammen, oder?« Hatte er ihr Verhalten völlig falsch gedeutet?

Langsam breitete sich ein Lächeln auf ihrem Gesicht aus. »Ja, ich denke, das sind wir.«

Erleichtert atmete er auf. »Versetz mir doch nicht so einen Schrecken, das ist nicht gut für mein Herz.«

»Du sollst dich sowieso ausruhen. Der Arzt hat gesagt, ich soll ihn sofort rufen, wenn du für längere Zeit wach bist.« Sie strich mit der Hand federleicht über seinen Verband. »Wir müssen wirklich vorsichtig sein, dir wurde in der Nähe des Herzens herumgestochert und es muss erst alles wieder verheilen, bevor du körperlich mehr machen darfst, als zu liegen.«

Tom verzog das Gesicht. »Dann bringen wir es hinter uns, ich will hier so schnell wie möglich raus.«

»Mir tun die Krankenhausmitarbeiter jetzt schon leid.« Emily gab ihm noch einen schnellen Kuss, dann trat sie vom Bett zurück. »Ich bin gleich zurück.«

Sehnsüchtig sah Tom ihr nach, als sie das Zimmer verließ. Ohne sie wirkte alles viel grauer und die Schmerzen in der Brust wurden ihm viel deutlicher bewusst.

***

Emily schloss die Tür hinter sich und lehnte sich an die Wand, um sich aufrecht zu halten. Seit Tagen wartete sie darauf, dass Tom endlich richtig aufwachte, bisher war er immer nur kurz bei Bewusstsein gewesen und dann sofort wieder eingeschlafen. Wahrscheinlich wusste er kaum noch etwas aus dieser Zeit. Aber jetzt war er wieder da und jetzt endlich war sie sicher, dass er die Verletzung überleben würde. Wer schon über die Zukunft nachdenken konnte, war eindeutig über den Berg. Die Freude darüber sprudelte durch ihren Körper und machte sie ganz zittrig. Sie freute sich darauf, Tom bald ganz für sich zu haben und ihn richtig kennenzulernen.

Doch jetzt musste sie endlich den Arzt informieren, er war in seiner Anweisung eindeutig gewesen. Deshalb ging sie rasch zur Schwesternstation und ließ von der Diensthabenden den Arzt ausrufen. Anschließend huschte sie in den öffentlichen Toilettenraum, um sich frisch zu machen. Bisher hatte sie sich immer nur kleine Pausen gegönnt, weil sie bei Tom sein wollte, falls er aufwachte oder es ihm schlechter ging. Doch jetzt war Tom wach und da wollte sie nicht mehr aussehen, als wäre sie gerade einem Kriegsgebiet entkommen.

Wenigstens hatte sie frische Kleidung an, die Red ihr mitgebracht hatte, doch ihre Haare hatten seit längerer Zeit keine Bürste mehr gesehen und sie war sich ziemlich sicher, dass ihre Augenringe mittlerweile die Ausmaße des Grand Canyon erreicht hatten. Ein Blick in den Spiegel bestätigte das. Rasch spülte sie ihr Gesicht mit Wasser, dann holte sie eine kleine Kosmetiktasche heraus, die Sierra ihr zugesteckt hatte. Darin befand sich unter anderem ein Abdeckstift, mit dem sie die Augenringe verschwinden ließ. Ein leichter Lipgloss ließ ihre Lippen glänzen und ein Hauch Rouge durchbrach die Leichenblässe ihrer Haut. Zufrieden betrachtete sie ihr Spiegelbild. Jetzt sah sie zumindest etwas lebendiger aus.

Sie kämmte gerade ihre Haare aus, als sich die Tür öffnete. Neugierig beobachtete sie im Spiegel, wie jemand den Raum betrat. Als sie merkte, dass es ein Mann war, drehte sie sich um. »Sie müssen sich in der Tür geirrt haben, das hier ist die Damentoilette.«

Er blieb an der Tür stehen und lächelte sie an. »Nein, das habe ich nicht. Ich bin genau da, wo ich sein wollte.« Ein Klicken ertönte, als er die Tür verriegelte. Er schlenderte auf sie zu. »Wissen Sie, Ms. Gray, ich habe schon lange darauf gewartet, Ihnen endlich persönlich zu begegnen. Leider wurde das bisher immer verhindert.«

Ihr Herz begann, panisch zu hämmern, langsam wich sie zurück. »Woher kennen Sie meinen Namen?« Sie konnte sich nicht erinnern, ihn jemals gesehen zu haben. Er war mittleren Alters und trug einen sicher maßgeschneiderten Anzug. Seine dünner werdenden Haare hatte er konservativ frisiert.

»Der stand im FBI-Bericht. Wissen Sie, wie viel mich Ihre Neugier gekostet hat? Hunderttausende Dollar. Vor allem musste ich die ganzen Jahre vorsichtig agieren, weil ich nicht wusste, ob Sie uns erneut aufspüren. Das war extrem lästig.«

Emily befeuchtete ihre trockenen Lippen. »Ich kann nicht sagen, dass mir das leidtut. Ganz im Gegenteil. Wissen Sie, was diesen Kindern angetan wurde? Welche Qualen sie erlitten haben?«

»Irgendwelche Kinder interessieren mich nicht. Ich war in einem anderen Teil der Gruppe aktiv.«

Sie schloss ihre Hand fester um die Bürste. »Sie sind derjenige, der mich umbringen lassen wollte?« Eigentlich war es keine Frage. Es passte zu dem, was er gesagt hatte, und den Andeutungen des Attentäters. Ein reicher Mann im Hintergrund, der nicht wollte, dass seine illegalen Geschäfte herauskamen.

»Sie haben es erfasst. Und jetzt genug der Nettigkeiten. Da die teuren Auftragskiller versagt haben, werde ich mich darum kümmern.«

Emily schluckte heftig, als sie mit dem Rücken an die Wand stieß. Weiter konnte sie nicht entkommen. »Wenn Sie das tun, werden Sie gefasst.«

Er zuckte mit den Schultern. »Wohl kaum, ich entscheide, in welche Richtung die Ermittlungen gelenkt werden.« Wenige Schritte von ihr entfernt blieb er stehen. »Wenn Sie stillhalten, geht es ganz schnell.«

Jetzt erkannte Emily den Mann: Es war Samuel Whitman, der FBI-Agent, der die Ermittlungen gegen sie in Gang gebracht hatte! Offenbar hatte er sein Äußeres geschickt verändert, sie hätte ihn von dem Foto nicht wiedererkannt. Dort trug er noch einen sorgfältig gestutzten Bart und eine Brille. Sein Blinzeln deutete darauf hin, dass er Kontaktlinsen trug, die er nicht gewohnt war.

Glaubte er wirklich, dass sie sich ohne Gegenwehr von ihm töten lassen würde? Ganz sicher nicht. Schon gar nicht nach allem, was sie seinetwegen durchgemacht hatte. Und nachdem er für Aarons Tod verantwortlich war und beinahe auch noch für Toms. Wut und Hass stauten sich in ihr, bis sie glaubte, explodieren zu müssen. Dieses Arschloch! Wie konnte er so mit Menschenleben umgehen? Es war ihr völlig egal, welche Macht oder wie viel Geld er hatte, er war einfach nur ein Dreckschwein, das dachte, sich auf Kosten anderer bereichern zu können.

Der Agent sprang vorwärts und schloss seine Hände um Emilys Hals. Die Luft wurde ihr abgeschnürt, doch Emily schaffte es, ihre Bürste zu heben und sie dem Angreifer mit voller Wucht ins Gesicht zu schlagen. Die metallenen Stifte hinterließen blutige Striemen und er kreischte auf, als sein Auge getroffen wurde. Er taumelte zurück und hielt eine Hand über sein verletztes Auge. Das war ihre Gelegenheit! Emily schlug einen Haken um ihn und rannte zur Tür. Hektisch drehte sie den Riegel herum und wollte gerade die Tür aufziehen, als eine Hand in ihre Haare griff und sie daran nach hinten riss.

Mit einem Schrei verlor Emily das Gleichgewicht und stürzte zu Boden. Hart schlug sie auf die Fliesen und schrie vor

Schmerzen auf. Benommen versuchte sie, wieder auf die Beine zu kommen, doch Whitman warf sich sofort auf sie. Mit seinem Gewicht hielt er sie auf den Boden gedrückt und schlug ihr mit der Faust ins Gesicht.

»Du Schlampe! Ich werde es genießen, dich umzubringen!« Blut lief über sein Gesicht und tropfte auf sie herunter.

Furcht und Ekel gaben ihr neue Kraft, sich gegen ihn zu wehren. Mit allem, was sie hatte, kämpfte sie gegen ihn an, doch es reichte nicht. Er war zu stark und sie hatte keine Waffe, die ihn auf Abstand halten würde. Trotzdem gab sie nicht auf. Sie wollte ihr Leben mit Tom und würde es sich nicht von so einem Scheißkerl nehmen lassen. Seine Finger um ihren Hals drückten immer stärker zu, sie bekam keine Luft mehr. Verzweifelt wehrte sie sich, versuchte, ihn zu kratzen oder zu treten, doch er hielt sie gefangen. *Nein, Tom!* Langsam schwand ihr Bewusstsein.

Plötzlich verschwand das Gewicht über ihr und sie atmete tief ein. Sofort begann sie zu husten, reißender Schmerz schoss durch ihre Kehle. Schützend presste sie ihre Hand davor und rollte sich auf dem Boden zusammen. Es dauerte einen Moment, bis sie die Geräusche hörte. Dumpfe Schläge, Stöhnen. Oh Gott! Was war, wenn eine andere Frau in den Raum gekommen war und der Verbrecher sie nun angriff? Mühsam brachte sich Emily in eine sitzende Position und versuchte, etwas durch ihre tränenden Augen zu sehen.

Auf jeden Fall war es keine Frau, die gegen den Mistkerl kämpfte, soviel konnte sie durch den Schleier erkennen. Heftig blinzelte sie und rieb mit dem Arm über ihre Augen. Max! Wie kam er hierher? Sie wusste gar nicht, dass er heute überhaupt im Krankenhaus war, aber sie war unendlich dankbar, dass er gerade noch rechtzeitig gekommen war. Der Agent war ihm eindeutig nicht gewachsen, schon nach kurzer Zeit lag er hilflos am Boden. Es sah aber nicht aus, als würde Max ihn deshalb verschonen.

»Max.« Der Name kam rau und kaum hörbar durch ihre verletzte Kehle. Da er sie nicht zu hören schien, versuchte sie es erneut. »Max!«

Max hielt inne und sah zu ihr. Eine unglaubliche Wut stand in seinem Gesicht, so hatte sie ihn noch nie gesehen. Stumm starrte er sie an.

»Es reicht Max, er wird nicht wieder aufstehen.« Ihre Worte waren kaum zu verstehen.

Ein Ruck lief durch Max' Körper, dann stieg er über den Verbrecher und hockte sich vor sie. »Ich dachte, ich wäre zu spät gekommen.«

Sie legte ihre Hand auf seine Schulter. »Das bist du nicht.«

»Gott sei Dank. Ich bringe dich hier raus.«

»Wenn du mir hochhilfst, schaffe ich das schon.« Mit Max' Unterstützung kam sie auf die Füße und stand schließlich schwankend da. Der Raum sah aus, als wäre jemand geschlachtet worden. Auch ihre Kleidung war von Blut besudelt. Wunderbar, genau das, weswegen sie *nicht* in den Waschraum gekommen war. »Woher wusstest du, dass ich Hilfe brauchte?«

»Ich war bei Tom und er wunderte sich, dass du noch nicht wieder da warst. Also habe ich dich gesucht und hörte die Geräusche.« Er rieb über sein Gesicht. »Shit, erschreck mich nie wieder so.«

»War nicht ... meine Absicht.« Wieder musste sie husten.

»Ich bringe dich zu einem Arzt.«

Entschlossen schüttelte sie den Kopf. »Sorg lieber dafür, dass dieses Arschloch hinter Gitter kommt. Er ist der FBI-Agent, der es die ganzen Jahre auf mich abgesehen hatte und der meinen Freund Aaron hat töten lassen. Dafür soll er büßen.«

»Das wird er.« Max zog sein Handy heraus und wählte eine Nummer, bevor er es ans Ohr hielt. »Ja, hier ist Max. Ich habe gerade einen Mann kaltgestellt, der Emily angegriffen hat. Es ist Whitman, dieser FBI-Agent, der unter anderem die Untersuchung bei RIOS veranlasst hat.« Er sah zu ihr herüber. »So weit okay, ich bringe sie gleich zum Arzt, aber ich brauche jemanden hier, der diesen Mistkerl verhaftet.« Wieder hörte er zu. »Ich warte.« Damit steckte er das Handy weg.

Fragend sah sie ihn an.

»Red ruft Chambers an, der soll sich darum kümmern, schließlich betrifft es einen Fall, den das FBI an sich gerissen hat. Bei ihm können wir sicher sein, dass die Sache nicht unter den Tisch gekehrt wird.«

»Gut.« Emily schwankte leicht. »Ich glaube, ich möchte mich irgendwo hinsetzen.« Ihr Kopf dröhnte inzwischen beinahe unerträglich.

»Natürlich, komm.« Er brachte sie aus dem Raum und gemeinsam warteten sie nur kurz vor der Tür, bis eine Schwester jemanden von der Krankenhaussicherheit rief, der die Bewachung des immer noch Bewusstlosen übernahm.

Erschrocken schrie Emily auf, als Max sie unvermittelt auf die Arme hob und dann schnellen Schrittes den Gang entlangtrug. »Lass mich runter.«

»Keine Chance.« Mit dem Ellenbogen öffnete er die Tür zu Toms Zimmer und schob sie auf.

Tom setzte sich abrupt auf, als er Emilys Zustand sah, dann sackte er wieder zurück. »Au, Shit!«

»Bleib still liegen, sonst bringe ich sie gleich wieder raus.«

Das wirkte als Drohung, Tom versuchte nicht mehr aufzustehen, durchbohrte Max aber mit seinen Blicken. »Was ist passiert?«

»So ein Scheißkerl hat sie überfallen. Ich habe ihn unschädlich gemacht.«

»Gut. Ich hoffe, er ist in einem deutlich schlimmeren Zustand.«

»Auf jeden Fall.« Vorsichtig ließ Max Emily auf den Stuhl sinken. »Ich hole den Arzt.« Damit war er auch schon wieder verschwunden.

Emily war sich Toms besorgtem Blick deutlich bewusst. »Es geht schon, mach dir keine Sorgen.« Dabei klang sie, als hätte sie Reißnägel gefrühstückt.

»Keine Sorgen? Als du hier rausgingst, warst du völlig in Ordnung und ein paar Minuten später wirst du blutverschmiert und mit Würgemalen am Hals hier reingetragen.« Tom atmete tief durch. »Tut mir leid, ich ertrage es nicht, dich verletzt zu sehen und nichts für dich tun zu können«, sagte er mit gesenkter Stimme.

»Es reicht, dass du da bist.« Emily versuchte, sich bequemer hinzusetzen, gab es aber schließlich auf. Jeder Zentimeter ihres Körpers schmerzte, daran konnte sie nichts ändern. »Tom, es war Agent Whitman. Wir haben ihn endlich.«

»Ich wünschte nur, du wärst dabei nicht wieder verletzt worden.«

Das ging ihr ebenso. »Ich bin einfach nur froh, dass er endlich die gerechte Strafe bekommt und ich frei bin.«

Toms Miene hellte sich etwas auf. »Das stimmt. Jetzt musst du nicht mehr in der Fabrikhalle leben.«

»Ich habe keinen anderen Ort, wohin ich gehen könnte. Denk dran, mein anderes Haus ist abgebrannt. Ich werde wohl weiter im Hauptquartier unterkommen, bis ich mir was Neues gesucht habe.«

»Ich wüsste da was. Zieh bei mir ein.«

Vorsichtig sah Emily ihn an. »Du stehst noch unter starken Medikamenten und dem Schock der Ereignisse. Nimm dir die Zeit und denk noch mal drüber nach, ob du das wirklich willst.«

Seine Augenbraue hob sich. »Denkst du, ich weiß nicht, was ich will? Ich habe schon darüber gegrübelt, wie ich dich dazu kriege, dass du bei mir einziehst.« Sein Mundwinkel zuckte. »Jetzt habe ich den passenden Anreiz.«

Emily begann zu lächeln. »Du bist Anreiz genug, Tom.«

EPILOG

Emily erwachte mit einem Ruck und sah sich desorientiert um. Als sie erkannte, dass sie im Bett lag, in Toms Schlafzimmer, ließ sie sich erleichtert wieder zurücksinken. Mit einem Seufzer schloss sie die Augen und genoss das Gefühl, genau hier zu sein, bei Tom, ein Teil seines Lebens. Es war unglaublich, wie viel sich in den wenigen Wochen verändert hatte. Nach über drei Jahren war sie endlich frei und konnte entscheiden, wohin sie ging. Und sie war genau dort, wo sie sein wollte. Sie hatte gedacht, dass es schwer sein würde, sich an ein Leben zu zweit anzupassen, doch das Gegenteil war der Fall. Es geschah alles mit einer Leichtigkeit, die ihr beinahe Angst machte. Sogar Toms Familie hatte sie mit offenen Armen aufgenommen und so erfuhr sie zum ersten Mal in ihrem Leben, wie es war, eine Familie zu haben. Es war eine Offenbarung.

Leises Klappern in der Küche verriet ihr, dass Tom bereits aufgestanden war und Frühstück zubereitete. Der Geruch nach frischem Kaffee und brutzelndem Speck ließ sie genießerisch einatmen. Ja, ihr neues Leben war wirklich gut. Vor allem, seit Tom aus dem Krankenhaus entlassen worden war. So schwer seine Verletzungen auch gewesen waren, hatte er sich erstaunlich schnell davon erholt und jetzt zeugten nur noch die Narben auf der Brust von dem furchtbaren Geschehen. Noch jetzt gab es Momente, in denen die Furcht sie überfiel, sie könnte Tom verlieren, aber es wurde mit jedem Tag besser und Tom tat alles, damit sie sich sicher fühlte.

Emily drehte sich noch einmal um und schmiegte ihren Kopf in sein Kissen. Es tat ihr gut, von seinen Sachen umgeben zu sein, seine Präsenz spüren und riechen zu können.

Erschrocken schrie sie auf, als mit einem Ruck ihre Bettdecke weggezogen wurde. »Hey!« Sie versuchte, sich zu bedecken, doch Tom hielt die Bettdecke außer Reichweite.

»Aufstehen, Schlafmütze.«

Langsam ließ sie ihren Blick über seinen Körper wandern. Er trug nur eine Jeans, Oberkörper und Füße waren nackt. Durch die Verletzung war er etwas dünner als damals, aber das Prickeln war unverändert, wenn sie ihn ansah. Lächelnd klopfte sie auf die Matratze neben sich. »Warum kommst du nicht lieber noch mal ins Bett?«

Tom beugte sich über sie und strich mit seinen Lippen über ihre. Sofort erwachte der Hunger in ihr und sie erwiderte den Kuss. Mit einem zufriedenen Brummen vertiefte Tom den Kuss, er wurde immer intensiver, bis Emily kaum noch Luft bekam. Aber das war ihr egal, sie brauchte Tom mehr. Sie schlang ihre Arme um seinen Nacken und zog ihn näher an sich. Seit sie ihn zum ersten Mal geküsst hatte, war sie geradezu süchtig danach. Es war ihr beinahe ein wenig peinlich, wie stark sie immer auf seine Berührungen reagierte, aber da Tom das ganz offensichtlich genoss, machte sie sich keine Gedanken darüber.

Schließlich riss sich Tom los und lehnte schwer atmend über ihr. »Guter Versuch. Komm schon, steh auf, wir holen das später nach.«

»Warum nicht jetzt?«

»Weil wir noch etwas vorhaben.«

Emily blickte ihn verstimmt an. »Und das ist wichtiger als das hier?« Mit dem Finger deutete sie zwischen ihnen hin und her.

Noch einmal küsste er sie rasch, dann erhob er sich. »Nichts ist wichtiger als das hier. Trotzdem möchte ich ungern zu spät kommen und sagen müssen, dass du mich verführt hast.«

»Oh Gott, wir fahren zu deinen Eltern, oder?«

Tom lachte laut auf. »Nein, diesmal nicht.«

Emily versuchte, sich in Gegenwart seiner Familie möglichst korrekt zu benehmen und Tom schaffte es immer wieder, das zu untergraben. Es hatte schon mehr als eine peinliche Situation gegeben, von denen Emily wünschte, sie könnte sie ungeschehen machen. Oder nein, eigentlich nicht. Nur, dabei erwischt worden zu sein. Ihr tat nichts leid, was sie mit Tom machte, ganz im Gegenteil. Einmal hatten sie ...

»Woran denkst du gerade?«

Hitze stieg in ihre Wangen. »Äh, nichts.«

Sein Lächeln wurde teuflisch. »Hm, das sollten wir demnächst noch mal machen. Es war verdammt schade, dass meine Mutter im falschen Moment dazukam.«

Entsetzt sah sie ihn an. »Nein, ganz sicher nicht. Nicht, wenn jemand aus deiner Familie oder sonst wer in der Nähe ist!«

»Spielverderber.« Er ließ seine Hand über ihre Seite gleiten und umfasste ihre Brust. »Ich finde, es hat seinen ganz eigenen Reiz, wenn die Gefahr besteht, dass man dabei erwischt wird.«

Damit hatte er tatsächlich recht, aber gleichzeitig genoss sie es, sich viel Zeit zu lassen und jede einzelne Berührung zu genießen. »Wenn du möchtest, dass ich irgendwann mal einen Herzinfarkt bekomme, dann mach nur so weiter.«

Sein Daumen reizte ihre Brustspitze zu einem harten Punkt. »Ich glaube nicht, dass das passieren wird.«

»Wenn du damit anfängst, mach es auch richtig. Es ist unfair, mich zu reizen und dann hängenzulassen.«

»Du hast recht.« Er presste seine Finger zusammen und zupfte an ihrem Nippel.

Die Erregung schoss in ihren Schoß und Emily keuchte auf. Gierig schob sie ihm ihre Brust entgegen.

»Verdammt, du bist immer so empfänglich. Ich liebe das.« Tom senkte den Kopf, nahm ihre Brustspitze in den Mund und begann zu saugen. Gleichzeitig reizte er mit der Hand ihre andere Brust.

Ja! Emily ließ die Beine auseinanderfallen und Tom ergriff sofort die Gelegenheit. Er strich über ihren Bauch weiter nach unten, bis seine Fingerspitzen ihre Scham erreichten. Er berührte ihre Klitoris und Emily hob ihm flehend ihre Hüfte entgegen. Mit einem Finger tauchte er in sie ein und brummte zufrieden, als er ihre Feuchtigkeit fühlte. So lange wie möglich hielt sie seinen Finger in sich und biss auf ihre Lippe, als Tom damit begann, ihre Klitoris zu stimulieren. Im gleichen Rhythmus saugte er an ihrer Brustwarze und brachte Emily damit innerhalb kürzester Zeit an den Rand eines Orgasmus.

Erleichtert stöhnte sie auf, als ein weiterer Finger in sie stieß, dicht gefolgt von einem dritten. *Oh, Gott, gleich ...* Sie krallte sich in Toms Rücken, während sie jedem Stoß entgegenkam.

Mit einem Fluch zog Tom seine Hände zurück. Emilys Augen flogen auf und sie gab einen protestierenden Laut von sich, doch dann sah sie, dass Tom lediglich seine Hose öffnete. Sie wollte nach seiner Erektion greifen, doch er schob ihre Hand beiseite.

»Keine Zeit.« Es klang, als presste er die Worte zwischen seinen Zähnen hervor. Dann schob er sich über sie und positionierte seinen Schaft vor ihrem Eingang. Er hielt inne und sah ihr in die Augen. »Okay?«

Emily lächelte ihn an. »Komm zu mir.«

Mit einem Wort, das verdächtig nach einem weiteren Fluch klang, schob er sich in sie. Es fühlte sich so gut an, von ihm ausgefüllt zu werden, dass Emily darüber beinahe ihre Erregung vergaß. Das änderte sich, als sich Tom zu bewegen begann. Erst langsam, dann immer schneller, bis das Verlangen sie verschlang. Mit einem lauten Schrei erreichte sie den Höhepunkt, dicht gefolgt von Tom, der sich noch einmal tief in sie schob und zu zucken begann.

Emily schloss die Augen und genoss das Gefühl, mit Tom verbunden zu sein, diesen Moment mit ihm teilen zu können. Sie schlang ihre Arme um ihn und küsste die Narbe auf seiner Brust. Noch immer fiel es ihr schwer, daran zu denken, dass sie ihn hätte verlieren können. Sie hätte so viel verpasst, all die Liebe und Leidenschaft, die Tom ihr geben konnte. Vor allem aber auch die Zusammengehörigkeit, das Gefühl, ihre Heimat gefunden zu haben. »Ich liebe dich.« Emily zuckte zusammen, als ihr unbeabsichtigt die Worte hinausrutschten, die schon so lange auf ihrer Zunge lagen. Mit angehaltenem Atem wartete sie auf Toms Reaktion. Wenn er sie jetzt verließ, weil er sich nicht binden wollte ...

Tom stemmte sich auf seine Ellenbogen und sah auf sie herunter. Wärme lag in seinen Augen, sein Penis in ihr zuckte. »Sagst du das aus dem Moment heraus?«

Stumm schüttelte Emily den Kopf, ihre Wangen brannten.

»Du liebst mich also? So richtig?«

Emily verdrehte die Augen. »Wir sind nicht in der dritten Klasse, Tom! Ja, ich liebe dich. Wirklich. Lebe damit oder sag mir, dass ich gehen soll.«

Seine Hände legten sich um ihre Wangen und er küsste sie liebevoll. »Gehen? Das werde ich ganz bestimmt nicht zulassen. Ich bin so froh, dass du mich auch liebst, ich hatte schon fast befürchtet, du würdest das nie sagen.«

»Auch?« Das war alles, was zu ihr durchdrang.

»Ja, auch. Ich liebe dich, Emily Gray. Ich dachte, das wüsstest du.«

Emily zwickte ihn in die Seite. »Manchmal hilft es, wenn man es ausspricht. Ich hatte Angst, dass du mir sagst, ich solle verschwinden, wenn ich mit tiefen Gefühlen anfange.«

»Wir sollten eindeutig an unserer Kommunikation arbeiten.«

»Zumindest in diesem Bereich, ja. Es liegt vermutlich an mir, ich bin es nicht gewöhnt, über Gefühle zu reden. Oder überhaupt solche zu haben. Ich habe noch nie jemanden geliebt.« Kein Wunder, schließlich kannte sie ihre Eltern gar nicht, sie hatte keine Geschwister und noch nicht einmal ein Haustier besessen. Normalerweise würde sie daran zweifeln, dass sie überhaupt jemanden lieben konnte, aber bei Tom war es ganz leicht. Es fühlte sich richtig an. Und das machte ihr immer noch etwas Angst.

»Ich fühle mich geehrt. An allem anderen können wir arbeiten.« Noch einmal küsste er sie. »Aber nicht jetzt. Wir sind spät dran.« Langsam verließ er sie und erhob sich. »Und ich werde allen sagen, dass es deine Schuld ist, weil du einfach zu verführerisch bist.«

»Das wirst du nicht tun!«

»Aber hundertprozentig.« Lachend fing er das Kissen auf, das sie in seine Richtung schleuderte. »Und jetzt komm, deinetwegen ist das Frühstück kalt geworden.«

Emily sah ihm nach, als er das Schlafzimmer verließ, und lächelte. Das Frühstück war ihr völlig egal. Ihre übersprudelnden Gefühle überdeckten jeden Hunger.

Emily erkannte erst, wo sie hinfuhren, als sie schon fast beim RIOS-Hauptquartier angekommen waren. Was zugegebenermaßen daran lag, dass sie mit ihren Gedanken immer noch bei den Ereignissen zuvor war. Tom fuhr auf den Parkplatz vor dem Haus und schaltete den Motor aus. Dann wandte er sich ihr zu und lächelte.

»Vielleicht solltest du diesen verträumten Ausdruck ein wenig dämpfen, wenn du nicht möchtest, dass jeder weiß, was wir gerade gemacht haben.«

Emily verzog den Mund. »Ich fürchte, das weiß eh jeder. Erinnerst du dich daran, dass wir Sex hatten, während das Haus voller Leute war?«

Hitze stieg in seine Augen. »Ja, sehr gut sogar. Es war grandios.«

»Darum ging es mir zwar nicht, aber ja, das war es. Trotzdem fürchte ich, dass wir unseren Freunden nichts vormachen können, wenn es um unsere Gefühle geht.«

Tom wurde schlagartig ernst. »Das will ich auch gar nicht. Ich liebe dich, und das kann ruhig jeder wissen. Oder hast du damit ein Problem?«

Das Herz hüpfte in ihrer Brust. »Nein, überhaupt nicht.«

»Gut.« Tom nahm ihre Hand und küsste sie. »Dann lass uns gehen, wir sind sowieso schon zu spät.«

Emily löste ihren Gurt und öffnete die Tür. »Was gibt es denn hier so Wichtiges?«

Tom zwinkerte ihr zu. »Das wirst du gleich sehen.«

Neugierig folgte sie ihm ins Hauptquartier und genoss wie immer das Gefühl, von so vielen Menschen umgeben zu sein, die sie mochte. Es war beinahe wie Nachhausekommen. Zumindest stellte sie es sich so vor. Ein tiefes Gefühl von Zufriedenheit und Zusammengehörigkeit breitete sich jedes Mal in ihr aus. In den letzten Wochen war sie ein paar Mal hier gewesen, immer wenn jemand anders bei Tom im Krankenhaus war und sie dabei helfen konnte, weitere Täter ausfindig zu machen. Inzwischen waren fast alle identifiziert und die meisten davon vom FBI verhaftet. Sie warteten auf ihre Prozesse und

Emily hoffte, dass sie lange Jahre im Gefängnis sitzen würden. Viele der Kinder waren befreit worden und inzwischen wieder bei ihren Familien oder in sozialen Einrichtungen, die versuchten, den angerichteten psychischen Schaden zu mildern. Einige wenige Kinder waren allerdings bei den Eltern belassen worden, die sie in dem Glauben adoptiert hatten, dass alles rechtens war. In diesen Fällen war entschieden worden, dass es den Kindern mehr schaden würde, wenn sie aus ihrer gewohnten Umgebung herausgerissen wurden.

Der Club war geschlossen worden, die meisten Mitglieder verhaftet, wenn nachgewiesen werden konnte, dass sie von den Mädchen gewusst oder sie sogar vergewaltigt hatten. Cunningham wartete ebenfalls auf seinen Prozess, dank Reds Beweisen, die er im Club gesammelt hatte, konnte ihm nachgewiesen werden, dass er nicht nur Besitzer des Clubs war, sondern auch die Ankäufe der Minderjährigen zu Vergnügungszwecken in die Wege geleitet und finanziert hatte. Es gab zu viele Beweise, als dass er sich herausreden könnte. Zwar hatte er sich von seinem Geld sehr gute Anwälte geleistet, die versuchen würden, das Beste für ihn herauszuholen, aber sie würden ihn vor der Strafe nicht schützen können.

Ebenso erging es Samuel Whitman, gegen den das FBI erst zögernd, dann sehr engagiert ermittelt hatte, als sich seine Schuld bewies und immer mehr Beweise seiner Taten aufgedeckt wurden. Er hatte überall seine Hände im Spiel, Waffenhandel, Terrorismus, Geldwäsche – wenn ein FBI-Agent geschmiert werden sollte, wandte man sich an Whitman. Er hatte Millionen über die Jahre verdient.

»Erde an Emily.«

Sie blinzelte und sah Red vor sich stehen. »Oh, entschuldige, ich war in Gedanken. Gibt es etwas Neues zu den Ermittlungen?«

»Nein, das FBI ist weiterhin dabei und wir können nur abwarten, dass die ersten Prozesse beginnen.«

»Was ist mit Whitman, behauptet er immer noch, es wäre alles nur ein Missverständnis?« Sie konnte seine Hände an ihrer

Kehle fühlen. Unwillkürlich rieb sie darüber.

Reds Lippen wurden schmaler, die Narbe an seiner Wange leuchtete weiß, wie immer, wenn er sich über etwas aufregte. »Jetzt sagt er gar nichts mehr, aber das ist auch nicht nötig. Er hat dich angegriffen, das kann er nicht leugnen. Und seine Auftragskiller haben angefangen zu reden, nachdem sie gehört hatten, dass er verhaftet wurde. Er wird dafür zur Rechenschaft gezogen, ich verspreche es.«

Emily nickte. »Gut.« Neugierig sah sich um. »Warum sind wir hier?«

Reds Miene entspannte sich, ein breites Lächeln erschien. »Komm mit, ich will dir etwas zeigen.«

Tom ging neben ihr her, als sie Red folgte. »Du weißt, worum es geht, oder?«

Er zuckte mit den Schultern. »Geheimnis.«

Red öffnete die Tür zu einem Büro und trat zurück. »Tretet ein.«

Emily blieb staunend auf der Schwelle stehen. Das Büro sah genauso aus wie das in ihrem Haus! Es war alles genauso angeordnet, sämtliche Gerätezusammenstellungen stimmten überein. Ein Kloß saß in ihrer Kehle, als sie sich zu Red umdrehte. »Was habt ihr gemacht, alles nach einem Foto eingerichtet?«

Lachend gab Red ihr einen kleinen Schubs, damit sie eintrat. »Nein, I-Mac hat das aufgebaut, er hat ein sehr gutes Gedächtnis, wenn es um Computer geht.« Besorgt sah er sie an. »Gefällt es dir?«

Emily sah sich im Raum um und entdeckte immer mehr Details. »Ich liebe es.«

Erleichtert atmete Red auf. »Gut. Ich hatte schon befürchtet, du wärst sauer, weil wir das eigenmächtig entschieden haben.«

»Was?« Hinter ihr kamen weitere RIOS-Mitarbeiter in das Büro und sie fragte sich, was sie nicht mitbekommen hatte.

»Wir möchten, dass du offiziell für RIOS arbeitest, mit eigenem Büro und allem.« Als sie nichts sagte, redete er schnell weiter. »Du kannst natürlich auch weiterhin für andere Auftraggeber arbeiten, wenn du das möchtest. Aber du bist für uns sehr wichtig und da dein Haus derzeit nicht bewohnbar ist und du schlecht weiter dort dein Büro haben kannst, dachten wir, es würde dir helfen, wenn du hier arbeiten könntest.« Er sagte nicht dazu, dass sie hier auch besser auf sie aufpassen konnten, falls ihr doch noch jemand nach dem Leben trachtete.

Freude und Dankbarkeit zogen ihre Kehle weiter zusammen, sodass sie keinen Ton herausbrachte.

Besorgt sah Red sie an. »Wenn das jetzt noch zu viel für dich ist, ist das kein Problem. Komm einfach, wenn du dich dazu in der Lage fühlst.«

Emily schüttelte den Kopf und quetschte die Worte heraus. »Nein, es ist toll, ich bin überwältigt. Vielen Dank, ich arbeite sehr gern für RIOS und ich freue mich darauf, hier bei euch zu sein.«

Klatschen und Rufe wurden laut, überall waren lächelnde Gesichter. Tom drückte ihre Hand und nickte. Das Glück überrollte Emily. Konnte ihr Leben noch besser werden? Sie freute sich darauf, es herauszufinden.

LOUISIANA KISSES
Vier Lovestorys und eine Hochzeit
von Laini Otis, Ewa A., Romina Gold und Annie J. Dean

ISBN-Paperback: 978-3-903278-23-3
ISBN-EPUB: 978-3-903278-24-0

Vier herzergreifende Liebesgeschichten in einem Band!

Im Sommer 1999 ließen sich vier Freundinnen ein Tattoo stechen, das ihr Versprechen besiegeln sollte: Sie werden immer füreinander da sein – komme was wolle. 20 Jahre später ist außer der verblassenden Tinte in ihrer Haut nicht mehr viel von ihrem Versprechen übrig. Bis drei Hochzeitseinladungen ins Haus flattern, mit denen Olivia ihre Freundinnen zurück nach Mardi River locken möchte.

Doch die Zeit hat ihre Spuren hinterlassen: Rebels Leben gleicht einer Baustelle, obwohl der Rocksängerin die Welt zu Füßen liegt. Estelle weiß inzwischen, dass Geld allein nicht glücklich macht. Und die geschiedene Ashley hält Männer für treulose Seelen.

Auf dem Weg nach Mardi River müssen sich die Freundinnen nicht nur ihrer Vergangenheit stellen, sondern auch ihr Herz für neue Möglichkeiten öffnen, denn das Leben hat nicht vor, nur Olivia einen Mann an die Seite zu stellen ...

FALLING FOR COLTON
von Aurora Rose Reynolds

ISBN-Paperback: 978-3-903278-21-9
ISBN-EPUB: 978-3-903278-22-6

Colton Allyster ist mit dem Wunsch aufgewachsen, seinem Land zu dienen. Die Biker Bar seiner Eltern zu managen, war niemals Teil seines Plans, doch nach einem Jahr Rehabilitation und dem Verlust seiner Karriere als Marine, muss er schnell lernen, was wirklich zählt. Als Gia Caro auftaucht, sieht er zum ersten Mal einen Lichtblick und weiß, dass er am richtigen Ort angekommen ist.

Gia entgleitet seit ihrer Ankunft in der verschlafenen Stadt Ruby Falls in Tennessee zunehmend die Kontrolle. Nicht nur, dass sie ihre Grandma jeden Tag ein bisschen mehr an die Demenz verliert, auch ihr heißer Boss bringt sie zunehmend aus dem Konzept. Nachdem sie Colton wochenlang aus dem Weg gegangen ist, laufen die Dinge langsam aus dem Ruder. Bald kämpft Gia nicht nur mit ihren Gefühlen, sondern muss auch einen Weg finden, mit Coltons Vergangenheit klarzukommen ...

REVENGE IS WHAT YOU GET
von Siobhan Davis

ISBN-Paperback: 978-3-903278-30-1
ISBN-EPUB: 978-3-903278-31-8

Ich werde nicht eher aufgeben, bis ich euch alle in die Knie gezwungen habe ...

Wenn mein Vater denkt, er hätte mich gebrochen und ich würde mich ihm fügen, irrt er sich. Ich gehöre niemandem, und für dieses Spiel habe ich längst eigene Regeln aufgestellt. Ich warte nur auf den richtigen Moment, um zurückzuschlagen.

Kaiden setzt alles daran, mich zu beschützen, doch diese Entscheidung trifft er zu spät. Sein Verrat sitzt zu tief, als dass ich ihm erlauben würde, über mich zu bestimmen. Nun bin ich die Jägerin und er meine Beute. Ich genieße es, ihn hinters Licht zu führen. Ihn zu verletzen, wie er mich verletzt hat.

Doch dann kippt das Gefüge aus Macht und Intrigen, und ich muss ein weiteres Mal über den Abgrund springen. Mit dem Unterschied, dass ich diesmal nicht nur mein eigenes Leben riskiere.

JUST ONE WORD
von Jana Aston

ISBN-Paperback: 978-3-903278-27-1
ISBN-EPUB: 978-3-903278-26-4

Es gibt gewisse Dinge, die man niemals machen sollte: Beispielsweise sich zu betrinken und in Las Vegas einem Fremden das Jawort geben. Schlimmer macht man die Situation nur noch, wenn man sich Hals über Kopf in den Kerl verliebt ...

Vince ist völlig anders, als ich mir meinen Ehemann ausgemalt hätte. Vielleicht ist das der Grund, warum mein Herz jedes Mal schneller schlägt, wenn er in meiner Nähe ist. Ich wollte ein Für immer. Was macht es schon, dass wir uns vor der Hochzeit kaum kannten? Statistisch gesehen, sind unsere Chancen auf ein Happy End genauso hoch wie bei allen anderen Paaren auch. Doch dann liegen plötzlich die Annullierungspapiere vor meiner Haustür ...